KB113682

# 붉은 태양

붉은 태양

초판 1쇄 찍은 날 | 2015년 9월 02일
초판 1쇄 펴낸 날 | 2015년 9월 11일

지은이 | 김미정
펴낸이 | 서경석

편 집 책 임 | 조윤희
편　　　집 | 이은주
주은영
디　자　인 | 박보라

펴 낸 곳 | 도서출판 청어람
등록번호 | 제387-1999-000006호
등록일자 | 1999. 5. 31
어람번호 | 제5-425호

주소 | 경기도 부천시 원미구 부일로 483번길 40 서경B/D 3F
(우) 14640
전화 | 032-656-4452 팩스 | 032-656-4453
http://www.chungeoram.com
E-mail | chungeorambook@daum.net



ISBN 979-11-04-90388-5 03810

# 붉은 태양

김미정 장편 소설

Chungeoram romance novel

# 목 차

## 환청에 시달리다

"선생님! 어려워요!"

희진의 투덜거림을 들으며 윤아는 입꼬리를 말아 올렸다.

"수학은 암기과목이야. 다들 그 부분을 잊어버리는데 공식을 외우지 않으면 문제를 풀 수 없어."

"안 외울 수는 없어요?"

"있어."

"네? 정말요!"

희진과 그룹으로 수업을 하는 나머지 세 아이들이 눈을 동그랗게 뜨고 윤아를 바라봤다.

"어떻게 하면 되는데요?"

그리 쉬운 방법이 있으면서 왜 알려주지 않았느냐는 표정으로 재윤이 입을 열었다.
"그건……."
뜸을 들이자 다들 마른침을 삼키며 윤아의 입술만 바라봤다.
"미친 듯이 문제를 많이 풀다 보면 저절로 외워지는 거야."
"에이! 쌤!"
"와! 난 또 방법이 따로 있는 줄 알았네!"
"쌤! 우리를 놀리는 거죠!"
다들 한마디씩 하며 투덜거리자 윤아는 혼자 작게 웃었다.
"선생님, 수학은 왜 하는 거예요?"
다른 아이들이 '쌤'이라고 편하게 부르는 반면, 희진은 꼬박꼬박 '선생님'이라는 호칭을 붙였다.
"수학은 생활 속에서 나온 거야."
"에이-, 또 장난하신다."
규하가 투덜거리며 고개를 젓자 윤아는 눈을 동그랗게 뜨고 억울하다는 듯이 강하게 어필했다.
"진짜 맞아! 수학은 살아가기 위해 만들어진 학문이야."
"그럼, 다른 과목도 마찬가지죠, 뭐."
재윤이 볼멘소리를 하자 윤아가 검지를 좌우로 흔들었다.
"로마나 이집트에서 수학은 권력을 쥔 자들의 비밀이었어."
"네에?"
"헐."
"아! TV에서 본 것 같아요."
지영이 윤아의 말에 동조를 하고 나오자 재윤과 규하가 믿기

어렵다는 얼굴로 지영을 바라봤다.

"자자! 그게 중요한 게 아니고 지금은 원의 넓이를 구하는 것이 더 중요합니다."

"어휴!"

"푸우-."

입으로 바람을 빼며 한숨을 쉰 녀석들이 책으로 시선을 내리자 윤아는 입가에 장난스러운 미소를 지었다.

"……너의 목숨을 살려주겠다."

옆에 앉은 지영의 책을 내려다보는데 윤아의 귀에 위압적인 속삭임이 들려왔다.

"어? 너 뭐라고 했어?"

놀란 윤아가 평소에 짓궂기로 유명한 규하를 쳐다보며 당황한 얼굴로 말을 꺼내자 규하가 '네?' 하고 반문했다.

"아, 무슨 말하지 않았어?"

"아뇨."

"정말 아무 말도 안 했어?"

"네!"

규하가 약간 목소리를 높여 대꾸하자 윤아는 고개를 갸웃하다 알았다는 듯 손을 흔들었다.

"알았어. 자, 반지름이 8㎝인 원의 넓이는 얼마야?"

윤아는 찜찜한 기분이 들었지만 이내 떨쳐 버렸다. 지금은 수업 중이니 딴 생각은 말자고 자신을 다독였다.

"200.96㎠요."

희진이 또박또박 답을 내놓았다.

"답이 다르게 나온 사람?"

윤아의 질문에 아이들이 서로의 얼굴을 쳐다보다 다시 윤아를 바라봤다.

"그럼, 희진이가 공식에 대입해서 설명을 해볼래?"

"네, 원의 넓이 구하는 공식은 '반지름×반지름×3.14'이므로 '8×8×3.14'를 하면 200.96이 나와요."

"잘했어."

겨울방학이 시작되면서 초등학생 5학년에게 초등교과 6학년 1학기를 선행 학습하는 중이었다. 처음엔 다들 서먹서먹해하더니 시간이 좀 지나자 이제는 친해져 수업 분위기도 활기찼다. 가끔 규하와 재윤이 싱거운 농담을 해서 수업을 방해 받기는 했지만 윤아는 그 정도쯤이야 애들의 말에 귀를 기울인다는 의미로 경청을 하기도 했고 맞장구를 치기도 했다.

"풀지 못하면 너의 목숨을 거둘 것이다."

윤아는 뒤를 홱 돌아봤다. 아무도 없는 것을 알면서도 들리는 환청에 순간 소름이 쫙악 돋았다. 마치 명령을 내리는 것처럼 중후한 느낌이 나는 목소리였다. 더구나 어제 보다 잠든 드라마는 사극이 아니었다. 그러니 무의식중에 드라마의 대사를 생각했을

리는 없었다.

"후."

윤아는 다음 문제를 풀고 있는 아이들을 물끄러미 바라보며 자신의 어깨를 손으로 감싸 안았다.

며칠 전부터 이상하게 환청이 들리고 있었다. 처음엔 다른 소리에 섞여 들려 알지 못했는데 점점 또렷하게 들려오는 환청이었다. 그리고 누군가가 자꾸 끌어당기는 기분도 들었다. 윤아는 숄을 어깨에 두르며 한기를 밀어내려 애를 썼다.

"쌤! 왜 원의 넓이를 구해야 하는데요? 이런 것은 필요한 사람들만 하면 좋잖아요."

규하가 기어이 짜증을 폭발시켰다. 윤아는 선행 학습은 좀 재미있게 하자는 주의였다. 기본만 알고 가자는 마음으로 시작했는데 이번에 형성된 그룹의 부모들은 요구사항이 많았다. 중학생이 된 다경의 어머니가 소개를 해줘서 모이게 된 그룹이었는데 부모들이 모두 재력이 든든한 집안이었다. 하지만 시간이 없어 아이들에게 돈만 투자를 하는 부모들이기도 했다.

문제집을 기본 세 권은 풀게 해달라는 요구에 윤아는 고개를 저었다. 중학생 정도면 그 요구를 들어주었을지도 모르지만 아직 이 아이들은 초등학생이었다. 그러니 타협안을 찾아야 했다. 문제집을 한 권으로 하고 자신이 만들어 가지고 있는 문제로 수업을 하겠다고 했다. 처음엔 씨알도 안 먹혔다. 스트레스가 극에 달하자 윤아는 안 하겠다고 으름장을 놓았고, 그러자 마지못해 다들 그 타협안에 고개를 끄덕였다.

그중 규하 부모님이 가장 반대를 했었다. 설득하는 데도 무진 애를 먹었지만 윤아는 자신의 주관이 뚜렷했다. 자신한테 배워 가는 이상 남들에게 인정을 받았으면 받았지 박대는 안 받을 것이라는 자신이 있었다.

"수학은 너를 무한한 꿈의 세계로 이끌어줄 거야."

"에? 쌤! 내 꿈은 가수예요!"

부모들은 모르는 가수의 꿈을 키우는 규하였다. 윤아가 듣기에도 규하의 음색은 고왔다. 하지만 저 목소리가 변성기를 맞으면 어찌 될지는 본인의 노력 여하에 달린 것이다.

"너 꿈이 가수면 악보는 기본으로 봐야 하잖아."

"그래서요?"

"악보에 분수가 나오지?"

"네에? 악보에 무슨 분수가 나온다고……."

"왈츠는 몇 분의 몇 박자?"

"아! 그거야 8분의 6박자죠!"

"거 봐! 분수가 나오잖아!"

"허얼."

규하가 졌다는 얼굴로 손으로 자신의 얼굴을 쓸어내렸다. 윤아는 그런 규하를 보며 '이제 다음 문제에 집중할까?'라고 말하고는 커피 잔을 들었다.

뜨거운 태양이 내리쬐는 곳에 서 있었다. 그런데 처음 보는 낯선 곳이었다. 이리저리 고개를 돌리는 윤아의 눈에 무리를 지어

놀고 있는 아이들이 들어왔다. 태양이 한없이 내리쬐는 곳에서도 아이들은 놀이에 여념이 없었다.

"얘들아, 여긴 어디야?"

올려다보는 아이와 눈이 마주치자 주변의 풍경이 바뀌었다. 나무들이 우거진 사이로 사막이 언뜻 보였다. 아이들의 눈동자는 윤아를 신기하다는 듯이 쳐다봤다.

"여기 지명이 뭐야? 아, 그러니까…… 동네 이름이 뭐야?"

"카이로."

"뭐? 카이로?"

카이로. 어디서 들어본 듯한 지명에 윤아는 미간을 찌푸리다 눈동자를 움직였다. 주위를 둘러본 윤아는 사막이 펼쳐진 풍경에 눈을 크게 떴다.

"설마? 여기가 이집트의 카이로?"

윤아는 다시 아이들에게로 시선을 돌렸다. 하지만 방금 전까지 함께 있던 아이들은 사라지고 없었다. 무엇에 홀린 듯 몽롱한 기분에 휩싸이는데 귓가에 말발굽 소리가 들려왔다.

윤아는 황토의 먼지가 이는 곳을 바라보다 뒷걸음질을 쳤다. 왠지 자신을 잡으러 오는 것 같아 오싹한 기분이 들었다. 아니나 다를까 그들은 윤아를 가리키며 빠르게 다가오고 있었다.

"하앗! 하앗! 저기 보인다! 잡아라!"

누군가가 외치는 소리에 윤아는 눈이 커다래졌다. 달아나려 했지만 어디로 가야할지 막막했고, 자신이 달려봤자 저들의 추격을 이길 수 없을 것 같았다. 자신의 몸 하나 숨길 만한 건물도 보이지 않았다.

"신관 샨탈님의 명령이다! 놓치지 마라!"

'신관?'

Rrrrrr, Rrrrrr, Rrrrrr.

길게 이어지는 휴대폰의 벨 소리를 들으면서도 윤아는 눈꺼풀이 무거워 눈을 뜨지 못하고 있었다.

"여보세요?"

손만 뻗어 겨우 휴대폰을 집어 귀에 댄 윤아는 졸음이 섞인 음색으로 입을 열었다.

[아니, 지금이 몇 신데 아직도 자고 있어?]

엄마의 잔소리에 윤아는 눈을 비볐다.

"몇 신데?"

[저녁 9시가 넘었어!]

윤아는 엄마의 말에 벌떡 일어나고 싶었지만 쉽지 않았다. 몸이 물먹은 솜처럼 천근만근이었다. 어제 늦게 잠이 들었지만 한 번도 깨지 않고 20시간을 내리 잤다는 것이 믿겨지지 않았다.

"내가…… 그렇게 많이 잤단 말이야?"

[아니, 얘가! 너 오늘이 무슨 날인지 몰라? 몰라서 그렇게 자고 있는 거야? 못 오면 연락이라도 좀 하든지!]

"……무슨 날인데?"

[아니, 얘가 뭘 잘못 먹었나? 왜 안 하던 짓을 하고…….]

윤아는 화장실로 들어가 세수를 했다. 거울에 비친 자신의 얼굴을 뚫어져라 바라보는 윤아의 눈동자 색은 옅은 청색에 가까웠다. 빛을 더 흡수하는 경우에는 보라색을 띠기도 했다. 남들과 다른 특이한 눈동자의 색깔 때문에 윤아는 늘 갈색 컬러렌즈를 착용하고 다녔다.

눈을 두어 번 깜빡인 윤아는 고개를 갸웃했다.

"꿈이었나?"

너무나 생생한 꿈이었다. 마치 옆에서 들리는 것처럼 생동감이 흘러넘치는 소리였다.

"신관? 고대 문명국가에선 신관이 절대자이기도 했는데……."

아무래도 어제 수업을 하면서 고대 이집트의 역사를 아이들에게 읊어줘서 그런 꿈을 꾼 것 같다고 생각하는 윤아였다.

"할머니 생신이었잖아! 다 같이 저녁 먹자고 네가 얘기해 놓고는 연락이 안 되는 경우가 어디 있어?"

할머니의 일흔두 번째 생신이었다. 휴대폰에는 부재중 전화와 문자들이 수두룩했다.

〈죽은 거야? 전화 좀 받아!〉

윤에게서 온 문자에 짜증이 묻어 있었다.

〈진짜 무슨 일 있어?〉

〈다들 걱정하는데 전화라도 좀 받아!〉

토요일에 저녁을 먹기로 하고는 잠에 빠져 일어나지 못한 윤아는 한숨을 쉬었다. 아무리 피곤해도 이렇게 곯아떨어져 약속을 지키지 못한 경우는 한 번도 없었다.

"나이가 드니 정신 상태가 예전 같지 않네, 이상한 꿈도 꾸고 말이야."

윤아는 텅 빈 냉장고 안을 보며 서 있다 문을 닫았다. 과외 수업 때문에 오피스텔에 나와 있어 가족들의 간섭을 안 받는 건 좋지만 이렇게 음식 공급이 원활하지 않다는 단점이 있었다.

"마트나 갔다 와야겠네."

윤아는 후드가 달린 카디건을 걸치고 지갑과 휴대폰을 챙겨 들고 나왔다. 정기적으로 장을 보러 가는 일이 은근 성가시다고 생각하며 엘리베이터에 올랐다.

"너무 잤나."

윤아는 엘리베이터 안 벽에 붙은 거울을 쳐다봤다. 깊은 수면은 아니었지만 충분한 시간 동안 잠을 자서 그런지 피부도 최상이고 눈빛도 더 푸르게 보였다.

"네가 파라오를 모실 수 있는지 봐야겠다."

또 다시 들리는 환청에 윤아는 고개를 획 돌려 엘리베이터 안을 훑었다. 하지만 아무도 없었다. 바로 옆에서 누군가가 말한 것처럼 또렷이 들린 환청에 윤아는 저도 모르게 어깨를 떨었다.

"뭐야, 도대체!"

윤아는 오소소 소름이 돋은 팔을 손으로 쓸어내리며 엘리베이터 문이 열리자마자 밖으로 뛰쳐나가듯 벗어났다.

## 사자(死者)의 서(書)

"존재하는 모든 사물과 비밀스런 모든 지식으로 들어가는 입구, 그것은 수학이다."

윤아는 오피스텔로 들어서는 순간 소리가 들리는 방향으로 고개를 들었다. 그곳에는 자신을 빤히 쳐다보고 있는 두 개의 검은 눈동자가 있었다.

"엄마야!"

윤아는 화들짝 놀라 몸을 뒤로 뺐지만 자신을 내려다보는 남자의 손아귀에 어깨를 붙들렸다. 그 바람에 마트에서 장을 본 물건들이 바닥으로 나뒹굴었다.

"다, 당신 누구야? 누군데 여기 들어온 거야!"

"신관의 심부름을 이행하러 왔다."

"신관?"

지금은 21세기니 신을 모시는 신관이 있을 리가 없었다. 더구나 여긴 대한민국이고 자신의 오피스텔 한가운데인 거실이었다.

"신관의 명에 따라 너를 데려가겠다."

"뭐? 당신 미친 거 아냐!"

윤아는 손을 뿌리치려 했지만 남자는 악력을 다해 어깨를 잡고 있는 것 같았다. 그냥 잡고 있는 것이 아니라 어딘가로 끌고 가려는 듯 당기고 있었다.

"이거 놔!"

윤아는 끌려가지 않으려 발버둥을 쳤다. 잡힌 어깨가 아파서 신음이 터져 나올 정도였지만 이를 악물고 남자를 향해 발길질을 했다. 하지만 윤아의 발에 차인 남자는 아픔 따위는 상관없다는 듯, 아니 아픔이 느껴지지 않는지 오히려 당기는 힘을 점점 키웠다.

"아! 안 돼!"

얼굴로 밝은 빛이 확 끼쳐 오자 윤아는 빛을 감당할 수 없어 눈을 감아버렸다. 그 순간 몸이 붕 뜨는 느낌이 들고 곧 의식을 잃었다.

"눈을 뜨라."

윤아는 낮은 저음이 가까이서 들려오자 어깨를 떨었다. 어깨의 통증이 팔을 타고 내려오는 것 같았다.

"나를 보라."

윤아는 어깨를 감싸 쥐고는 고개를 들어 소리의 진원지를 찾아 바라보았다. 얼굴에 쓴 가면 너머로 맑은 눈동자를 지닌 사람이 자신을 뚫어버릴 듯이 바라보고 있었다. 넓게 벌어진 어깨와 골격으로 보아 남자임이 분명했다. 윤아는 자신을 내려다보는 남자의 얼굴을, 아니 가면을 불안한 눈으로 바라보았다. 분명 몇 초 전만 해도 자신의 오피스텔이었는데 지금은 아주 낯선 곳이었다. 영화에서나 나올 법한 광경에 윤아는 어리둥절했다.

"네가 수를 안다고?"

윤아는 커다란 눈을 더 크게 뜨고는 남자를 올려다봤다.

"수는 아무나 배울 수 있는 것이 아니다."

고대 이집트나 로마의 귀족들은 숫자를 가지고 권력을 휘두른 자들이었다. 그들은 지배하기 위해 수의 비밀을 말하지 않았고 아무에게나 수를 알려주지 않았다. 하여 그 권력은 오랫동안 유지될 수 있었다.

"말을 못 하는가?"

윤아는 속입술을 지그시 깨물었다.

"듣지 못하는 것인가?"

남자가 자세를 낮추어 시선을 맞추자 윤아는 두려움에 입술을 가늘게 떨었다.

"입을 다물고 있다고 해서 용서가 되는 곳이 아니다. 그러니 답을 하라."

남자의 목소리는 충분히 위압적이고 무겁게 가라앉아 있었다.

"윽!"

남자가 손을 뻗자 윤아는 낮게 비명을 터뜨렸다. 그의 큰 손에 잡히면 죽을 것 같았다. 남자의 뒤로 무기를 든 자들이 늘어서 있어 더 공포가 느껴졌다.

"수를 아느냐?"

남자와 눈이 마주친 윤아는 죽을지도 모른다는 무서움이 스며들었다. 가까이서 본 남자의 눈동자 색이 짙어지는 것을 본 윤아는 떨리는 입술을 달싹여 대답했다.

"압니다."

"후후, 말을 할 줄 아는구나."

남자가 진정으로 기쁜 듯 웃자 윤아는 갈증을 느꼈다. 바싹 마른 입술에 물기가 필요했지만 도리가 없어 혀로 입술을 핥았다. 그러자 가면 뒤의 남자가 눈살을 찌푸리는 것이 보였다.

"샨탈을 불러오너라."

"네, 파라오."

'파라오?'

윤아는 파라오라고 답을 한 자를 돌아봤다. 이게 누군가가 꾸민 장난이라면 이쯤에서 그만두라고 하고 싶었다. 재미없다고, 충분히 놀라고 당황했으니 그만두라고 하고 싶었다. 그런데 누구를 향해 말을 해야 할지 난감했다. 그리고 누가 무엇 때문에 자신에게 이런 장난을 친단 말인가.

"너는 누구에게 수를 배웠느냐?"

"……."

"신관의 아이였더냐?"

윤아가 답을 하지 못하고 파라오라고 불린 남자를 쳐다봤지만 남자가 미소를 짓는지 화를 내는지 알 도리가 없었다.

"네 눈동자 색이 특이하구나, 청색이라니."

학생일 때는 안경을 써 눈동자를 잘 볼 수 없게 차단했었다. 친한 친구가 아니면 제 비밀을 말하지 않았었다. 청색의 홍채를 가지고 있긴 하지만 갈색 컬러렌즈를 착용하고 다녀 알아채는 사람이 별로 없었다.

파라오라고 불린 남자는 자신의 눈을 뚫어지게 바라보고 있었다. 그 시선을 거부하지 못한 윤아도 파라오를 빤히 바라봤다.

그의 눈동자는 진한 밤색이었다. 마치 빨려 들어갈 듯 깊은 소용돌이가 숨겨져 있는 것 같았다.

"무엄하다. 파라오를 그리 빤히 보다니."

윤아는 움찔 놀라며 고개를 숙여 바닥을 바라봤다. 이건 분명 꿈이다. 현실일 리가 없다. 윤아는 끊임없이 자신을 향해 말을 걸었다. 이 같은 상황이 현실이 될 수는 없다고 생각했다.

"내 명 없이는 고개를 숙이지 마라."

그런데 현실처럼 생생하게 들리는 낯선 남자의 목소리가 귓가에 울렸다. 낮지만 거스를 수 없는 위엄이 내재된 목소리. 윤아의 손이 떨리기 시작했다.

"무서운가?"

윤아는 고개를 들어 파라오를 바라봤다. 자신이 떨고 있다는 것을 단번에 파악하는 파라오의 세밀함에 어안이 벙벙해지는 느낌이었다. 파라오라는 남자의 눈에 웃음이 스치자 놀림을 당한다는 생각이 들어 윤아의 미간이 살짝 찌푸려졌다. 누가 하는 장난인지는 몰라도 너무 심하다는 생각이 들었다.

"이런 장……."

어디서인가 한줄기 바람이 불어와 자신의 머리칼을 흩뜨려 놓자 윤아는 더 이상 이것이 꿈이 아니고 누군가의 장난도 아니라는 생각이 들었다.

더운 바람이 느껴졌다. 건조하면서도 뜨거운 열기를 담은 더운 바람이 생생하게 느껴졌다.

얼굴로 흩뿌려진 머리칼을, 파라오라고 불린 남자가 가만히 만지고 있었다.

"어떻게 하면 이렇게 되는 것이지?"

웨이브가 있는 머리칼을 만지며 신기하다는 듯 쳐다보는 남자의 태도에 윤아는 모골이 송연해졌다. 남자의 체취가 머리칼을 타고 올라와 두피를 자극하는 것만 같았다.

탁.

윤아는 저도 모르게 남자의 손을 쳐내버렸다.

"나에게 손을 댄 것이냐."

순간적으로 노기를 띤 음성에 윤아는 자신이 실수했음을 알았다. 정말로 꿈이라면 어서 깨기를 바랐고 현실이라면 누군가가 몰래 카메라라고 빨리 외쳐주기를 바랐다. 하지만 그 바람은 부질없는 것처럼 파라오의 손이 자신의 목에 닿았다.

"죽고 싶은 것이냐."

"으윽."

목을 움켜쥔 파라오의 악력이 점점 커지자 윤아는 자신이 지금 죽을 수도 있다는 생각이 들었다. 처음 느꼈던 죽음의 공포가 거짓이 아님을 알았다. 미간이 절로 일그러지고 신음 같은 애원이 새어나왔다.

"그, 그만……. 그만 둬. 켁, 헉헉……."

남자의 손이 거둬지자 윤아는 거친 숨을 몰아쉬었다. 호흡이 멈추었다 숨을 급격하게 몰아쉬자 헛기침이 마구 나왔다.

"어떻게 한 것이지?"

윤아는 그의 말을 알아듣지 못해 곤혹스러운 눈으로 쳐다봤다.

"어떻게 눈동자 색이 보라색으로 변하는 거지?"

신기하다는 듯 쳐다보는 남자에게 윤아는 순간 화가 치밀었다. 어떻게 그만한 일로 사람 목을 조를 수 있으며 또 금방 아무렇지 않은 듯 눈동자 색을 입에 담을 수 있는지 의문이 들었다.

윤아는 미간을 찌푸리며 남자를 바라봤다. 해가 지고 있는 시간, 노을이 깔리는 시간처럼 빛이 강할 때 하늘을 쳐다보면 눈동자 색이 보라색으로 보일 때도 있었다.

"너의 이름이 무엇이냐?"

목을 조른 남자의 질문에 윤아는 여전히 잔기침을 하며 그를 쳐다봤다. 장난이 지나치다고 말하고 싶었다. 사과가 먼저여야 했다. 그런데 자신의 궁금증이 먼저라는 듯 눈동자 색에 대해서만 말하는 남자가 어이없었다.

"그러는 그쪽 이름은 뭔데요?"

윤아는 쉽게 대답하고 싶지 않았다. 목숨을 하찮게 여기는 것인지, 장난의 도가 지나친 것인지 제멋대로인 남자에게 놀아나고 싶지 않았다.

그렇게 생각하며 상대의 눈을 보던 윤아는 당황해 입술을 살짝 벌렸다. 자신을 탐색하는 눈이긴 했지만 조롱이나 비난의 빛을 담고 있지는 않았다. 장난기는 더더욱 보이지 않았다. 보이는 것이라고는 눈동자뿐이어서 답답했지만 충분히 감정이 전달되고 있었다. 자신을 호기심 가득한 눈으로 바라보고 있다는 것을 알았다. 윤아는 남자가 지금 무슨 표정을 짓고 있으며 어떤 얼굴일지 궁금했다. 하지만 볼 수 있는 방법이 없어 답답했다.

"답답해."

"뭐?"

윤아는 답답한 속을 생각하며 자신도 모르게 내뱉은 말에 당황했다. 이왕 내뱉은 말이니 하기라도 해보자는 생각으로 윤아는 입술을 달싹였다.

"가면을 벗으면 안 되는 건가?"

남자의 고개가 살짝 기울어지는 것을 보며 윤아는 입술을 살짝 앙다물었다. 빤히 바라보던 남자가 훗 하는 웃음소리를 내자 그가 자신의 말을 들어줄 것 같은 느낌이 들었다.

"파라오여, 불러 계십니까?"

뒤에서 들리는 목소리에 파라오의 고개가 움직였다. 남자의 얼굴을 볼 수 있을 거라고 기대했던 윤아는 실망감에 입술을 삐죽거렸다. 아까 명을 받고 나간 남자가 다른 남자를 데리고 들어서자 파라오는 윤아에게서 한 발 물러나 단상 위의 의자에 앉았다.

"여인이 수를 안다고 한다. 어떻게 여인이 수를 아는 것이지?"

윤아는 살벌하게 가라앉은 분위기를 느끼며 눈치를 봤다.

"샨탈, 시험을 해보아라."

샨탈이라고 불린 남자는 윤아를 힐끔 돌아보고는 파라오를 향해 머리를 조아렸다.

"호루스 신께서 알려준 여인이니 분명할 겁니다."

'호루스?'

윤아는 파라오와 샨탈을 번갈아 쳐다보다 입술을 깨물었다. 호루스는 이집트의 신 중 하나였다. 설마 진짜 자신이 시간을 이동해 이집트로 온 것이란 말인가. 윤아는 주위를 다시 한 번 훑어봤다. 어디선가 본 듯한 동상과 벽에 그려진 상형문자와 그림을 보며 윤아는 터지려는 신음을 삼켰다.

"문제를 내어라."

샨탈이라는 자가 두루마리를 들고 다가오자 윤아는 주먹을 말아 쥐었다.

"풀어보아라."

"저기, 도대체 무슨 일인지 알아야 면장질을 하든지……."

"풀지 못하면 너의 목숨을 거둘 것이다."

윤아는 얼마 전 들었던 환청과 같은 말을 듣게 되자 얼굴이 절로 굳어졌다. 자신을 빤히 바라보고 있는 파라오의 시선을 느끼며 윤아는 두루마리를 펼쳤다.

"문제를 풀어라."

샨탈이 지시했다. 윤아는 펼쳐진 두루마리에 적힌 상형글자들을 읽을 수가 없었다. 읽을 수 있는 것은 수를 나타내는 것들뿐이었다. 하지만 그것도 명확하지가 않았다. 초등 저학년 스토리텔링 책에 실린 이집트 상형문자를 해석해 보는 문제를 재미삼아 풀면서 한 번 쓰윽 훑은 것이라 자신이 없었다.

"풀 수 있겠느냐? 아니, 풀어야 한다."

이들이 나누는 대화는 이상하게 한국말로 들리는데 글자는 아니었다.

"꿈이야, 이건 꿈이야. 상형문자를 쓰는 이들의 언어를 알아듣는다는 게 이상타 했어. 잠에서 깨어나야 해. 그러니…… 아야!"

윤아는 자신의 허벅지를 꼬집다가 비명을 질렀다.

"무엇 하느냐! 어서 풀지 않고!"

샨탈이 파라오의 눈치를 보며 윤아를 향해 눈을 부라리며 낮게 으르렁거렸다. 윤아는 꽥 소리를 지르고 싶었다. 장난 그만하라고, 그냥 집에 보내달라고 애원하고 싶었다.

"너를 죽인다는 말은 허튼 소리가 아니다. 그러니 어서 문제를 풀어라."

윤아는 입술을 지그시 깨물었다. 풀지 못하면 죽인다는 말이 거짓으로 들리지는 않았다. 하지만 도저히 상형문자를 읽을 수가 없었다.

"하, 하지만 이 글자를 읽을 수가……."

"문제를 풀면 너의 목숨을 살려주겠다."

윤아는 남자의 나른한 목소리에 움찔 놀라 어깨를 움츠렸다. 파라오의 목소리가 아까보다 부드러운 음색을 띠고 있었지만 분위기는 팽팽하게 당겨져 있는 기분이었다.

윤아는 아무리 봐도 읽을 수 없는 상형문자를 보다 신관 샨탈을 쳐다봤다.

"모르겠느냐?"

윤아의 물기 어린 눈동자를 보며 샨탈은 미간을 찌푸렸다. 난감함이 샨탈의 얼굴에 다 드리우기 전에 윤아가 고개를 작게 흔들며 입을 열었다.

"아니, 그게…… 문제를 대신 읽어주면……."

샨탈의 얼굴에 화색이 돌았다.

"대신? 그러면 풀 수 있느냐?"

윤아는 무슨 문제인지도 모르면서 고개를 끄덕였다. 문제를 풀지 않으면 죽는다고 하니 그냥 죽는 것보다는 문제가 무엇인지라도 알고 죽는 게 낫겠다 싶었다.

"가로가 4이고 세로가 6인 땅의 넓이를 구하는 것이다."

윤아는 문제를 읽어주는 샨탈을 보며 눈을 동그랗게 떴다. 단순한 곱셈 문제라는 것을 알자 허탈감이 찾아왔다.

"24."

단위가 m인지 ㎝인지 몰라 윤아는 단위를 빼고 답했다.

"24?"

윤아는 고개를 끄덕이며 되묻는 샨탈에게 확신을 주었다.

"답이 나왔는가?"

"네, 파라오여."

샨탈이 파라오에게 예를 갖추며 다가가 속삭이자 윤아는 불안한 눈으로 둘을 번갈아 쳐다보았다. 샨탈의 귓속말을 듣던 파라오의 고개가 자신에게로 향하자 윤아는 마른침을 꿀꺽 삼켰다.

"사자의 서를 준비하라."

'사자의 서?'

"네, 파라오여."

신관이 물러나 방을 나가자 윤아는 불안함이 증폭되었다.

"풀었으니 목숨은 살려주겠다."

고개를 살짝 기울인 파라오의 말에 윤아가 안도한 것도 잠시, 다음 말에 얼굴빛이 하얗게 질려 버렸다.

"넌 여기에 머물러야 한다."

"뭐? 안 돼! 내가 왜 여기에…… 난 여기 사람이 아니야!"

윤아는 가만히 당하고 있을 수 없다는 생각에 자리를 박차고 일어났다. 그러자 파라오의 뒤에서 무기를 들고 있던 이들이 자신을 향해 다가왔다.

"저항해도 소용이 없다. 너는 파라오의 것이다."

병사들 사이로 샨탈이 두꺼운 책을 하나 들고 들어왔다.

"뭐? 파라오의 것? 미쳤어!"

윤아는 이해할 수 없는 그들의 행동에 분노가 일었지만 여기서 자신은 약자였다.

"문제를 풀었으니 살려주겠다고 했잖아!"

사자의 서가 무엇인지 정확하게 모르지만 죽은 자를 위한 책이라는 생각에 윤아는 거부했다.

"샨탈, 주문을 외워라!"

자신을 묶어두려는 듯한 파라오의 명령에 윤아는 노을이 비치는 발코니를 향해 달렸다. 병사들이 뒤쫓아 와 더 달아날 곳이 없었다. 하지만 윤아는 여기서 잡히면 죽을 것 같아서 발코니의 난간을 넘어 그 좁은 턱에 올라섰다.

"더 다가오지 마!"

"다가가겠다면?"

병사들을 비집고 다가온 파라오가 고개를 비스듬히 기울이며 조롱하듯 묻자 윤아는 입술을 질끈 깨물고는 소리를 질렀다.

"다가오면 여기서 뛰어내릴 거야!"

"죽겠다는 건가? ……안 돼!"

자신을 저지하듯 손을 뻗는 파라오의 모습에 두 눈을 질끈 감던 윤아는 난간을 잡고 있던 손을 삐끗했다. 그 바람에 몸이 기울며 중심을 놓치고 아래로 떨어졌다. 떨어지면서 윤아는 이제 죽는구나 생각했다. 공중으로 붕 떠오른 몸이 급격한 속도로 추락하기 시작했다. 윤아는 모든 것이 끝이라고 생각하며 몸을 둥글게 말았다.

"일어나! 아니 얘가 왜 이리 몸을 말고. 얘, 윤아야!"

어디선가 들리는 엄마의 목소리에 윤아는 흐느껴 울기 시작했다. 죽는다는 사실보다 엄마를 못 본다는 것이, 엄마와 이별을 준비하지 못했다는 것이 서러웠다.

"아니, 얘가 무슨 꿈을 꾸기에 울기까지. 윤아야! 정신 차려!"

"헉!"

눈을 번쩍 뜬 윤아는 물기가 그렁그렁한 눈으로 자신을 내려다보고 있는 엄마를 쳐다봤다.

"엄마아!"

"아니 얘가 안 하던 짓을……."

윤아는 엄마의 품속으로 마구 파고들었다. 포근한 엄마의 품을 느낀 윤아는 펑펑 울어버렸다. 하지만 꿈이 너무 생생해 소름이 가시질 않았다.

"무슨 일 있었어?"

윤아는 엄마의 말에 대꾸도 않고 실체를 확인하듯 엄마의 등을 손으로 계속 쓸어내렸다. 마치 그만두면 엄마가 사라지기라도 하는 것처럼 애타게 손을 움직였다.

"너 왜 그래? 무슨 일 있었어?"

"아니야……. 기분 나쁜 꿈을 꿔서 그래."

"너도 참."

눈물로 범벅이 된 자신의 얼굴을 엄마가 손으로 닦아주자 윤아는 안도의 한숨을 내쉬었다.

"그나저나 마트에서 장 봐온 걸 냉장고에 넣지도 않고 거실 바닥에 내팽개쳐 놓고……."

엄마의 말을 듣던 윤아의 낯빛이 창백하게 굳어졌다.

"그만큼 피곤했…… 윤아야?"

윤아는 후들거리는 다리에 힘을 주어 거실로 나갔다. 자신이 하얀 빛 속으로 끌려 들어갈 때 바닥으로 흩어졌던 물건들이 꿈이 아니었다는 증거로 널브러져 있었다.

"흑."

윤아는 그 자리에 맥없이 주저앉아 버렸다. 대관절 자신이 무슨 저주에 걸렸기에 이런 일을 당하는 것일까.

"윤아야, 너 왜 그래?"

등 뒤에서 자신을 안고 토닥여 주는 엄마의 품이 현실이 아닌 아득한 꿈처럼 느껴졌다.

▲

"쌤!"

"……어?"

윤아는 규하의 목소리에 고개를 들었다. 네 쌍의 눈이 자신을 빤히 바라보고 있었다.

"아! 미안 내가 좀 정신을 빼고 있었지?"

"좀이 아니라 아주 많인데요?"

그날 이후 본가로 들어간 윤아는 혼자 오피스텔에 들어가는 것이 무서워 입구에서 학생들을 기다렸다가 함께 들어왔다.

“하, 내가 그랬나?”

윤아는 멋쩍은 웃음을 지으며 어깨를 으쓱했다. 그날 이후로 알 수 없는 공포에 시달리고 있었다. 언제 또 끌려갈지 모른다는 두려움이 엄습했다. 누군가에게 말하기에는 너무 황당하고 허무맹랑한 일이라 말도 못 하고 있었다.

“쌤, 우리 삼촌하고 소개팅하실래요? 쌤은 우리 삼촌 이상형이신데.”

규하가 장난기 다분한 얼굴로 말하자 윤아는 얼떨떨한 얼굴로 쳐다보다 이내 고개를 저었다.

“이상형이라고 해줘서 고맙지만 사양할게.”

지금 윤아는 장난을 받아줄 만큼 마음의 여유가 없었다. 며칠 본가에 머무는 동안 아무런 일도 일어나지 않아 조금 안정을 찾고 있었지만 수업을 하러 오피스텔로 오면서 느낀 음산한 기운이 몸에 닿아 떨어지지 않는 기분이었다. 오피스텔을 처분하고 다른 곳을 알아보고 있었지만 괜찮은 매물이 없었다. 더구나 건물 주인이 은행에 대출을 많이 받는 바람에 빚더미에 앉아 선뜻 들어오려는 사람이 없었다. 일이 꼬이고 있는 느낌이었다.

“다음 시간까지 숙제 다 해오는 것 잊지 말고.”

아이들이 인사를 하고 나가자 조용하게 가라앉은 분위기에 눌린 윤아는 심장이 떨려왔다. 가져가야 할 책을 챙기고 얼른 이곳을 벗어나야 될 것 같았다.

"어디에 뒀지?"

고등부를 위해 만들어둔 수학 문제집을 찾았다. 어디 가서 살 수도 없는 문제집이기에 수업을 하려면 꼭 찾아야 했다. 뭔가에 쫓기는 사람처럼 윤아는 서랍을 뒤지고 책장을 뒤졌다.

"아, 여기…… 으앗!"

가장자리에 꽂혀 있는 문제집을 반가운 얼굴로 집으려던 윤아는 진동하는 휴대폰에 놀라 비명을 질렀다.

〈쌤! 우리 삼촌 구제 좀 해주세요! 삼촌 키도 크고 잘생겼고 매너 짱! 이에요~~~〉

규하가 보낸 문자에 윤아는 피식 웃어버렸다. 늘 장난을 치던 규하였는데, 이번에는 장난이 아닌 모양이었다.

"주문을 외워라."

윤아는 환청에 놀라 들고 있던 휴대폰과 문제집을 떨어트렸다. 놀란 눈으로 주위를 둘러보던 윤아는 누가 쫓아오기라도 하는 듯 서둘러 물건과 가방을 챙겨 현관으로 내달렸다.

빠르게 차에 오른 윤아는 액셀을 꾸욱 밟으며 빠르게 주차장을 벗어났다. 환청이었는지 경험이 만들어낸 기억이었는지 몰라도 달아나야 했다.

"엄마, 아빠 지금 어디에 계셔?"

본가에 들어서자마자 윤아는 창백한 얼굴로 아빠를 찾았다.

"어? 애가 정신을 어디에 둔 거야? 아빠 경주 내려가셨잖아."

"아! 맞다."

윤아는 자신의 이마를 툭 쳤다.

누군가에게 이런 자신의 상황을 털어놓지 않으면 병을 앓을 것 같았다. 고고학자인 아빠한테는 얘기를 하면 통할 것 같았다. 믿어줄지는 의문이지만.

"그나저나 오라고 오라고 노래를 불러도 안 오던 네가 요즘은 집이 최고인 양 굴어대니 이상한데?"

"엄만."

윤아는 그냥 어깨를 으쓱하며 방으로 들어갔다.

아빠와 통화를 해서 이야기하는 데는 한계가 있을 터였다. 하지만 주말에도 수업이 있는 관계로 경주까지 갈 수는 없었다.

"수업을 미룰까? 학부모들이 싫어할 텐데……."

윤아는 방 안을 서성이다 침대에 털썩 주저앉았다. 제약이 좀 있을 테지만 통화로 이야기를 전할 수밖에 없었다.

[어, 윤아니.]

"응, 아빠. 하는 일은 잘 되고 있어요?"

[이건 정말 뜻밖의 수확이야. 남녀가 마주본 상태로 합장이 된 경우는…….]

"아빠, 나……."

[어? 무슨 일 있어?]

"차원 이동을 했다고 하면 아빠 믿어져?"

그때 전화기 너머로 '서 소장님!' 하고 아빠를 찾는 소리가 들렸다.

[윤아야, 미안한데 나중에 통화하자. 밖에서 찾는구나.]

"네……."

윤아는 이미 끊어진 휴대폰을 물끄러미 바라봤다.

유물이 출토되었다는 소식만 들어도 한달음에 달려가는 아버지였다. 남동생 윤이 태어났을 때도 유물에 혼을 빼고 있던 아버지였다. 집안의 경사라며 좋아하던 할머니가 아들 이름은 지어주어야 하지 않느냐고 했을 때 유물에 정신이 팔린 아버지는 윤아의 이름에서 '아' 자만 뗀 이름을 지어주고는 휭 하니 가버린 것이다. 그러니 지금 아빠에게 자신의 이야기가 제대로 들릴 리가 없을 것이다. 경순왕의 귀가 당나귀 귀라는 것을 말할 수 없었던 이발사의 심정이 이런 것이었을까.

"하아."

윤아는 한숨을 내쉬며 무릎을 끌어안았다. 본가에서는 환청이 들리지 않으니 괜찮았지만 자신의 직장이자 쉼터인 오피스텔은 아니었다. 윤아는 고개를 저으며 이상한 생각을 접으려 애썼다.

아니라고 부정하면 아닌 것이 될 수도 있다. 그러니 긍정적인 생각만 하자.

욕실에서 거울을 바라보며 눈을 두어 번 깜빡인 윤아는 허탈한 듯 웃었다. 파라오라고 불린 남자의 눈동자가 생각이 났다. 자신을 뚫을 듯이 빤히 바라보던 남자. 가면에 가려 무슨 생각을 하는지 알 수 없었지만 진실해 보이던 눈동자.

물기를 머금은 얼굴로 거울을 빤히 쳐다보던 윤아의 동공이 확장되었다. 자신의 눈동자가 아닌 다른 눈동자가 겹쳐져 있었다. 놀란 윤아는 떨리는 손을 들어 거울을 만졌다. 아닐 거라고 생각하며, 욕실을 뛰쳐나가지도 못하고 확인했다.

"하아, 이젠 환청에 이어 환상까지."

윤아는 참았던 숨을 몰아쉬었다. 파라오를 생각하던 자신이 만들어낸 환상 치고는 너무 생생했다. 윤아는 수건걸이에 걸린 수건을 확 낚아채며 욕실을 나갔다.

"윤아야."

"응, 엄마."

"맞선 한번 볼래?"

윤아는 엄마를 빤히 바라봤다. 아빠 같은 사람만 아니면 된다며 결혼에 대해서는 신경 쓰지 않던 엄마였다.

"갑자기 왜?"

"너 학생 중에 규하라고 있지?"

윤아는 멍한 얼굴로 고개를 끄덕이며 다음 말을 기다렸다.

"규하 어머니한테서 직접 연락이 왔는데 어떠냐고 의향을 물으셔서."

윤아는 '아' 하고 짧은 탄성을 내질렀다. 규하의 문자에 답을 안 주고 있었더니 이 녀석이 엄마까지 동원을 한 모양이었다. 학생들의 가족과는 연결되고 싶은 생각이 없었다.

"엄마, 내가 싫어하는 거 알면서 왜 그런……."

"나도 우연히 한 번 봤는데 꽤 괜찮아 보이더라. 그냥 한번 만나나 봐. 결혼하라는 말이 아니잖아?"

윤아는 부드럽게 타이르듯 부탁하는 엄마의 말에 애꿎은 입술만 깨물었다.

"하아, 저기를 들어가야 해, 말아야 해?"

엄마의 간곡한 부탁에 떠밀려 나온 윤아는 오피스텔을 올려다봤다.

맞선 자리에 바지를 입고 어찌 나가느냐며 엄마는 오피스텔에 가서 옷을 갈아입고 나가라고 했다. 하지만 오피스텔에 가기 싫었던 윤아는 백화점으로 가서 새 옷을 살 생각을 했다. 그러다 한 번 만나고 말 사람을 위해 옷을 사 입는다는 것이 어색하고 어이없어 결국 오피스텔로 온 것이다.

"빨리 갈아입고 나가면 될 거야. 아무 일 없을 거야. 괜찮아."

윤아는 주문을 외우듯이 자신을 다독이며 현관문을 열었다. 고요하다 못해 괴기스러운 오피스텔을 보며 윤아는 미간을 찌푸렸다. 이런 곳이 아니었는데 음침한 곳으로 변한 것 같아 속이 상했다.

윤아는 최대한 모든 감각을 차단한 채로 방문을 열었다. 곧장 옷장에서 원피스를 꺼내 들었다. 조금 짧은 감이 있지만 부츠를 신고 코트를 걸치면 될 것 같았다.

"아!"

윤아는 너무 서두르다 침대 모서리에 정강이를 찧었다.

"진짜 내가 이게 뭔 짓이냐고! 미친 파라오!"

윤아는 자신의 속에서 불안을 키우는 파라오를 향해 버럭 하고는 가방과 코트를 챙겨 현관으로 가 신발장을 열었다.

"까아악!"

무릎 아래까지 오는 부츠를 신고 몸을 세우던 윤아는 저도 모르게 비명을 질렀다.

"넌 파라오의 것이다. 그러니 벗어날 수 없다."

"하지 마!"

윤아는 저를 향해 손을 뻗는 샨탈에게 있는 힘을 다해 가방을 휘둘렀다. 그런데 가방은 허공을 한 바퀴 빙 돌고는 제자리로 돌아왔다. 눈에는 보이는데 사물은 닿지 않고 통과해 버렸다.

"놔! 이거 놔! 놓으라고!"

윤아는 자신의 어깨를 잡아챈 샨탈을 향해 반항을 했지만 어느새 발이 공중으로 떠올랐다. 그녀는 소용없다고 생각하면서도 샨탈의 팔뚝을 꽉 물었다. 그런데 예상과 달리 자신의 치아에 물컹한 살집이 물렸다.

"나는 고통을 느끼지 않는다. 그러니 소용없는 짓이다."

잇자국이 선명히 남아 있는 샨탈의 팔을 보며 윤아는 절망적인 얼굴로 발악을 했다.

"놔! 이 미친놈아! 놓으라고! 난 안 간다고!"

쾅쾅!

윤아는 자신을 가로막은 유리벽을 주먹이 아프도록 두드렸지만 반대편에 있는 이들이게는 들리지 않는지 그 누구도 윤아 쪽으로 고개를 돌리지 않았다. 자신이 그 자리에 없는데도 가족들은 즐거워 보였다.

"나 여기 있다고! 왜 이쪽을 안 봐! 엄마! 아빠! 윤아! 할머니!"

윤아는 점점 뿌연 안개가 피어올라 자신을 휘감는 것을 느끼며 절망했다. 가족과 점점 멀어지는 절망감에 윤아는 죽을 것만 같았다.

"가지 마. 나 여기 있어. 제발……."

윤아는 홀로 남겨진다는 공포에 몸을 떨며 이 이상한 곳에서 자신을 구해주길 바랐다.

"윽!"

바닥으로 주저앉으려던 몸이 어디선가 나타난 검은 손에 의해 굳어졌다. 자신의 목을 움켜쥐고 힘을 가하는 손을 떼어내려 발버둥을 쳤다.

"하지 마! 아악!"

"정신이 드세요?"

윤아는 자신을 내려다보고 있는 까만 눈망울에 벌떡 일어나 앉았다. 저번과 다른 방이었지만 분위기는 더 몽환적이었다. 윤아는 멍한 정신을 차리려 애를 썼다.

"괜찮으세요?"

자신을 걱정스러운 눈으로 바라보는 소년을 쳐다보다 곤혹스러운 얼굴로 입술을 달싹였다.

"여긴 어디지?"

"여긴 호루스 신을 모시는 신전이에요."

"신전?"

"네. 파라오가 머무는 궁과 거의 닿아 있어요."

윤아는 파라오라는 말에 미간을 찌푸리다 고개를 돌려 주위를 훑었다. 차원 이동을 두 번이나 했다는 사실이 황당하기만 했다. 자신을 왜 데려왔는지 알아야겠다는 생각에 윤아는 소년을 쳐다보며 입술을 떼려 했다.

"배가 고프세요? 먹을 것을 가져올까요?"

자신의 앞에 무릎을 꿇고 있는 소년의 조그마한 등이 윤아는 안쓰러워 보였다.

"아니. 그보다 내가 왜 여기로 온 건지 알아?"

"그건 저도 잘 몰라요. 단지 샨탈님이 잘 지키고 있으라고만 하셨어요."

소년의 눈동자에 곤혹스러운 빛이 어렸다.

"샨탈? 그자는 어디에 있지?"

"샨탈님은 지금……."

소년이 난처한 듯 입을 다물자 윤아는 자신의 이마를 짚었다. 도망을 가지 못하게 자신을 지키고 있다는 생각이 들었다.

"배가 고파. 먹을 것을 좀……."

"네!"

소년의 얼굴에 화색이 도는 것을 보며 윤아는 한숨을 삼켰다. 저번과 같은 상황이라면 같은 방법으로 돌아갈 수 있을 것이다. 그러니 이 소년의 눈을 잠시 다른 데로 돌리고 그 틈을 이용하는 수밖에 없다.

"잠시만 기다리세요. 금방 준비해 오겠습니다."

윤아가 소년을 향해 애써 웃어주자 소년도 눈을 곱게 접고 웃었다.

맨발이 바닥을 박차고 나가는 소리를 들으며 윤아는 자리에서 일어났다. 그녀는 한쪽에 가지런히 놓여 있는 부츠를 집으려다 그만두었다. 지금 신발이 중요한 것이 아니지 않은가. 윤아는 잰 걸음으로 발코니를 향해 걸었다. 이번에도 가능하길 바라며 쿵쾅거리는 심장에 손을 얹었다.

"하아."

발코니로 나오자 더운 바람이 얼굴로 훅 끼쳐왔다. 사막의 열기를 안은 바람은 나무 사이를 지나 윤아에게 닿았다. 푸른 숲이 신전 앞으로 펼쳐져 있었고 그 푸른 숲 사이로 멀리 사막이 보였다.

"하, 너무 높아."

윤아는 아래를 내려다보며 마른침을 꿀꺽 삼켰다. 생각보다 높은 위치를 보니 두려움이 일었다. 멋모르고 뛰어들었던 때와는 마음이 사뭇 달랐다. 이번은 저번과 다르면 어쩌지 하는 생각이 들자 선뜻 뛰어내릴 수가 없었다. 왜 자신에게 이런 일이 일어나는 것인지 이해할 수 없었다. 샨탈에게 가방을 휘둘렀을 때는 닿지 않았는데 자신과 닿자 그대로 느껴졌던 것 또한 의문이었다.

소년이 다시 돌아오는지, 맨발이 바닥을 스치는 소리가 나자 윤아는 눈을 커다랗게 뜨며 숨을 삼켰다. 지금이 아니면 돌아가지 못할 것이다.

"아앗!"

윤아는 몸을 획 돌려 발코니 아래로 뛰어내리려 했지만 누군가가 그녀의 허리를 낚아챘다.

"두 번은 당하지 않는다."

자신을 내려다보며 원망 섞인 눈빛을 하고 있는 남자를 본 윤아의 동공이 마구 흔들렸다. 도망가야 했다. 지금이 아니면 돌아갈 수 없을 것 같았다.

"놔! 놔요!"

윤아는 남자의 팔을 할퀴고 주먹으로 가슴을 때렸다. 하지만 남자는 꿈쩍도 하지 않았다. 마치 단단한 바위를 향해 주먹질을 하는 기분이었다.

"한시도 방심할 수 없는 여인이군."

자신을 품으로 끌어들인 남자로 인해 윤아는 옴짝달싹할 수 없는 처지가 되었다. 돌아온 소년이 윤아의 상황을 보더니 당황한 듯 무릎을 꿇었다.

"파라……."

"쉿!"

남자가 손가락을 세워 입을 다물라는 행동을 취하자 소년이 공손하게 머리를 숙였다.

“채찍을 가져오라.”

남자의 품에 잡혀 있던 윤아는 채찍이라는 말에 놀라 남자와 소년을 번갈아 쳐다봤다.

“너의 임무를 제대로 수행하지 않았다.”

윤아는 자신이 달아나려 한 것 때문에 소년이 벌을 받는 것임을 직감했다.

“잘못했습니다. 벌을 내려 주십시오.”

“하지 마요! 저 아이는 잘못이 없어!”

“…….”

남자의 시선이 자신에게 향하자 윤아는 남자의 팔을 꽉 쥐었다. 자신 때문에 저 소년이 벌을 받는다는 것은 억울한 일이다.

“저 아이는 아무것도 몰랐어. 그러니 때리지 마. 그러면 안 돼.”

윤아의 눈에 눈물이 맺혔다. 달아나려는 순간 잡힌 것도 억울한데 자신을 제대로 감시하지 않았다는 이유로 소년이 매를 맞는다는 생각이 들자 기분이 엉망이었다. 억울해서 우는 것인지 소년이 불쌍해 우는 것인지는 몰라도 눈물이 뺨을 타고 흘렀다.

“흑.”

남자의 미간이 살짝 찌푸려지는 것을 보며 윤아는 남자가 망설이는 것이라 여겼다.

“때리지 마. 때리는 건 나빠.”

손등으로 눈물을 훔쳐내던 윤아의 손목이 거칠게 잡혔다.

“내가 왜 너의 말을 들어야 하지?”

윤아는 눈물이 채 가시지 않은 눈으로 남자를 올려다봤다. 이 남자의 말처럼 자신이 명령을 내릴 처지는 아니었다. 하지만 잘못은 소년이 아니라 자신이 했는데 벌은 소년이 받는다는 건 말도 안 된다.

“네가 다시는 이런 짓을 하지 못하게 벌을 내릴 것이다.”

“안 돼! 하지 마!”

“채찍을 쳐라!”

남자의 명령에 뒤에 서 있던 병사가 소년을 향해 채찍을 휘두르자 허공을 가르는 날카로운 소리가 들려왔다. 놀란 윤아는 비명을 터뜨렸다.

“아앗!”

“악! 으윽.”

‘좌아악’ 하는 마찰음이 들리는 것과 동시에 소년의 입에서 비명이 터져 나왔다. 다시 허공을 가른 채찍이 소년의 등을 후려치자 윤아는 눈을 감았다. 차마 볼 수가 없었다. 남자는 자신의 품에 그녀의 머리를 기대게 하였다.

“외면하지 마라.”

“뭐?”

담담한 어조에 놀란 윤아가 눈물이 그렁그렁 맺힌 눈을 들자 남자의 눈빛이 묘하게 가라앉았다.

“너의 행동이 만든 결과다.”

“하지 마! 그만두라고! 이 미친놈들! 그만 두라는 말 안 들려!”

윤아는 남자의 힐난에 자책감이 들었다. 그래서 있는 힘껏 소리를 질러 그들을 말리고 싶었다. 달려가 소년을 감싸 안아주고 싶었지만 남자의 팔에 붙들려 그러지도 못했다.

"그만둬! 그만두라고 말해!"

윤아는 남자를 향해 울먹이는 목소리로 소리를 질렀다.

"파라오의 것을 지키지 못하면 벌을 받는 것은 당연하다."

"뭐? 내가 파라오의 것이라고? 미친 파라오! 나오라고 해! 당장 멈추라고 말하란 말…… 헉!"

채찍을 맞은 소년의 등에서 피가 흐르고 살점이 찢기는 것을 본 윤아는 주먹을 쥐고 부르르 몸을 떨었다. 비명을 참으며 매질을 견디는 소년을 보던 윤아의 눈이 점점 뿌옇게 흐려졌다.

"그만해!"

윤아는 남자의 팔을 뿌리치려 했지만 역부족이었다. 속수무책으로 매를 맞고 있는 소년을 쳐다볼 수 없어 윤아는 남자의 팔을 물어버렸다. 소년의 고통에 비할 바는 아닐 테지만 너도 고통을 느껴보라는 의미였다.

"윽!"

남자의 입에서 비명이 터져 나오는 것과 동시에 윤아는 남자의 팔을 풀어냈다. 하지만 이내 다른 팔에 붙들리고 말았다.

"가만히 있어라. 곧 끝난다."

남자의 음성에서는 급박함도 짜증도 묻어나지 않았다. 차분하게 가라앉은 음성이 오히려 더 무섭게 느껴질 뿐이었다.

윤아는 순간 잘못 건드렸다는 생각이 들었다. 자신을 등 뒤에서 안은 남자의 숨결이 귓가에서 흩어지자 윤아는 두 눈을 질끈 감아버렸다. 차라리 소년을 안 보는 것이 아픔을 줄이는 방법 같았다.

하지만 이내 윤아는 두 눈을 뜨고 소년을 쳐다봤다. 현실 도피를 해서는 될 일이 아니었다. 자신이 할 수 있는 한 최선을 다해 소년을 구하는 것이 도리인 것 같았다. 소년이 잘못을 저지른 것이 아니지 않은가.

"파라오를 불러줘. 내가 직접 그만두라고 말할 테니깐."

윤아의 말이 떨어지자 그가 손을 들어 멈추라는 신호를 했다. 채찍질이 멈추자 방 안이 고요하게 가라앉았다. 간간이 고통을 삼키는 소년의 신음 소리만 들려올 뿐이었다.

"흑."

끝났다는 안도감이 밀려들자 윤아의 눈에 매달려 있던 눈물이 뺨을 타고 흘러내렸다.

"데려가라."

남자의 명령에 병사들이 소년의 어깨를 잡고 질질 끌고 나갔다. 채찍이 지나간 소년의 참담한 상처가 고스란히 윤아의 눈에 박혀들었다.

"잔인해."

"파라오의 것을 지키지 못하면 죽음으로 죄를 대신한다."

윤아는 발끈 화가 치밀었다. 그런 것이 어디 있단 말인가. 사람이 살다 보면 실수도 하고 실패도 하는 법인데 잠깐 실수했다고 사람을, 그것도 저 어린 소년을 저리 만든단 말인가.

"미쳤어. 미친 파라……!"

갑자기 몸이 빙글 돌려지자 윤아는 휘청하며 남자의 품에 안기게 되었다. 고개를 들자 가라앉은 남자의 눈빛이 자신을 주시하고 있었다. 눈빛이 일렁이고 있다는 것이 눈에 보일 정도였다.

"파라오에겐 자비가 없다."

"뭐?"

"자비를 베푸는 순간 자신의 처지를 잊어버리는 것이 사람이다."

윤아는 허탈한 웃음을 터뜨렸다. 저렇게 말하는 자가 자비를 베풀어보기는 했을까.

"위엄은 폭력에서 나오는 것이 아니야. 폭력을 쓰지 않고 다스리는 것이 진정한 군주…… 읍!"

느닷없이 다가온 남자의 입술에 놀란 윤아는 입술을 앙다물었다. 거칠고 집요하게 파고드는 남자의 입술을 막기 위해 윤아도 버텼다.

"뭐하는 짓이야!"

윤아는 있는 힘껏 남자를 밀어내고는 거칠어진 호흡을 가다듬으며 노려봤다. 자신을 파라오의 것이라고 했으니 파라오의 것을 탐하는 이 남자도 벌을 받아야 마땅하다고 생각했다.

"너도 파라오의 것을 함부로 탐했……!"

파라오의 것을 제대로 지키지 않았다고 소년을 벌준 남자가 바로 파라오라는 것을 깨닫자 윤아는 저도 모르게 멍한 표정을 지었다.

"파라오의 것은 파라오의 마음대로."

남자의 눈에 웃음이 머무는 것을 보며 윤아는 뒤로 한 발 물러나려 했다. 하지만 남자의 단단한 팔에 갇혀 움직일 수가 없었다. 어떻게 해서든 남자의 손아귀에서 벗어나려 했지만 쉽지가 않았다.

"다시는……."

남자의 말에 윤아는 고개를 들었다. 그의 눈빛에서 못마땅한 기색이 피어오르고 있는 것이 보였다.

"이거 놔, 놓으라고!"

윤아는 벗어나려는 것을 멈추지 않았다.

"내가 아닌 다른 이를 위해 눈물을 흘리지 마라."

"뭐? 읍!"

살짝 벌어진 윤아의 입술 사이로 물컹한 혀가 성난 파도처럼 밀려들어왔다.

"읏!"

윤아는 자신의 속살을 사정 봐주지 않고 핥고 빨아들이는 파라오의 혀를 꽉 물어버렸다.

"밋밋하지 않군."

고통에 놀라 떨어져 나갈 것이라 여겼는데 그는 입술을 붙인 채 말했다. 그쯤은 예상했다는 듯 다른 손을 들어 윤아의 목덜미를 움켜쥐고는 힘을 가했다. 윤아의 입술이 더 벌어지고 속살이 무방비로 노출되었다. 성력(誠力)을 다하려는 듯 여린 속살을 탐하는 파라오로 인해 윤아는 현기증을 느꼈다.

"흐읏."

윤아는 파라오의 거친 입맞춤에 어지러움을 느끼며 몸을 떨었다. 처음에는 군림하려는 몸짓이었고 두 번째는 즐기는 입맞춤이었다. 입술을 떼기 전의 파라오는 다디단 사탕을 먹는 것처럼 부드럽게 핥고 있었다.

강한 움직임이었지만, 어쩐지 감미롭게 느껴지는 듯도 했다.

윤아는 흩트려지는 의식을 잡으려 했지만 파라오의 품에서 서서히 의식을 잃어갔다.

"일어나 보세요."

자신을 가만히 흔드는 손길에 윤아는 눈을 떴다. 초점이 맞지 않아 눈을 두어 번 깜빡이자 낯선 여인이 눈에 들어왔다.

"정신이 드세요?"

윤아는 두통이 살짝 느껴지는 이마에 손을 얹었다가 일어나 앉았다. 속이 미식거리는 것이 좋지 않았다.

"머리가 아프세요?"

여인이 저를 걱정하는 말을 듣자 소년의 안부가 궁금했다. 괜찮은 것인지, 많이 상한 것인지 묻고 싶었다.

"그 아인……."

소년의 소식을 알고 싶어 하는 자신의 마음을 알았던 것인지 여인이 입가에 미소를 지으며 입을 열었다.

"덕분에 아메스가 죽지 않았어요!"

"아메스? 그 아이 이름이……."

"네, 그 아이의 이름이 아메스예요."

"죽지 않았다는 말은 무슨 말인가요?"

윤아는 얼굴색이 변했다. 채찍질이 죽을 만큼 고통스럽다고 생각했지, 죽을 수도 있다는 생각은 하지 못했었다.

"파라오에게 자비를 베풀어 달라고 해주셔서 감사해요."

파라오에게 그런 말을 건넨 적은 없었다. 그만하라고 소리치긴 했지만 자신을 말을 들어주지 않던 파라오였다.

윤아는 소년이 괜찮다는 말에 안도했지만, 곧 파라오의 무례한 행동이 떠올라 기분이 나빠졌다.

"신기합니다."

"으응?"

윤아는 여인의 말에 고개를 돌려 무슨 말이냐는 듯 눈을 약간 크게 떴다.

"여인이 수를 아는 경우는 본 적이 없어서……."

윤아는 수줍게 말하는 여인을 보며 한숨을 낮게 쉬었다. 여인이 수를 아는 것을 신기한 일이라고 말하는 시대. 자신이 지금 어느 시기에 와 있는지 대충 감이 잡혔다.

샨탈을 찾아 왜 자신을 데려왔으며 무엇을 위해 자신을 억류하는지 물어야 했다.

"저기 샨탈은 어디……."

"신관님은 지금 휴식 중이십니다."

"어디서?"

윤아는 당장에라도 찾아갈 생각에 자리를 일어섰다. 하지만 무릎을 꿇은 채로 앉아 있는 여인은 요지부동이었다.

"샨탈님은 힘을 너무 많이 쓰셔서…… 며칠 동안 계속 유체이탈을 하셨기 때문에 지금은 안정을 취하셔야 합니다."

"뭐? 유체이탈?"

"네."

고개를 끄덕이는 여인을 보며 윤아는 이마를 짚었다. 차원 이동을 하기 위해 유체이탈을 자유자재로 한단 말인가. 그럼 자신도 유체이탈 중이라는 건가. 그렇다면 자신이 있던 현실의 세계에서 육신이 잠들어 있을지도 모를 일이었다.

윤아는 자신의 몸을 만져보고 두드려 보았다. 유체이탈이라면 자신을 데려올 때의 신관처럼 물건이 자신을 통과해야 하는 것이 아닐까.

윤아는 옆에 있던 목이 긴 술병을 움켜쥐었다. 그러고는 다른 팔을 들어 힘껏 내려쳤다.

순식간에 산산이 부서진 술병 조각이 바닥으로 나뒹굴었다.

"괜찮으십니까?"

놀란 여인의 얼굴이 눈에 박혀들자 윤아는 멋쩍게 웃었다. 자신이 저질러 놓고도 어이가 없었다. 있을 수 없는 일을 당하니 사고력이 엉망진창이 되는 기분이었다. 무엇부터 해야 할지 무엇을 해야 할지 정하지도 못하겠고, 어디로 가야 할지 어디에 가야 할지도 막막했다.

"파라오께서 찾으십니다."

윤아는 벙한 얼굴로 여인을 돌아봤다. 조금 전 자신에게 무례를 범한 파라오의 말 따위 들어주고 싶지 않았다.

"칫! 목마른 사람이 우물 파겠지."

"네?"

윤아가 의자에 털썩 앉아버리자 여인이 난처한 얼굴을 했다.

"파라오의 명을 거부하면 안 됩니다."

"내 나라의 왕도 아닌데 내가 왜 명을 들어야…… 설마 내가 안 가면 매를 맞아?"

여인의 얼굴이 점점 파리하게 질리는 것을 보며 윤아는 걱정스러운 얼굴이 되었다. 자신 때문에 아메스에 이어 이 여인도 그런 꼴을 당할까 내심 긴장이 되었다.

"파라오를 화나게 하면 죽을 수도 있습니다."

"하아."

윤아는 턱을 괴고는 눈을 질끈 감았다. 사람 움직이는 방법이 가지가지라는 생각이 들어 허탈한 웃음이 나왔다.

"모시겠습니다."

윤아는 다소곳하게 일어나 방을 나서는 여인을 따라 걸으며 주변을 세세하게 살폈다.

달아나려면 정보가 필요했다. 그리고 최대한 아메스나 이 여인에게 해가 되지 않는 방법으로 달아나야 했다. 그러니 방법은 저번과 같은 방에서 같은 행위를 벌이면 되는 것이다. 파라오의 방에서 파라오 자신의 곁에서 벌어진 일을 가지고 누구를 탓하랴.

"들어가시면 됩니다."

여인의 손짓에 윤아는 풀 죽은 얼굴로 고개를 끄덕이고는 걸음을 떼었다. 저번과 같은 방으로 갈 줄 알았는데 다른 방이었다. 방 안을 둘러보던 윤아는 순간 숨 쉬는 것을 잊어버렸다.

햇살이 잘 드는 넓은 창 바로 앞에 침대가 놓여 있었다. 그리고 중간 창의 창틀에 남자가 한쪽 다리를 올린 채 앉아 있었다. 자신이 들어서는 순간부터 뚫을 듯이 쳐다보는 남자의 시선에 윤아는 소름이 오소소 돋아났다.

"가까이 오라."

윤아는 소름이 돋은 팔을 감싸 안고는 가만히 서 있었다.

"두 번 말하지 않는다."

윤아는 제 잘난 맛에 사는 파라오를 향해 눈살을 찌푸리고는 걸음을 떼었다. 그의 등 뒤로 보이는 넓은 창을 통해 밖을 볼 수 있을 것이다. 이곳이 얼마나 높은 곳인지, 뛰어내릴 수는 있는 곳인지 확인하려 했다.

"멈춰."

윤아가 창가로 다가가자 파라오가 저지했다. 윤아는 파라오를 향해 입꼬리를 슬쩍 말아 올렸다.

"그저 밖을 보려는 것뿐인데."

윤아가 어깨를 으쓱하며 대수롭지 않다는 듯 굴자 파라오가 자신의 검지 마디로 입술을 쓰다듬었다.

"이름이 무엇이냐."

윤아는 밖을 보던 시선을 거둬 파라오를 바라봤다.

선이 굵은 이목구비를 가진 얼굴이었다. 짙은 밤색 눈동자는 선명했고, 눈빛에는 확고한 의지가 담겨 있는 듯했다.

"이름."

"윤아."

"유나?"

"아니, 윤아."

"그래, 유나."

"아니 서윤아라고!"

윤아가 답답하다는 듯 소리를 바락 지르자 파라오의 입술 끝에 비릿한 미소가 걸렸다.

"유나, 넌 수를 아는 여인이다."

"흐음."

윤아는 자신을 끝까지 유나라고 부르는 파라오를 내버려두기로 했다. 지금 이름 따위가 무슨 대수겠는가.

"나를 도와 내 힘을 강하게 하라."

윤아는 팔짱을 끼고 파라오를 바라봤다. 지금이야 단순한 곱셈 문제일 테지만 고대의 이집트라면 엄청난 발견일 수도 있는 수식이었다. 이집트에서 이상적인 삼각형의 비율인 3:4:5를 먼저 발견했다 하더라도, 그것을 발전시키고 정의 내린 것은 그리스였다. 그러니 이들은 완전한 수를 가진 것이 아니었다.

"수를 가지면 힘을 얻는다."

윤아는 파라오의 말에 동감하는 바였다. 하지만 자신이 굳이 도와주지 않아도 고대 이집트의 수학은 알음알음 권력자들 사이에서 전해 내려온 것이었다. 그러니 자신의 도움이 필요하다는 말은 이해되지 않았다.

"파라오에게 전해 내려오는 비밀이 있을 텐데……."

자신의 말에 파라오가 고개를 기울이더니 가만히 쳐다보기만 했다. 입을 다물고 무슨 생각을 하는지 알 수 없는 눈이었다.

"전해 내려오는 파피루스는 없는 거야?"

"그들이 곧 나의 힘을 시험하러 올 것이다."

"누구……."

윤아는 성큼 다가온 파라오로 인해 입을 다물었다. 그의 얼굴이 너무 진지해 도와주겠다는 말이 절로 나올 것 같았다.

"내가 도와주면 나를 돌려보내 줄 거야?"

윤아는 반신반의하면서 물었다. 권력을 유지하기 위한 장치를 왕들이 쉽게 포기할 리가 없을 것이다.

"생각……."

윤아의 얼굴에 화색이 돌았다. 파라오가 생각해 보겠다고 하면 희망은 있는 것이라는 생각도 잠시 뿐이었다.

"하지 마라."

"뭐?"

"돌아간다는 생각은 하지 마라. 넌 돌아갈 수 없다."

"어째서!"

윤아는 바락 소리를 질렀다.

자신이 속한 세계로 돌아가고 싶어 하는 것은 당연한 일이었다. 그런데 어째서 생각도 하지 말라는 것이며 돌아갈 수 없다는 것인가.

"이미 사자의 서 주문을 외웠다. 너에게."

'사자의 서' 주문을 외웠다는 것이 어떤 의미인지는 모르지만, 분명 자신에게 좋은 일은 아닐 것 같아 윤아는 기운이 쫙 빠졌다.

"사자의 서가 정확히 뭔데?"

윤아는 불만에 가득 찬 얼굴로 물었다. 예의는 지키고 싶지 않았다. 제 아무리 파라오라 해도 이리 멋대로 군다면 자신도 멋대로 굴리라 생각했다.

"사자의 서는 죽은 자를 위한 안내서다. 네가 속한 세계에서 너는 이미 죽은 자다."

파라오가 입가에 보일 듯 말 듯 미소를 지으며 하는 말에 윤아의 눈이 가늘어졌다.

"거짓말."

"왜 거짓이라 생각하는 거지?"

"아까 신전에서 내가 뛰어내리려 했을 때는 못 하게 했잖아. 아직 돌아갈 수 있는 거지? 그렇지?"

"네가 혼절을 한 사이 주문을 외웠다."

"아…… 냐. 그럴 리가 없어."

윤아는 못 믿겠다는 얼굴로 파라오를 올려다봤다. 하지만 미동도 없이 자신을 내려다보는 짙은 밤색 눈동자가 그렇다고 답을 하고 있었다.

"나에게 약을 먹인 거야? 그런 거야?"

키스 한 번으로 혼절할 만큼 자신은 순진한 여자가 아니었다. 그러니 혼절을 한 이유가 따로 있을 것이라고 윤아는 확신했다.

"먹인 것이 아니다."

"뭐?"

윤아는 자신의 입술에 머물러 있는 파라오의 시선을 보는 순간 그의 손이 자신의 목을 세게 잡아챘던 것이 생각났다.

"흡입시킨 것이다."

그와 입을 맞췄을 때 윤아는 그와의 키스가 감미롭다고 느꼈던 자신을 이상하게 생각했었는데, 그게 약 때문이었다는 것을 깨닫자 조금은 이해가 되었다.

"흡입해서 마취가 되는 것이 뭐지?"

보통 코카인 같은 마약을 코로 흡입해 몽롱함을 느낀다면 파라오도 같이 의식을 잃었어야 했다. 윤아가 혼란스러운 얼굴로 파라오를 쳐다보자 그가 한 발 더 다가왔다.

"깊은 바다처럼 청색의 눈동자를 가진 여인, 넌 내 것이다."

짙은 밤색의 눈동자가 소유욕으로 까맣게 변하는 것을 보며 윤아는 마른침을 삼켰다.

"달아나면 아메스는 죽는다."

윤아는 입술을 깨물었다. 연좌제처럼 족쇄를 채우는 파라오의 말에 절망을 느꼈다. 자신이 돌아가려고 하면 아메스는 죽는 것이다. 윤아의 양심은 만난 지 몇 시간 되지 않은 아메스를 외면할 힘이 없었다.

## 수의 비밀을 아는 여인

윤아는 분노를 숨기지 않고 파라오를 쳐다봤다. 마음대로 데려와 놓고 마음대로 제 것이라고 말하는 파라오를 향해 힐난을 퍼붓고 싶었다. 하지만 파라오의 다음 말에 입을 꾹 다물고 말았다.

"파라오의 몸에 상처를 내고도 살아 있는 자는…… 너뿐이다."

뛰어내리려던 자신을 저지했을 때 그를 할퀴었던 것과 아메스가 채찍질 당할 때 그를 물었던 것이 기억난 윤아는 표정이 굳어졌다. 처음 손을 쳐 냈을 때 목을 조르던 그였으니, 또 자신에게 위해를 가할 수도 있었다. 절대 권력을 가진 군주이니 손가락 하나, 눈짓 하나로 사람을 죽일 수도 살릴 수도 있는 것이다.

"그게 뭐……."

윤아는 불만스러운 얼굴로 불퉁거리다 시선을 외면해 버렸다.

그래서 파라오의 입가에 묘한 웃음이 피어올랐다 사라지는 것을 보지 못했다.

"그만큼 너를 봐주고 있다는 소리다."

윤아는 파라오의 말에 '에?' 하는 표정을 지었다. 지금 봐주고 있으니 알아서 기라는 건가?

"나를 도울 것인가?"

윤아는 파라오의 말에 눈을 가늘게 뜨다 입가에 미소를 지었다. 그의 말은 곧 자신이 그와의 관계에서 우위를 차지할 수 있다는 의미였다. 자신이 거부한다면 그는 힘을 가지기 위해 자신에게 거래를 제안할지도 모른다.

"내가 왜……!"

윤아는 순간 멈칫했다. 수학을 하는 이가 이곳에서는 드물다고 하지만 자신의 세계에서는 헤아릴 수 없이 많았다. 그 많고 많은 수학자 중에서 왜 하필 자신이 끌려온 것일까. 수학을 전문적으로 연구하는 사람도 아니고, 그저 학생들을 상대로 과외나 하는 자신이 말이다.

"뭐가 문제지?"

말을 끊은 윤아가 갑자기 생각에 잠기자 파라오가 고개를 기울였다.

윤아는 왜 자신이 이곳으로 오게 되었는지 이유를 알고 싶었다. 아니, 꼭 알아야만 했다. 파라오가 사자의 서 주문을 외웠다고는 하지만 분명 돌아갈 방법이 있을 것이다.

"말하라."

자신을 빤히 쳐다보고 있는 파라오의 시선을 느끼며 윤아는 낮게 한숨을 쉬고 입술을 뗐다.

"왜 하필 나야? 내가 사는 세계에 수를 아는 사람이 나만 있는 것도 아닌데?"

윤아의 질문에 파라오의 미간이 살짝 찌푸려졌다.

그가 답을 모르더라도 그 해답을 찾아줄 수 있을 거라고 생각했다. 그런데 말없이 자신을 뚫어지게 쳐다보기만 하는 파라오로 인해 윤아는 애가 탔다.

"네가 협조하면 그 답을 주도록 하지."

"하!"

윤아의 입에서 어이없는 탄성이 터져 나왔다. 거래를 하겠다는 파라오의 답변에 입술을 지그시 깨물었다. 원하는 답변을 듣지 못한 윤아는 다리 힘이 풀리는 것 같았다. 벽을 짚고 잠시 눈을 감은 채 생각을 하던 윤아는 결심한 듯 입을 열었다.

"내가 왜 여기에 와야 했는지 해명이 먼저야. 그 답이 먼저 나오지 않으면 나도 돕지 않겠어."

윤아는 당당한 눈빛으로 파라오를 올려다봤다. 그 순간 파라오의 키가 무척 크다는 것을 안 윤아는 눈살을 찌푸렸다. 동생 윤이도 키가 커 한참을 올려다봐야 해서 짜증이 났었는데.

"반항은 용납하지 않는다."

"쳇."

윤아는 콧방귀를 끼며 고개를 돌렸다. 갑과 을의 관계에서 갑이 된 이상 대놓고 배짱을 부릴 생각이었다. 이 세계에서 자신이 힘을 발휘할 수 있는 것은 수(數)뿐이었다. 그러니 쉽게 허락할 수는 없다. 여기 온 이유와 돌아가는 방법을 알기 전까지는 자신도 수를, 권력을 가진 수를 틀어쥘 수밖에 없었다.

"말을 듣지 않으면 아메스가 다친다."

윤아의 청색 눈동자가 짙어졌다. 아메스의 목숨을 쥐고 사람을 흔드는 파라오가 매정하게 보였다.

"흥! 내가 기죽을 줄 알고!"

윤아는 턱을 치켜들고는 파라오를 올려다봤다. 어디 할 테면 한번 해보라는 뜻이었다.

"훗."

파라오가 어이없다는 듯 웃자 윤아는 숨을 삼켰다. 순간 그가 웃는 모습이 멋있다는 생각이 들었다. 그러나 곧 그런 생각을 한 자신을 속으로 나무라며 입을 삐죽거렸다.

"쉽지 않은 여인이군."

윤아는 파라오의 말에 승리의 미소를 짓다 화들짝 놀랐다. 파라오가 고개를 숙이자 아까와 같은 상황이 벌어질 것 같아 뒤로 물러나려 했다. 하지만 그녀의 팔을 잡아채는 파라오의 손이 더 빨랐다.

자신을 탐색하는 파라오의 시선을 윤아는 고스란히 받아냈다. 말없이 자신을 훑어 내리는 파라오의 시선에 몸이 점점 굳어지는 느낌이었다. 파라오의 입술 끝이 올라간다 싶은 순간 그의 얼굴이 다가왔다. 이에 놀란 윤아는 어금니를 꽉 깨물고는 눈을 질끈 감았다.

"권력을 가진 여인이 되었군."

파라오의 숨결을 담은 목소리가 귓바퀴를 타고 흘러들자 윤아는 고개를 번쩍 들었다. 그러다 이내 후회를 했다. 그와 너무 가까이 있어 눈동자의 까만 동공이 흔들리는 것이 보였다. 얼마간 그렇게 마주 봤던 것일까. 파라오의 입술이 말려 올라가자 숨결이 다시 스며들었다.

"네가 머물 곳이다."

그 말만 내뱉은 파라오가 깔끔하게 뒤로 물러나자 윤아는 마른침을 삼켰다.

"권력을 잘못 휘두르면 네가 다칠 것이다. 명심하라."

윤아는 그가 완전히 방을 나가자 창틀에 걸터앉았다. 꽤 높이가 있는 방이었다. 자신이 이제 뛰어내리지 않을 것이라는 확신이 있어 내버려 두는 것이리라.

아무리 생각해도 자신이 이곳으로 올 이유는 없었다. 아니, 꼭 자신이어여 할 이유가 없었다. 그렇기에 신관 샨탈을 만나지 못하면 의문을 계속 풀지 못할 것이다.

"그들이 곧 나의 힘을 시험하러 올 것이다."

'그들?'

윤아는 수를 가지려는 자들이 또 있는 것인지, 아니면 수를 아는 자들이 있는 것인지 의문이 들었다. 파라오의 힘을 시험한다고 했으니 그들은 수를 아는 자들일 것이다. 하지만 그가 시험에 통과하지 못하면 무슨 일이 벌어지는 것일까. 파라오의 자리를 내어놓아야 하는 것일까. 파라오가 물러나면 신관은 어찌 되는 것일까.

"아, 복잡해!"

윤아는 머리를 감싸 쥐고는 무릎에 이마를 기대었다.

"유나님, 머리가 아프십니까?"

"어?"

파라오가 알려준 것인지 여인이 자신을 '유나'라고 부르고 있었다.

"……어, 아니."

자신보다 더 낮은 자세를 취하고 있는 여인에게 윤아는 미소를 지어 보였다.

"물을 받아두었습니다."

"물?"

"네, 씻고 싶지 않으세요?"

"아!"

윤아는 고개를 끄덕이며 자리에서 일어났다. 그러다 무릎을 꿇고 있는 여인의 앞에 마주보고 앉았다.

"유나님!"

화들짝 놀란 여인이 허리를 깊숙이 숙이자 윤아는 눈살을 찌푸렸다. 사람과 사람이 마주보는 것이 무슨 문제라고 이리 기겁을 하는 것인지.

"이름이 뭔지……."

여인은 아메스보다는 나이가 있어 보였지만 자신보다는 어리게 보였다.

"헤르입니다."

"헤르? 이름 예쁘네."

윤아가 눈을 곱게 접으며 웃자 헤르가 쑥스러운 듯 마주 웃었다.

"와우!"

자신이 머물게 된 방의 크기와 맞먹는 욕탕을 보며 윤아는 감탄을 금치 못했다. 이 많은 물을 어디서 길어온 것인지, 이 물을 길어오기 위해 얼마나 많은 사람들이 수고를 했을지 생각하니 미안한 생각이 들었다.

욕조는 자신의 오피스텔보다 더 넓고 고급스러웠지만 문제는 가려지는 곳이 없다는 점이었다. 수영장처럼 사방이 확 트여 있어 누가 안을 보려고 하면 힘들이지 않고 볼 수 있을 것 같았다.

"유나님, 옷을 벗겨 드리겠습니다."

"아니!"

윤아는 헤르의 손이 닿자 화들짝 놀라며 거부했다. 더운 바람이 불고 뜨거운 공기로 인해 땀이 났지만 이런 곳에서 씻고 싶은 생각은 없었다.

"유나님, 아무도 안 옵니다."

자신을 안심시키려는 것인지 헤르가 미소를 지으며 말하자 윤아는 반신반의하는 얼굴로 쳐다봤다. 아무도 안 오지만 위에서,

뒤에서 또는 옆에서 얼마든지 보일 수 있는 곳이라 못마땅했다.

“이곳 말고는 없어?”

“이곳은 파라오께서만 쓸 수 있는 곳입니다.”

파라오만 쓰는 곳이기에 문제가 없다는 듯한 헤르의 표정에 윤아는 입을 비죽였다.

“유나님, 어서 씻고 저녁을 드시러 가셔야 합니다.”

“저녁? 아!”

윤아는 자신이 저녁을 먹지 않으면 헤르도 먹지 못한다는 것을 눈치로 알아챘다.

하지만 아무리 그래도 낯선 이 앞에서 옷을 벗기란 쉽지 않았다.

“나 혼자 할 테니 헤르는 좀 쉬는 게…….”

“네? 아닙니다. 제가 모시겠습니다.”

윤아는 물러날 기미가 없는 헤르를 바라보다 어쩔 수 없이 옷을 벗었다. 벗어 놓은 옷을 헤르가 가지런히 챙기는 것을 보며 윤아는 속옷 탈의를 망설이고 있었다.

“유나님, 입고 계신 것이 신기합니다.”

“응?”

자신의 속옷을 보며 신기하다는 듯 바라보는 헤르로 인해 윤아의 얼굴이 붉어졌다. 그만 보라고 말하고 싶었지만 헤르를 배려해 참았다. 고대 이집트인들의 눈에는 충분히 신기할 테지.

“이건 브래지어.”

“네?”

윤아는 눈을 동그랗게 뜬 헤르의 표정에 웃음이 터졌다. 아무것도 아닌 것을 신기해하는 헤르가 귀여워 보였다.

"이건 팬…… 팬티."

윤아는 이음새가 없는 팬티인 심리스 쇼츠라고 설명을 하려다 말았다. 지금 구구절절 설명한다고 알아들을지 의문이었고, 천하태평하게 속옷 설명이나 하는 자신이 한심했기 때문이었다.

"유나님?"

윤아가 속옷을 입은 채로 욕탕에 들어가자 헤르가 당황한 얼굴로 불렀다. 헤르가 속옷까지 벗어주기를 기다린 것을 알았지만 윤아는 손을 내저었다.

"수영복이라고 생각하면 돼."

"네?"

헤르에게 자꾸 이해하지 못할 말을 하는 자신이 어이없어 윤아는 피식 웃어버렸다. '괜찮아'라고 말하고는 수면 아래로 내려갔다. 수영을 해서 반대쪽의 끝에 다다른 윤아는 욕조에 팔을 걸치고는 주위를 살폈다. 해가 지고 있었다. 만일 지금이 정말로 이집트 여행 도중이었다면 운치 있는 광경이라고 생각했을 테지만 상황이 달랐다.

윤아는 갑자기 속이 쓰리고 아팠다. 엄마도 보고 싶고 아빠, 할머니도 보고 싶었다. 곧 입대하는 윤이에게 잘 다녀오라는 말도 못한 윤아였다.

"흑."

헤르가 욕탕을 빙 돌아 다가오는 것이 보였다. 윤아는 그대로 잠수해서 눈물을 감추어 버렸다. 헤르에게 눈물을 보이고 싶지 않았다. 이길 수 있다, 괜찮다 하며 자신에게 최면을 거는 중이었다.

"유나님, 머리를 빗겨 드리겠습니다."

윤아는 헤르의 말에 고개를 끄덕였다. 씻어서 몸은 개운했지만 기분은 오히려 가라앉았다. 헤르의 부드러운 손길이 귓가를 스치고 두피를 부드럽게 매만지자 점점 눈이 감겨왔다.

"마르니까 다시 구불구불해지는 것이 정말 신기합니다."

헤르의 말에 윤아는 애써 피식 웃었다. 헤르에게 있어 자신은 신기한 존재일 것이다. 수를 아는 여인이고 이상한 속옷을 입은 여인.

"식사를 준비하겠습니다."

헤르가 방을 나가자 윤아는 두 손에 얼굴을 묻었다. 헤르에게 내색하지 않으려다 보니 목이 메었다. 저녁이 되니 가족들 생각이 더 간절해졌다. 없어진 자신을 찾으려 동분서주하고 있을 가족들의 모습이 눈에 선했다.

"공군?"

"응! 하늘을 날고 싶어."

윤이 흥분한 얼굴로 말하던 모습이 생생했다. 겉멋이 들었다고 핀잔을 주어도 공군이 된다는 생각으로 들떠 있던 동생이었다.

"내가 나중에 누나 제트기 태워줄게."
"하하, 그러다 너 영창 간다."

철부지 같던 윤이가 정말 공군사관학교를 졸업하고 임관한다고 했을 때, 그 말들이 그냥 했던 말이 아님을 알았다. 얼마나 늠름한 모습이 될지 내심 기대를 하고 있었는데 볼 수 없는 일이 되어 버렸다.

"경주에 있는 고분들은 무덤의 역할이 다분했지만 이집트의 피라미드는 무덤이라기보다는 신전의 개념이 더 강했던 것 같아."

고분이라면 오지를 마다않고 다니던 아빠였다. 가족보다는 고분에 빠져 있던 아빠를 향해 엄마는 바가지 아닌 바가지를 긁었지만 정작 새로운 고분이 발견되었다고 하면 어서 가보라고 등을 떠미는 것은 엄마였다.
"하아."
가족들의 모습을 떠올린 윤아는 한숨을 길게 내쉬고는 자리에서 일어섰다. 밤하늘에 별이 무수히 반짝이고 있었다. 서울의 하늘에서는 보기 어려운 별을 여기서는 지겹게 볼 것 같다는 생각이 들었다.
"유나님, 식사를 가져왔습니다."
윤아는 헤르가 차려놓은 음식들을 보면서도 식욕이 일지 않아 난감해졌다. 하루 종일 먹은 것이 없었는데도 그다지 배가 고프지 않았다.

"같이 먹을까?"

"아, 안됩니다."

당황해 손사래까지 치는 헤르를 보며 윤아는 식탁으로 다가갔다. 빵과 과일을 담은 접시와 음료를 담은 그릇을 보다 빵을 반으로 갈라 헤르에게 내밀었다.

"유나님, 받을 수 없습니다."

"헤르가 먹지 않으면 나도 안 먹어."

"유나님!"

화들짝 놀란 헤르가 목소리를 높였지만 윤아는 고집스럽게 빵조각을 내밀고 있었다. 그러자 미적거리던 헤르가 두 손을 높이 들며 빵을 받아 쥐었다.

"같이 앉아서 먹을까?"

바닥에 무릎을 꿇고 있는 헤르로 인해 윤아는 불편함을 느꼈다. 헤르가 휘둥그레진 눈으로 말문이 막힌 듯 바라만 보고 있자 윤아는 헤르의 앞에 무릎을 접고 앉았다.

"유…… 나님, 이러시면……."

"이러면 뭐가 안 되는 거지? 너도 사람이고 나도 사람인데."

"유나님은 파라오께서 선택한 여인이십니다. 저희 같이 미천한 자와 눈높이를 맞추는 것은 있을 수 없는 일입니다."

윤아는 헤르의 말에 낮게 한숨을 쉬었다. 상대를 존중해 주는 것과 떠받드는 것은 엄연히 다른 것이다. 윤아는 떠받들어지는 것을 원하지 않았다.

"나하고 같이 있을 때만이라도 좀 편하게…… 어? 응?"

윤아가 애원하듯이 말하자 헤르가 어쩔 줄 몰라 했다.

"이리 와서 앉아. 말을 안 들으면 나도 그 못된 파라오처럼 명령을 내릴 거야."

짐짓 엄하게 말하자 헤르가 눈치를 보다 윤아가 가리킨 자리에 앉았다. 헤르가 자리에 앉자 윤아는 기분이 조금 나아졌다. 눈높이를 맞추며 대화할 상대가 있다는 것이 이리 좋을 줄은 몰랐다.

"빵 더 줄까? 아님 과일?"

"유나님은 친절하세요."

윤아는 헤르의 말에 피식 웃었다. 사람이 타인에게 그냥 친절한 법은 없다. 알게 모르게 자신의 이득을 챙기고자 하는 것이 사람이었다. 자신의 경우도 예외는 아니었다. 헤르와 단둘이 있을 때만이라도 편하고자 하는 속내가 있기 때문이었다.

"예전에 열 명의 사람이 빵 아홉 개를 나눠먹는데 누가 많이 먹고 적게 먹고 때문에 다툼이 있었어요."

"아……."

윤아는 헤르의 말에 분수를 떠올렸다. 사람의 수가 많고 빵의 수가 적은 경우에는 야박한 인심이 발동한다. 일을 한 노동자일수록 허기가 지는 법이니 더 먹고자 하는 욕망은 당연한 것이다. 그러니 그들의 다툼이 충분히 이해가 되는 바였다.

"어떻게 나눴어?"

이들이 분수의 개념을 알았을까? 윤아는 그 점이 궁금했다.

세 마리의 토끼에게 세 개의 사과를 주면 토끼들은 하나씩 가지는 것이 아니라 한 개를 3등분하여 나눠 가진다. 고로 세 개의 사과는 9등분으로 나뉘고 토끼 한 마리당 3조각의 사과를 먹는 것이다. 양으로 치자면 사과 한 개의 양과 같지만 토끼들은 그것이 공정하다고 생각하는 것이다. 그렇게 사과를 나누는 그들 나름의 이유는 바로 사과의 크기에 있다. 큰 사과를 가졌다고 좋아하거나, 작은 사과를 가졌다고 울상을 짓지 않는 것이다.

"적게 일한 한 명의 노동자에게 나머지 아홉 명이 자신의 것을 조금 떼어주는 식으로 했는데 그게 또 말썽이었어요."

윤아는 헤르의 말에 피식 웃음이 지어졌다.

"왜 말썽이었어?"

"누구는 많이 주고 누구는 적게 주니 말이 많아져서……. 유나님, 이런 경우에는 어떻게 해야 되나요?"

진지하게 묻는 헤르의 얼굴을 보며 윤아는 들고 있던 빵을 내려놓았다.

"쉬워. 아주 단순해."

"단순하다고요?"

"응."

윤아는 헤르의 커다래진 눈을 보며 검지를 들어 허공에다 원을 그렸다.

"이렇게 빵 한 개를 열 조각으로 나누면……."

쿠당탕!

윤아는 뭔가가 넘어지는 소리에 말을 멈췄다.

"파, 파라오여."

윤아의 눈에 노기를 담은 파라오의 얼굴이 들어왔다.

"주, 죽을죄를 지었습니다."

헤르가 겁에 질려 떨고 있는 것을 보며 윤아는 벌떡 일어나 헤르의 앞을 막아섰다.

"손대지 마. 헤르는 아무 잘못 없어. 내가 그렇게 하라고 했어. 그러니……."

"헤르."

파라오는 윤아의 말은 들리지 않는다는 듯 헤르에게만 시선을 두고 있었다.

"네, 파라오여."

파라오의 시선이 헤르에게서 빵으로 움직이자 윤아는 불길했다. 아메스처럼 헤르가 다칠까 봐 조마조마했다.

"물러가라."

파라오의 말이 믿기지 않는다는 듯 헤르가 멍한 눈으로 쳐다보기만 할 때 먼저 정신을 차린 것은 윤아였다.

"헤르, 나가 있어!"

윤아는 헤르에게 어서 자리를 뜨라고 말하면서도 경계를 늦추지 않았다. 파라오가 변덕을 부리게 되면 이후 벌어질 일이 보지 않아도 선명했다.

헤르가 급하게 뛰어가는 발소리가 멀어지자 윤아는 한시름을 놓았다. 하지만 이내 파라오의 무지막지한 힘에 팔이 붙들렸다.

"수를 아무에게나 가르치다니!"

윤아는 파라오가 어디서부터 들었는지 몰라도, 그도 수를 알고 있다는 것을 알았다. 그는 수를 알고 있으면서 자신에게 힘을 달라고 한 것이었다.

왜지? 파라오가 알고 있는 수보다 더 어려운 시험이 있는 걸까?

"수를 가지면 힘을 얻는다고 했다. 그런데 생각 없이 아무에게나 수를 가르치다니!"

파라오의 분노가 커지는 것을 느낀 윤아는 입술을 깨물었다. 그의 말처럼 지배층의 비밀을 모두 공유하는 것은 있을 수 없는 일이다. 헤르가 수를 알게 되면 무사하지 않을 수도 있다는 생각이 들자 윤아는 덜컥 겁이 났다. 자신의 생각 없는 행동이 또 누군가를 위험에 빠뜨렸다는 것을 깨달았다.

"나, 난……."

윤아는 변명이라도 해야 할 것 같았지만 말이 나오지 않았다.

"음."

윤아는 신음을 삼켰다. 파라오가 세게 쥐고 있던 팔을 놓아주자 통증이 남아 저릿했다. 빨갛게 변한 피부를 손으로 문지르자 파라오의 눈이 가늘어졌다. 팔을 만지다 고개를 든 윤아는 자신을 향한 파라오의 눈빛이 검게 물드는 것을 느꼈다.

"다시는 이런 짓을 벌이지 마라."

윤아는 파라오의 억눌린 음성을 들으며 가만히 고개를 끄덕였다. 경고 정도로 일이 마무리되어 다행이었다. 화가 나 있는 사람을 자극해 봐야 이득 될 것이 없었다.

"옷이 잘 어울리는군."

다분히 놀리는 말이라는 것을 알면서도 윤아는 얼굴이 붉어졌다. 그럴 수밖에 없는 것이, 고대 이집트인들이 입는 속옷인지, 밑에는 헤르가 건네주는 팬티 같은 것을 입었지만 위에는 아무것도 입지 못하고 있었다. 하늘하늘한 천에 스치는 유두가 낯선 감촉으로 인해 민감하게 빳빳해져 있었다.

"물속에서 아주 자유롭던데."

"헛!"

윤아는 자신이 목욕할 때 파라오가 지켜봤다는 것을 알았다. 그가 자신의 몸 구석구석을 샅샅이 헤집듯이 봤다는 생각이 들자 온몸이 붉게 물드는 같아 숨고 싶었다. 동시에 화도 났다. 변태냐고, 남이 목욕하는 것을 왜 훔쳐보느냐고 소리를 지르고 싶은데 목소리가 기어들어 가서 올라오지 않았다.

"흐음."

파라오가 팔짱을 끼고 뒤로 한 발 물러나자 윤아는 가슴을 가리고 싶었다. 속에 아무것도 입지 못해 가슴이 비칠지도 모른다는 생각이 들자 얼굴이 점점 익어갔다. 윤아는 입술을 질끈 깨물고는 팔을 교차해 가슴을 가렸다. 가리기 위한 수단이기도 하고 자신을 위한 방어막을 만드는 것이기도 했다.

파라오의 얼굴에 비릿한 미소가 스며들자 윤아는 미간을 찌푸렸다. 파라오의 자리에 있으니 수많은 여인들을 품었을 테고 풍만한 몸매의 여인들이 품어 달라 애원했을 것이다. 그러니 밋밋하고 빳빳한 자신은 파라오의 흥미를 끄는 것이 아닐지도 모른다. 그런데 오버를 하듯 가렸으니 그의 입가에 저리 비웃는 웃음이 이는 것일 터였다.

"가린다고 보이지 않는 것이 아니다. 이미 머리에 박힌 것은 지우기가 힘들다. 특히 그 미끈한 다리는 마음에 들었다."

윤아는 뜨거운 화롯불 옆에 있는 것처럼 열이 올랐다.

"노, 놀리지 마!"

윤아는 당황해 말을 더듬으며 고개를 숙였다.

"다시 한 번 보고 싶군."

그의 말에 눈이 커다래진 윤아의 앞으로 파라오가 다가왔다. 힘으로 한다면 이길 자신이 없었다. 그는 자비를 모르는 군주였으니 자신을 겁탈할지도 모를 일이었다. 윤아는 이 위기를 어떻게 모면할지 머리를 굴려보았지만 마음이 급박해 아무 생각도 나지 않았다.

"훔쳐봤다고 생각하고 있나? 오해다."

윤아는 파라오의 말에 고개를 갸웃했다. 그가 무지막지하게 밀고 들어오면 어쩌나 싶었는데 변명 같은 말을 듣자 안심이 되면서 기운이 빠졌다.

"하늘을 보려 했다. 그런데 네가 그곳에 있었을 뿐이다."

사방이 트인 곳이니 하늘이 잘 보이는 것은 당연했다. 그러니 그가 지어낸 변명은 아닐 것이다. 욕망으로 짙어져 가라앉은 그의 눈동자가 자신을 헤집는 것이 느껴졌지만 윤아는 대수롭지 않다는 듯 고개를 끄덕였다. 네 말뜻을 충분히 이해했으니 서로 오해하지 말자는 의미이기도 했다.

"하늘은 왜……."

윤아는 화제를 돌리고 싶었다. 그러면 그의 시선을 조금 누그러뜨릴 수 있을 것이라 생각했다.

"태양의 자리를 확인하려고 나갔는데……."

파라오의 입가에 미소가 걸리자 윤아는 불안감이 엄습했다. '지금이 웃을 대목은 아니잖아' 하고 속으로만 소리치고 있었다.

"태양만큼 멋진 것을 보았다."

태양은 양력의 근원이었다. 그리고 태양의 움직임을 읽는다는 건 이들에겐 중요한 일이었다. 태양만큼 멋진 것을 보았다는 파라오의 말에 윤아는 궁금한 눈빛으로 그를 바라보았다.

"무슨……?"

"수의 비밀을 아는 유나. 너를 갖고 싶다."

이제껏 자신을 파라오의 것이라고 말하던 것과 다른 의미라는 것을 깨달은 윤아는 두 눈을 커다랗게 떴다.

"읍!"

흠칫 놀란 윤아는 움직여 보지도 못하고 그대로 파라오의 품으로 끌려 들어가 또다시 입술을 빼앗겼다.

입술을 연 파라오의 혀가 거침없이 들어와 속살을 핥고 혀를 옭아매자 윤아는 고개를 뒤로 젖혀 달아나려 했다. 하지만 뒷머리를 잡고 있는 파라오의 손에 의해 오히려 더 그에게로 끌어당겨졌다. 더 깊이 파고들어 구석구석을 헤매는 파라오의 혀를 순순히 받아들일 수는 없었다. 그의 혀를 물어도 소용이 없다는 것을 이미 알고 있었지만 다시 한 번 그의 혀를 깨물 수밖에 없었다.

"음!"

파라오의 미간이 구겨지며 입에서 비명이 터지자 잠깐 사이가 벌어졌다. 윤아는 벌어진 사이를 놓치지 않고 몸을 뒤로 뺐다.

"하아…… 하아."

윤아는 숨을 몰아쉬며 파라오를 노려봤다.

"누구 맘대로 가진다 만다 하는 거야? 에잇!"

윤아는 파라오의 정강이를 발로 힘껏 차 버렸지만 맨발이어서 큰 타격을 입힐 수 없었다. 윤아는 씩씩거리는 숨을 토해내며 눈살을 찌푸렸다. 이럴 땐 부츠를 신고 있어야 했다. 그랬으면 파라오의 표정이 일그러지는 걸 보았을 텐데.

"훗!"

파라오가 웃음을 터뜨리자 윤아는 뒤로 몇 걸음 물러났다.

"하하하!"

파라오가 다시 시원하게 웃음을 터뜨리자 윤아는 눈을 가늘게 뜨고 바라봤다. 거절을 당했는데도 그는 화를 내지 않았다. 그에게 발길질을 했는데도 그는 분노하지 않고 웃었다. 그가 입술을 열었을 때 저번처럼 정신을 잃을까 봐 겁이 났었다.

"말처럼 발길질이라니……."

파라오가 웃음을 딱 멈추고 진지한 얼굴로 돌아가자 윤아는 팔짱을 끼고 자신을 방어했다. 약하다고 지는 것이 아니다. 그러니 정신을 차리고 대응해야 한다.

"대단하군."

파라오가 고개를 살짝 기울이고 쳐다보자 윤아는 소름이 오소소 돋아났다. 파라오가 여유 있게 나오니 괜히 불안했다. 이제껏 자신을 거부한 여인은 없었을 테니 자존심에 금이 갔을 거였다. 그런데 저리 태평하게 구니 가시방석이 따로 없었다.

"분명 너에게만은 관대하게 군다고 했었다. 하지만 헤르에게 수를 가르친 건 벌을 받아야 한다. 그러니……."

"그러니, 뭐!"

윤아는 버럭 소리를 질렀다. 헤르에게 위해를 가하지 않았으니 저더러 몸이라도 바치라는 것인가. 이건 도대체 이해할 수 없는 경우였다. 저들의 법에 따라 벌을 내린다면 자신에게 매질을 하는 것이 공평한 벌이라 생각했다.

"흐음……."

파라오가 길게 한숨을 내뱉자 윤아는 마른침을 삼켰다. 창밖으로 시선을 잠깐 돌린 파라오가 다시 시선을 맞춰오자 그녀는 저도 모르게 어깨를 움츠렸다. 그가 자신을 가지려 한다면 힘으로 밀어붙이면 되는 것이다. 아무리 반항을 한다 해도 힘으로는 그에게 질 테니 말이다.

"성질이 고약하군."

파라오가 의자에 털썩 앉으며 내뱉은 말에 윤아는 부아가 치밀었다. 이런 상황에서 성질을 안 내고 있는 인간이 바보지.

파라오가 손가락을 튕기며 '딱' 소리를 내자 시종이 두루마리를 들고 들어왔다. 두루마리를 건네받는 파라오를 보며 윤아는 미간을 좁혔다. 파라오는 다른 일로 이곳에 들른 것이 분명했다. 그런데 헤르에게 분수를 가르치고 있는 자신을 본 순간 머리에 꼭지가 돌았다는 것을 알았다. 그래도 그렇지 자신을 가지느니 마느니 할 건 또 뭐냐고!

"네가 처음 풀었던 문제다."

윤아는 식탁 위에 놓여 있는 두루마리와 파라오를 번갈아 보았다. 곱셈을 설명하려면 덧셈을 먼저 이해해야 했다.

"설명을 해서 이해를 시켜라."

"내가 원하는 답을 주기 전까지는 수에 대해 말하지 않는다고 했어."

윤아는 어디 얼렁뚱땅 넘어가려는 것이냐는 얼굴로 말했다.

"헤르를 잡아올까?"

"나쁜……."

윤아의 청색 눈동자가 파라오를 뚫을 듯이 바라보자 파라오가 턱을 괴며 입꼬리를 올렸다.

"네 잘못을 하나 덮어주었으니 나쁘지 않은 거래라고 생각하는데?"

윤아는 이마를 짚었다가 흘러내린 머리카락을 쓸어 넘겼다. 헤르가 아메스처럼 당하는 건 있어선 안 될 일이었다.

"아님 다른 방법도 있는데."

다른 방법이 있다는 파라오의 말에 윤아의 눈과 귀가 활짝 열렸다. 그 방법이 무엇인지 어서 말해보라는 듯 윤아가 한 발 다가섰다.

"나한테 안기면……."

"됐어!"

윤아는 쿵쿵거리는 걸음으로 걸어가 파라오와 직각이 되는 자리에 앉았다. 그러고는 두루마리를 자신의 쪽으로 끌어당겼다. 윤아의 속눈썹이 가늘게 떨렸다. 가장 이해하기 쉽게 설명을 어떻게 하지. 윤아는 덧셈을 건너뛰고 설명할 방법을 고심했다.

"1㎝짜리를 그러니깐…… 나무막대나 돌 같은 것을……."

윤아는 설명을 하다 나무막대 대용으로 쓸 것을 찾았지만 쉽지 않았다. 그래서 빵을 집어 적당한 크기로 잘랐다.

"이렇게 빵 네 조각을 여섯 줄로 만들면 빵의 개수가 모두 24개가 되니까 가로가 4, 세로가 6인 땅의 넓이는 24가 되는 거지."

윤아는 가장 이해하기 쉽게 설명을 한 자신이 흡족했다. 이렇게 곱셈을 가르치면 금방 배울 것 같았다. 하지만 이건 어디까지나 수의 커짐을 알아야 하는 방법이었다. 3다음에 4가 오고 50 다음에 51이 온다는 것을 알아야만 이해할 수 있는 것이다.

"이해가 안 되…… 나?"

윤아는 자신을 가만히 쳐다보고 있는 파라오를 향해 고개를 기울였다. 잘 설명했다고 혼자 흡족해하고 있었는데 파라오의 반응이 없었다.

그때 파라오의 손이 불쑥 들어오자 윤아는 흠칫 놀라며 몸을 뒤로 뺐다. 그런 윤아를 본 파라오가 피식 웃으며 놓여 있는 빵 한 조각을 집어 입으로 가져갔다.

"가로가 6이고 세로가 4인 땅의 넓이도 같다는 말이군."

"오!"

윤아는 금방 응용하는 파라오를 보며 탄성을 내지르고 엄지를 세웠다. 그도 수를 알고 있는 것이 확실해지는 순간이기도 했다.

"안타깝군."

"뭐가?"

윤아가 멀뚱한 얼굴로 묻자 파라오가 자리에서 일어났다.

"이렇게 하나씩 주고받아야만 입이 열리니 애석하군."

파라오의 말에 윤아는 못마땅한 얼굴을 했다. 자신은 하나를 얻기 위해 하나를 내어주더라도 왜 여기에 오게 됐는지 알아야 했다. 그 의문이 풀리고 돌아갈 방법을 알게 된다면 얼마든지 파라오를 도울 의향이 있었다.

"하지만 하나도 못 얻은 것보다는 낫군."

파라오가 자조적인 말을 하며 손을 뻗자 윤아는 가만히 있었다. 이번에도 빵을 집을 것이라 여겼다. 그런데 파라오의 손은 윤아의 머리카락을 한 움큼 쥐었다.

"그대가 내 품에 안길 그날이 기대되는군."

"……뭐? 야!"

당황한 윤아가 버럭 소리를 질렀지만 파라오는 이미 방을 나서고 있었다. 그 뒤를 이어 시종들이 종종걸음으로 따랐다. 파라오가 나간 뒤 남아 있는 것이라고는 설명을 하기 위해 잘라둔 빵 조각뿐이었다.

"파렴치한!"

윤아는 치미는 부아를 어쩌지 못하고 붉어진 얼굴로 혼자 버럭 소리쳤다.

"내가 이게 뭐하는 짓인지……."

윤아는 흐트러진 머리카락을 귀 뒤로 넘기고는 창으로 다가갔다. 마치 꿈같은 일의 연속 같았다. 밤하늘의 별이 너무 찬란하게 선명해 눈물이 날 것 같았다.

"유나님?"

밤하늘을 보던 윤아는 헤르가 부르는 소리에 고개를 돌렸다.

"헤르."

"감사합니다. 저를 위해……."

"으음, 아니……."

"하지만 다시는 그러지 마십시오."

"어?"

헤르가 단호한 눈빛과 어조로 말을 잘라버리자 윤아는 어리둥절한 표정을 지었다.

"헤르, 왜……."

"유나님, 저 같은 하찮은 것 때문에 목숨을 거시는 일 다시는 하지 마십시오."

가라앉은 헤르의 음성에서 윤아는 두려움과 분노, 고마움을 함께 느꼈다. 헤르를 보고 있자니 심정이 착잡해졌다. 모든 이가 공평하게 나눠 가져야 하는 것이 지식이었다. 부엌에서 밥을 하는 여인에게서도 헤르 같이 남을 모시는 사람에서도 얻는 지식이 있는 법이다.

"헤르, 난 그 상황이 다시 와도 그렇게 할 거야."

"유나님!"

당황한 헤르가 목소리를 높였지만 윤아는 그저 싱긋 웃어 보일 뿐이었다. 지금은 파라오와 거래를 할 것이 있어 함구할 테지만 언젠가는 헤르에게도 수를 가르칠 것이며 다른 이에게도 공평하게 나눠줄 생각이었다. 언제까지 머물지 모르지만 정말 파라오의 말처럼 돌아갈 수 없다면 자신이라도 세상을 바꿀 것이라고 다짐하는 윤아였다.

"유나님, 다치셨습니까?"

헤르가 손목을 살피며 묻자 윤아는 손을 뒤로 감추었다. 파라오가 움켜쥔 손목에 멍이 살짝 들어 있었다. 가만히 붙잡혀 있지 않고 손목을 비틀었다지만, 악력이 그리 센 사람은 처음이었다.

"유나님, 약을 가져오겠습니다."

"아냐, 그냥 부딪힌 거야."

윤아는 파라오가 자신을 안으려 했던 것을 헤르는 몰랐으면 했다.

"나 피곤해서 그만 자고 싶어."

"아!"

헤르가 윤아의 말에 탄성을 내지르며 침상으로 다가갔다. 그런 헤르를 보던 윤아는 낮게 한숨을 내쉬고는 하늘을 올려다봤다. 밤하늘에 흩뿌려진 별들을 보던 그녀는 창틀에 올라섰다. 이대로 뛰어내리면 어떻게 되는 것일까. 이번에는 돌아가는 것이 아니라 죽게 되는 것일까. 아래를 내려다보던 윤아는 자신의 발이 눈에 들어왔다. 바닥에 발을 대고 있었지만 더위로 인해 차갑지는 않았다. 이렇듯 외부적인 요인으로 인해 상황이 달라지는 것이다. 그러니 자신이 처한 위치를 유리하게 바꾸어야 했다.

"유나님!"

윤아는 자신을 잡아챈 헤르로 인해 바닥으로 나뒹굴었다.

"아, 아야……."

"유나님, 목숨을 버리려고 그러시는 겁니까!"

놀라고 당황한 헤르가 버럭 소리를 지르자 윤아는 피식 웃음이 나왔다. 뛰어내릴 생각은 없었다. 그저 올라가서 보면 어떨까 하는 생각에서 그런 것이었다.

"헤르, 그게 아니라……."

"다시는 그러지 마세요!"

헤르가 언성을 더 높이자 윤아는 멋쩍은 얼굴로 고개를 끄덕였다. 자신의 팔을 놓지 않는 헤르가 많이 놀란 듯해 미안한 마음이 들었다.

"헤르, 나 뛰어내리려던 거 아냐. 그러니 화내지 마."

"……."

헤르가 자신을 가만히 올려다보자 윤아는 미안하다는 듯 눈을 곱게 접어 웃어보였다.

▲

"헉!"

파라오는 창틀에 올라선 윤아를 보는 순간 주먹을 말아 쥐었다. 설마 뛰어내리진 않겠지, 반신반의하는 마음으로 바라보고 있었다. 휘청하는 윤아를 보는 순간 아래로 떨어지는 줄 알고 심장이 수축되어 버렸다.

“하, 긴장을 풀 수가 없군.”

윤아의 방을 자신의 방과 마주보도록 배치한 것은 단순한 이유였다. 처음부터 감시할 생각이었다. 시종들이 감시를 따로 할 터였지만 보고를 받기 전에 자신이 먼저 눈치를 채고 싶었다. 그런데 감시를 넘어 이제는 관심이 발동되고 있었다.

“파라오여, 여인을 들일까요?”

파라오는 시종의 말에 고개를 저었다.

“네, 쉬십시오.”

시종이 물러나자 파라오는 창틀에 한쪽 다리를 올리고 등을 기대었다. 굳이 힘들이지 않고도 말 한마디에 자신의 침실로 들어올 여인들은 차고 넘쳤다. 단순한 욕구 해결은 고갯짓 한 번이면 쉽게 해결되는 문제였다.

‘헤르, 하지 마! 안 벗어도 돼!’

젖었으니 벗어야 한다는 헤르와 안 된다고 실랑이를 벌이는 윤아를 보는 순간 심장이 덜컥 내려앉았다. 여체를 모르는 나이도 아니었고 여인을 안아보지 않은 나이도 아니었다. 욕탕에서 노닐고 있는 윤아를 봤을 때 괜한 짓을 했다는 것을 깨달았다. 처음부터 관대하게 굴었던 자신의 잘못이었다. 수를 아는 여인이라 한 발 물러설 수밖에 없었던 자신이었다. 그래서 잘못을 저질러도 벌을 주지 못했다. 관대함을 베풀자 그에 상응하는 대가를 바라는 마음이 들었다. 너를 이만큼 봐주고 있으니 너도 그에 합당하는 보상을 하라고 말하고 싶었다. 하지만 도통 말을 들어먹지 않는 여인이었다.

"하하하, 헤르 간지러워."

윤아에게 기우는 마음을 접기 위해 그는 돌아섰다. 태양의 움직임을 보러 나갔던 것마저 잊고 몸을 돌리려 했다. 한데 귓가에 울리는 낭랑한 윤아의 웃음소리. 처음 들어본 그녀의 웃음소리에 심장이 욱신거렸다. 순간 '이게 뭐지?' 하는 기분으로 심장을 지그시 눌렀지만 점점 가속을 붙이고 뛰는 심장이었다.

수를 아는 여인이었기에 곁에 두려고 한 것뿐이었다. 그런데 그녀는 예상을 비켜나며 자신의 속을 파고들었다. 해봐도 소용없는데도 품을 벗어나려 버둥거리는 모습이 오히려 더 연약하게 다가왔다. 그런데 마냥 연약한 여인은 아니었다. 자신이 할 수 있는 모든 것을 스스럼없이, 망설임 없이 하는 여인이었다. 감히 파라오의 혀를 깨물지 않나, 겁도 없이 발길질을 하지 않나.

"후후, 재미있군."

순순히 말을 듣지 않는 윤아가 슬슬 짜증이 나기도 했지만 한편으로는 흥미를 끄는 점도 있었다. 여인이면서 주눅 들지 않는 모습이 자신을 자극하고 있었다. 다들 머리를 조아리고 눈치를 보는데 그러지 않는 유일한 여인이었다.

잠시 생각하느라 눈을 감고 있던 파라오의 입가에 미소가 피어났다. 석양을 등지고 서서 헤르를 향해 고개를 저으며 난감해하던 윤아가 눈에 가득 찼을 때 안고 싶었다. 그리고 안으려 했다. 그런데 사막의 모래를 움켜쥐었을 때처럼 빠져나가는 윤아 때문에 짜증이 일었다.

"파라오여!"

다급하게 들어와 부복하는 시종을 보며 파라오는 생각을 접었다.

"무슨 일인가."

"신관 샨탈님이 깨어나셨습니다."

파라오는 시종의 말에 두말 않고 자리를 벗어났다. 타인의 유체이탈을 조종하는 건 샨탈에게도 버거운 일이었다. 처음 윤아를 데려올 때는 샨탈이 직접 나서지 않았지만 윤아를 다시 데려올 때는 샨탈이 직접 행했었다. 그런데 며칠 동안 샨탈의 건강이 눈에 띄게 나빠졌기에 한동안 휴식을 취해야만 했다.

"아무도 접근 못 하게 하라."

"네, 파라오여."

파라오는 샨탈이 머무는 방의 문을 열며 시종에게 주의를 주었다.

"특히 유나가 알아선 안 된다."

"네, 파라오여."

파라오가 윤아를 지목해 주의를 주자 시종이 고개를 더 숙이며 대답했다.

파라오는 천천히 숨을 고르고는 샨탈이 누워 있는 침상으로 다가갔다.

"파라오여."

샨탈이 일어나 앉으려 하자 파라오가 가볍게 어깨를 누르며 저지했다.

"누워계셔도 됩니다."
"그 여인은 어떻게……."
"입을 열지 않으려 합니다. 여기로 오게 된 이유를 알기 전에는 도와주지 않는다 합니다."
"파라오여, 주문을 외웠습니까?"
'사자의 서' 주문을 말하는 샨탈의 질문에 파라오는 잠시 뜸을 들이다가 마지못해 고개를 끄덕였다.
"그 여인…… 이제 돌아갈 수 없게 되었군요."
파라오는 손을 들어 파리한 샨탈의 입술에 검지를 대었다. 그의 가냘픈 숨결은 마치 의식을 잃고 자신의 품으로 쓰러지던 윤아를 안아 들었을 때처럼 깃털처럼 가볍다는 생각이 들었다.
그때 그녀를 안아 들어보니 너무 가벼워 바람만 불어도 날아가버릴 것 같았다. 파도치듯이 구불구불한 머리카락을 만지며 참 이상한 여인이라 생각했다. 어떻게 이렇게 가녀린 여인이 수를 아는 것인지 궁금했다. 그리고 왜 이 여인이어야만 하는지도 궁금했다.
"그 여인이 문제를 풀 것입니다."
파라오는 가만히 고개를 끄덕였다. 태양이 정해진 자리로 움직이고 있었다. 가장 중요한 일이 머지않았다는 것을 태양의 움직임으로 알고 있었다. 그 전에 윤아에게서 대답을 들어야 했다. 자신을 도울 것인지 아닌지.
"말을 듣지 않으면 아메스를 움직이십시오."
"그리 쉬운 여인이 아니다."

"하지만 정이 많은 여인입니다."

샨탈의 말에 파라오는 입을 다물었다. 어린 아메스에게 채찍을 휘둘렀을 때 눈물을 흘리며 그만두라고 소리를 지르던 윤아의 모습이 낯설었다. 그 누구도 자신에게 그런 요청을 하지 않았다. 당연하다는 듯 벌을 받았고, 당연하다는 듯 입을 다물고 있었다. 타인을 위해 눈물을 흘리는 것은 자식을 낳은 여인인 어머니나 하는 일이라 여겼다. 그런데 윤아는 만난 지 얼마 되지 않은 아메스 때문에 울었다. 순간 그 광경이 못마땅해 두고 볼 수가 없었다.

"몸은 괜찮으신 겁니까?"

생각에 빠져 있던 파라오는 샨탈의 말이 무슨 의미냐는 듯 고개를 기울였다. 샨탈이 힘겨운 듯 거친 호흡을 내뱉으며 파라오의 손을 잡았다.

"같이 흡입하셨다 들었습니다."

"……."

어릴 때부터 대하던 환각제였기에 정도가 심하지는 않았지만 윤아가 의식을 잃고 난 후에는 자신도 휘청했었다.

"몸을 보하셔야 합니다. 강력한 파라오를 염원하셨던 살리티스 파라오의 대를 이으신 분이니…… 쿨럭."

"그만 쉬는 게 좋겠습니다."

파라오가 손등을 토닥여 주고는 방을 나서려 하자 등 뒤에서 샨탈의 음성이 들려왔다.

"하늘의 신, 호루스님께서 축복을 내리실 겁니다."

방문을 열기 전 파라오는 뒤를 돌아 샨탈을 향해 고개를 한 번 끄덕였다. 태양과 달이 두 눈인 호루스 신의 축복은 이집트를 더욱 번성하게 한다고 믿고 있었다. 그래서 자신은 늘 태양의 움직임을 관찰해야 했고 밤하늘을 올려다봐야 했다.

▲

"맛이 없나?"

식탁에 앉아 턱을 괴고 다른 손으로 빵 조각을 들고만 있던 윤아가 고개를 들자 파라오의 입가에 미소가 피어났다.

"아니."

자신에게 하대를 하는 윤아가 괘씸할 법도 했지만 파라오는 내버려 두었다. 지금은 그런 자잘한 일에 신경 쓸 여력이 없었다. 이 여인이 하대를 해도 좋으니 자신에게 동조하기를 바랐다.

"그런데 왜 안 먹고 있지?"

멀뚱한 얼굴로 쳐다보고 있던 윤아의 눈이 가늘어지든 말든 파라오는 그녀와 마주 보고 앉았다. 식탁에는 빵과 우유, 여러 종류의 과일들이 풍성하게 놓여 있었다.

"먹어, 먹을 거야. 이것을 준비하기 위해 많은 이들이 고생했을 테니 난 맛있게 먹어주는 거라도 해야지. 이렇게 가만히 앉아 받아먹는 일도 못할까."

윤아의 말에 파라오는 팔짱을 끼고 다시 한 번 식탁을 훑었다. 이런 것 하나까지도 의미를 부여하는 이 여인은 도대체 무슨 생각을 하는 것인지.

"파라오여, 식사를 다시 준비하겠습니다."

무릎을 꿇고 있던 헤르가 눈치를 보며 말하자 파라오는 됐다는 뜻으로 손을 들어보였다.

"여기서 같이 먹겠다고?"

윤아의 커다랗고 동그란 눈 속에 든 눈동자가 제 갈 길을 잃은 듯 흔들리자 파라오는 피식 웃음이 났다.

"안 되나?"

"뭐…… 안 될 것까지야."

싫다고 말할 줄 알았던 윤아가 아무렴 어떠냐는 식으로 나오자 파라오는 고개를 기울였다. 어제의 일로 자신에게 가시를 세우고 거부할 줄 알았다.

"늘 예상을 벗어나는군."

"무슨 예상?"

빵을 한 조각 입에 넣은 윤아가 대수롭지 않은 듯 묻자 파라오는 헤르가 따라준 우유를 한 모금 마셨다. 칭얼거리는 아이처럼 이 여인의 비위를 맞춰야 하는 것이 못마땅했지만 지금의 자신으로서는 믿을 곳이 이 여인뿐이었다.

"내 예상."

파라오가 짧게 응수하자 윤아는 입을 비죽 내밀었다.

"유나, 네가 나를 돕는다면 힘을 얻는 것뿐만 아니라 이 이집트를 지배할……."

"됐고, 난 그런 데 관심 없으니까 돌려보내 주기나 하지."

윤아가 신경질이 난다는 듯 빵을 질겅질겅 씹자 파라오가 코

웃음을 쳤다.

"강제로 하길 바라지 않는다면 말을 듣는 것이 좋을 것이다."

"그럴지도. 그런데 말을 물가에 끌고 갈 수는 있지만 물을 먹게 할 수는 없어. 알아?"

윤아가 도발하듯 눈을 반짝이며 말하자 파라오가 손가락으로 '딱' 소리를 냈다.

"다음 문제를 가져오라."

"네, 파라오여."

시종이 두루마리를 들고 와 내밀었지만 윤아는 받지 않고 파라오와 그것을 번갈아 쳐다봤다.

"이번에는 다른 문제다. 네가 풀 수 있는지……."

"잠깐."

윤아가 손을 들어 저지하자 파라오는 자신도 모르게 낮은 한숨을 내뱉었다. 뭐가 이리 어려움 투성인지, 쯧.

"내가 말한 조건이 하나도 수용이 안 됐는데 내가 왜 응해야 하냐고. 아까 말한테 물을 먹이는 거, 이해 못 한 거야?"

짜증을 버럭 내는 윤아를 보며 파라오는 시종이 내민 파피루스를 건네받았다.

"말에게 물을 먹이는 방법은 여러 가지가 있지. 그중에서도 가장 확실한 방법은 쉼 없이 달리게 하는 거다."

윤아는 머리 회전이 빠른 파라오를 보며 미간을 찌푸렸다. 말을 쉼 없이 달리게 하고도 남을 위인이 파라오라는 것을 충분히 인지하고 있었다.

"풀어라. 신관 샨탈이 깨어나면 너에게 답을 줄 것이니."

윤아는 파라오의 말에 귀가 솔깃해졌다. 하지만 샨탈은 깨어나지 않았고 자신은 그냥 문제를 풀어 답을 주기는 싫었다. 저번에 헤르를 구했던 것처럼 이번에도 얻는 것이 있어야 했다.

"무엇을 줄 건데?"

"무엇을 원하는지 말만 한다면 얼마든지 들어주지."

의기양양한 파라오의 얼굴을 보며 윤아는 '흐음' 하며 낮게 한숨을 쉬었다. 그가 쉽게 허락하지 않을 뭔가를 요구해야 문제를 풀지 않을 것이다. 하지만 파라오의 말이라면 죽는 시늉이라도 할 위인들이 산재해 있는 판에 무엇을 요구한들 자신에게 불리할 것이다. 아니, 밑지는 장사였다.

"장신구를 원하나?"

윤아는 장신구라는 말에 턱을 괴고는 관심 없다는 표정을 지었다. 지금 장신구 따위가 무슨 소용이란 말인가. 그 아무리 비싼 보석이 박힌 장신구라도 잘 보일 사람도 없고 가져봐야 쓸 곳도 없는 마당에.

"이름."

헤르를 부르듯 편하게 부르고 싶었다. 하지만 파라오, 즉 왕의 입장에서 자신의 이름이 함부로 불리는 것은 쉽게 용납되는 일이 아닐 것이다.

"뭐?"

"이름을 알려줘."

윤아의 말에 파라오의 입술 끝이 묘하게 말려 올라갔다.

"내 이름이 궁금한가?"

"아니 궁금한 게 아니라……."

파라오는 윤아의 붉은 입술에서 무슨 말이 나올지 사뭇 기대가 되었다.

"그 이름을 부를 거야. 앞으로 쭈욱, 계속."

"하!"

파라오는 기가 찬다는 표정을 지으며 자신의 얼굴을 손으로 쓸어내렸다. 감히 파라오의 이름을 멋대로 부르겠다는 것을 보니 그녀는 겁을 상실한 것 같았다. 아무리 수를 가져 권력을 휘두를 수 있는 위치라지만 신과 같은 존재인 파라오의 이름을 부른다는 것은 명백히 선을 넘는 행동이었다.

파라오는 화를 내고 싶은 마음을 애써 눌렀다. 여인이 자신보다 높은 위치에서 협상을 걸고 있으니 들어주는 수밖에 없었다.

"싫어? 싫음 말고."

"키안."

"……어?"

"대답은 이미 했다. 그러니 이제는 문제를 풀 시간이다."

노여움이 살짝 스친 파라오의 얼굴을 보며 윤아는 미소를 지었다. 파라오가 자존심을 굽히고 나오자 큰 전쟁에서 승리한 기분이 들었다. 이곳에서 살아가는 일이 힘들지만은 않을 것 같았다.

## 다가선 거리, 좁혀진 마음

"키안?"

윤아는 고개를 살짝 기울이며 파라오 키안의 얼굴을 살폈다. 자신이 알고 있는 이집트 왕의 이름은 람세스, 투탕카멘 같은 누구나 아는 잘 알려진 이름뿐이었다. 키안이라는 이름은 들어본 적 없었고 어느 시대의 왕조인지도 알지 못했다. 그래서 자신이 지금 기원전 몇 세기경으로 온 것인지 전혀 감이 잡히지 않았고, 이들이 강력한 왕조를 이루었는지 아니었는지조차 알 수 없었다. 역사 공부를 더 열심히 하지 않았던 자신이 원망스러웠다.

"키…… 안."

윤아가 웅얼거리듯이 이름을 부르자 키안의 한쪽 눈썹이 치켜 올라갔다.

"흐음."

못마땅함이 역력히 드러난 키안의 얼굴을 보며 윤아가 '헤' 하고 웃어보였다. 원래 얻어야 하는 것과 동떨어진 것이긴 해도 자신의 말을 파라오가 존중해 주었으니 윤아는 흔쾌히 문제를 풀 생각이었다.

"키안이라는 이름 괜찮네. 자, 그럼 이름을 가르쳐 주었으니 문제를 풀게."

"유나."

파라오의 음성이 노기를 담고 낮게 가라앉아 있었다.

"응, 키안……!"

윤아가 고개를 갸웃하며 눈을 동그랗게 뜨고 쳐다보자 파라오가 몸을 기울여 거리를 좁혔다. 그의 짙은 밤색 눈동자가 화를 참고 있음을 여실히 보여주고 있었다.

"이름을 부르는 것은 둘이 있을 때만 허락하지."

"에? 하지만 이름은 언제 어디서든 부르라고 짓는 것이…… 히익!"

파라오의 손이 순식간에 뒷머리를 잡고 끌어당기자 윤아는 놀라 눈을 휘둥그레 떴다. 적당한 선에서 까부는 것을 그만두었어야 했다. 그가 많이 노여워 한다는 것을 알면서도 그의 이름을 의도적으로 부른 것이 이런 결과를 초래했다.

"너의 무례함을 참지 못해 벌을 내릴 수도 있다."

윤아는 긴장감에 마른침을 넘기며 파라오를 바라보다 그 말에 화가 나서 눈을 가늘게 떴다. 어디서 협박을 하는 것인지. 맨날 협박이야.

"무슨 벌? 이름 좀 불렀다고 벌은."

윤아는 불만스럽다는 듯 입술을 비죽 내밀었다.

"자신이 모시는 주인의 벌은 그 시종이 받는다. 즉, 헤르가 벌을 받는다는 말이지."

파라오가 목소리를 낮춰 귓가에 속삭였다.

"뭐?"

파라오의 말에 윤아가 바락 소리를 지르자 헤르가 영문을 모르는 채 눈을 커다랗게 떴다. 윤안느 입술을 질끈 깨물었다. 헤르를 인질로 삼는 파라오가 비열하게 느껴졌다.

"쳇."

윤아는 콧방귀를 뀌며 팔짱을 끼었다.

"둘만 있을 때는 얼마든지 부르는 것을 허락하지."

키안의 말에 윤아는 마지못해 동의하듯 고개를 끄덕였다.

"좋아."

키안이 두루마리를 내밀자 윤아는 그것을 펼쳐 응시하다 미간을 찌푸렸다. 고대 이집트의 글자를 해독해 보려 했지만 쉽지 않았다. 뚫어져라 바라봤지만 이들의 글자를 읽을 수 없는 윤아는 결국 헤르를 불렀다.

"헤르, 나한테 이걸 읽어줘."

헤르가 휘둥그레진 눈으로 윤아를 쳐다보다 파라오의 눈치를 살폈다. 수의 문제를 함부로 읽는다는 것은 금지된 일이었기에 두려움에 휩싸였다. 더구나 일전에 식사 자리에서 생각 없이 빵을 나누는 방법을 물었던 일로 큰 변을 겪을 뻔했던 헤르는 파라오의 눈치를 보지 않을 수 없었다.

"저, 유나님……."

"내가 해결하지."

헤르가 눈치를 보며 미적거리자 결국 키안이 말을 자르며 입을 열었다. 윤아가 자신들의 글자를 모른다는 것을 간과하고 있었던 자신의 잘못이었다.

"어?"

파라오가 두루마리를 당기자 윤아는 자연스럽게 끌려갔다. 상체가 키안에게로 기운 것일 뿐인데 이상하게 바짝 붙어 있다는 느낌이 들었다.

"원의 면적을 구하는 문제다."

윤아는 키안과 같이 문제를 들여다보다 고개를 들었다. 살짝 내리깔고 있는 키안의 눈썹이 짙은 음영을 만들고 있었다. 남자의 얼굴이 이렇게 분위기 있게 변할 수도 있다는 것을 윤아는 처음 알았다. 곧게 뻗은 콧대가 잘 빚어놓은 도자기 같았다. 비가 잘 내리지 않는 이집트의 뜨거운 태양을 받아 피부는 보기 좋게 그을려 있었다.

"유나?"

"……으응?"

윤아는 키안이 시선을 옮겨 자신을 쳐다보자 화들짝 놀랐다. 몰래 훔쳐보다 들킨 것이 무안해 얼굴이 붉어졌다.

"어디 불편한가?"

"아, 아니야."

윤아는 손으로 부채질을 하며 키안과의 거리를 넓혔다. 갑자기 마주친 시선에 움찔 놀라는 것을 키안이 눈치채지 못했으면 했다. 등골을 따라 식은땀이 흐르는 것이 느껴지자 저번처럼 시원하게 수영을 하고 싶었다.

파라오가 손가락으로 신호를 하자 시종이 가까이 다가와 윤아에게 부채질을 해주었다. 금방 열이 식은 윤아는 무안한 얼굴로 키안에게 문제를 마저 읽으라는 손짓을 했다.

"지름이 9인 원의 면적은 얼마인지 묻는 문제다."

문제를 들은 윤아의 머릿속에서 계산이 빠르게 이루어졌다. 원의 넓이를 구하는 공식쯤이야 누워서 떡 먹기지만 파라오에게 설명을 하려니 난감했다.

"반지름이 4.5이고 반지름 곱하기 반지름에 원주율을 곱하니깐 면적의 넓이는…… 63.585인데……."

윤아는 키안에게서 파피루스를 돌려받아 상형문자를 가만히 쳐다봤다. 소수점 이하의 수를 반올림하면 64라는 값이 나온다. 그것은 바로 한 변이 8인 정사각형의 크기와 같다는 말이었다.

"굳이 원으로 구해야 하나? 아니면 원과 같은 넓이를 구하면 되는 거야?"

윤아가 선뜻 답을 내놓지 못하고 묻자 키안의 한쪽 입술 끝이 올라갔다.

"그래서 면적의 값은?"

"음, 반올림해서 64. 이건 한 변이……"

"넌 원을 얼마나 정확하게 그릴 수 있지?"

"완벽하게?"

키안이 말을 잘라 버리고 다른 것을 묻자 윤아는 어깨를 으쓱하며 반문하듯 대답했다. 원을 그리는 거야 쉬운 일이었다.

"라메."

"네, 파라오여."

키안의 뒤에 서 있던, 두루마리를 전해주었던 시종이 부복하자 키안은 윤아에게 시선을 둔 채 말했다.

"원을 그리러 나갈 것이다. 준비하라."

"네, 파라오여."

라메가 빠르게 몸을 일으켜 나가자 윤아는 멀뚱한 얼굴로 키안을 바라봤다. 원을 그리러 어디로 나간다는 것인지, 원 하나 그리는데 왜 밖에 나간다고 하는지 윤아는 의아해했다.

"식사를 마저 하고 나오지."

"응?"

자리에서 일어서는 키안을 보며 윤아가 얼떨떨한 얼굴로 고개를 기울이자 그가 입가에 피식거리는 웃음을 지었다.

"땅에 원을 그릴 것이다."

"땅?"

"필요한 것을 말하라."

종이에 원을 그리는 것이라 생각했던 윤아는 눈을 동그랗게 뜨고 키안을 올려다봤다. 땅에 원을 그린다는 건 종이에 그리는 것과 다른 것이다.

"준비시킬 것이 따로 없는가?"

"어? 아…… 아니. 일단 긴 밧줄하고 경계를 그을 수 있는 도구 같은……."

윤아는 자신이 말하면서도 어떤 도구를 들고 나가야 할지 막막했다. 종이에 그리는 것이라면 컴퍼스와 연필, 두 손만 있으면 되는 것이지만 땅에 그리는 것은 여러 사람의 힘이 필요했다.

"헤르, 준비가 되면 나와라."

"네, 파라오여."

헤르의 답이 끝나기도 전에 키안이 뒤돌아 나가자 윤아는 못마땅한 얼굴을 했다. 덩그러니 비어버린 키안의 자리를 보는데 이상하게 허전함이 들었다.

"아니, 가면 간다, 오면 온다 말을 할 것이지. 완전 제멋대로 드나들고……."

윤아는 심통이 난 얼굴로 팔짱을 끼고는 방의 입구를 째려봤다. 순전히 식사를 방해한 이유 때문이라고 자신에게 변명을 해보았지만 속은 시원치 않았다. 불쑥 나타나는 것이 싫었지만 인사도 없이 가는 건 더 못마땅했다.

"더워 죽겠고만."

윤아는 불퉁거리며 입을 비죽거렸다. 땅에 원을 그리러 나가는데 왜 자신도 가야 하냔 말이다. 날이 더워 가만히 있어도 지치는데 의사를 물어보지도 않고 밖에 나가자고 하니 짜증이 일었다. 그리는 방법을 배워 가면 될 것이지. 윤아는 속으로 투덜거리다 포도를 한 알 따서 입에 넣었다.

두 문제밖에 풀지 않았지만 설명조차 막힘이 없는 윤아를 보며 키안은 묘한 질투심이 일었다. 윤아가 아는 수를 완전히 가지고 싶은 욕망이 생겨났다.

문제를 풀 때 윤아의 눈동자는 반짝반짝 빛이 나는 듯했다. 생각을 할 때는 옅어지는 청색의 눈동자가 화를 낼 때는 짙어지는 것도 신기했다. 문제를 고민할 때 혼자 깊은 숨을 내쉬는 것이 버릇인 것 같았다. 가까이 앉은 윤아가 내뱉는 숨결. 무심코 넘길 수 있는 숨결이었지만 그 숨결이 팔을 스치자 가슴에서 미세하게 떨림이 일었다.

"파라오여."

키안은 윤아의 방에서 시선을 거두고 라메를 돌아봤다.

"준비를 마쳤습니다."

윤아가 벌써 마당으로 나와 있는 것이 보였다. 뜨거운 태양 아래 서 있는 윤아의 피부가 햇빛에 반사되어 더욱 하얗게 보였다.

"라메, 유나의 방 창문을 모두 막아라."

"네? 네, 파라오여. 분부대로 시행하겠습니다."

라메가 반문하다 금방 뜻을 이해하고 고개를 숙였다.

이제는 뛰어내리는 일이 없을 것이라고 해도 불안함의 원인을 차단할 생각이었다.

"훗."

윤아의 반응이 눈에 보이는 듯하자 키안은 피식 웃어버렸다. 파라오의 이름을 아는 선에서 그치지 않고 함부로 부르겠다는 윤아가 당돌하면서도 밉지 않았다. 창을 가리면 예전처럼 윤아가 잘 보이지 않겠지만 그 정도는 감수할 수 있는 문제였다.

그보다 윤아가 모든 문제를 풀었을 때 어떻게 해야 할지 고민이 되었다. 여인이 수를 안다는 것은 위험한 일이다. 지금은 자신의 곁에서 보호를 받고 있다고 하지만 비밀은 언젠가는 새어나가기 마련이었다. 많은 이들이 알기 전에 처리해야 한다.

"하아, 덥다. 참아보려 해도 쉽지가 않네."

생각에 빠져 걷던 키안은 어느새 다가온 윤아의 목소리에 고개를 들었다. 머리카락을 가지런히 모아 한 손으로 움켜쥐고 있는 윤아의 작은 손과 하얀 목덜미가 보였다. 구불하게 웨이브진 머리카락은 하루가 지나면 풀리는 것인 줄 알았는데 그렇지 않았다. 여인들이 머리에 나일강의 진흙을 바르고 얇은 막대기로 둥글게 말아 하루 종일 태양 볕 아래 앉아 있는 모습을 본 적이 있었다. 하지만 그 웨이브는 그리 오래가지 않았다.

"덥다고 할수록 태양은 심술을 부린다."

"……."

자신을 올려다보는 윤아의 눈동자가 햇빛을 받아 열어지는 것을 보며 키안은 입술을 달싹였다.

"참아보라는 말이다. 하루 이틀 머무는 것도 아니니."

"쳇."

윤아의 토라진 얼굴에 키안은 피식 웃다 웃음을 감추었다. 이상하게 윤아와 있으면 웃음이 지어졌다. 많은 일에 시달리다가도 윤아를 생각하면 무엇을 하고 있는지 궁금증이 일었다.

"원을 그려보라."

"키…… 아!"

윤아는 파라오의 이름을 생각 없이 부르려다 탄성을 내뱉으며 입을 다물었다. 헤르를 슬쩍 돌아본 윤아는 입을 비죽이고는 손으로 부채질을 했다. 옆에 선 시종들이 쉴 새 없이 부채질을 했지만 뜨거운 태양의 열기를 감당하기에는 역부족이었다.

"정확한 원을 어떻게 그리지?"

"……."

"왜?"

윤아가 입을 꼭 다물고 올려다보자 키안이 고개를 갸웃하며 이유를 물었다.

"신관 샨탈은 깨어났어?"

키안은 윤아의 질문에 눈살을 찌푸렸다. 쉽게 응하지 않는 윤아 때문에 더위를 느끼고 있었다. 파피루스에 원을 그리는 것보다는 실질적으로 응용할 수 있는 원을 그리고 싶었다. 그만큼 크기가 달라지니 어떻게 하는지 알아야 했다. 그리고 자신은 원뿐만이 아니라 두 원 사이에 끼인 삼각형도 정확하게 그릴 수 있어야 했다.

"원을 그리는 것은 샨탈이 깨어나면 그때……."

"하!"

키안은 순간 화가 머리끝까지 치솟았지만 간신히 억눌렀다. 어찌 이리 쉬운 게 하나도 없는 여인이란 말인가.

"정말 화가 나게 만드는군. 그렇게까지 권력을 휘두르고 싶나?

헤르에겐 그렇게 관대하게 굴면서 쉽게 가르치려 하더니. 파라오인 나한텐 왜 이러는 거지?"

"읏."

파라오가 제 성질을 이기지 못하고 손목을 잡아채자 윤아가 낮은 신음을 흘렸다. 안다는 것으로 잘난 체할 생각도 없었고 감출 생각도 없었다. 하지만 자신은 돌아가는 방법을 알아내야 했다. 그가 사자의 서 주문을 외웠다지만 분명 돌아갈 수 있는 다른 방법이 있을 것이다. 그러니 이렇게 마냥 눌러앉을 수는 없었다. 자신을 걱정하고 찾아 헤맬 가족들도 생각해야 했다.

"키안."

윤아가 낮은 음성으로 속삭이듯이 키안을 부르자 그의 미간이 찌푸려졌다.

"……화가 나겠지만 그만큼 나도 절박해. 지금 내가 웃고 있다고 해서 괜찮은 게 아니라고."

"그래서 안 괜찮아서 이렇게 뻣뻣하게 군다는 건가?"

"……."

윤아는 자신의 마음도, 수를 알고자 하는 키안의 마음도 다 이해가 되었다. 수를 가지고 그를 조종하는 자신이 그리 내킬 리가 없었다. 하지만 자신이 가진 무기는 수(數)뿐이었다. 그러니 쉽게 내어놓을 수 없는 것이었다.

"아메스를 내어주면 되나?"

"뭐?"

아메스라는 말에 윤아는 멍한 눈길로 헤르를 돌아봤다. 아메스가 살아 있다는 이유만으로 고마워하던 헤르의 얼굴이 눈앞에 어른거렸다.

"아메스도 너에게로 돌아가고 싶어 하니까, 어때?"

윤아는 헤르를 보던 시선을 거둬 키안을 바라봤다. 자신을 향한 키안의 눈동자에 비난이 깃들어 있었다. 아이에게 사탕을 주어 울고 있는 입을 틀어막듯 그가 수단과 방법을 가리지 않고 자신의 지식을 앗아갈 것이라는 생각이 들었다.

"싫은가?"

키안의 입가에 비릿한 미소가 걸리는 것을 보며 윤아는 화가 치밀었지만 대답을 하지 않았다.

"아메스라는 아이는 네가 의미를 둘 필요가 없는 아이인가? 하긴 저 아이들도 아메스라는 이름을 가졌을 수도 있으니……."

키안이 아메스 또래의 소년들을 가리키며 비아냥거리자 윤아는 기분이 나빠졌다. 어린 소년의 목숨 줄을 쥐고 자신을 조종하려는 파라오의 모습에 미간을 구겼다. 파라오에겐 아메스 같은 아이가 많고 많을 테지만 자신에게는 그렇지 않았다.

"아메스는 유나를 보기 위해 하루하루 열심히 말을 잘 듣던데."

윤아는 키안이 처음으로 비열하게 보였다. 고대 이집트에서 신분의 존귀를 위해 친누나와 친동생이 결혼해서 아이를 낳았고, 그 아이가 파라오의 자리를 이어 자신들의 핏줄이 더럽혀지는 것을 막았다고는 하지만 이렇게까지 사람의 목숨을 하찮게 여길 줄은 몰랐다.

"……."

말없이 서로를 쳐다보는 둘 사이에 시간이 정지한 듯 고요함이 일었다. 키안과 윤아가 움직이지 않으니 주위의 부복한 시종들 또한 움직이지 않았다.

"원을 그리려면 먼저 중심이 필요해."

윤아는 한 발 물러나기로 했다. 키안의 주위에 있는 아메스 또래의 소년, 소녀들이 아메스로 보이기 시작했다. 이 아이들의 목숨을 다 구할 수는 없으니 아메스 한 명이라도 확실하게 보호해야 했다.

"지금 당장 아메스를 데려와. 원의 중심으로 아메스를 세울 거야."

윤아의 말에 키안이 한쪽 입술 끝에 설핏 미소를 짓다 라메를 향해 고갯짓을 했다.

키안은 팔짱을 끼고 윤아의 방을 건너다보고 있었다. 격자무늬가 들어간 창문을 다는 바람에 잘 보이지 않아 답답했지만 감수해야 할 부분이었다. 아메스와 무슨 이야기를 하는지 웃음소리가 끊이질 않았다. 헤르마저 그들과 동참해 즐겁게 웃고 있는 모습이 자연스러웠다. 아메스를 움직여 보라는 샨탈의 말은 틀리지 않았다. 아메스와 즐거운 듯이 이야기를 나누는 윤아를 보던 키안의 입가에 웃음이 피어났다 사라졌다.

"아메스, 물 마실래?"

아메스를 위해 물을 직접 들고 걸어가는 윤아를 보며 파라오는 핀잔을 주고 싶었다. 그렇게 잘해주면 위계질서가 흐트러진다고 말하고 싶었다. 처음에는 다른 대우에 놀라 황송해할지 몰라도 어느 순간 그런 것을 당연하게 여기게 되는 것이다.

아메스가 무슨 말을 했는지 윤아가 소리 내어 웃고 있었다. 헤르와 아메스가 잘해서 윤아가 웃는 것인지, 윤아가 분위기를 맞추기 위해 웃는 것인지는 몰라도 키안은 그 광경이 못마땅했다. 자신의 앞에서는 웃지 않고 늘 발톱을 세우는 윤아가 그들과는 스스럼없이 웃고 있어 짜증이 일었다.

"그냥 말을 들어 넘어가면 되는 것을 꼭 걸고넘어지니, 참……."

비열하게 협박을 할 생각은 없었는데 순순히 말을 듣지 않는 윤아 때문에 속이 탔다.

오늘 낮, 마당에서 매듭을 만든다며 밧줄을 들고 서 있던 윤아가 갑자기 방향을 획 돌려 다가올 때 심장이 쿵 내려앉았었다. 태양 아래 하얀 빛을 뿜는 윤아와의 거리가 점점 가까워지자 절로 마른침이 목을 타고 넘어갔었다.

"라메, 나 좀 도와줘."

자신에게 다가온 것이 아니라는 것을 안 순간 긴장했던 숨이 바람 빠지듯 입술을 비집고 새어나갔다. 라메의 구부린 팔 길이를 재어 그것을 기준으로 밧줄의 매듭을 짓기 시작한 윤아는 생각보다 열심이었다. 시작하기 전까지는 힘이 드는 반면 시작하면 끝까지 열심인 윤아가 조금은 믿음직스럽기도 했다.

"이거 잡아줘."

그것이 자신을 향한 말이라고는 생각지 못한 키안은 그저 원의 중심에 서 있는 아메스를 바라보고만 있었다.

"키안!"

바락 소리를 지르는 윤아를 향해 눈살을 찌푸렸지만 되레 윤아는 자신이 짜증이 난다는 듯 매듭을 지은 밧줄을 내밀고 있었다.

"이거 잡아달라고."

윤아의 붉은 입술이 움직이는 것을 보며 팔짱을 낀 손에 힘을 주었었다. 키안이 바라만 볼 뿐 반응이 없자 바로 몸을 돌렸다.

"아! 파라오 체면에 좀 그런가? 헤르, 도와줘!"

찰나의 순간이었지만 잡아야 하나 고민을 하고 있었는데 윤아는 어깨를 으쓱하더니 바로 헤르를 찾았다. 눈앞에 드러난 윤아의 쇄골에 시선이 저절로 박혀들었다. 무방비하게 살짝 드러난 가슴골에 키안은 욕망을 머금은 한숨을 뱉고 말았었다.

키안은 한숨을 쉬며 밤하늘을 올려다봤다. 원의 넓이를 구하는 방법, 원을 정확하게 그리는 방법을 알았으니 실측을 해서 토지대장과 같은지 확인을 하러 떠나야 했다. 지난 추수기에 꽤 정확한 세금을 거둬들이고, 운영을 잘한 관리들을 포상하고 휴가를 내린 지 얼마 되지 않았는데 시간은 참 빠르게도 지나갔다.

"하피 신의 시험을 두려워하지 마십시오. 모든 파라오들이 거쳐 간 시험이고 파라오 역시 시험을 잘 이겨낼 것입니다. 그 어느 파라오보다 더."

나일강의 신 즉, 하피 신은 나일강을 범람하게 만들어 이집트인들에게 수학을 하게 만든 신이었다. 파라오는 하피 신의 시험을 이겨내는 것으로 만족할 수 없었다. 그들은 나일강의 범람으로 일 년에 꼭 한 번 사라지는 경계를 위해 그림을 그려놓았지만 정확하지는 않았다. 하여 매년 땅의 크기가 조금씩 달라지고 위치가 바뀌는 바람에 늘 자잘한 분쟁이 일었던 것이다.

"태양이 별자리에 점점 다가가고 있어. 시간이 멀지 않았다는 말이군."

혼잣말을 하던 키안은 윤아의 방을 다시 건너다봤다. 여전히 즐겁게 대화를 나누는 그들을 보며 창가에 걸터앉았다. 나일강의 범람이 일기 전에 서둘러 강의 하류에 다녀와야 했다. 시간이 촉박할지도 모르는 일이지만 움직이지 않을 수도 없었다. 윤아가 자신의 세계로 돌아가는 바람에 다시 데려오는 데 시간을 허비한 탓이었다.

"응?"

윤아는 잘못 들은 것은 아닌가 하는 표정으로 헤르를 바라봤다. 그런데 헤르가 맞다는 듯 고개를 끄덕였다. 파라오가 나일강 하류로 가는데 자신도 같이 가야 한다는 것이었다. 그런데 하루 만에 다녀올 수 있는 길이 아니라 했다.

"난 여기서 신관 샨탈이 깨어나길 기다릴 거야. 내가 나일강으로 가 있는 동안 샨탈이 깨어나면 어떻게 해."

"유나님, 파라오의 명은 어길 수 없습니다."

"아니 내가 왜 가야 하는데? 정말 혈압 오르네!"

윤아는 신경질적으로 머리를 쓸어 넘기며 방 안을 서성거렸다.

"나 더운 건 못 참아. 그런데 하루도 아니고 며칠이나 걸리는 곳을 다녀와야 한다는 것이 말이 돼?"

윤아는 헤르에게 불쌍한 표정을 지으며 말했지만 헤르라고 별 뾰족한 수가 있는 것은 아니었다. 파라오의 명을 어길 수 있는 이는 아무도 없었다. 신들의 왕인 오시리스와 그의 아내인 이시스 여신의 사이에서 태어난 아들 호루스의 수호를 받고 있는 파라오에게 반하면 큰 벌을 받는다고 여겼다.

"아프다고 해."

윤아는 좋은 핑계가 생각났다는 듯 눈을 반짝이며 헤르를 향해 씨익 웃었다.

"유, 유나님……."

헤르가 난감한 얼굴로 쳐다봤지만 윤아는 헤르의 시선을 외면하며 아메스에게로 다가갔다. 가르쳐 준 방법대로 원을 열심히 그리고 있는 아메스였다. 종이를 자처럼 잘라 일정한 구멍을 내고 원의 중심이 되는 구멍에 갈대의 뭉텅한 부분의 대를 끼우고 반대편에 목탄을 녹여 물을 탄 잉크를 묻힌 다른 갈대를 끼워 원을 그리고 있었다. 처음에는 삐뚤빼뚤한 원을 그리던 아메스는 점점 원을 매끄럽게 그리기 시작했다. 어제 저녁에는 삐뚤게 그려진 원을 보며 헤르가 손이 아프냐고 핀잔을 주는 바람에 유쾌하게 웃기도 했었다. 그러자 우거지상이 되는 아메스에게 잘 그린 것이라고 다독이며 속으로 장난치듯 웃은 것을 미안해했었다.

초등 저학년이 처음 컴퍼스를 쓸 때 원은 생각만큼 잘 그려지지 않는다. 아직 손과 손가락을 사용하는 소근육을 능숙하게 쓰지 못해 반듯한 원을 그리는 것은 쉬운 일이 아니었다. 약간의 편법을 이용해 밑에 깔린 종이를 돌리라고 하기도 했지만 그건 좋은 방법이 아니었다. 하지만 많이 해볼수록 느는 것이 실력이다. 아메스도 실수를 하고 실패를 거듭하더니 차차 좋아지고 있었다.

"유나님, 왜 지름이 9인 원의 넓이와 한 변이 8인 정사각형의 넓이가 같은 걸까요?"

윤아는 아메스의 질문에 입구를 슬쩍 돌아다봤다. 갑자기 또 파라오가 나타날까 봐 불안했다. 자신을 빤히 올려다보고 있는 아메스를 향해 윤아가 눈웃음을 짓고는 정사각형 안에 갇힌 원을 그렸다.

"자, 예를 들어 이렇게 정사각형을 그리고 그 안에 원을 그리면 여기, 여기 그리고 여기와 여기가 남지?"

아메스는 윤아가 빗금을 그어놓은 모서리 네 부분을 유심히 살폈다.

"아! 이렇게 남게 되는 거군요!"

"훗, 맞아."

윤아는 눈치도 빠르고 이해도 빠른 아메스의 머리를 쓰다듬어 주었다.

"이런 경우는 지름과 한 변의 길이가 같아. 하지만 크기는, 넓이는 같지 않아. 그러니깐 원의 지름에서 1을 뺀 길이만큼 정사각형을 그리면 넓이가 같아진다는 말이지."

윤아의 설명에 고개를 주억거리던 아메스는 자신이 그린 원에서 1의 크기만큼 움직여 정사각형을 겹치게 그렸다.

[람세스 2세의 피라미드에서 발견된 것 중 학문적으로 가장 가치 있는 것은 '아메스 파피루스'라고도 불리는 '린드 파피루스'입니다. 린드 파피루스에는 원통형의 사일로 용적을 구하는 문제 등과 그에 대한 해답이 있어, 그 당시의 수학 수준을 유추해 볼 수 있습니다.

또 의외의 발견도 있었는데요, 람세스의 미라 옆에서 한 여인의 유골이 발견된 것입니다. 피라미드에 새겨진 기록에 따르면 그 유골은 당시 수학을 가르친 지배층으로 추정되는데, 전문가들은 그 골격이 당시 이집트인이 아닌 아시아인의 것으로 보인다고 이야기합니다. 이집트인이 아닌 아시아인이 어떻게 피라미드 안에서 발견될 수 있었을까요? 그것은 아직도 미스터리에……]

윤아는 순간 떠오르는 영상에 흠칫 놀랐다. 아이들을 가르치다 보면 다양한 지식을 알고 있어야 했다. 그래서 EBS다큐를 즐겨보고는 했었다. 우연히 본 다큐영상이 머리를 스치자 윤아는 주먹을 가만히 말아 쥐었다. 린드 파피루스에 그려진 원과 정사각형의 그림이 아메스가 그린 것과 같다는 것을 깨달았다. 이 상황을 어떻게 이해해야 되는 것인지 혼란스러웠다. 그 여인은 누구였을까? 설마 자신을 말하는 것일까? 만일 그 여인이 자신이라면 자신은 여기서 살다가 죽었다는 얘기였다. 꼬리에 꼬리를 무는 생각에 머릿속이 온통 뒤죽박죽이 되었다. 결국 이 답을 줄 수 있는 이는 신관 샨탈뿐이었다. 샨탈이 깨어나지 않는 한 답을 줄 이가 없었다.

"유나님? 왜 그러세요?"

"어? 아, 아니."

윤아는 하얘진 얼굴을 손등으로 쓰윽 쓰다듬었다. 속으로 그럴 리가 없다고 생각했지만 심장은 이미 두방망이질을 넘어 터질 듯이 뛰고 있었다. 피라미드 안에서 발견된 유골이 자신의 것이라면 그것은 절대 돌아가지 못한다는 말이었다.

"유나님? 어디 편찮으세요?"

헤르가 안색을 살피며 걱정스러운 눈을 하자 윤아는 두 손으로 얼굴을 가렸다.

"아냐, 좀 어지러웠을 뿐이야."

윤아는 자리에 앉으며 손을 내저었다. 공포가 엄습하기 시작했다. 긴장으로 몸이 굳어졌다. 샨탈만 깨어나면 돌아가는 방법을 알아낼 수 있을 것이라 여겼는데 아닐지도 모른다는 생각이 들자 어깨가 떨려왔다.

"유나는?"

키안은 준비를 마쳤다는 라메의 말에 나왔다가 윤아가 아직 나오지 않은 것을 보고 물었다. 그러자 헤르가 어쩔 줄 몰라 하며 바닥에 털썩 무릎을 꿇었다.

"무슨 일이냐?"

키안의 표정이 굳어지는 것을 보며 헤르는 두 눈을 질끈 감았다. 이 상황을 어찌 설명하고 모면할 것인지 눈앞이 까마득했다.

"유, 유나님은…… 가지 않으신…… 파라오여!"

헤르의 말이 채 끝나기도 전에 거친 걸음으로 다가온 키안이 헤르의 양팔을 움켜쥐었다.

"아! 아……."

잡힌 팔의 아픔으로 헤르가 비명을 지르려다 삼키자 키안의 눈빛이 가라앉았다.

"너의 주인이 갈수록 겁을 잃어가는구나."

"파, 파라오여……."

헤르는 어떻게 하든 파라오의 화를 가라앉히려 했지만 사나운 키안의 눈빛에 말을 하지 못했다.

"라메!"

"네, 파라오여. 하명하십시오."

"마차를 끌고 먼저 떠나라."

"네?"

라메가 놀라 눈을 동그랗게 뜨고 올려다보자 키안은 헤르를 밀치며 몸을 일으켰다. 편하게 마차에 태워 갈 생각이었는데 고집을 피운다면 이쪽도 대우를 할 생각이 없었다.

"유나는 내가 데려갈 테니 먼저 떠나라."

"네, 파라오여!"

라메가 고개를 숙이며 답하자 헤르는 두 손으로 자신의 입을 가리고 울상을 지었다.

"라메, 어쩌면 좋아."

"우리가 관여할 일이 아냐."

라메가 고개를 저으며 자리를 일어나자 헤르는 떨리는 입술을 손으로 가리며 키안이 사라진 곳을 쳐다봤다.

쾅!

요란하게 열리는 문소리에 윤아는 고개를 돌렸다. 거침없는 걸음으로 다가온 파라오가 자신을 뚫을 듯이 바라보고 있었지만 윤아는 미동도 하지 않았다. 아프다고 하려 했는데 정말 아파 버린 윤아였다. 그래서 출발이 미루어졌었다.

"도대체 어떻게 하면 이렇게 겁을 상실하는 거지?"

화가 난 파라오가 소리를 질렀지만 윤아는 가만히 있었다. 샤탈을 만나기 전에는 절대 움직이지 않겠다는 윤아 때문에 키안은 속이 타들어갔다. 하지만 이제는 더 미룰 수 없는 일정이었다. 하피 신이 움직이기 전에 파라오의 궁으로 돌아와 있거나 아니면 다른 곳으로 피해 있어야 했다.

"유나, 당장 일어나!"

윤아는 창틀에 걸터앉아 키안을 올려다 볼 뿐 말이 없었다.

"헤르와 아메스가 다치는 것을……."

"나한테……."

윤아의 입술이 움직이자 키안은 말을 멈추었다. 천천히 일어난 윤아는 키안에게 한 발 다가갔다.

"나한테 더 이상 협박하지 마. 난 지금 패닉 상태라 그 누구도 돌아볼 여력이 없어."

며칠 전 깨달은 사실로 인해 윤아는 절망하고 있었다. 씩씩하게 이겨내리라 생각했던 마음이 허물어지고 있었다. 자신이 과거에 이곳에 묻혔다는 역사적 사실을 떠올리자 윤아는 억지로 잡고 있던 끈을 놓친 기분이었다.

"그래도 돌아봐. 너에게 매달린 수많은 사람들의 목숨을 생각한다면 돌아보라고."

나일강이 범람하면 농경지대의 경계선이 사라지고 물에 잠기게 된다. 물이 빠지고 다시 드러난 땅의 경계를 세우는 일은 고단하고 힘든 작업이었다. 하지만 윤아의 명석한 머리가 있다면 시간을 단축할 수 있을 것이다. 농경을 시작하기 전에 경계를 마무리 지어야 세금을 제대로 징수할 것이며 왕실의 재정이 튼튼해질 것이다. 하피 신의 시험을 무난하게 통과하려면 윤아의 힘이 절대적으로 필요했다. 그런데 무엇 때문인지 맥을 놓고 있는 윤아였다.

"뭐?"

윤아는 키안의 말을 이해할 수 없었다. 자신에게 매달려 있는 수많은 사람들의 목숨이라는 말에 미간이 찌푸려졌다. 이번에는 말을 안 들으니 불특정 다수의 목숨을 가지고 협박하는 것이라고 여겼다.

"그러니 징징거리지 마."

“내가 언제 징징…… 우왓! 키안!”

키안이 자신을 당겨 안는가 싶더니 그대로 어깨에 들쳐 메자 윤아가 바락 소리를 질렀다. 하지만 키안은 들리지 않는다는 듯 윤아를 어깨에 멘 채 걸음을 떼었다.

“키안! 내려놔! 키안!”

발버둥 치는 윤아로 인해 키안은 미간이 구겨졌다. 그들의 시험, 신들의 시험을 윤아에게 의지할 수밖에 없는 것이 못마땅했지만 이렇게라도 강력한 왕권을 틀어쥐어야 했다. 그런데 사사건건 윤아가 걸림돌이 되고 있었다.

“엉덩이를 맞아야 조용할 텐가?”

“키…… 뭐?”

윤아는 키안의 말에 발버둥을 치다 멈추었다. 그가 정말 엉덩이를 찰싹 소리 나게 때릴 것만 같아 더 이상 입을 열지 못했다. 속으로 ‘이 미친 파라오!’를 외친 윤아는 거꾸로 보이는 세상이 어지러워 눈을 질끈 감았다.

“키안 다시는 날……!”

키안이 내려놓자마자 버럭 하려던 윤아는 그가 와락 끌어안자 입술을 벌린 채 눈만 커다랗게 떴다.

“덕분에 말이 고생하는군.”

어느새 말 위에 자신을 올린 키안이 날렵하게 올라타 말고삐를 쥐자 윤아는 영락없이 키안의 두 팔 안에 갇힌 꼴이 되었다.

“참, 아까 뭐라고 했지?”

다시는 이런 식으로 자신을 대하지 말라는 말을 하려던 윤아는 목을 스치는 키안의 숨결에 어깨를 움츠렸다. 흔들리는 말 위에서 무엇을 잡아야 할지 막막했다. 그렇다고 키안의 팔을 잡고 싶은 생각은 없었다.

"풋, 갑자기 조용하니 적응이 안 되는군."

자신을 놀리는 것이 다분한 키안의 말에 윤아는 입술만 삐죽이고 있었다.

"쳇."

여기서 잘못 말했다가는 자신만 당할 것이 분명했다. 말을 탈 줄도 몰랐기 때문에 키안의 심사가 뒤틀려 걸어오라고 하면 낭패였다. 샌들을 신었다고 하지만 뜨거운 사막을 거의 맨발인 상태로 걷는다는 건 자살행위와 같은 것이다.

"불편한가?"

"내가 불편하다고 말한들 들어줄 것도 아니면서."

윤아는 불퉁한 목소리로 투덜거렸다.

"처음부터 간다고 했으면 이런 고생은 하지 않았을 거다."

"사람 의견 존중하는 법 좀 배우지. 맨날 협박하고 완력을 쓰고, 흐읍!"

키안이 한 팔로 허리를 감싸 안자 윤아는 숨을 들이켰다.

"키안!"

윤아가 항의하듯 바락 소리를 지르자 키안이 귓가에 속삭였다.

"일행과 거리가 좀 떨어진 관계로 지금부터 달려야 해. 편하게 마차 타고 싶지? 그럼 얌전히 있길. 떨어져서 죽고 싶지 않으면."

키안의 목소리가 낮아진 것을 느낀 윤아는 마른침만 넘겼다. 달리는 말에서 떨어지면 죽을 수도 있다는 것을 키안이 겁주지 않아도 잘 알고 있었다. 매달릴 곳이 없어 불안했지만 자신을 안은 키안의 팔이 꽉 붙들어줘 그나마 떨어질 염려는 없어 보였다.

윤아는 끝없이 펼쳐진 사막에 눈이 부셨다. 바람이 불어오는 것인지 달려서 바람이 이는 것인지 귓가를 스치는 바람도 좋았다. 그러다 윤아는 키안이 전속력으로 달리지 않고 있는 것을 깨달았다. 말을 처음 타는 자신을 위해 속도를 조절하고 있는 것 같았다.

'뭐야, 사람 심란하게 이런 사소한 것을 신경 써주고…….'

윤아는 자신을 둘러메었던 파라오를 향해 신경질을 부렸던 마음을 조금 누그러뜨렸다.

아픈 내내 키안을 떠올렸다. 그가 자신을 원하는 심정이나 사정을 완전히 이해하진 못했지만 자신을 묶어둘 만큼 그가 절박할지도 모른다는 생각이 들었다. 그래서 키안에게 자신이 돌아갈 수 없느냐고, 진정 돌아갈 수 없는 것이냐고 물을 수가 없었다. 샨탈에게 물으나 키안에게 물으나 답은 한 가지일 것 같았다. 린드 파피루스를 떠올린 순간 연관되어진 생각들이 자신을 절망으로 몰고 가는 것이 싫었다. 아니라고, 그렇지 않을 거라고 자신은 돌아갈 수 있을 것이라고 내내 고집을 피우듯 중얼거렸었다.

"왜 멈춰?"

키안이 말고삐를 늦추며 말에서 내리자 윤아는 허전함이 들었다. 뒤에서 자신을 든든하게 받쳐주던, 자신을 꼭 감싸주던 키안이 사라지자 한기가 스며들었다.

"말에게 물을 먹이는 방법."

"치이."

저번에 자신이 말한 것을 비꼬는 키안을 보며 윤아는 눈을 흘기다 고개를 획 돌렸다.

"와!"

사진이나 그림에서 보았던 오아시스가 눈앞에 펼쳐져 있었다. 윤아는 말에서 어떻게 내려야 할지 몰라 이리저리 고개를 돌렸지만 생각보다 높은 위치로 인해 쉽사리 움직이지 못했다.

"내려줄까?"

키안이 번쩍 안아 올릴 때만해도 이렇게 높은 줄은 몰랐다. 하지만 무슨 고집이었을까. 윤아는 됐다고 손사래를 치며 그대로 있겠다고 했다. 그러자 키안이 멋대로 하라는 듯 말을 끌고 물가로 갔다. 물을 마시는 말을 보니 윤아는 괜히 미안함이 들었다. 한 사람도 아니고 두 사람이나 태우고 달렸을 말을 생각하니 잠시라도 자신이 내려가는 것이 맞는 것 같았다.

"키안."

"……."

"내려줘."

자신을 멀뚱히 바라보던 키안의 입가에 피식 웃음이 지어지자 윤아는 괜히 얼굴이 붉어졌다.

"나한테 안기고 싶은 거지?"

"뭐? 아냐! 엄마야!"

키안이 가뿐하게 안아서 내려주자 윤아는 얼떨떨한 얼굴로 그를 올려다봤다. 내려다보던 키안을 갑자기 올려다보게 된 윤아는 시선을 거둬야 한다는 생각도 못하고 있었다. 자신을 올곧게 바라보는 그의 밤색 눈동자가 편안함을 가져다줄 수도 있다는 사실에 윤아는 당황했다. 그렇게 서로가 서로를 바라보는 시간이 멈춘 듯 두 사람의 사이를 맴도는 찰나의 순간을 먼저 깬 것은 키안이었다.

"물, 마실래?"

"……응."

윤아는 키안의 말에 고개를 끄덕였고 키안은 큰 잎을 따 물을 떠주었다. 무섭다고 느꼈던 키안이 자상하게 구는 것을 본 윤아는 혼자 피식 웃었다. 사람을 알기 전에는 거리감이 있지만 한두 마디 말을 나누고 마음을 공감하면 그 사람이 더는 멀게 느껴지지 않는다는 말이 맞는 것 같았다. 두렵기만 하던 파라오가 이제는 친근함을 가진 키안이 되었으니 두 사람 사이의 거리는 이제 얼마쯤일까 하고 생각했다.

"마셔."

윤아는 키안이 건네주는 잎을 받아 쥐고는 물을 마셨다. 시원한 물이 목을 적당히 적셨을 때 윤아는 남은 물을 키안에게 주어야 하나 말아야 하나 고민했다.

그런데,

"앗! 키안!"

"하하하하!"

키안이 잎을 손으로 툭 쳐버리는 바람에 윤아의 목과 가슴이 물에 젖어들었다.

"아, 축축해! 뭐야, 도대체!"

윤아가 물을 털어내며 흘겨보자 키안은 배에 손을 얹고 웃고 있었다. 심술쟁이 같이 구는 키안이 괘심해 윤아는 그에게 성큼 다가갔다. 그러자 키안이 웃음을 뚝 멈추고 윤아를 내려다봤다.

"재미있어?"

윤아가 키안의 가슴에 손을 얹고 꼼지락거리듯 살살 움직이자 키안의 미간이 설핏 찌푸려졌다. 자신이 유혹의 눈빛을 잘 발산하고 있는지 걱정이었지만 키안이 밀어내지 않으니 성공할 거라는 생각이 들었다.

"더 좋은 거 할까?"

윤아가 나머지 손을 또 가슴에 얹자 키안이 눈을 가늘게 떴다.

"유나…… 뭐하는 거야?"

키안의 목소리가 욕망으로 잠긴 것을 느낀 윤아는 살짝 미소를 지었다.

"키안도 물을 마셔야 하잖아? 내가 먹여줄까?"

"……유나가?"

"응! 에잇!"

첨벙 소리와 함께 키안이 물에 빠졌다. 물에 빠진 그를 보며 윤아는 손뼉을 치며 간사하게 웃었다.

"푸흐흣, 키안! 시원하지! 아하하하!"

윤아는 제자리에서 동동거리며 웃다 배를 움켜쥐고 허리를 숙였다. 이집트의 절대 통치자 파라오가 물에 빠졌다는 것이 속 시원하고 고소했다.

"하하하, 바보 같이 속……!"

윤아는 물 밖으로 성큼성큼 걸어 나오는 키안을 보면서도 웃음을 멈출 수가 없었다. 그런데 물을 뚝뚝 흘리며 다가온 키안이 앞을 가로막듯 서자 입이 저절로 다물어졌다.

"시원한데 같이 들어갈까?"

"아, 아니 난 됐…… 어."

윤아는 슬그머니 뒤로 한 발 물러나며 멋쩍은 웃음을 지었다.

"그 옷이 젖으면 재미있는 것을 볼 것 같은데?"

"키안!"

윤아가 빨개진 얼굴로 바락 소리를 지르자 키안이 젖은 머리카락을 쓸어 넘기며 사악한 미소를 지었다.

"파라오를 물에 빠뜨렸을 땐 이 정도는 각오한 거 아니었어?"

"자, 장난이었어. 그러니 이쯤에서 신사답게 끝내자고."

"신사?"

"어! 점잖은 어른처럼 그만하자고."

"넌 망나니 같이 굴어놓고?"

"키안!"

윤아가 바락 소리를 질렀지만 이미 키안의 품에 끌려 들어간 후였다.

"왜 떨고 있어?"

"내, 내가 언제……."

윤아는 키안의 말처럼 자신이 왜 떨고 있는지 의문이었다. 장난으로 시작했는데 분위기가 이상하게 흘러가고 있었다. 키안의 젖은 가슴으로 인해 자신의 옷이 젖어들고 있었다. 그리고 맞닿은 심장이 같이 뛰고 있었다.

"그만 가자. 갈 길이 멀……."

"왜 아팠는지 말해. 그러면 풀어줄게."

키안을 밀어내다 윤아는 가만히 그를 올려다봤다. 막무가내로 군다고 생각했던 키안의 얼굴에 걱정이 어려 있었다. 자신이 아파서 걱정을 했던 것일까. 아니면 수를 풀 사람이 일어나지 못할까 봐 조바심을 낸 것일까.

"세누스의 말로는 심적이 부담이 커서 아픈 것 같다고 하던데. 맞아?"

윤아는 고개를 갸웃했다. 현대의 카운슬러처럼 심리 상담을 한 것도 아닌데 자신이 심적 충격으로 아팠던 것은 어떻게 눈치챘을까.

"내가 들어줄 수 있는 건 들어줄게."

"훗."

윤아는 저자세로 나오는 키안 때문에 웃음이 터졌다. 왜 아팠는지 이유를 심각하게 묻는 키안의 질문에 윤아는 눈을 감았다. 샨탈이 깨어나길 그토록 기다렸는데, 키안이 돌아갈 수 없다고 말한 것처럼 샨탈이 깨어나도 돌아갈 방법이 없다고 말할 것을 미리 알아버렸기 때문이었다.

하지만 방법은 또 만들면 되는 것이다. 벽에 가로막혔다면 벽을 타 넘어가거나 벽이 허물어진 곳을 찾아 돌아다니면 되는 것이라 생각했다. 그 생각을 하자 겨우 몸을 추스를 수 있었다.

"유나."

키안이 고개를 약간 숙이며 거리를 좁혀오자 그의 얼굴이 윤아의 눈동자에 들어찼다.

"말하지 않을 생각이구나."

자신의 마음을 읽어내는 키안으로 인해 윤아의 미간이 찌푸려졌다.

"나일강 하류에는 왜 가는 거야?"

윤아는 화제를 돌려 버렸다. 똑같은 답을 들을 것이 뻔한, 필요 없는 소모전을 하며 기력을 낭비하고 싶지 않았다. 이왕 길을 나선 참이니 왜 가야 하는지 이유나 들어보자 했다.

"엄마야!"

키안이 번쩍 안아 말 위에 올려주자 윤아의 가슴에 바람이 스며들었다. 젖은 천으로 인해 바람이 차갑게 느껴졌다.

"사막의 밤은 추워."

뒤에 올라탄 키안이 말고삐를 당기자 말이 다시 달리기 시작했다. 이번에도 키안의 한 팔은 자신의 허리를 안고 있었지만 아까처럼 거북하거나 불편하지 않았다.

헤르가 차려주고 간 빵을 먹던 윤아는 키안을 돌아보며 말했다.

"매번 경계를 새로 그어야 한다고?"

키안이 고개를 끄덕이자 윤아도 알겠다는 듯 고개를 끄덕였다. 나일강의 범람은 들어봤지만 농경지의 경계가 허물어지는 것은 몰랐다. 나일강의 범람으로 사람이 지중해까지 떠내려 갈 수 있다는 것도 몰랐다.

"하긴 기하학(geometry)은 이집트에서 먼저 시작되었으니까."

'geo'는 땅이고 'metry'는 측량을 의미하므로 기하학은 땅을 측량하는 학문에서 출발한 수학이었다.

"정확하게 계산해서 그릴 수 있겠지?"

윤아는 키안을 보며 고개를 끄덕였다. 정삼각형을 정확하게 그리는 방법은 밑변의 길이를 기준으로 컴퍼스를 이용하는 방법이었다.

"알아볼 수 있겠어?"

키안이 내민 파피루스를 보며 윤아는 고개를 저었다. 이들의 문자를 읽으려 아무리 노력해도 읽을 수가 없었다.

"삼각형을 중심으로 두 개의 원이 서로 겹치는 땅을 그려야 해. 이 문제가 제일 골치 아파."

윤아는 키안이 읽어주는 문제를 듣고 피식 웃었다. 컴퍼스를 이용해 정삼각형을 그리는 방법을 알면 충분히 해결할 수 있는 문제였다.

"알고 있구나."

"응."

윤아가 밝게 웃으며 고개를 끄덕이자 키안이 낮게 한숨을 쉬다 입술을 달싹였다.

"이번에는 무엇을 줄까?"

"응?"

윤아는 키안의 말을 선뜻 알아듣지 못하고 고개를 기울이다 '아!' 하고 탄성을 내질렀다.

"아무것도 원하는 거 없어."

"없다고?"

키안이 두 눈을 커다랗게 뜨고 믿을 수 없다는 얼굴로 되묻자 윤아는 어깨를 으쓱했다.

"응, 그냥 할게."

과거에 본 다큐를 떠올린 후 자신의 처지를 깨달은 윤아는 키안에게 무엇을 요구해 봤자 서로가 진을 빼는 일이라는 것을 알았다.

"갑자기 무서운 생각이 드는데?"

"왜?"

윤아가 천진난만한 얼굴로 눈을 깜빡이자 키안이 눈을 가늘게 뜨고 쳐다봤다. 저러다 심술을 부려 안 한다고 할지도 모를 일이었다. 그런데 윤아의 태도가 정말 바뀌어 있었다. 의사인 세누스의 말처럼 심적으로 큰 변화를 일으킨 것은 맞는데 무슨 일인지는 감을 잡을 수가 없었다. 이유를 물어도 말을 하지 않으니 답답했지만 스스럼없이 도와주겠다고 나서니 고마울 따름이었다.

"그런데 나일강의 범람 시기를 어떻게 맞춰?"

윤아가 궁금한 얼굴로 쳐다보자 키안은 난감한 표정을 지었다.

나일강의 범람 시기를 맞추는 것은 파라오들에게만 전해져 내려오는 비밀이기에 함부로 발설할 수 없었다.

"그것을 못 맞춘 파라오도 있었어?"

키안은 윤아의 말에 피식 웃어 버렸다. 나일강의 범람 시기를 못 맞추면 큰 재앙이 닥친다. 농경지에 집을 짓고 사는 이들이 잠을 자다 물에 떠내려가고 죽게 되는 것이다. 그런 일이 일어나면 신이라 칭송을 받는 파라오의 권위가 위태로워지고 왕조는 무너지게 되는 것이다.

"없어. 약간씩 날짜에 차이가 있긴 하지만 그전에 다들 피하도록 알려."

"아!"

윤아가 탄성을 내지르며 고개를 끄덕이자 키안은 몸을 일으켰다. 아까부터 매의 날갯짓 소리가 귀에 들리고 있었다.

"잠시만 있어."

"응."

윤아는 키안의 얼굴이 살짝 굳어지는 것을 보지 못하고 칸탈루프 한 조각을 입에 넣었다. 입안에 퍼지는 과즙에 더위가 좀 가시는 기분이었다.

천막의 지붕 위에 앉았던 매가 키안이 모습을 드러내자 미끄러지듯 내려와 키안의 팔 위에 사뿐히 안착했다.

—파라오여, 야쿠바암이 뒤를 탐색하고 있습니다.

매의 발목에 묶인 서안을 읽은 키안의 눈살이 찌푸려졌다. 야쿠바암은 자신의 뒤를 따르는 인물이긴 했으나 복종하는 자가 아니었다. 어머니의 사촌과 결혼한 야쿱의 아들로, 언젠가는 자신도 권력의 중심이 될 거라 믿는 이였다. 자신은 그 야욕을 잘 숨기고 있다고 생각하는 듯했지만 눈동자에 드러난 욕망을 감추지는 못했다.

천막을 돌아보는 키안의 눈이 가늘어졌다. 야쿠바암이 윤아의 존재를 눈치챈 것이 아니길 바랐다.

"라메."

이름을 부르자 어디에 서 있었던 것인지 라메가 키안의 발 앞에 부복하였다.

"경비를 강화하라."

"네, 파라오여!"

라메가 힘차게 대답하고 땅을 박차듯이 일어나 파라오의 친위대인 메자이들에게 달려갔다.

"무슨 일 생겼어?"

천막 안으로 들어오자 윤아가 물었다.

"……."

윤아가 의아한 얼굴로 쳐다보자 키안은 얼굴이 굳어졌다. 윤아가 마음을 고쳐먹으니 다른 골칫덩이가 생긴 꼴이었다. 야쿠바암에게 그녀를 빼앗겨서도, 존재를 들켜서도 안 되는 일이었다.

"키안?"

윤아가 고개를 비스듬히 기울이며 부르자 키안은 걱정을 털어 버리듯 고개를 가로저었다.

"다음 문제."

키안이 아무 일 아니라는 듯 파피루스를 집어 들고 다음 문제를 읽었지만 윤아는 눈에 띄게 굳은 키안의 얼굴이 걱정되었다.

"유나?"

윤아가 말똥말똥한 눈으로 쳐다보고만 있자 키안도 고개를 기울이며 윤아와 시선을 마주했다.

"문제 다시 읽을까?"

"원하는 게 생겼어."

윤아는 키안을 똑바로 쳐다보며 엷은 미소를 지었다. 같은 배를 탄 것인지는 모르겠지만 그를 도울 생각을 했으니 그의 근심의 근원을 같이 공유해야 한다고 생각했다.

"뭔데?"

키안의 얼굴에 피곤함이 스쳐 지나갔다. 쉽게 갈 줄 알았는데 윤아가 또 제동을 걸고 있었다.

"키안의 고민이나 걱정이 뭔지 알려줘."

키안은 뜻밖의 말에 두 눈이 커다래졌다. 이 여인이 도대체 무슨 말을 하는 것인가. 입가에 미소를 짓고 있는 윤아의 얼굴을 보며, 키안은 이마를 짚고 쿡쿡거리는 웃음을 터트렸다.

"왜 웃어? 내가 같이 고민해 줄게."

신처럼 떠받들리는 파라오가 힘없는 여인에게 위로받고 있다고 한다면 그 권위가 유지될 수 있을까.

"유나, 그 말은……."

"응."

윤아가 키안 쪽으로 몸을 기울이며 힘차게 대답하자 키안은 손을 들어 그녀의 얼굴을 가린 머리카락을 치웠다. 윤아의 작고 하얀 얼굴이 눈앞에서 빛을 내고 있었다. 키안은 윤아의 이마부터 눈썹, 코, 인중, 입술을 찬찬히 훑어봤다. 그리고 발그레해진 두 뺨을 손등으로 쓰다듬고는 입술을 열었다.

"네가 나한테 안기겠다는 말과 같다."

"뭐?"

윤아가 바락 소리를 지르며 그런 말도 안 되는 궤변이 어디 있냐는 듯 인상을 구기자 키안은 유쾌하게 웃었다.

"장난한 거지?"

키안은 웃음이 남은 얼굴로 윤아를 지그시 바라봤다. 신과 같은 파라오의 고민을 덜어주겠다니 참 기특도 하지.

"파라오의 고민을 아는 것이 그리 쉬운 줄 알았어?"

"에?"

윤아가 황당하다는 표정을 지으며 입술을 벌리자 키안이 나지막하게 속삭였다.

"파라오의 비밀을 아는 자는 죽음으로 그 값을 치른다."

윤아는 키안의 말에 소름이 쫘악 돋았다. 천막을 잠시 나갔다 온 키안의 표정이 어두워 고민을 덜어주고 싶었을 뿐이었다. 아니 고민을 덜어주지는 못해도 들어줄 수는 있다고 생각했다. 그런데 죽음을 운운하는 키안의 말에 공포가 스며들었다. 그냥 하는 말이 아니었다. 피식 웃고 있는 듯 보이지만 키안의 눈빛은 웃고 있지 않았다.

윤아는 더위에 지쳐 잠을 놓치고 있었다. 사막의 밤은 춥다고 들었는데 천막이 있어 그런지 추위는 별로 느껴지지 않았다.

'땅을 가진 모양이 다들 제각각이야.'

키안이 읽어주는 것을 들으며 윤아는 도형들의 모양을 생각했다. 초등학생이 푸는 문제에 나오는 도형은 삼각형, 사각형, 평행사변형, 사다리꼴, 마름모, 원이었다. 여기서 더 나아가면 평면도형에서 입체도형이 되는 것이다. 정육면체부터 시작해 원기둥, 원뿔 같은 도형들이 나온다. 그리고 중학생이 되면 부채꼴의 도형을 배우게 된다. 하지만 이들에게 중학교 과정은 필요치 않아 보였다. 다시 돌아가 초등교과과정을 머릿속으로 쭉 훑던 윤아는 자리를 일어났다. 천막의 입구를 들추자 나일강이 보였다.

"아, 시원하다."

강에 손을 담근 윤아는 더위를 쫓아낼 생각에 팔에 물을 끼얹었다. 강의 시원함이 낮 동안 달아오른 열기를 식혀주고 있었다. 달빛을 받아 반짝이는 나일강을 지그시 바라보던 윤아는 그대로 자리를 잡고 앉았다.

"4대문명의 하나인 이집트 문명…… 수가 시작된 곳."

윤아는 무릎에 두 팔을 교차시켜 얹고 턱을 괴었다. 도형에서 사각형은 다시 정사각형과 직사각형으로 나뉘고 삼각형은 정삼각형과 이등변 삼각형, 예각삼각형, 둔각삼각형, 직각삼각형으로 나뉜다. 변의 길이로 정삼각형과 이등변삼각형으로 나뉘고 각의 크기로 예각, 둔각, 직각삼각형으로 나뉜다.

정사각형은 직사각형과 마름모의 교집합에 속하고 이 세 도형을 포함하는 관계는 평행사변형이다. 그리고 이들을 모두 포함하는 도형은 사다리꼴이고 마지막으로 사각형으로 포함관계가 마무리 되는 것이다. 하지만 이들 속에서 넓이를 구하는 공식은 달랐다. 사각형의 범주 안에 드는 도형 직사각형, 정사각형, 평행사변형은 넓이를 구할 때 가로 곱하기 세로이지만 나머지 도형 즉, 사다리꼴, 마름모, 삼각형에 공통적으로 들어가는 계산식은 나누기 2였다. 그러니 사다리꼴처럼 보이는 땅의 넓이는 다시 반으로 나누어야 했다.

윤아는 삼각형의 넓이 구하는 것을 키안에게 설명했고 그는 마름모를 왜 2로 나누어야 하는지 금방 이해를 했다.

"머리는 좋은 것 같네. 아니, 이해력이 좋은 건가?"

윤아는 혼잣말을 하며 피식 웃었다. 머리가 좋다는 것이나 이해력이 좋다는 것이나 뭐가 다르다고.

"유나."

윤아는 가라앉은 키안의 목소리에 고개를 들었다. 그가 살짝 긴장한 표정을 누그러트리더니 낮게 한숨을 쉬는 것이 보였다.

"혼자 돌아다니면……."

"아니, 그게 너무 더워서 그래서……."

윤아는 키안을 걱정시킨 것 같아 다급하게 말을 자르고 변명했다. 그러자 키안이 자신의 옆에 와 앉았다. 이 시간에 키안이 왜 안 자고 있는 것인지 궁금했다. 자신이야 더위를 느껴 잠들지 못했다지만 키안은 여기 사람이니 이정도 더위쯤이야 아무렇지 않을 것이다.

"지켜줄 수 없게 만들지 마라."

"어?"

"넌 파라오의 비밀이니까."

윤아는 키안의 말에 마른 침을 삼켰다. 파라오의 비밀을 아는 자는 죽음으로 그 값을 치른다고 했다. 그러니 자신이 드러나는 일은 누군가가 죽어야 한다는 말이었다.

"진짜 파라오의 비밀이 뭐야?"

윤아는 키안의 말을 가만히 생각하다 물었다. 만일 자신이 파라오의 비밀이라면 다른 비밀을 알고 있다고 해도 별 문제가 없을 것이다. 비밀이 비밀을 알고 있다. 꽤 흥미로운 일이었다.

"말해줄 수는 없어?"

"네가 파라오의 비밀이라고 해서 파라오의 다른 비밀도 알고 싶은 건가?"

자신의 속마음을 정확하게 읽어내는 키안으로 인해 윤아는 뜨끔했지만 태연하게 고개를 끄덕였다.

"그 말은 나한테 안길 마음이 있다는 뜻인가?"

"아니!"

윤아는 힘차게 도리질을 쳤다. 진지하게 대화를 하는 중이었는데 키안이 핵심에서 달아나는 것 같이 느껴졌다.

"알면 정말 죽는 거야?"

파라오의 비밀을 공유할 수 있는 이는 파라오의 연인, 즉 왕비가 되는 방법뿐이었다.

"들어가, 이제 정말 추워질 테니."

키안의 말처럼 아까와 달리 기온이 뚝 떨어진 것이 느껴졌다. 한낮의 뜨거웠던 사막은 그 열기를 지키지 못하고 추위를 안겨주고 있었다.

"키안, 난 알고 싶어."

윤아는 키안을 따라 일어서며 그의 팔을 잡았다. 그러자 키안의 시선이 잡힌 팔에서 윤아의 얼굴로 움직였다.

"권력을 잘못 휘두르면 네가 다친다 하였다."

윤아는 그래도 알고 싶었다. 나일강의 범람을 맞추는 파라오의 비밀을 알고 싶었다.

"키안, 난 각오했어. 어차피 네 말대로 돌아갈 수 없다면 그 권력을 휘두를 거야."

"……."

키안은 입가에 묘한 미소를 지었다. 나일강의 범람시기를 맞추는 파라오의 엄청난 비밀을 알고 싶어 하는 윤아가 대책 없다 생각했다.

"후회할 텐데."

"후회, 읍."

키안의 입술이 닿자 싸늘함이 전해졌다. 맞닿은 입술 사이로 키안의 혀가 막힘없이 들어오자 윤아는 숨을 쉴 수가 없었다. 밀어내야 한다는 생각을 못한 채 키안의 입술에 물려 가쁜 숨을 몰아쉬었다. 달래듯 속살을 핥은 그의 혀가 천천히 움직이자 윤아는 오들오들 떨었다. 키안의 입술이 살짝 떨어지는 듯하더니 더 깊이 치고 들어오자 윤아는 키안의 가슴에 손을 얹었다. 손바닥을 타고 키안의 심장 소리가 전해지는 듯 쿵쿵 울렸다. 치아를 훑은 키안의 혀가 자신의 혀를 옭아매자 윤아는 뒤로 물러나려 했다. 하지만 키안에게 잡힌 허리를 움직일 수 없었다. 처음 입술이 닿았던 것보다 급격하게 움직이고 있었지만 거칠게 굴지 않는 키안으로 인해 윤아는 다리에 힘이 빠졌다. 한 손으로 등을 받치듯이 끌어안은 키안 때문에 윤아는 옴짝달싹할 수 없었다. 하지만 그런 키안의 팔에서 든든함이 느껴졌다.

"하아, 하……."

입술이 떨어지자 윤아는 숨을 헐떡였다. 키안이 뺨에 붙은 머리카락을 넘겨주며 지긋하게 바라보는데 심장이 떨려 미칠 것만 같았다.

"하아…… 너 같은 여인은 처음이다."

윤아는 숨을 몰아쉬며 키안의 가슴에 머리를 기대었다. 현기증과 나른함이 찾아들어 눈앞이 흐릿해졌다. 뒷머리를 쓰다듬는 키안의 커다란 손이 아늑한 기분을 안겨 주었다. 자신을 꼬옥 안아주는 키안의 품이 따뜻해서 사막의 추운 밤도 더 이상 춥지 않게 느껴졌다.

# 파라오의 비밀

나일강의 범람 시기를 어떻게 맞추느냐고 집요하게 묻는 윤아 때문에 키안은 난감했다. 절대 타인에게 발설할 수 없는 비밀이었다. 파라오의 비밀을 공유할 수 있는 이는 파라오의 연인, 즉 왕비가 되는 방법뿐이었다. 그런데 왕비가 될 생각도, 연인처럼 안길 생각도 없으면서 윤아가 비밀을 공유하겠다고 조르고 있었다.

"그만 들어가."

"……키안?"

"유나, 보내줄 때…… 가는 게 좋아."

키안이 입가에 미소를 지으며 등을 떠밀자 윤아는 미련이 남아 그를 빤히 쳐다봤다. 누군가의 비밀을 그저 얻을 수는 없다 생각했다. 그에 상응하는 대가를 내어놓아야 한다는 것쯤은 익히 알고 있었다. 그래서 더는 조르면 안 되는 것을 알고 있었다. 하지만 그것과 별개로 키안과 이대로 헤어지는 것이 아쉬웠다.

"키안…… 왜 안 자고 있었어?"

윤아의 등을 떠밀어주고는 밤하늘을 올려다보던 키안은 시선을 제자리로 돌렸다. 자신을 빤히 올려다보고 있는 윤아의 청색 눈동자에 매료되는 기분이 좋았다. 그리고 촉촉이 젖어 살짝 벌어진 입술을 보자 또 머금고 싶었다.

"유혹…… 하지 마라."

자신과 더 대화를 하고 싶어 하는 윤아의 마음을 모르는 것은 아니었지만 자신을 믿지 못하는 키안이었다. 당황해 얼굴이 붉어진 윤아의 뺨을 보며 키안은 입가에 포물선을 길게 그렸다.

"내, 내가 언제……."

버벅거리는 윤아를 보며 키안은 짙은 한숨을 내쉬었다. 파라오인 자신의 앞에서 여인들은 당연하다는 듯 순종과 유혹의 몸짓을 하고 다가왔다. 하지만 윤아는 그러지 않았다. 그런 윤아가 오아시스에서 가슴에 손을 얹고 먼저 거리를 좁혀왔을 때는 심장이 터지는 줄 알았다. 물에 빠지지 않았다면 그대로 윤아를 품었을지도 모를 일이었다.

"방금."

"에?"

윤아는 그저 키안과 좀 더 같이 있으면서 대화하고 싶었을 뿐이었다. 외로웠던 것인지 잠을 자지 못해 그런 것인지는 모르겠지만 아쉬움이 들었다. 그런데 키안이 유혹하지 말라고 하니 당황스러워 어쩔 줄 몰랐다.

"치이, 그럼 잘 자."

윤아는 더 이상은 무리라는 생각이 들어 천막 안으로 들어갔다. 두꺼운 천 하나를 사이에 두고 서 있는 키안의 그림자가 무척 커 보였다. 서서히 그림자가 옅은 색으로 길게 늘어나다 사라지자 윤아는 천천히 숨을 내뱉었다.

"하아……."

입술을 비집고 긴 숨을 토해낸 윤아는 검지로 입술을 가만히 만져보았다. 키안의 흔적이 남아 있을 리 없는데도 알싸한 통증이 일었다. 키안을 받아들이면 받아들일수록 더 깊게 파고드는 바람에 입안이 얼얼했다. 하지만 그 얼얼함은 저릿한 전기처럼 심장을 욱신거리게 만들었다.

"나도…… 모르겠다……."

윤아는 두 무릎에 머리를 기대며 눈을 감았다. 키안을 좋아하는 것인지 아닌지 깨닫지도 못했는데 그저 심장은 반응하는 것이 당연하다는 듯 울렁거리고 있었다.

키안은 아침부터 분주하게 일에 몰두하고 있었다. 땅과 토지대장이 일치하는지 일일이 확인, 대조 작업을 하는 그를 윤아는 멀리서 바라보기만 했다.

"후, 찐다 쪄."

윤아는 손으로 부채질을 하다 머리카락을 쓸어 넘겼다. 햇빛을 가릴 만한 곳이 없는 사막은 고문이나 다름없었다. 여름보다는 차라리 추운 겨울을 더 좋아하는 윤아로서는 잠시 잠깐 서 있는 것도 고역이었다.

"유나님, 안으로 들어가십시오."

윤아는 헤르에게 고개를 끄덕이고는 천막 안으로 들어왔다. 키안을 볼 생각에 나간 걸음이었는데 바쁜 키안을 방해할 수 없었다.

"유나님."

헤르가 물 잔을 내밀고 있었다. 윤아는 물 잔을 입술에 대며 천막 안을 서성거리다 가늘고 짧은 막대 하나를 손에 쥐었다. 머리카락을 틀어 올려 비녀처럼 꽂은 그녀는 파피루스를 들었다. 예전에 읽은 기사에서 린드 파피루스에 적힌 문제는 모두 84문제라고 했다. 단순한 곱셈부터 시작해 땅의 넓이를 구하는 문제와 방정식문제까지 적혀 있다고 했다.

"유나님?"

"응?"

윤아는 헤르의 시선을 따라 고개를 돌리다 눈을 동그랗게 떴다. 언제 왔는지 키안이 서 있었다.

"키안."

이름이 불리자 뒤를 돌아보던 윤아가 자신을 보며 반가운 기색을 하자 키안의 입가에 미소가 피어났다. 머리카락을 어떻게 했는지 윤아의 하얀 목덜미가 드러나 있었다. 그 목을 손에 그러쥐고 싶은 키안은 묘한 미소를 지으며 입을 열었다.

"헤르, 나가 있어."

"네, 파라오여."

헤르가 분주하게 움직여 천막을 나가자 주위가 조용하게 가라앉았다. 키안이 두어 걸음 성큼 다가오자 묘하게 긴장이 되었다.

"갑자기 안 보여서……."

"어?"

"분명 보였는데 돌아보니 없어서…… 사라져 버렸나 하고……."

"그래서 확인하러 온 거야?"

그가 고개를 끄덕이자 윤아는 키안에게로 다가갔다. 왜 이리 갑자기 마음의 거리가 좁혀지는 것인지 의문이 들었다. 그와 오아시스에서 장난을 쳤다고 이리 마음이 허물어져도 되는 것일까.

"며칠 내로 돌아갈 수 있을 거야. 지루하고 덥고 힘들어도 참아."

윤아는 알겠다는 뜻으로 고개를 끄덕였다. 그러자 키안이 손을 들어 아이에게 하듯이 머리를 쓰다듬었다. 아이처럼 대하지 말라는 말을 하려던 윤아는 치아로 혀를 꾸욱 눌러버렸다. 아이처럼 대하지 않는다면 그가 자신을 어떻게 대해주길 원한단 말인가.

"부드럽다."

키안이 손등으로 볼을 쓰다듬고 목덜미를 살짝 그러쥐자 윤아는 심장이 덜거덕거렸다. 빠르게 반응하는 심장을 타박하며 윤아는 슬그머니 뒤로 한 발 물러섰다.

"저녁에 보여줄 곳이 있다."

"어디?"

"궁금해도 참아."

키안이 그렇게 말하고 천막을 나가자 윤아는 허전함이 들었다. 이런 감정이 도대체 왜 일어나는지 모르겠다며 혼자 투덜거렸지만 기분이 나쁘지는 않았다.

저녁이 올 때까지, 아니 키안이 올 때까지 파피루스의 글자들을 공부하던 윤아는 뻑뻑해진 눈을 손으로 비볐다. 아메스는 지금쯤 무엇을 하고 있을까 하는 생각이 들자 그가 채찍을 맞던 일이 떠올랐다. 눈을 질끈 감은 윤아는 기억을 지우려 머리를 두어 번 저었다.

"흐음."

기억을 건너뛰고 지우려 했는데 키안에게 강제적으로 입맞춤을 당한 일이 자동재생 되었다. 거칠고 무례하고 무자비하던 입맞춤이었는데 혀를 깨문 다음은 오히려 그렇지 않았다. 달래듯이, 어르듯이 움직이던 혀가 속을 간질거리게 만들었었다. 끝내는 정신을 잃게 되었지만.

고의든 아니든 키안과 입맞춤을 몇 번이나 한 사실에 윤아는 괜히 얼굴이 붉어졌다. 그중에서 어젯밤 했던 키스가 감미로웠고 따스해서 좋았다.

"유나."

"키안!"

윤아는 화들짝 놀라며 자리를 벌떡 일어났다.

"그렇게 반가운가? 내 생각이라도 하고 있었던 건가?"

키안이 고개를 삐딱하게 기울이며 묻자 윤아는 무안함에 붉어진 얼굴을 감추려 고개를 숙였다. 키안이 작게 웃는 듯 훗 하는 소리가 들려왔다.

"그만 나갈까?"

윤아는 천막 입구의 천을 들고 서 있는 키안을 따라 밖으로 나왔다.

"뭐야?"

"파라오의 전차."

천막 앞에 놓여 있는 전차를 윤아는 관심 있게 살폈다. 로마가 배경인 영화에서 나오는 전차보다 더 화려했지만 그리 튼튼하게 보이지는 않았다. 6개의 가는 뼈대로 큰 바퀴를 만들어 놓은 모습이 부실해 보였다. 다만 새겨놓은 문양의 정교함에는 감탄이 절로 나왔다.

"이리 와."

그의 손에 이끌려 전차에 오른 윤아는 뒤에 오르는 키안을 돌아보며 물었다.

"어디 가는 거야?"

"신전."

"신전?"

키안은 윤아의 말에 고개를 끄덕이더니 전차를 몰았다. 윤아는 키안을 비켜 뒤를 보다 눈이 커다래졌다. 자신들을 호위하는 근위병들이 하나도 없었다. 친위대인 메자이도 보이지 않았다.

"키안, 아무도 안 따라와. 우리만 가는 거야?"

키안이 대답 대신 고개만 끄덕이고 전차 모는 일에 열중하자 윤아는 더 입을 열지 못하고 가만히 있었다. 분명 경비를 강화하라던 키안이었는데 근위병의 호위도 없이 가도 되는 것인지 신경이 쓰였다.

얼마나 달렸을까. 멀리 거뭇한 형체가 웅크리고 있는 것이 보였다. 거리가 가까워지자 윤아는 그것이 피라미드라는 것을 눈치챘다. 파라오가 죽으면 묻히는 곳이라 알고 있었다. 그들이 묻히기 전에는 신전의 용도로 쓰였는지 모르지만 파라오가 묻히면 무덤이 되는 것이다.

"유나."

윤아는 키안이 내민 손을 잡았다.

그의 손을 잡고 피라미드 안으로 들어가는 일은 생각보다 힘들었다. 입구는 한 사람이 겨우 지나갈 수 있었고 통로도 그리 넓지 않았다. 힘들었지만 키안은 손을 놓지 않았고 가끔 윤아를 위해 걸음을 멈추어주기도 했다.

"아, 시원해."

어디선가 바람이 불어오자 키안이 발을 멈추고 돌아봤다. 윤아는 밖을 내다보고는 자신이 서 있는 위치가 꽤 높다는 것을 깨달았다. 피라미드의 중간쯤 되는 위치였는데 테라스처럼 구멍이 뚫려 있었다. 멀리 지평선에 걸린 태양이 주변을 붉게 물들이고 있는 광경은 장관이었다. 윤아는 힘들게 올라온 보람이 있다고 생각하며 숨을 들이켰다.

"노을 진다."

윤아는 바람에 흐트러지는 머리카락을 귀 뒤로 넘기며 손으로 차양을 만들었다.

"보라색이 되었다."

"어?"

"네 눈."

윤아는 키안을 돌아봤다. 노을의 붉은 색과 어우러지면 자신의 눈동자가 보라색으로 비쳐지는 것을 알고 있었다.

"내 목숨을 살린 보라색이지."

"무슨 말이지?"

"처음에 내 목을 졸랐잖아."

윤아가 그새 잊어버렸느냐는 듯 핀잔을 주자 키안은 피식 웃음을 지었다. 청색의 눈동자를 들여다봤을 때 뭔가가 자신의 심장을 치고 달아나는 기분이 들었다. 그러다 보라색으로 바뀌는 눈동자에 매료되었었다. 끝없는 소유욕을 불러일으킨 눈동자였다. 그런데 쉽게 가질 수 없어 속이 타들어갔었다.

"죽일 생각은 없었다."

"흥, 안 믿어."

그녀가 토라졌다는 듯 고개를 홱 돌리자 키안은 윤아의 허리를 감싸 안았다. 자신의 품에 폭 안기는 여체가 한둘이 아니었는데도 유독 윤아는 자신을 매료시켰다. 먼저 품고 싶다는 생각을 한 여인은 윤아가 처음이었다.

"그런데 여기는 왜 온 거야? 메자이도 안 데리고 와도 위험하지 않은 곳이야?"

"유나, 저기 태양이 보이지?"

"응."

윤아는 키안이 가리키는 지평선을 바라봤다. 커다란 태양이 이마만 드러낸 채 숨어 있었다. 태양이 완전히 지고 어둠이 내리면 별과 달이 모습을 드러낼 것이다. 달과 태양은 서로 마주보는 거리에 놓여있지만 실질적인 크기는 엄청난 차이가 있다. 태양은 달의 적도 반지름보다 400배나 되는 크기지만 달이 태양보다 지구와 400배 가까운 이유로 같은 크기로 보이는 것이다. 태양의 입장에서는 좀 억울한 일이려나? 윤아는 혼자 피식 웃다가 키안의 속삭임에 화들짝 놀랐다.

"지고 있는 태양의 자리를 잘 봐둬."

"어? 왜?"

"파라오의 비밀을 알고 싶다 하지 않았나?"

윤아는 순간 잘못 들었나 생각했다. 그래서 키안의 얼굴을 확인하고 싶어 뒤로 휙 돌아섰다. 그러다 자신을 가만히 바라보는 키안의 시선에 윤아는 숨을 삼켰다.

"그냥 알려주는 것이 아니다."

"대가를 줘야 하는 거야?"

"죽음으로 값을 치른다고 했는데?"

"뭐야, 장난하지 말……."

살짝 닿은 키안의 입술에 윤아는 말을 멈추었다. 가만히 자신의 머리카락과 얼굴을 쓰다듬는 키안의 손이 떨리고 있었다.

"같이 죽을 각오 되었어?"

"키안……."

장난하지 말라고 하고 싶었는데 키안의 얼굴이 너무 심각해 윤아는 입을 다물었다.

"파라오의 여인, 즉 왕비만이 파라오의 비밀을 나눌 수 있다."

윤아는 마른 침을 삼켰다. 자신이 왕비가 될 일은 없을 터였다. 하지만 키안이 파라오의 비밀을 그냥 기분이 동해서 알려주는 것도 아닐 것이다. 그만큼 키안 역시 해서는 안 될 위험한 일을 하고 있음이었다.

"그렇게 긴장할 것은 없다. 나중에 나한테 안기면 돼."

"키안, 정말……."

윤아가 짓궂은 키안을 향해 주먹으로 가슴을 툭 치자 그가 윤아를 품에 꼬옥 안고 속삭였다.

"저 태양은 사라지지 않겠지."

윤아는 키안의 팔을 쓰다듬으며 고개를 끄덕였다. 태양과 달이 사라지는 날이 모든 인류가 사라지는 날이다. 태양과 지구, 달의 삼각관계는 서로가 힘의 균형을 이루는 관계였다. 썰물과 밀물을 이루어내는 태양과 달의 힘. 하지만 달이 지구와 조금씩 멀어지고 있다고 했다. 어느 순간 지구는 중력을 잃고 바다가 땅이 되고 땅이 바다가 되는 날이 올 것이라고도 했다. 오랜 세월동안 태양과 달이 변함없이 그 자리를 지켜주었기에 영원할 줄 알았다. 그런데 태양의 폭발을 발견한 것으로 여러 추측이 난무하고 있었다. 언젠가는 이 우주가 사라질 수도 있다는…….

"사라지지…… 않을 거야."

먼 훗날의 일을 키안은 알 수 없기에 모른 채로 죽을 것이다. 그러니 필요 없는 정보는 줄 필요가 없다. 윤아는 머리에 닿는 키안의 입술을 느끼며 눈을 감았다. 이들은 월식과 일식을 알고 있을까. 아니면 그저 재앙이라고 떠들며 두려워하면서 공경할까.

"이곳은 누구의 신전이야?"

"내가 묻힐 곳."

윤아는 키안을 올려다봤다. 입가에 미소를 짓고 있는 키안의 얼굴은 평온해 보였지만 윤아는 인상을 구겼다. 누구나 죽는다는 것을 알지만 제 무덤을 제 손으로 만드는 이가 몇이나 될까. 파라오들은 제위에 오르는 순간부터 자신의 무덤을 짓는다. 그것이 자신의 힘을 과시하려는 신전인지, 무덤인지는 의견이 분분하지만.

"그런 표정 짓지 마. 너한테 더 매달리고 싶어지니까."

윤아는 이상하게 심장이 두근거렸다. 남자가 변변치 못하게 여자한테 매달린다는 것이 좋을 리 없는데 마치 사랑 고백을 들은 것처럼 흐뭇하고 야릇한 기분이 들었다.

"유나님?"

헤르는 윤아를 살짝 흔들어 깨웠다. 파라오와 단둘이 나가 새벽녘 태양이 다시 뜨는 시각에 돌아온 그녀는 늦잠을 자고 있었다.

"유나님, 파라오께서 지금 기다리고 계십니다."

"으응……?"

윤아는 비몽사몽 중에 눈을 비볐다. 학교 다닐 때도 날밤을 새워 공부한 적이 없었는데 어제는 키안이 알려주는 별자리에 푹 빠져 시간이 가는 줄 몰랐다.

"유나님, 빨리 준비를……."

헤르가 재촉하면서 윤아를 일으켜 세우고 옷을 갈아입히려 했다. 윤아는 더 자고 싶은 마음을 밀어내며 헤르가 하는 대로 내버려 두었다. 두 원 사이에 들어가 있는 삼각형의 땅을 그리는 일만 아니라면 계속 자고 싶었다.

"유나, 언제까지…… 아!"

윤아의 옷을 벗기던 헤르도, 막 천막 안으로 들어서던 키안도, 헤르가 시키는 대로 옷을 벗던 윤아도 모두가 멀뚱한 얼굴이 되어 서로를 바라봤다.

"키아아안!"

윤아가 비명을 지르듯 파라오의 이름을 부르자 키안이 몸을 홱 돌려 다급하게 천막을 빠져나갔다.

"아! 왜 하필 이때 들어오는 거야! 나쁜 파라오!"

윤아는 가슴을 가린 채로 신경질을 부리다 입구를 한껏 째려봤다.

"하아……."

키안은 손바닥으로 자신의 가슴을 지그시 누르다 천막을 힐끔 돌아봤다. 화들짝 놀라 소리를 지르는 윤아의 얼굴이 칸탈루프의 속처럼 붉어지는 것이 뇌리에 박혀들었다.

"참고 있었는데…… 하필."

"크흠."

키안은 헛기침을 하며 옆을 지나가는 윤아를 보다 천천히 따라 걸었다. 혼자 불퉁거리는 모습에 피식 웃음이 지어졌다. 별자리에 푹 빠져 이것저것 묻는 윤아는 끝이 어딘지 모르게 질문을 했었다.

"그러게, 아침에 못 일어난다고 그만 가자니깐."

"그러게, 아침에 못 일어나니 점심 후로 미루자고 하니깐."

"쿡."

윤아가 자신의 말을 따라하며 투덜거리자 키안은 쿡쿡거리는 웃음소리를 냈다. 그러자 윤아가 휭 하니 앞서 가버렸다. 키안은 관리인들과 인부들에게 이것저것 지시를 하며 일을 시키는 윤아를 가만히 바라봤다. 덥다고 투덜거릴 만도 한데 꽤 잘 참았다. 윤아의 설명을 듣고 움직이는 사람들 또한 우왕좌왕하지 않고 체계적으로 일을 하고 있었다.

관리자가 다급하게 다가와 뭔가를 묻자 윤아가 손사래를 치며 다시 설명했다. 관리인이 크게 고개를 끄덕이고는 다시 뛰어가는 모습이 보였다.

"파라오가 되어도 손색이 없겠네."

키안은 검지 마디를 살짝 이로 씹다가 혼자 피식 웃어버렸다.

카이로로 돌아와 키안을 못 보는 날이 이어지고 있었다. 파라오의 비밀을 스스럼없이 알려주던 키안의 얼굴을 떠올리자 미안한 마음이 들었다. 자신이 떼를 썼기 때문이라는 생각이 들었다.

'일주일 정도 남은 것 같다.'

태양과 별자리가 일치하는 날로부터 3일이 지나면 나일강의 범람이 시작된다고 했다. 파라오가 아닌 그 누구에게도 발설할 수 없는 비밀이라고 하면서도 키안은 너무 천연덕스럽게 알려주었다.

밤하늘에 떠오른 별자리를 보며 키안의 품에 파묻혀 있었다. 천막으로 돌아왔을 때는 담요 같은 것을 걸치고 있었지만 너무 추워 이가 딱딱딱 소리를 내며 부딪칠 정도였다. 너무 떠는 바람에 키안이 자신을 안고 같이 누워 있었다. 그렇게 있다가 잠이 들었는데 눈을 뜨니 키안은 옆에 없었다.

'잘 잤나?'

옷을 갈아입고 있을 때 들어온 일만 아니라면 키안의 인사를 기분 좋게 받아주었을 테지만 이미 화가 난 마음 때문에 키안에게 내내 불퉁거리고 말았었다.

"하아, 정말 할 일이 없구나."

윤아는 책상에 앉아 열심히 뭔가를 적고 있는 아메스를 돌아봤다. 가까이 다가가 보니 아메스는 곱셈 문제를 열심히 풀고 있었다.

"아메스, 그거 알아? 까마귀도 수를 셀 줄 안다는 거."

"정말요?"

"응, 열매를 담은 두 접시를 주면 더 많은 쪽으로 가. 그런데 까마귀가 세는 수는 딱 세 가지밖에 없어."

"그게 뭐예요, 유나님?"

아메스가 호기심 가득한 눈으로 쳐다보자 윤아는 눈을 곱게 접고 웃었다.

"하나, 둘, 그 다음은 많다."

"네에?"

"그냥 '많다'로 끝나."

"그럼 두 접시에 비슷하게 담아두면 구분을 못 하는 거잖아요."

"호호호, 그러니깐 새머리의 한계지."

"아잇, 유나님."

뭔가 기대한 아메스는 허무한 답에 눈썹을 일그러뜨리다 윤아의 웃음소리에 같이 웃었다.

"유나님, 파라오께서 찾으십니다."

아메스와 기분 좋게 웃던 윤아는 뒤를 돌아봤다. 라메가 바닥에 부복하고 있었다.

항상 직접 찾아오던 키안이었다.

"다음부터는 파라오가 움직이는 일은 없을 거다."

윤아는 별자리를 보며 키안이 지나가듯이 했던 말을 떠올렸다. 대수롭지 않게 여겼는데 정말 키안은 움직이지 않고 자신을 불렀다. 그런데 단순히 이런 의미를 포함한 것인지는 확신이 없었다. 무슨 의미였는지를 생각하던 윤아는 고개를 갸웃하다 헤르가 다가오자 생각을 접었다.

"모시겠습니다."

윤아는 라메를 따라 복도를 걷다가 넓은 홀을 지나고 다시 복도를 걸었다. 그렇게 건물을 반쯤 돌았을 때 라메가 걸음을 멈추고 문을 열어주었다. 안으로 들어서자 키안이 창가에 서서 자신을 쳐다보고 있었다. 그런데 그 눈빛이 가라앉아 있어 윤아는 선뜻 다가서지 못했다. 키안의 심정에 변화가 생긴 것인지 방 분위기가 착 가라앉아 있었다.

"유나."

윤아는 자신을 부르는 키안의 목소리에 걸음을 떼었다.

"할 일이 있어. 정확하게 그리는 건 아무 일도 아니겠지?"

키안이 내미는 토지장부 파피루스에 그려진 겹쳐진 원 도형을 보며 윤아는 고개를 끄덕였다. 아메스를 시키면 되는 일이지만 소근육이 아직 덜 발달한 아메스는 시간이 걸렸고 정확도가 떨어졌다. 윤아는 자리를 잡고 앉아 갈대를 잉크에 적셨다.

"뭐했어?"

윤아는 원을 그리다 고개를 들어 키안을 바라봤다. 그는 다른 파피루스로 된 장부에 눈길을 둔 채 말하고 있었다.

"아메스랑 놀았어."

"훗, 재미있었어?"

키안이 피식 웃으며 하는 말에 윤아도 어깨를 으쓱하며 피식 웃었다.

"나랑 있는 게 제일 좋은 거 아닌가?"

"왕자병."

"어?"

"아, 아냐."

"무슨 말했잖아."

키안이 보던 장부를 내려놓고 성큼성큼 다가오자 윤아는 핑계거리를 찾았다.

"아, 그러니깐 고마웠다고."

"뭐가?"

"나일강 하류로 가던 날 말을 세게 달리지 않아줘서 고마웠다고."

"그야 당연히…… 말이 힘들어하니까."

"뭐?"

윤아가 눈을 동그랗게 뜨고 쳐다보자 키안이 뭐가 잘못됐느냐는 듯 고개를 갸웃했다.

"그러니까 나 때문에 그런 게 아니었다?"

윤아는 빨개진 얼굴로 불퉁거렸다. 보는 눈만 없다면 키안의 가슴팍을 한 대 때렸을지도 모를 일이었다. 같이 말을 탔을 때 자신을 생각해 세게 달리지 않았다 생각했는데 말이 힘들까 봐 그랬다는 말에 잠깐 가졌던 고마운 마음이 씻은 듯이 사라졌다.

"말이 무슨 죄야."

"칫!"

윤아는 들고 있던 갈대 펜을 탁 소리 나게 내려놓았다. 키안이 놀리려고 그런다는 것을 알면서도 윤아는 삐죽거렸다.

"나 안 해!"

윤아는 파피루스를 옆으로 밀치고는 자리에서 일어나 걸음을 떼었다. 하지만 몇 걸음 가지 못하고 키안에게 허리를 낚아 채였다.

"키안, 놔ㅈ……."

키안을 돌아보던 윤아의 두 눈이 커졌다. 가라앉은 키안의 눈동자가 자신을 집어 삼킬 것만 같았다.

"키안?"

입술을 달싹이는 윤아를 보며 키안은 미간을 구긴 채 입술을 달싹였다.

"다들 나가."

파라오의 명령에 제 할 일을 하던 이들이 뒤도 안 돌아보고 나가자 윤아는 긴장이 되었다. 헤르가 마지막으로 나가며 걱정스러운 눈빛을 보내자 그녀는 저도 모르게 마른침을 삼켰다.

"왜 긴장해?"

윤아의 눈을 들여다보는 키안의 짙은 밤색 눈동자는 흔들림이 없는 반면 윤아의 청색 눈동자는 불안하게 흔들리고 있었다.

"그야…… 키안이 잡고 있으니까."

윤아는 어깨를 살짝 움츠리고 항의하듯 말했다. 이제껏 자신과 대화만 했던 키안이 오늘은 그렇게 하지 않을지도 모른다는 생각이 들자 긴장이 됐다.

"문제를 앞에 두고 풀고 있는 널 보면 조바심이 난다."

키안이 자신의 머리카락을 쥐고 만지작거리자 윤아는 고개를 갸웃했다.

"어?"

"네 지식을 송두리째 갖고 싶지만 너는 하나씩만 주잖아. 그런데 나일강 하류를 다녀온 일로 네가 파라오의 여인이 되는 데 거부하지 않을 거라는……."

"키안!"

윤아가 바락 소리를 지르자 키안이 윤아를 품에 더 끌어안고는 턱을 정수리에 얹었다.

"왜, 내 말이 틀렸어? 이렇게 안고 있어도 예전처럼 버둥거리지 않잖아."

"훗."

윤아는 키안의 말에 웃음을 터뜨리며 긴장되었던 몸의 근육을 천천히 이완시켰다. 파라오가 변하는 것인지 자신이 변하는 것인지 몰라도 처음과는 상황이 달라져 있었다. 그가 명령이나 협박이 아닌 마음으로 다가오고 있어 혼란스러웠지만 지금이 훨씬 좋았다.

"유나."

"으응?"

윤아는 고개를 들어 올리다 키안에게 입술이 물렸다. 자연스럽게 미끄러져 들어온 키안의 혀가 입안 속살을 훑고 혀를 옭아매자 윤아는 키안의 허리에 손을 올렸다. 그것이 도발이 되었던 것인지는 몰라도 키안의 혀가 더 진하게 속살을 빨아들였다.

"하아."

키안의 입술이 뺨을 스쳐 귓불을 지그시 물자 윤아는 신음을 뱉어냈다. 키안의 혀가 능숙하게 귓불을 핥고 입술로 찍듯이 목의 혈관을 따라 움직였다. 윤아는 그의 움직임 하나하나에 몸을 바르르 떨었다. 키안의 입술이 쇄골의 오목한 곳을 핥으며 빨아들이자 윤아는 키안을 불렀다.

"키안, 누가 들어…… 흣, 지금 대낮……."

키안이 윤아의 말을 삼켜버렸다. 키안의 혀에 다시 붙들린 혀가 정신을 못 차릴 정도가 되자 윤아는 다리에 힘이 빠져 서 있을 수가 없었다. 이대로 키안과 그냥 나아가도 되는 것인지 생각할 여유도 없이 키안의 페이스에 휘둘리고 있었다.

"흐읏!"

키안이 언제 어깨끈을 내렸는지 봉긋한 젖가슴이 드러나 있었다. 그 젖가슴의 분홍 정점을 사정 봐주지 않고 키안이 입안에 머금어 버리자 윤아는 혼이 빠져나가는 기분이었다.

"키, 아읏…… 흣."

윤아는 키안을 밀어내려 어깨에 손을 얹었지만 힘을 주지 못했다. 한 번도 사내의 침입을 받아본 적이 없어 두렵고 불안했지만 야릇한 흥분감도 일었다.

"파라오의 여인이 될 건가?"

윤아는 거칠어진 숨을 내뱉으며 키안을 멍한 눈으로 바라봤다. 키안이 교묘하게 자신을 흔들고 있다는 것을 알았지만 이상하게 기분이 나쁘지 않았다.

"비밀을 알았으니 값을 치르라는 거야?"

"훗."

키안의 웃음이 매력적이라는 것을 윤아는 처음 알았다. 그가 자신 앞에서만 미소 짓고 웃는다는 것을 처음에는 몰랐었다.

"유나님을 많이 아끼시는 것 같아요."

헤르에게서 그 말을 처음 들었을 때는 키안에 대한 반감이 커서 제대로 들리지 않았었다. 그 말이 무슨 의미인지.

"파라오의 여인이 되어도 당분간 네가 파라오의 여인인 것을 비밀에 붙일 거다."

"……왜?"

윤아는 순간 섭섭한 마음이 들었다. 자신을 품어놓고 아닌 척 군다는 것이 마음에 안 들었다.

"다른 이들 앞에서 너를 챙기는 일 따위는 하지 않아. 예전처럼 너에게 명령을 내릴지도 몰라. 때론 위협을 가하고 협박을 할지도……. 하지만 그건 너를 보호하기 위한 거다."

윤아는 다른 이들 앞에서 자신을 챙겨주지 않을 거라는 키안의 의도가 무엇인지 감을 잡을 수 없었다.

"너를 찾아가는 일 또한 없을 거다."

어째서 그렇게 하느냐고 물으려던 윤아는 입을 다물었다. 별자리를 보며 했던 키안의 말이 무슨 의미인지 깨달은 윤아는 가만히 고개를 끄덕였다. 그의 위치를 생각했을 때 충분히 그럴 수도 있지 않을까 하는 생각이 들어서였다. 그는 그 누구보다 높이 있어야 하는 파라오였다. 그러니 누구의 비위를 맞추는 일 따위 어울리지 않을 것이다.

"파라오가 마음을 준 여인은 파라오의 비밀을 함께할 수 있다."

"아!"

윤아는 탄성을 내질렀다.

"그 말은 누군가가 너를 노릴 수도 있다는 말이다. 난……."

윤아는 비로소 파라오의 여인이 되는 것이 무엇을 뜻하는 것인지 알았다. 잘난 사람 옆에 머물면 그만큼 감수해야 하는 일이 늘어나는 법이었다. 이미 발을 디딘 이상 위험은 늘 내재되어 있는 것이다.

"너를 위험에 빠뜨리는 것을 참을 수 없다."

윤아는 그제야 키안의 마음이 어떤 것인지 깨달았다. 그의 마음을 받는다는 것은 단순히 잠자리에 국한된 여인이 아니라는 말이다. 수없이 많은 여인들이 지나쳐 갔다던 키안의 말에 울컥했었지만 그녀들은 그에게 의미가 없었다는 부연 설명에 윤아는 그의 위치를 새삼 깨달았다.

윤아를 침상처럼 생긴 긴 의자에 눕힌 키안은 어깨끈을 모두 내렸다. 자신의 눈앞에 드러난 하얀 젖무덤을 보며 그가 마른침을 삼켰다.

"예쁘다, 유나."

더는 붉어질 수 없을 정도로 윤아의 두 뺨이 물들었다. 수줍은 듯 가슴을 가리고 있는 가느다란 손목에 시선을 두며 키안은 윤아의 얼굴을 쓰다듬었다.

"가리면 볼 수가 없다."

키안은 윤아의 손목을 잡고 천천히 내렸다. 그러자 봉긋한 젖무덤이 출렁였다. 키안은 그대로 머리를 내려 유륜까지 한입에 머금었다.

"아흑."

윤아의 허리가 들썩이는 것을 보며 키안은 다른 손목을 잡아 바닥으로 눌렀다.

"……파라오여."

밖에서 들리는 라메의 음성에 키안의 미간이 잔뜩 찌푸려졌다. 멈출 줄 알았던 키안이 멈추지 않고 유두를 계속 빨고 핥아대자 윤아는 신음이 새지 못하게 손으로 입을 막았다.

"파, 파라오여."

아까보다 더 조심스럽고 간절하게 부르는 목소리에 키안의 고개가 입구로 움직였다가 윤아를 향했다.

"소리, 들려줘."

"하, 하지만 다 들으면……."

윤아는 난감한 얼굴이 되어 입을 다물었다.

"그럼, 라메를 죽여 놓고 올게."

"키안!"

"후후후, 장난이다."

윤아가 바락 소리를 지르자 키안이 낮게 웃더니 이내 윤아의 입술을 앗아갔다. 깊게 들어와 속살을 핥던 키안의 혀가 치아를 천천히 핥으며 지나가자 윤아는 숨을 헐떡였다.

"읏."

키안이 젖무덤을 그러쥐자 분홍 정점이 발딱 일어섰다. 그것을 키안이 혀로 슬쩍 밀자 윤아는 까무러칠 것 같았다.

"파라오여, 야쿠바암이 왔습니다."

키안은 윤아의 유두를 입술로 깨물다가 멈추고는 낮은 신음을 터뜨렸다. 밉다 밉다 했더니 하필 이런 때 방해를 하다니.

"쯧."

키안은 기어이 감정을 실어 혀를 찼다.

"키안, 누가 온 거야?"

키안이 윤아의 이마부터 시작해 눈썹, 콧망울, 입술에 가볍게 입을 맞추고는 몸을 일으켰다.

"유나, 달아나지 말고 여기 꼭 있어."

키안이 장난스러운 표정을 짓다가 멀어지자 윤아는 불안이 커졌다. 야쿠바암이라는 이름에 굳어지던 키안의 얼굴이 예사롭지 않게 보였다.

키안은 턱을 괴고는 야쿠바암을 가만히 쳐다보고 있었다. 무엇인가를 숨기는 이는 불안하게 떨리는 혼탁한 눈빛으로 사람을 살핀다. 어머니의 사촌 네페루와 야쿱 사이에서 태어난 야쿠바암은 왕조의 피를 받은 어머니의 핏줄을 내세우며 자신의 야욕을 키우는 이였다.

"신전 관리를 하는 중 아니었나?"

키안은 지루한 얼굴로 가장하며 야쿠바암을 향해 말을 던졌다.

"네, 신전에 관한 보고를 올릴 것이 있습니다."

"흐음……."

키안은 방에 두고 온 윤아에게로 달려가고 싶어 매 순간이 흐르는 것이 아까운 심정이었다. 그런데 탐색을 하러, 상대의 동정을 파악하러 온 이에게 속내를 드러낼 수는 없었다. 더구나 윤아의 존재를 들킬 수는 없었다.

"인부들의 휴가에 관한 보고입니다."

키안은 이마를 짚었다가 미간을 손가락으로 가만히 쓸었다.

그들은 계약으로 고용된 인력이었다. 일에 상응하는 대가를 받으며, 8일을 일하면 이틀은 쉬도록 되어 있었다. 몇 사람이 힘을 모아야만 움직이는 돌을 나르는 일은 결코 쉬운 일이 아니었다. 그러니 그들에게 쉬는 날을 주는 것은 당연했다.

"휴가?"

키안은 못마땅한 기색을 드러내며 야쿠바암을 쳐다봤다. 굳이 직접 보고하지 않아도 되는 일을 만들어 카이로로 돌아온 야쿠바암이 의심스러웠다.

"개인적인 사정으로 인해 휴가를 낼 수 있도록 하고자 합니다."

키안의 한쪽 입꼬리가 비스듬히 치켜 올라갔다. 이미 한 달에 6일을 휴가로 쓸 수 있게 되어 있었다. 그런데 무엇을 더 어찌하겠다는 것인지.

"어떻게?"

키안은 미간을 살짝 찌푸리다 고개를 돌렸다. 피가 섞였다고는 하지만 자신의 자리를 노리는 야쿠바암이 마음에 들 리 없었다.

"그게……."

야쿠바암이 슬쩍 눈치를 보며 주위를 훑자 키안은 자리에서 일어나 라메를 불렀다. 가까이 있던 라메가 부복하자 키안은 야쿠바암을 향해 눈을 가늘게 떴다.

"야쿠바암이 업무를 원만하게 처리하는 데 신경을 써주어라."

"네, 파라오여."

라메가 답을 하고 일어서 자신을 쳐다보자 야쿠바암은 못마땅한 신음을 내뱉으며 자리에서 일어섰다.

"파라오여, 몸 건강히……."

"모시겠습니다."

라메를 따라 나가던 야쿠바암은 방을 나서자마자 라메를 앞지르더니 씩씩거리며 걸어갔다. 그 모습을 가만히 지켜보던 키안은 낮게 한숨을 쉬며 발코니로 자리를 옮겼다. 분명 눈치를 챘음이다. 샨탈의 서안에서 야쿠바암이 뒤를 탐색하고 있다고 했으니 무슨 냄새를 맡은 것이 분명했다. 그렇지 않고서 자신에게 머리 숙이는 일을 질색하는 야쿠바암이 제 발로 걸어 들어올 리가 없었다.

"하아, 유나……."

키안은 자신의 얼굴을 손으로 쓸어 내렸다. 당장 윤아에게 달려가고 싶었지만 뒤를 밟힐 위험을 간과할 수 없어 쉬이 움직이지 못했다.

“나일강에 여인을 데리고 다녀왔다고 하던데…… 혹 들었는가?”

라메는 걸음을 멈추고 뒤를 돌아보는 야쿠바암을 향해 미간을 구겼다. 파라오를 가장 가까이서 모시는 자신이 모를 리 없는 일이었다. 그런데 새삼스러운 일을 알았다는 듯 자신을 떠보는 야쿠바암 때문에 신물이 올라왔다.

“파라오 곁에는 늘 여인이 있습니다. 신발을 신기는 시종부터 잠자리 시중을 드는 여인까지 있습니다. 그러니 어떤 여인을 말씀하시는 것인지…….”

야쿠바암은 호탕하게 웃으며 멈추었던 걸음을 다시 떼었다. 라메가 어릴 때부터 모셨던 이가 키안이었다. 그러니 라메를 찔러 나올 답이 아니라는 건 익히 잘 알고 있었다. 하지만 라메의 태도를 짐작해 보아 분명 어떤 여인이 곁에 있었음을 간파했다. 그 여인을 키안이 중하게 여긴다는 것과 굳이 아닌 척하며 꽁꽁 감추어 둔다는 것까지.

“참! 수를 풀었다 하던데…… 어떻게 풀었는지 아느냐?”

“그건 파라오의 일이라 저는 모릅니다.”

경계를 풀지 않고 답을 하는 라메를 보며 야쿠바암은 빙긋 미소를 지었다. 라메는 고문을 하여도 파라오의 일을 발설할 수 없다며 버틸 것이 분명했다.

“권력을 쥔 이가 여인이라는 말이 있던데…… 꽤 미인이라고 소문이…….”

야쿠바암은 라메의 표정을 찬찬히 뜯어보며 입가에 미소를 걸었다.

“모릅니다.”

“하하, 그런가.”

라메의 얼굴이 굳어지는 것을 본 야쿠바암은 저도 모르게 웃음을 터뜨렸다. 라메는 모른다고 답할 것이 아니라 아니라는 부정의 답을 하였어야 했다. 이로써 야쿠바암은 확신을 가졌다. 다만 그 여인이 파라오의 궁 어디에 머무는지를 모를 뿐이었다.

▲

윤아는 혼자 덩그러니 남게 되자 이상한 생각이 자꾸 들었다. 야쿠바암이 누구인지 물어야 할 것 같은데 금방 돌아올 것처럼 말하던 키안도, 수족처럼 옆에 붙어 있던 헤르도 오지 않았다. 방 안을 혼자 서성이던 윤아는 방문을 열다 당황했다. 문이 꿈쩍도 하지 않았기 때문이었다.

“잠긴 거야?”

윤아는 문을 두드리다 그만두었다. 문이 잠긴 것으로 보아 나갈 수도 그 누구도 들어올 수도 없는 것 같았다. 윤아는 방 안을 의미 없이 맴돌다 창가로 다가갔다. 라메가 누군가의 뒤를 따라 걷는 모습이 보였다.

“어! 라메다!”

윤아는 반가움이 드는 것도 잠시 꾸지람을 듣는 것처럼 보이는 라메의 모습에 입을 다물었다.

"저 사람이 야쿠바암? 멀어서 잘 안 보이긴 하는데…… 키안과 닮은 것 같기도 하고……. 아니 키가 더 작은가?"

윤아는 혼자 중얼거리다 파피루스가 놓인 책상에 앉았다. 자신이 그려줄 수 있는 모든 도형을 다 그려놓을 생각이었다.

"다 됐……."

윤아는 갈대펜을 놓으려다 다시 펜을 움직여 아르키메데스의 묘비에 그려져 있는 원기둥과 구, 원뿔을 마지막에 그려 넣었다.

"누가 그렸는지 자알 그렸다."

자신이 그린 그림을 흡족하게 바라보던 윤아는 펜을 슬그머니 내려놓으며 한숨을 길게 내쉬었다.

"나 정말 못 돌아가……. 후우……."

윤아는 말을 끝까지 맺지 못하고 손으로 머리를 괴었다. 경주에서 새로운 형태의 무덤이 발굴되었다고 한달음에 달려간 아빠는 여전히 고분에 정신을 몰두하고 있는지, 할머니의 변덕스러운 비위를 맞춘다고 진땀을 빼고 있을 엄마는 여전히 소녀 같은지, 멋진 공군이 되겠다던 동생 윤이는 훈련을 잘하고 있는지 궁금했다.

"운전도 서툰 놈이 비행기는 잘 조종하려나. 애꿎은 새들만 영역을 뺏기는 거 아냐?"

윤아는 동생 윤을 생각하며 파피루스 모퉁이에 비행기를 열심히 그렸다.

쿵.

구름을 그린 후 비행기를 보며 놀라는 새를 그리던 윤아는 순간 멈칫하며 손을 멈추었다.

"뭐지……."

윤아는 소리가 나는 쪽으로 다가가다 눈을 둥그렇게 떴다.

"유, 유나님."

"헤르."

엉거주춤한 자세로 몸을 일으키는 헤르를 보며 윤아는 손을 뻗어 헤르를 잡아주었다. 헤르의 뒤로 다른 출입구가 보였다.

"저건 뭐야?"

"파라오의 방과 연결된 문입니다."

이 방이 파라오의 방인 줄 알았는데 아니었다는 말에 윤아는 고개를 갸웃하며 헤르를 쳐다봤다. 정상적인 출입문을 두고 왜 헤르가 다른 방과 연결된 문으로 들어왔는지 궁금했다.

"다른 이의 눈에 띄지 않게 모시라는 파라오의 명이 있었습니다."

"아."

윤아는 미간을 살짝 찌푸리다 탄성을 내질렀다. 야쿠바암이 찾아오는 바람에 이런 사태가 벌어졌음을 눈치로 짐작했다.

"야쿠바암이 누구야?"

"네?"

윤아는 헤르를 보며 고개를 기울였다. 화들짝 놀라는 헤르의 반응으로 미루어 보아 그리 좋은 사람은 아닌 듯했다.

"키안을 만나러 왔다고 하던데……."

"유나님이 신경 쓰실 분이 아닙니다."

윤아가 묻는 것에는 열심히 답해주던 헤르였다. 그런데 평소와 달리 말해 줄 생각이 없는지 헤르가 일언지하에 말을 자르고 나왔다.

"흐음…… 헤르?"

짙은 한숨을 쉬던 윤아는 헤르가 손을 잡아당기자 무방비로 끌려갔다.

"유나님, 돌아가야 합니다."

헤르의 안내를 받으며 윤아는 자신의 방으로 돌아왔다. 돌아오는 내내 헤르가 주변을 민감하게 살피는 것으로 보아 누군가를 조심하는 것 같았다. 윤아는 그 누군가가 야쿠바암이라고 생각했다.

"유나님, 물을 받아두었습니다. 피곤하실 테니……."

헤르가 시선을 피하며 허리끈을 풀자 윤아는 못 이기는 척 가만히 있었다. 헤르가 말해주지 않으면 물어볼 곳은 딱 두 군데뿐이었다. 아메스와 키안. 그런데 키안도 헤르처럼 답을 해주지 않을 것 같은 느낌이 들었다. 그렇다면 어린 아메스에게 물어야 했다.

"아, 좋다."

윤아는 욕탕 안 계단처럼 만들어진 의자에 앉았다가 몸을 돌렸다. 물에 몸을 담그자마자 그동안 쌓여 있던 피로가 풀리는 기분이었다. 파라오만 쓴다는 욕탕보다는 작다고 하지만 방 하나 크기인 욕탕이었다. 다만 파라오의 욕탕보다는 얕아 수영을 할 수는 없었다. 이런저런 생각을 하며 윤아는 욕탕에 팔을 걸치고 엎드려 있었다.

욕탕 저쪽에서 찰박거리는 물소리가 났지만 윤아는 눈을 뜨지 않았다. 헤르가 씻겨주러 왔다고만 생각했다.

"헤르, 나 혼자 씻을 수……!"

윤아는 등에 물을 끼얹어주는 손길에 말을 하다 커다란 손이 허리를 잡자 비명을 지를 뻔했다.

"키…… 안."

"벗길 필요가 없어 좋네."

윤아는 너무 당황하고 놀라 가슴을 가린 채 욕탕 안에서 웅크렸다.

"기다렸나?"

키안이 시선을 맞추자 윤아는 고개만 작게 끄덕였다. 금방 돌아올 줄 알았던 키안이 늦어지자 이상하게 불안했다. 무슨 일이 생긴 것은 아닌지 알 수 없어 헤르에게 살펴보고 오라고 했지만 헤르는 아무 일 없을 거라는 답만 돌려주었었다.

"낮에도 얘기했지만 가리면 볼 수가 없다."

윤아는 얼굴이 홍당무처럼 익는 것 같았다. 키안이 천천히 하의를 탈의하자 시선을 어디에 두어야 할지 난감했다.

"헛."

키안이 손목을 잡아 확 끌어당기자 물속에 있던 윤아는 저항 한 번 못하고 키안의 품으로 빨려 들어갔다.

"키안……."

키안이 윤아를 살짝 들어 욕탕의 난간에 앉히자 두 사람의 시선이 가까워졌다. 윤아는 한 손으로 가슴을 가린 채 어쩔 줄 몰라 하며 키안을 바라봤다. 실오라기 하나 걸치지 않고 있으니 무안하고 부끄러웠다.

"어!"

키안이 틀어 올린 머리카락을 고정하는 막대를 빼버리자 물에 젖지 않은 머리카락이 어깨 위로 흘러내렸다. 젖은 몸에 붙은 머리카락이 서서히 물기를 빨아들이자 키안은 손을 들어 윤아의 목을 그러쥐었다.

"유나."

"응? 흡!"

이름에 무의식적으로 반응하던 윤아는 거침없이 들어온 키안의 혀에 말이 눌려 버렸다. 키안의 혀에 자신의 혀가 밀리고 핥아지고 빨리자 윤아는 숨을 몰아쉬었다. 생각할 시간 따위는 필요 없다는 듯 키안은 자신의 속살을 마음껏 지분거리고 있었다.

"흣."

윤아는 귓불을 살짝 깨물리자 몸을 떨었다. 그와 동시에 키안의 입술이 쇄골에 안착했고, 젖가슴이 키안의 손에 뭉그러졌다. 윤아는 입술을 벌린 채 키안을 바라봤다. 아프다는 말을 해야 하는데 말이 나오지 않았다. 키안이 서서히 페이스를 찾아가듯 악력을 조절하자 윤아는 참았던 숨을 토해내었다. 젖가슴을 조물거리며 입술을 부딪쳐 오는 키안은 감미로우면서도 위험하게 굴었다. 처음 겪는 낯선 일들에 어떻게 대응해야 할지 몰라 윤아는 그저 키안이 이끄는 대로 끌려갔다. 키안의 입술에 아랫입술이 물리고 빨렸다.

"아흑."

윤아는 키안이 엄지로 솟아 있는 유두를 슬쩍 긁자 저도 모르게 비명을 질렀다. 속이 타들어가는 기분이 들었다. 몸이 붕 뜨는 착각이 이는가 싶더니 몸이 물속으로 들어갔다.

"가볍다."

키안이 자신을 안고 물속으로 들어가자 윤아는 입술이 떨렸다. 물의 온도가 낮아 떨리는 것이 아니라 앞으로 일어날 일을 알 수 없어 떨리는 것이었다. 경험이 전혀 없는 윤아는 떨지 않으려 애를 썼지만 마음대로 되지 않았다. 그에 반해 키안은 능숙하게 자신을 만지고 핥고 탐미했다. 키안의 한 손이 젖가슴을 살짝 모아 쥐자 유두가 다시금 발딱 일어섰다.

"흐읏!"

유륜까지 키안이 덥석 물어버리자 윤아는 비명 같은 신음을 터뜨렸다. 움직이는 만큼 물이 출렁거려 몸이 이리저리 흔들렸다. 키안이 허리를 잡아주지 않았다면 물속으로 가라앉았을지도 모를 일이었다. 키안의 혀와 치아가 유두를 핥고 빨고 깨물자 윤아는 야릇한 흥분에 휩싸여 계속 앓는 소리를 냈다.

"솔직하게 반응하니 더 열이 오르는데?"

윤아는 도리질을 쳤다. 솔직한 것이 아니라 어떻게 반응해야 할지 몰라 우왕좌왕하는 꼴이었다. 그런데 그것을 솔직하다고 말하니 온몸이 붉어지는 것 같았다.

"유나……. 청색이 안개를 머금은 것 같다."

키안이 얼굴을 가만히 감싸 쥐고 눈을 마주하자 윤아는 거친 숨을 몰아쉬며 그를 바라봤다.

"며칠 동안 쉼 없이 안아도 질리지 않겠다."

윤아는 키안의 말에 눈을 질끈 감았다. 낯 뜨거운 말을 너무 적나라하게 하는 키안 때문에 숨고 싶었다.

"유나?"

"……으응?"

"아직 제대로 시작도 안 했다. 그러니……."

키안의 입술이 닿자 당연하다는 듯이 혀가 밀려 들어왔다. 윤아는 깊게 파고드는 키안의 혀에 무방비하게 속살을 내어주며 숨을 헐떡였다. 자신의 등을 가만히 쓸어주던 키안의 손가락이 엉덩이가 갈라지는 부분에 닿자 윤아는 저도 모르게 엉덩이에 힘을 실었다.

"정신을 놓지는 마."

"하아, 으읏."

키안의 머리가 숙여지는가 싶더니 유두가 키안의 입술 사이에서 짓이겨졌다. 입안에 머금은 유두를 키안이 혀로 밀었다가 다시 당기는 것을 반복하자 윤아는 키안에게 매달리며 애원하고 말았다.

"키, 키안…… 그만…… 그."

"그만하라고?"

키안이 고개를 들어 묻자 윤아는 입술을 깨물었다. 정말 그가 그만두기를 바랐던 걸까.

"멈추는 거 싫지?"

윤아는 키안의 말에 자신 없는 듯 고개를 끄덕였다. 그러자 키안이 윤아를 더 당겨 안고는 다른 젖가슴의 유두를 이로 물어버렸다.

"아윽!"

화들짝 놀란 윤아가 키안의 허벅지 위에서 바둥거리자 키안이 윤아를 안고 그대로 일어났다. 화라락 일었던 물이 힘없이 바닥으로 일제히 떨어졌다.

"다리……."

욕탕의 난간에 윤아를 앉힌 키안이 허벅지 사이로 손을 넣자 윤아는 힘을 주어 틈을 메우려 했다.

"유나, 보는 방법과 만지는 방법, 만지게 하는 방법이 있는데 어느 것을 원하나?"

윤아는 키안의 말을 이해하지 못하고 멀뚱한 얼굴이 되어 쳐다봤다. 그러자 키안이 윤아의 다리를 벌리고 그 사이로 몸을 집어넣었다. 윤아는 두 다리 사이로 들어온 키안으로 인해 다리를 모으지 못해 당황한 얼굴로 입술을 깨물었다. 입술에 가볍게 입을 맞춘 키안이 몸을 숙여 다리 사이를 들여다보자 윤아는 바락 소리를 질렀다.

"키안!"

"이건 보는 방법"

"아앗!"

"이건 만지는 방법."

키안이 손가락을 샘물 입구에 대자 윤아는 다리를 모으고 키안의 팔을 때렸다. 하지만 키안은 아랑곳하지 않고 손가락을 살살 움직여 안으로 파고들었다.

"키, 키안, 하, 하지 마……."

윤아의 눈에 눈물이 그렁그렁 맺힌 것을 보며 키안은 그대로 입술을 핥았다. 욕탕에서 무방비로 있는 윤아를 보는 순간 당장 들어가고 싶었다. 따스한 속을 마음껏 휘젓고 긁고 싶었다. 하지만 제 욕심만 챙길 수 없어 성이 난 녀석을 가라앉히려 무진 애를 썼다.

"흣."

윤아는 키안이 자신의 손가락 하나를 입에 넣고 빨자 어깨를 움츠리며 몸을 떨었다. 손가락에 닿는 혀끝에 미약이라도 있는 듯 몸이 움찔거렸다.

"키안!"

윤아는 더 붉어질 수 없는 얼굴로 바락 소리쳤다. 키안이 핥던 손가락을 끌어내려 윤아의 샘물에 닿게 했던 것이다.

"이건 만지게 하는 방법."

"하아."

윤아는 손가락을 말아 쥐고 버텼다. 키안이 이렇게 적나라하게 굴 줄 몰랐다.

"다리 모으지 않을 거지?"

입가에 묘한 웃음을 지으며 키안이 묻자 윤아는 울며 겨자 먹기로 고개를 끄덕였다. 그러자 키안은 이마에 살짝 입술을 찍고는 윤아의 다리를 벌렸다. 중지로 숲을 가른 키안은 손가락을 살살 굴렸다. 윤아가 입술을 깨물며 버티자 키안의 미간이 구겨졌다. 신음 소리를 내지 않으려 애쓰는 윤아가 야속해 짜증이 일었다. 손가락 끝에 묻어나는 애액으로 윤아가 충분히 젖었음을 알았지만 키안은 윤아에게서 애원의 속삭임을 받아낼 생각으로 손가락을 계속 움직였다.

"흐음, 흠……."

윤아가 입술을 꾸욱 다물고 거친 숨을 몰아쉬자 키안은 윤아를 안고 다시 물속으로 들어갔다. 젖은 머리카락이 물 위에 확 펼쳐지는 것을 보며 키안은 윤아의 허리를 당겨 안았다.

"처음이라는 것을 안다."

"……."

경험이 없다는 것을 키안이 간파하고 있었다는 것을 알고 윤아는 고개를 돌려 버렸다. 키안의 시선을 마주하려니 부끄럽고 민망했다.

"유나……."

윤아는 등을 가만히 쓸어주는 키안의 손길에 고개를 돌렸다. 마치 자신의 긴장을 이완시켜주려는 듯 천천히 움직이는 손길에 위로를 받는 기분이었다. 그는 손가락 끝으로 등을 가만히 쓸어주다 지그시 몸을 당겨 안았다. 그리고는 분홍 돌기를 덥석 물어 핥기 시작했다. 어찌나 감미롭고 부드럽게 빨고 핥는지 윤아는 저도 모르게 신음소리를 내뱉었다.

"하윽, 흣, 하아……."

유두가 아릿할 정도로 키안이 핥고 빨자 윤아는 그의 머리를 가만히 끌어안았다.

"흡!"

키안이 아래를 굴리듯이 만지다 손가락을 세워 불쑥 집어넣자 윤아는 입술을 벌리고 불안하게 눈동자를 굴렸다.

"으읏."

가만히 있던 손가락을 키안이 천천히 뺐다 넣었다 하자 윤아는 저도 모르게 잡고 있던 키안의 어깨에 손톱을 박았다.

"유나, 봐주지 못할지도 모른다."

"어?"

"아프다고 징징거려도…… 안 멈출 거다. 아니 멈추지 못할 거다."

윤아는 키안의 말을 알아듣고 아랫입술을 질끈 깨물었다. 얼마나 아픈지 알지 못하기에 괜찮다는 말을 할 수 없었다.

"마음껏 소리 질러도 된다."

"뭐? 윽! ……악!"

윤아는 눈앞에서 번개가 번쩍하는 아픔을 느끼고 자지러지는 비명을 지르고 말았다. 무자비하게 뚫고 들어온 키안의 분신에 윤아는 몸을 떨었다. 눈물이 맺히는 줄도 몰랐던 윤아는 키안이 자세를 조금 고쳐 앉자 흐느끼고 말았다.

"흐흑……."

"하아. 유나……."

키안이 깊게 안아주자 윤아는 입술을 깨물었다. 두 다리 사이로 불덩이를 삼킨 듯 고통이 올라왔다. 아픔에 미간을 구기자 키안이 혀로 유두를 핥아주었다. 물 밖으로 반쯤 드러난 몸 주위로 붉은 핏물이 어리다 사라지는 것을 본 키안은 윤아의 입술에 진하게 키스를 했다. 그리고는 윤아의 엉덩이를 살짝 들었다 내려놓았다.

"으읏, 키안."

키안이 천천히 움직이기 시작하자 윤아는 비명을 지르고 싶었다. 머릿속이 하얘졌다. 그저 키안의 움직임을 멈추게 하고 싶다는 생각뿐이었다. 불덩이를 삼킨 곳이 아파 죽을 것 같았다.

"아."

몸을 움직이던 키안이 유두를 입안에 머금고 진하게 빨기 시작하자 윤아는 앓는 소리를 냈다. 아래는 뜨거워 죽을 것 같고 유두는 녹아내리듯 몽롱한 기분을 주고 있었다.

"읏."

키안이 이를 세워 젖가슴을 문 자리에 흔적이 붉게 남았다. 유륜까지 삼킨 키안이 천천히 움직이며 혀로 유두를 쓸자 윤아의 입에서 묘한 신음이 흘러나왔다.

"아파…… 키안, 흐읏, 키, 아!"

키안은 조금 속도를 높여 윤아의 안을 헤집었다. 물속이라 살짝 떠오른 윤아는 힘없이 휘둘리고 있었다.

"흠, 키안…… 아파, 아프……."

아프다고 해도 멈추지 않는 키안으로 인해 윤아는 버티다가 키안의 가슴에 손톱자국을 남기고 말았다. 키안이 미간을 살짝 찌푸렸지만 윤아의 속을 마음대로 파고들고 헤집는 일에 비하면 아무것도 아니라 생각했다. 윤아가 주는 흔적이라면 얼마든지 받을 용의가 있었다. 윤아의 안에 지울 수 없는 낙인을 새기고 싶은 키안은 윤아의 허리를 안으며 더 깊이 자신을 들이밀었다.

"으읏, 하아, 키…… 안, 하……."

윤아는 자신의 허리를 들었다 내려놨다 하는 키안으로 인해 숨도 제대로 쉬지 못하고 있었다. 키안이 자신을 들어 올리면 뭔가가 스르륵 빠져나갔다가 몸을 당기면 깊게 박혀드는 것에 적응하느라 정신이 없었다. 정말 아프다고 울어도 키안은 봐주지 않았다. 아프다고, 아파 죽을 것 같다고 울먹이다 주먹으로 때리면 귓불과 목을 혀로 핥아주거나 유두를 손가락으로 살살 비틀어줄 뿐이었다.

"유나, 으윽!"

"헛."

얼마나 그러고 있었는지 감을 잡을 수 없었지만 키안이 젖가슴을 움켜쥐며 신음을 터트리자 윤아도 탄성을 내질렀다. 윤아는 움직임이 멈추자 몸에 힘이 쫘악 빠졌다. 키안은 윤아의 안에 체액을 비말처럼 흩뿌리고는 힘없이 늘어지는 윤아를 품에 안았다.

"태양이 사라지지 않는 한 넌 파라오 키안의 것이다."

키안은 윤아의 젖은 몸을 가만히 손으로 쓸어주며 나지막하게 속삭였다. 윤아는 정신없이 두들겨 맞은 듯한 고통이 끝나자 나른해져 그의 어깨에 기대어 눈을 감았다. 잠이 몰려들었다.

"으음……."

윤아는 뒤척이다 둔통에 인상을 찌푸렸다. 다리 사이에서 시작된 둔통은 허리와 등을 타고 어깨까지 이어졌다. 윤아는 어깨를 만지려 손을 들다 손끝에 부딪힌 낯선 감촉에 눈을 떴다. 키안이 자신을 안고 잠들어 있었다. 윤아는 흐릿한 시야를 확보하기 위해 눈을 두어 번 깜빡거렸다. 고요하게 잠든 키안의 반듯한 얼굴이 보였다.

"흐음."

키안의 꾹 다물린 입술을 윤아는 손가락 끝으로 만져보았다. 욕탕에서 나와 들어온 곳은 키안이 자신을 안으려다 불발로 끝난 방이었다. 푹신한 이불에 파묻히자 잠을 잘 수 있을 것이라는 기대를 했었다. 그런데 다시 달려드는 키안의 밑에 깔려 남김없이 몸을 내어주어야 했다. 구석구석을 핥고 빨고 물어대는 키안을 피해 움직이던 윤아도 어느 순간부터는 키안이 하는대로 내버려두었었다.

윤아는 손목을 들어 멍이 든 곳을 살폈다. 민망하고 부끄러워 가리면 키안은 어김없이 손목을 낚아챘고, 그 바람에 다시 멍이 들었다.

"유나, 아직 멀었다."

지쳐 잠에 빠지려는 찰나 속살거리는 키안의 말에 윤아는 애원했다. 그만하면 안 되냐고, 아파서 도저히 안 되겠다고 징징거렸다. 하지만 키안에게는 씨알도 안 먹혔다. 이미 핑계의 레퍼토리를 다 안다는 듯 그저 피식 웃으며 윤아의 입술을 핥았고 젖가슴을 그러쥐고 희롱했다.

"처음이라는 것을 안다."

얼마나 많은 여인을 안으면 그것을 간파할 수 있는 것인지. 윤아는 못마땅한 얼굴로 입을 삐죽 내밀었다.

돌아눕던 윤아는 아릿한 고통에 저도 모르게 이 사이로 신음을 내뱉었다. 해가 떠오르는 것이 보였다.

"욕탕에서 마지막에 키안이 무슨 말을 한 것 같았는데……."

혼미해진 정신으로 이제 끝이 났다는 안도감을 느끼며 눈을 감았을 때 키안이 무슨 말인가를 속삭였지만 윤아는 기억이 잘 나지 않았다.

"뭐였지?"

윤아는 살금살금 들어오는 햇살을 보며 눈을 감았다. 이곳에 온 후로 그와 함께 맞는 첫날이었다. 키안과 하나가 되었고 그에 대한 미운 감정은 사라졌다. 그리고 돌아가야 한다고 의지를 불태우던 자신의 마음이 달라져 있었다.

"유나?"

윤아는 눈을 질끈 감으며 키안의 부름에 대답하지 않고 가만히 있었다. 자신이 깼다는 것을 안다면 키안이 또 달려들 것 같아 조마조마했다.

"하아……."

대답을 않고 조용히 있자 키안이 속았다고 윤아는 생각했다.

'읏!'

키안이 엄지와 검지로 유두를 잡고 살살 비틀자 윤아는 참을 수가 없었다. 하지만 비명을 삼키며 가만히 있었다.

키안의 손이 유려한 배를 쓰다듬고는 거뭇한 숲을 쓸었다. 윤아는 참고 있던 숨을 뱉어내야 했지만 그러지 못했다. 키안의 손가락이 거뭇한 숲 사이로 파고들자 윤아는 저도 모르게 몸을 떨었다.

"이렇게 젖어 있다는 건 깨어 있다는 거 아닌가?"

"……."

윤아는 두 눈을 질끈 감고 키안의 말을 못 들은 척했지만 소용이 없었다.

"유나."

"……하아."

자신을 반듯하게 눕힌 키안이 배 위로 올라타자 윤아는 탄성 같은 한숨을 내쉬었다.

"후후, 속일 수 없어 유감이겠군."

"쳇."

윤아가 뾰로통한 얼굴을 하자 그가 한쪽 입술 끝을 비틀었다.

키안은 한 번도 여인을 품고 자지 않았다. 제 욕구를 분출하고 나면 옆자리에서 밀어냈었다. 그런데 이 여인은 곁에 두고 싶어 안달이 날 지경이었다. 야쿠바암이 돌아간 것을 확실하게 보고 받은 뒤 키안은 그녀를 찾아갔다. 물속에서 안은 윤아에게 매료되어 주체할 수가 없었다. 빠져나갈 듯 나가지 않고 제 분신을 꽉 물어주는 윤아의 샘물에 그는 심장이 터지는 줄 알았다.

"이번에도 애원할 텐가?"

윤아는 키안의 짓궂은 말에 눈을 가늘게 떴다. 그녀가 징징거려도, 애원해도 제 요구를 들어주지 않는 키안이었다. 무자비한 폭군처럼 밀고 들어오는 키안을 또 받아들여야 한다는 것을 떠올린 윤아는 애교 있는 웃음을 지으며 키안의 팔을 잡았다.

"파라오여, 이미 그대의 것인데 무엇이 그리 성급합, 읍!"

윤아의 장난스런 대응이 키안의 가슴에 불을 확 당겨버렸다. 윤아는 거칠게 파고드는 키안의 입술과 혀를 받아들이며 숨을 몰아쉬었다.

"하앗."

그가 다리를 벌리고 혀로 여성을 핥아대자 윤아는 허리를 비틀며 달아나려 했다. 하지만 아무 소용이 없었다. 숨이 넘어갈 듯 헐떡이게 만드는 키안 때문에 윤아는 시트를 꽉 움켜쥐고 신음을 내뱉었다. 샘물을 다 마셔버리는 듯 집요하게 파고드는 키안의 혀에 윤아는 정신이 가물거렸다.

"으읍!"

안으로 불쑥 들어온 키안이 엉덩이를 높이 들자 윤아의 날개

뼈가 불거졌다. 엉덩이와 허리가 키안으로 인해 공중으로 들린 윤아는 비명을 지르듯이 신음을 내뱉었다. 키안이 천천히 나갔다가 빠르게 들어오자 흥분이 배가되었다.

"유나는 누구 거지?"

키안의 눈빛이 검게 물들어 있는 것을 보며 윤아는 배시시 웃었다. 몸을 섞자 키안의 소유욕이 장난 아니었다. 한시도 떨어질 수 없다는 듯 자신을 옭아매는 키안의 눈빛은 묘하게 기분을 좋게 만들었다.

"파라오 키안의 것."

자신을 내려다보는 키안의 입가에 미소가 걸려 있는 것을 보며 윤아도 마주 미소 지었다.

"읏!"

그가 안아 일으키는 바람에 더 깊이 박힌 키안의 분신으로 인해 윤아는 비명을 삼키듯 신음을 내뱉었다. 자신을 올려다보는 키안의 눈동자에 자신이 오롯이 비치고 있었다.

"키안은 누구 거지?"

윤아의 질문에 키안은 미소만 지을 뿐 대답하지 않았다. 그러자 윤아가 눈을 가늘게 뜨고는 키안을 째려봤다.

"대답 안 할 거야?"

키안이 자신의 여성을 드나드는 일에만 열중하자 윤아는 은근 부아가 치밀었다. 그래서 엉덩이를 들어 키안의 분신을 밀어내 버렸다.

"유나?"

"거부할 거야!"

"누구 맘대로."

침대 끝으로 달아나던 윤아는 키안에게 발목이 붙잡혀 쭈욱 끌려왔다. 대답을 안 하는 키안 때문에 심통이 나 그런 것인데 키안은 개의치 않는 듯 그대로 여성에 제 분신을 밀어 넣었다.

"으읏."

다시 자신의 여성에 담긴 키안의 분신이 더 깊이 들어오자 윤아는 등을 활처럼 휘었다. 그의 분신이 자신을 점점 흥분의 도가니로 몰아가자 아무런 생각도 할 수가 없었다.

자신은 파라오의 비밀이었고 파라오의 비밀을 공유한 사람이었다. 그리고 파라오의 비밀을 아는 순간 달라진 것이 있었다.

"나 갇혀 있는 거야?"

윤아는 문득 든 생각을 말로 뱉어냈다. 그러자 헤르의 미간이 구겨졌다.

"……."

아니라고 변명할 줄 알았던 헤르가 난감한 얼굴을 하자 윤아는 두 손으로 얼굴을 쓸어내렸다. 예전에도 그리 마음대로 돌아다닌 것은 아니었지만 막상 갇혀 있다고 생각하자 속이 답답했다.

"유나님, 과일을 가져오겠습니다."

"……응."

밤마다 키안에게 시달리게 될 줄은 몰랐다. 그리고 하룻밤에 한 번이면 족하다 생각했는데 그건 어디까지나 자신의 생각이었다. 키안은 잠깐 눈을 붙일 시간도 주지 않고 또 달려들었고, 윤아는 그런 키안이 버거웠다. 그래서 먹는 것이 많아도 살이 오를 여유가 없었다.

윤아는 아메스가 적은 파피루스를 가만히 보다 피식 웃었다. 더듬더듬 읽어보니 양과 새의 다리 수를 구하는 문제였다.

"이건 방정식인데……."

윤아는 막힌 글자가 있었지만 수를 끼워 맞춰 문제를 파악했다. 양과 새의 다리 수의 합을 던져주고 양과 새가 각각 몇 마리인지 찾아내는 문제였다.

"후후, 서당 개 3년이면 풍월을 읊는다고 하더니……."

윤아는 글자를 읽을 수 있게 된 자신을 향해 기특하다는 듯 말하다 인기척에 뒤돌아봤다. 저녁을 먹으러 간 아메스가 돌아온 것이라 생각했다.

"아메…… 누구세요?"

"네가 권력을 가진 여인인가?"

윤아는 눈을 커다랗게 뜨며 들고 있던 파피루스를 움켜쥐었다. 머릿속에서 '달아나!' 하고 경고등이 반짝거렸다. 하지만 손을 뻗은 이로 인해 윤아의 손에 있던 파피루스가 떨어졌다.

## 나일강의 범람

"기절한 것이냐?"

야쿠바암은 조용한 숨소리만 내며 축 늘어져 있는 윤아를 보다 세네스를 향해 물었다. 이 여인을 빼내 오기 위해 얼마나 공을 들였던가.

"몸부림을 치는 바람에 잠이 드는 약을……."

"알았다. 돌아가 있으라."

"네."

세네스가 깍듯하게 고개를 숙이고는 등을 돌려 나가자 야쿠바암은 자세를 낮추었다. 파리한 얼굴의 윤아를 보던 야쿠바암의 눈이 가늘어졌다. 파라오가 곁에 두고 안았던 여인들과는 완전 다른 여인이었다. 야쿠바암은 그동안 파라오가 아침까지 잠자리를 같이 한 여인이 없다는 것을 파악하고 있었다. 그런데 이 여인만 특별대우를 한 이유가 무엇일까. 수를 아는 여인이라서? 단순하게 그런 이유였을까?

"설마…… 이 여인을?"

야쿠바암이 희미하게 멍이 든 윤아의 손목을 쳐다보다 눈을 가늘게 떴다. 어딘지 모르게 자꾸 눈길이 가는 여인이었다. 단순히 수를 아는 여인이라서 파라오가 품었다고 하기에는 설득력이 부족했다.

"하하하!"

가만히 생각하던 야쿠바암은 혼자 호탕하게 웃었다. 파라오의 비밀을 자신이 취했다는 승리감이 들었다.

"재미있게 되었군."

야쿠바암은 윤아의 턱을 치켜 올렸다. 창백한 얼굴과 대조되는 검은 속눈썹이 음영을 길게 드리우는 것이 마음에 들었다. 파라오가 어떤 표정을 지으며 이 여인을 안았을지 생각하니 호기심이 발동했다. 파라오에게 안기며 이 여인은 어떤 교태를 부렸을지 상상하니 아래로 피가 몰려들었다. 하지만 의식도 없는 여인을 안을 만큼 궁하지도 바쁘지도 않았다.

"깼을 때 표정이 기대되는군."

야쿠바암은 얼굴에 비릿한 미소를 짓다 윤아의 뺨을 찰싹찰싹 때렸다.

▲

"파, 파라…… 쿨럭, 켁……."

키안은 감정 없는 눈으로 만신창이가 된 케프런을 바라보며 턱을 괴고 있었다. 분명 야쿠바암이 신전 축조 공사현장으로 돌아갔음을 알린 이는 케프런이었다.

"저, 정말 저는 모릅……으!"

라메가 채찍을 휘두르자 케프런은 소리도 제대로 지르지 못하고 바닥으로 널브러졌다. 라메는 의식을 잃은 케프런을 보다 파라오를 바라봤다. 그는 싸늘하게 식은 눈동자로 사물을 바라보고 있었다. 늘 관심 없는 눈으로 왕좌에 앉아 있던 키안이 아니었다. 분노로 점철되어 차갑게 가라앉아 있다는 것을 라메는 한눈에 알아보았다. 윤아를 처음 만났을 때 파라오의 눈동자에 스며들던 다른 빛, 호기심을 넘어 소유욕이 보였다. 파라오의 자리에 있으면서 충분히 안을 수 있음에도 윤아를 안는 것에 정성을 들인 그 마음을 알고 있었다.

"파라오여, 기절을 했습니다."

"손가락 하나하나를 부러뜨려서라도 유나가 있는 곳을 알아내."

"네, 파라오여!"

라메는 자리를 떠나는 키안의 등을 바라보다 케프런을 발로 툭툭 찼다. 윤아를 찾지 못하면 손가락으로 끝나지 않을 것이다. 냉기로 온몸을 휘감은 파라오는 지금 이상하리만치 이성적이다. 그러니 완전히 돌아버리기 전에 윤아를 찾아야 했다.

"파라오여, 흐윽."

키안은 자신의 앞에 부복하며 울음을 터트리는 헤르를 보며 미간을 찌푸렸다. 왜 그 시간에 윤아를 혼자 두어 이런 일을 만들었단 말인가. 원망이 헤르를 향하고 있었다. 주인을 제대로 모시지 못한 죄를 물어 벌을 내리고 싶었지만 윤아가 이 사실을 안다면 자신에게 항의를 할 것이다. 그러니 윤아가 돌아왔을 때 마음 아파할 일은 만들고 싶지 않았다.

"헤르, 물러가라."

헤르가 울음을 멈추지 못한 채 물러나고, 키안은 윤아가 떨어뜨리고 간 파피루스를 집어 들었다. 도형들이 정갈하게 그려져 있었다. 키안은 손가락으로 파피루스를 가만히 쓸어보았다. 수의 문제를 가져가지 않고 윤아를 데려갔다는 것은 윤아에게 문제를 풀게 할 거라는 의미였다.

또 다른 문제가 있었던가. 키안은 들고 있던 파피루스를 내려놓고 창가로 다가갔다. 윤아가 보았을 법한 광경을 눈으로 훑었다.

"나를 지킬 수 없을 땐 어떻게 할 거야?"

지키지 못할 일은 없다고 호언장담했었다. 그렇게 자신했었다.

"키안, 지킬 수 없을 땐 내어주는 것도 방법이야."

"마음에 드는 답은 아니군."

지키지 못한다는 말에 불같이 화를 냈었다. 내어주다니, 누구에게 내어주라는 것인가. 그리고 어떻게 저리 쉽게 내어주라고 내뱉을 수 있느냔 말이다.

"하아…… 유나, 살아 있어라."

키안은 유나가 머리카락을 틀어 올릴 때 쓰던 가느다란 막대를 손에 움켜쥐었다.

"흑흑흑…… 유나님…… 흑흑."

헤르는 바닥에 주저앉아 울고 있었다. 자신이 할 수 있는 일이 하나도 없었다. 누가 데려간 것인지 라메도 아메스도 파라오인 키안도 짐작만 할 뿐 섣불리 움직이지 못하고 있었다. 아메스는 신관 샨탈에게 윤아가 어디에 있는지 알아내라고 매달리는 중이었다. 호루스 신의 눈으로 이집트를 보면 찾을 수 있을 것이라 여기는 듯 아메스는 신전에서 샨탈의 곁을 떠나지 않았다. 어린 소년다운 생각이었지만, 무엇이라도 하는 아메스가 헤르는 부러웠다.

"이럴 줄 알았으면 야쿠바암이 누구냐고 물었을 때 조심하라고, 가까이 하면 안 되는 이라고 알려주었을 텐데……그저 유나님 신경 쓰실까 봐 그랬더니……."

헤르는 자신을 원망했다. 야쿠바암이 누구냐고 물었을 때 제대로 대답하지 않았던 자신을 원망하고 또 원망했지만 돌이킬 수 없는 일이었다.

"저…… 누가 이것을……."

헤르는 눈물로 범벅이 된 얼굴로 자신의 앞에 서 있는 이를 바라봤다. 어디서 봤는지 선뜻 기억이 나지 않는 얼굴이었다.

"무…… 무엇……."

말을 채 끝맺지도 못했는데 자신의 손에 무엇인가를 쥐어 주고 사라지는 이를 헤르는 멍한 눈으로 바라봤다.

"무엇인데…… 흡!"

눈물을 훔치며 자신의 손에 쥐여진 파피루스를 보던 헤르는 숨을 삼키다 입을 틀어막았다. 파피루스를 꼭 움켜쥔 헤르는 커진 눈으로 주위를 빠르게 훑었다. 그리고 나서 발걸음을 빠르게 움직여 어디론가 향했다.

"이런 예의 없는 학생이 있나."

"야! 뭐야!"

"예의 없다는 말, 나도 동감."

"야! 너희들."

성미의 짓궂은 말에 정민이 심히 동감한다는 얼굴로 나오자 윤아는 슬쩍 눈을 흘겼다.

"선생님이 얼마나 고심해서 문제를 냈겠냐? 그런데 그런 문제를 다 맞혀? 그것도 전 과목을? 이건 있을 수 없는 일이야."

"맞아, 예의 없는 학생 같으니라고."

"에휴, 내가 말을 말자, 말을 말아."

윤아는 성미와 정민의 질투를 한 몸에 받고 있었다. 그저 공부를 했고 문제를 풀었을 뿐인데 중간고사에서 만점을 받았던 것이다. 그런 저를 두고 두 친구가 질투와 부러움을 담은 말을 던지고 있었다.

"고로 이건 네가 계산을 하는 거다."

성미가 어깨동무를 하며 씨익 웃자 정민이 '제일 크고 맛있는 햄버거로 주문해' 하고는 자리에 앉았다. 그런 친구들을 보며 윤아는 고개를 절레절레 저었다.

"불고기햄버거 세트 3개 주세요."

"네? 3개요? ……들고 가실 건가요?"

"네? 먹고 갈 건데요?"

친구들과 먹을 햄버거를 주문하는데 직원이 의아한 눈으로 자신과 자신의 뒤를 힐끔거렸다. 윤아는 '뭐가 잘못됐나?' 하고 고개를 갸웃했다.

"배가 많이 고프신가 봐요?"

"네? 아니 그렇게 고프지는……."

윤아는 뒤를 돌아보고는 눈이 커다래졌다. 패스트푸드점 안에 사람이 하나도 없었다. 아까까지 함께 떠들던 성미와 정민도 보이지 않았다. 왜 직원이 3개냐고 되물었던 것인지 깨달은 윤아는 다시 고개를 돌렸다. 그런데 이번에는 직원이 사라져 있었다. 바삐 움직이던 패스트푸드점의 직원들이 하나도 보이지 않았다.

"어? 도대체…… 어!"

자신을 둘러싼 주변이 신기루처럼 사라지고 있었다. 빈 공간에 자신만 덩그러니 남아 갈 곳을 못 찾고 있는 형국이었다.

"뭐야? 도대체 뭐냐고!"

윤아는 어디로 가야 할지 어디로 뛰어야 할지 몰라 발을 움직이지 못했다.

"어머니, 이번 여행은 어떠셨어요?"

"엄마?"

윤아는 소리가 나는 쪽으로 고개를 돌렸다. 거실의 소파에 가족들이 모두 모여 앉아 과일과 차를 마시며 즐겁게 담소를 나누는 중이었다.

"이번 여행은 더워서 힘들었어."

"어머니, 그래도 영생도 빌고 윤아한테 좋은 일도 만들어 주었잖아요."

아빠가 살짝 투덜거리는 할머니를 향해 웃으며 항변했다.

"할머니, 아빠가 시간 들여 모시고 간 거 영광인 거 알죠?"

분명 자신은 여기 있는데 또 다른 윤아가 소파에 앉아 휴대폰을 만지며 건성으로 말하고 있었다. 그런 윤아를 보며 할머니가 새쭉한 표정을 지었다.

"내가 그 이집트의 신 호루스에게 너를 수의 여신으로 만들어 달라고 빌고 왔더니, 말하는 본새하고는, 쯧."

"할머니, 나 이미 수의 여신이거든요."

"뭐?"

"호호호, 어머니."

"푸하하하, 누나가 여신이라고? 웃기지 마!"

"야! 나 정도면 여신 급이지!"

가족들이 즐겁게 웃은 모습을 보며 서 있던 윤아는 눈물이 맺혔다. 자신이 꿈을 꾸고 있는 것인지 기억의 잔상들을 잇고 있는 것인지 모르지만 갑자기 모든 세포들이 욱신거렸다.

"눈을 떠라."

"……."

코 끝에서 향긋한 향이 느껴졌다. 윤아는 흐려진 눈을 두어 번 깜빡였다.

"야쿠바암님, 일어났습니다."

'야쿠바암?'

윤아는 익숙한 이름에 고개를 들었다.

"흐음."

남자의 짙은 한숨이 얼굴에 끼얹히는 순간 윤아는 미간을 찌푸렸다. 키안과 닮은 얼굴이지만 어딘지 모르게 사나워 보였다.

"정신이 드는가? 보기보다 약한데 약을 너무 썼군."

약이라는 말에 윤아는 눈을 깜빡였다. 그러고 보니 키안도 자신을 이렇게 잠재웠었다. 그렇다면 이들도 그렇게 한 것인가? 윤아는 분명 끌려가지 않으려 발버둥을 쳤었다. 그러다 기억이 지워진 것처럼 의식을 놓쳤다.

"난 야쿠바암이라고 한다."

"나한테 무엇을 원하는 거지?"

"호오."

당돌하게 나오는 윤아의 말에 야쿠바암은 눈을 동그랗게 뜨며 고개를 비스듬히 기울였다.

순종이라는 것을 모르는 여인인가. 야쿠바암의 입가에 피식 거리는 미소가 걸렸다.

"원하는 것이 있다 하면 다 들어줄 모양이지?"

"……."

윤아는 어지러운 머리를 감싸 쥐며 몸을 일으켰다. 현기증이 완전히 가신 것은 아니었지만 정신을 차리려 입술을 깨물었다.

"수를 아는 여인이라고 알고 있다. 맞는가?"

윤아는 야쿠바암을 가만히 쳐다보며 깨물었던 입술에 힘을 더 주었다. 입안으로 비릿한 피 맛이 퍼졌다.

"그런데 내가 알고자 하는 것은 파라오의 비밀이다."

윤아는 '흡' 하는 탄성을 속으로 삼키며 야쿠바암을 쳐다봤다. 파라오가 아닌 그 누구에게도 발설할 수 없는 비밀이라고 했다. 그런데 그 비밀을 묻고 있다니 이 자는 왕이 되고 싶은 것이다. 수의 비밀보다 더 강력한 파라오의 비밀을 가지려는 이자는 수단과 방법을 가리지 않는 자임이 분명하다.

"분명 말할 수 없다고 하겠지."

야쿠바암이 시선을 맞추며 천천히 말하자 윤아는 가슴이 떨렸다. 침잠되어 있던 두려움이 서서히 몸뚱이를 키웠다. 키안과 마주했을 때와는 또 다른 두려움이었다. 경외하는 마음이 드는 두려움이 있는가 하면 알 수 없는 공포로 물든 두려움이 있었다. 이자는 공포를 안고 있었다.

"너의 입을 열게 하는 방법은 여러 가지가 있다. 하지만 난 힘들이지 않는 방법을 쓰고 싶은데…… 협조할 텐가?"

윤아는 떨리는 마음을 들키지 않으려 어금니를 꽉 물었다.

"후후, 쉽게 말하면 재미가 없긴 하지."

야쿠바암이 충분히 예상을 했다는 듯 웃자 윤아는 슬그머니 주먹을 말아 쥐었다. 야쿠바암의 머리를 내려칠 만한 것을 찾았지만 마음이 다급해 주위가 눈에 제대로 들어오지 않았다.

"나한테서 얻을 수 있는 건 없을 거야."

윤아는 최대한 목소리가 떨리지 않게 또박또박 말했다. 키안의 비밀을 함부로 발설할 수는 없다. 자신으로 인해 키안에게 피해를 주고 싶지는 않았다.

▲

"파라오여!"

라메가 다급하게 들어와 부복하자 키안의 눈빛에 동요가 일었다.

"불었느냐?"

"네, 야쿠바암의 부탁이 있었다고 합니다."

"기어이……."

키안은 한탄스러운 목소리로 말을 하다 말았다.

"어디로 데려간 것이냐?"

"그게…… 나일강 하류로 데려간 것 같다고 합니다."

키안은 미간을 찌푸렸다. 케프런이 고문 끝에 입을 열었지만 확신을 할 수 없는 답을 주었다. 그렇다는 것은 자신이 직접 실행에 옮긴 것이 아니라는 말이다.

"나일강? 하아……."

키안은 걸음을 떼다 사색이 된 얼굴로 어금니를 물었다. 곧 나일강의 범람이 시작되면 윤아를 찾지 못할지도 모른다. 그녀가 수의 비밀을 불지 않는다면 야쿠바암은 분명 폭발할 것이다. 알고자 하는 자와 감추려고 하는 자의 신경전. 윤아가 쉽게 입을 열지 않을 경우 다급한 야쿠바암이 폭력을 휘두를 것이 자명했다. 그가 그녀에게 위해를 가한다면 그 누구도 아닌 자신을 용서할 수 없을 것 같았다.

"라메, 범람이 일기 전에 찾아야 한다."

"네, 파라오여. 말과 친위대를 준비해 두었습니다."

키안은 바람이 일 정도로 빠르게 몸을 돌려 방을 나섰다. 눈치가 빠른 라메가 지시하지 않아도 일을 진행시키고 있었다.

"곧 출발하여 유나님을 찾……."

"라메, 넌 여기에 남아라."

"네? 파라오여, 어찌하여……."

라메가 당황한 얼굴로 쳐다보자 키안은 엄지로 입술을 쓸었다.

케프런은 윤아의 방에는 들어가지 않았다고 끝까지 잡아뗐다. 만일 케프런의 말이 진실이라면 침입해 윤아를 데려간 이는 다른 이였다는 소리다. 그렇다는 건 이 파라오의 궁에 깨끗하지 않은 이가 존재한다는 말이다. 야쿠바암이 심어둔 간자일 테지만 언제 그렇게 세력을 확장한 것일까.

“너는 따로 할 일이 있다.”

“네? 네.”

라메는 순간 멀뚱한 얼굴이 되었다가 고개를 숙이며 답했다. 무겁게 가라앉은 키안의 얼굴을 보며 라메는 마른침을 삼켰다. 움직이지 않는 파라오가 움직이겠다고 나섰다. 그건 반드시 해결을 하겠다는 의미 즉, 야쿠바암의 목을 가져오겠다는 뜻이었다.

▲

윤아는 방 안을 서성이다 야쿠바암이 들어오자 걸음을 멈추었다. 생각할 시간을 주겠다는 의도를 몰라 윤아는 조마조마했다. 생각할 시간을 줄 리가 없는 이였다. 그런데 왜 그런 제안을 한 것일까. 도망칠 수 있으면 도망쳐 보라는 뜻이었을까.

“여전히 답할 생각이 없는가?”

윤아는 입술을 꾸욱 다물고 팔을 교차시켜 떨리는 가슴을 진정하려 애를 썼다. 야쿠바암의 협박에 굴복하고 싶지 않았다.

“하긴 쉽게 얻으면 쉽게 사라지는 법이지.”

야쿠바암이 주저하는 이유를 잘 안다는 듯 말하자 윤아는 마른침을 꿀꺽 삼켰다.

“그런데 그것을 아는지 모르겠군.”

재미난 일이라도 있다는 듯 야쿠바암이 빙긋 웃자 윤아는 눈을 가늘게 떴다.

"아는지 모르겠지만 주인의 벌은 시종이 받는다."

야쿠바암은 윤아의 시종을 잡아왔다는 수하의 말을 전해 듣고 온 참이었다.

윤아는 야쿠바암의 말에 헤르를 떠올렸다. 윤아는 헤르까지 같이 잡혀온 것인지 궁금했다. 그리고 헤르가 어디에 있는지 알고 싶었다.

"헤르, 어디 있어?"

"옆방…… 내 침대에."

"뭐?"

윤아는 심장이 벌렁거리자 입술을 깨물었다. 야쿠바암이 말하는 의도가 무엇인지 끝까지 듣지 않아도 짐작이 갔다.

"서, 설마 범, 범하려…… 아니지?"

윤아는 입에 담고 싶지 않은 말을 겨우 뱉어냈다. 이들이 이렇게 잔인한 방법으로 자신을 몰아세울지는 몰랐다. 헤르가 무슨 죄가 있단 말인가. 그저 제 옆에 있었던 것뿐이었는데.

"네가 보는 앞에서 능욕할 것이다. 그래도 입을 안 열 것인가."

"미쳤어!"

윤아는 야쿠바암의 얼굴에 주먹이라도 날리고 싶었다. 하지만 발이 떨어지지 않았다.

"범해지고 또 범해지는 시종을 보며 넌 무슨 생각을 할까?"

"하지…… 하지 마."

윤아는 나오지 않는 목소리를 쥐어짰다. 다리가 후들거려 서 있기도 힘들었지만 약한 모습을 보이고 싶지는 않았다.

"하지 말라고? 하지 않는 방법은 네가 더 잘 알고 있지."

야쿠바암이 비릿한 미소를 지으며 다가오자 윤아는 심장이 쿵하고 떨어졌다.

"말하라."

"할…… 할 수 없……!"

야쿠바암이 양 어깨를 잡아채자 윤아는 힘없이 딸려갔다.

"해결을 할 수 있는 이는 바로 너다. 그런데 저 시종을 그냥 두겠다고?"

윤아는 귓가에 속살거리는 야쿠바암의 입김에 눈을 질끈 감았다. 야쿠바암이 잡은 팔이 점점 아파왔지만 이 정도의 고통은 아무것도 아니었다. 야쿠바암의 말처럼 자신이 막을 수 있지만 쓸 수 없는 카드였다.

"수, 수를 알려줄게."

"뭐? 하하하, 하하하하하!"

어이없다는 표정을 짓던 야쿠바암이 몸을 뒤로 젖히며 웃어대자 윤아는 옆방을 쳐다봤다. 헤르를 구하고 이곳을 빠져나가야 했다.

"수? 수는 파라오의 비밀을 알고 난 다음에 가지도록 하지."

"뭐!"

윤아의 시선이 야쿠바암 쪽으로 방향을 급하게 바꾸었다. 파라오의 비밀을 시작으로 수까지 틀어쥐려 하는 야쿠바암의 야욕에 윤아는 몸을 바르르 떨었다.

"헤르라고 했나? 저 시종?"

윤아는 야쿠바암을 향해 눈을 가늘게 떴다. 자신에게 생각할 시간을 준 것이 아니라 헤르가 오는 시간을 벌려고 한 것임을 눈치챘다. 그래서 윤아는 도박을 해보기로 했다.

"저 옆방에 있는 이가 헤르 맞아? 나한테 보여주지 않았잖아."

"호오, 확인을 하시겠다?"

윤아는 시간을 벌어야 했다. 자신이 없어진 것을 키안이 모를 리 없었다. 그러니 그가 자신을 찾으러 오는 시간을 벌어야 했다. 그러려면 파라오의 궁과 얼마나 떨어진 곳에 와 있는지 알아야만 했다. 그것을 물어볼 수 있는 곳은 헤르였고 또한 지금 자신이 믿을 수 있는 사람은 오직 헤르뿐이었다.

"데려와."

야쿠바암이 얼마든지 확인을 시켜주겠다는 듯 나오자 윤아는 애가 탔다.

"유나님!"

끌려 들어온 헤르는 윤아를 보자마자 그녀에게 다가오려 했다.

"윽!"

그런 헤르를 보며 윤아 또한 헤르에게 다가가려 했다. 그런데 야쿠바암이 손에 힘을 주며 팔을 놓아주지 않았다.

"유나님, 다치신 곳은 없으신가요?"

"헤르……."

윤아는 눈물이 맺혔다. 이런 상황에서도 자신을 챙기는 헤르가 고맙고 미더웠다. 자신이 뭐라고 저리 걱정한단 말인가. 야쿠바암이 헤르에게 함부로 못하게 막아야 했다. 그의 손에 짓밟히는 것은 절대 볼 수 없었다.

"눈물겨운 만남이군."

"야쿠바암, 키안이 너를 그냥두지 않을 거야."

"하하하, 키안이 올 때쯤이면 너희 둘은 이미 내 것이 되어 있을 것이다. 그가 진짜 올지는 모르지만."

"뭐?"

"파라오는 움직이는 법이 없다. 그가 움직이는 일은 딱 한 가지, 나일강의 경계를 그을 때뿐이다."

윤아는 키안이 했던 말을 떠올렸다.

"파라오가 움직이는 일은 없을 거다. 너를 찾아가는 일 또한 없을 거다."

윤아는 야쿠바암의 말처럼 키안이 움직이지 않을 것 같았다. 자신을 안으면서도 키안은 오지 않고 자신을 불렀다. 보고 싶었다고 말하면서도 키안은 오지 않았다.

"키안의 품보다는 내 품이 더 좋을 것이다. 나중에 더 안아달라고 애원하지나 말……!"

"퉷!"

윤아는 야쿠바암을 향해 침을 뱉었다. 더럽고 비열한 야쿠바암의 말을 계속 듣고 있을 수 없었다.

짝.

"읏!"

뺨을 때리는 소리가 났지만 윤아는 아픔이 느껴지지 않았다. 대신 고개가 돌아간 것은 헤르였다.

"헤르!"

헤르의 얼굴에 난 선명한 손자국을 보자 윤아는 울고 싶었다. 침을 뱉은 것은 자신인데 맞은 것은 헤르였다.

"하지 마! 너희들한테는 이게 정상적인 거야? 이건 정말 최악이야!"

"파라오의 비밀, 그것만 불면 아무 일도 없을 거다."

윤아는 눈물이 맺힌 눈으로 야쿠바암을 노려봤다. 아무 일도 없을 거라는 말을 믿을 수 없었다.

"말할 생각이 드는가?"

"파라오의 비밀은……."

야쿠바암의 얼굴에 기대에 찬 빛이 잔뜩 서렸다. 야쿠바암의 얼굴을 보며 윤아는 입술을 지그시 깨물었다.

"비밀은?"

"파라오만이 가질 수 있는 것이다. 네가 파라오가 되면 그때 그 비밀을 알려주지."

"뭐?"

"윽."

야쿠바암이 분노를 주체 못하고 악력을 가하자 윤아는 팔이 부러지는 것 같았다. 절대로 발설할 수 없는 비밀이었다. 자신이 죽는 한이 있어도. 차라리 수의 비밀을 알려 달라고 한다면 대충 알려주고 말 일이었지만 파라오의 비밀 즉, 나일강의 범람 시기를 맞추는 비밀은 절대로 말할 수 없었다.

"데리고 가!"

"유나님!"

헤르가 다시 옆방으로 끌려가는 것을 보며 윤아는 헤르를 잡으려 했다. 아니, 헤르를 끌고 가는 이들을 막으려 했다. 하지만 자신을 잡고 놓아주지 않는 야쿠바암으로 인해 움직일 수 없었다.

"하지 마! 제발 하지 말라고! 헤르는 아무 죄도 없어! 그러니 놓아 줘! 놓아, 읍!"

거칠고 까끌한 입술이 닿았다. 미끌거리는 혀가 입안으로 침범하자 윤아는 두 눈을 번쩍 떴다. 주먹으로 야쿠바암의 팔이며 가슴을 때렸지만 아무 소용이 없었다.

"하아…… 키안이 버릇을 잘못 들였군."

"하……."

"너는 헤르 다음에 천천히 안도록 하지."

야쿠바암이 빙긋한 비소를 지으며 턱을 감싸 쥐자 윤아는 야쿠바암의 혀가 또 들어올까 봐 이를 맞물었다. 만일 이번에도 들어온다면 혀를 물어 잘라 버릴 생각이었다.

"키안의 표정이 어떻게 일그러질지 궁금하군, 큭큭큭."

재미있다는 듯 웃던 야쿠바암이 팔을 놓아주자 윤아는 바닥으로 무너졌다.

"흑……."

윤아는 손등으로 역겨운 야쿠바암의 타액을 닦아내며 절망했다. 그가 자신을 구하러 오지 않을지도 모른다는 생각이 들었다. 파라오의 비밀이 깨어진다 해도 야쿠바암을 죽이면 아무 문제가 없다. 그러니 키안은 파라오의 자리를 두고 자신을 구하러 오지는 않을 수도 있는 것이다.

"파라오의 비밀을 아는 자는 죽음으로 그 값을 치른다."

그를 태양과 시리우스의 별자리를 읽어내는 유일한 파라오로 그냥 두었어야 했다. 그랬어야 했다.

윤아는 헤르가 끌려 들어간 문을 바라보다 결심한 듯 천천히 몸을 일으켰다. 권력자에겐 하찮은 여인 중 하나일 뿐이겠지만 헤르를 지키고 싶었다. 파라오의 비밀을 알고 있는 윤아는 헤르를 지키기 위해 금기를 깰 생각으로 한 걸음을 내디뎠다.

"파, 파라오여……."

검의 끝이 목에 닿아 말을 하기 곤란할 지경이었다. 말을 하면 목젖이 검의 끝에 베일 것만 같았다.

"누구냐."

파라오가 지금 무슨 말을 하는지 감을 잡지 못한 세누스는 그저 눈동자만 불안하게 굴렸다.

"너뿐이다. 이 궁을 자유롭게 드나드는 이, 밖과 연결된 이는 너뿐이란 말이다! 그러니 누구와 내통하였는지 말해!"

"헉!"

검 끝이 살에 박히자 세누스는 눈을 질끈 감았다. 분노의 아우라가 퍼져 있는 파라오를 막을 길은 없어 보였다. 하지만 자신이 누구와 내통을 한 적은 없었다. 특히 파라오의 건강과 안위를 챙기는 의사로 파라오에게 해가 가는 행동을 한 적은 없었다.

"파라오여, 진정하십시오."

라메가 다급함에 파라오의 팔을 잡으며 간청했다.

"라메, 놓아라."

"파라오여, 지금은 유나님을 구하는 것이 먼저입니다. 시간을 지체하면……."

"범람이 일 것이다. 이제 곧."

키안은 쥐고 있던 검을 살짝 틀어쥐었다. 유나의 존재를 알며 파라오 궁의 안과 밖을 자유로이 드나드는 이는 세누스뿐이었다. 그리고 유나가 사라졌을 때 세누스는 궁 안에 없었다.

"그래도 가겠습니다. 가서 유나님을 구하……."

"같이 지중해로 떠내려가고 싶다는 말이냐."

세누스는 라메와 파라오의 말을 들으며 사건을 유추했다. 윤아가 사라졌다. 그런데 파라오는 자신이 범인이라고 단정하고 죽이려 한다. 죽는 것이야 어쩔 수 없는 일이라 하지만 억울하게 누명을 쓰고 죽을 수는 없었다.

"나일강의 경계를 간단하게 해결했다지?"

그러다 불현듯, 얼마 전 동생이 찾아왔었던 게 떠올랐다. 세누스는 동생과 대화하는 것을 싫어했다. 그래도 녀석은 꾸준히 찾아와 말을 걸었고 저녁을 같이 먹고는 돌아갔다. 그 와중에 자신이 실수로 말을 한 것이 있었던가.

세누스는 자신도 모르게 중얼거렸다.

"……세네스."

"뭐?"

키안의 섬뜩한 눈빛이 날아들자 세누스는 마른침을 꿀꺽 삼켰다. 세네스는 키안이 아닌 야쿠바암에게 충성을 맹세한 자신의 이복동생이었다.

"세네스가 얼마 전 유나님의 일을 물었습니다."

키안의 눈이 가늘어졌다. 이래서 아는 이들이 많으면 곤란해지는 것이다. 신전에 두고 아무도 모르게 했어야 했다. 궁금하고 보고 싶다는 갈망이 이렇게 일을 키운 것이다.

"라메, 세네스를 찾아와라."

"네, 파라오여!"

라메가 달리는 소리를 들으며 키안은 검을 거두고 등을 돌렸다. 걸음마다 무거운 마음이 달라붙어 속도가 나지 않았다. 나일강의 범람이 시작되면 아무것도 손을 쓸 수가 없다. 야쿠바암은 그것을 이용할 것이다. 아무것도 못하고 당하는 자신을 비웃을 것이다.

"어디에 있는지 알 것 같습니다."

몸을 반쯤 돌려 자신을 쳐다보는 파라오의 눈빛은 검게 물들어 있었다. 세누스는 그 검은 빛이 자신을 잠식하는 기분을 느끼며 입을 열었다.

"나일강 하류에 있는 신전…… 옆에 야쿠바암의 은신처가 있습니다."

세누스는 미동도 하지 않는 파라오를 바라보며 주먹을 말아 쥐었다. 이 정도면 관심이라도 가져야 하는데 어디 더 지껄여 보라는 듯 바라만 보고 있는 파라오의 태도에 오금이 저렸다.

"너의 정보는 소용이 없는 것이다."

열리지 않을 것 같은 키안의 입술이 열리자 세누스는 눈을 커다랗게 떴다.

"네?"

"이미 알고 있는 정보다. 그곳에 유나가 없다는 것도 이미 파악했다."

세누스는 놀란 얼굴로 키안을 바라보았다. 이미 파악하고 있을 뿐 아니라 확인까지 한 용의주도함에 세누스는 한숨을 쉬었다. 그가 왜 윤아를 구하러 가지 않고 이 궁 안의 간자들을 색출하고 있는지 알 것 같았다.

"세네스에게 전할 말은?"

세누스는 자신도 모르게 침을 삼키며 머리를 숙였다. 세네스는 죽을 것이다, 처참하게. 파라오의 것에 손을 댄 벌이다. 그러나 파라오가 마지막으로 관용을 베풀어 말을 전해주겠다 하니 갑자기 서글펐다. 어머니에 대한 연민이 강해 보듬어주지 않았던 이복동생이었다.

"아누비스의 자비가 있기를……."

세누스가 아무 말도 못 하고 있자 키안이 조소를 담은 말을 남기곤 사라졌다. 망자의 신 아누비스는 죽은 자에 대한 심판으로 망자의 심장을 진실의 신 마트의 깃털과 무게를 비교한다. 죄의 무게가 무거워 심장이 무거워지면 암미트(머리는 악어, 위쪽 몸통은 사자, 아래쪽 몸통은 하마 모습을 한 암컷 괴물)가 그 심장을 먹어치워버린다. 그러면 다시는 환생을 하지 못한다고 믿고 있었다. 파라오는 그의 시신을 갈가리 찢어 사방으로 뿌릴 것이다.

"하아, 세네스……."

세누스는 두 손에 얼굴을 묻었다가 고개를 번쩍 들었다. 윤아를 자신이 구한다면 파라오가 세네스를 살려줄지도 모를 일이었다. 아버지의 유언이 있었지만 아버지가 너무 미워 동생을 돌보지 않았었다. 그래서 더 비뚤어진 세네스가 자신의 죄인 것만 같았다.

▲

"멈춰!"

윤아는 야쿠바암이 들어간 문을 힘차게 열었다. 파라오의 비밀을 아는 자는 죽음으로 값을 치른다 하니 그 값을 치러줄 생각이었다.

"흡!"

윤아는 눈앞에 벌어진 광경에 놀라 숨을 삼켰다. 야쿠바암의 밑에 깔려 옷이 찢겨진 헤르가 바들바들 떨고 있었다.

"야, 야쿠바암. 파라오의 비밀을 알고 싶으면 헤르에게서 떨어져."

"유나님! 안 돼요!"

놀란 헤르가 눈물이 그렁그렁한 얼굴로 쳐다보며 고개를 세차게 저었다.

"생각이 바뀌었나?"

"헤르를 그냥 둬."

윤아는 야쿠바암을 노려봤다. 인간은 이성을 가진 동물이고 사고를 할 수 있는 동물이다. 그러니 그 능력을 십분 발휘하여 이 위기를 넘겨야 했다.

"비밀을 말할게."

"호오, 그거 반가운 말이군."

"그 전에 헤르를 풀어줘."

야쿠바암이 천천히 다가오자 윤아는 주먹을 말아 쥐었다. 지금 필요한 것은 시간이었다. 키안이 오지 않는다면 다른 이라도 올 것이다. 윤아는 그렇게 생각하기로 했다. 집에서 키우던 강아지가 없어져도 찾으러 다니는 것이 사람이다. 하물며 사람이 사라졌는데 아무도 오지 않을 리가 없다.

"흡."

야쿠바암의 손이 목을 그러쥐자 윤아는 숨이 막혔다.

"유나님!"

헤르가 놀란 얼굴로 야쿠바암을 저지하려 했지만 그의 손에 나가 떨어졌다.

"만일 거짓을 알려준다면 그 뒤는 장담할 수 없다."

윤아는 고개를 끄덕였다.

"너야말로 뒤를 장담할 수 없을 것이다. 절대로 알아서는 안 되는 비밀을 알려는 자, 그 대가를 치를 것이다. 죽음으로."

"하하하, 맹랑하다 못해 어이가 없군. 네 걱정이나 하지 그래."

"치워! 켁, 콜록콜록."

윤아는 야쿠바암의 손을 쳐내며 잔기침을 했다.

"자, 들을 준비가 되었다."

야쿠바암이 두 손을 펼쳐 보이며 미소를 짓자 윤아는 미간을 찌푸렸다.

"파라오의 비밀이 그저 말 한마디로 알 수 있는 것인 줄 알아?"

윤아가 비난 섞인 어투로 내뱉자 야쿠바암이 눈을 가늘게 뜨다 그녀의 팔을 강하게 움켜잡았다.

"장난하는 거라면 용서하지 않을 것이다."

"흣, 나를 데려왔다는 건 내가 그 비밀에 가까이 있다는 걸 알고 있기 때문 아니었나? 그러니 장난이라는 말은 넣어두지그래."

"후후, 꽤 호기롭게 나오는군. 하지만 기다리게 하면 짜증이 나기 마련이지."

"앗, 안 돼!"

야쿠바암이 손짓을 하자 옆에 서 있던 이가 헤르에게 검을 들이댔다.

"이제 말할 마음이 좀 생기는가?"

윤아는 턱을 치켜들며 야쿠바암을 쏘아보았다. 긴장으로 입술이 떨렸지만 절대 지지 않을 것이다.

"파라오의 비밀을 보려면 태양이 필요해."

"태양?"

윤아는 입가에 비소를 지으며 야쿠바암을 쳐다봤다.

"나가야 한다는 말이군."

고심하는 야쿠바암을 보며 윤아는 속으로 한숨을 삼켰다. 일단 밖으로 나갈 미끼는 잘 던진 것 같았다. 키안의 말처럼 범람이 오늘 일어난다면 더 없이 좋을 일이지만 그렇지 않을 경우 다른 것으로 시간을 끌어야 했다. 약간의 오차가 있기는 하지만 범람의 시기는 늘 맞춘다고 했으니 제발 오늘 범람이 일기를, 윤아는 속으로 그렇게 빌며 앞서 걷는 야쿠바암을 따라 걸었다.

"달아날 생각은 하지 않는 게 좋을 거야."

윤아가 주위를 살피며 걷자 야쿠바암이 헤르를 턱짓을 가리키며 경고했다.

"걱정 마. 달아나지 않아."

윤아가 당찬 걸음걸이로 야쿠바암을 비켜 앞서 가자 그의 눈이 가늘어졌다.

야쿠바암은 파라오가 아침이 올 때까지 여인을 품고 있었다는 말에 어떤 여인인지 무척 궁금했었다. 그런데 겪어보니 그 이유를 알 것 같았다.

"흐음."

윤아는 어둠에 익숙해져 있던 눈에 갑자기 햇살이 쏟아져 들어오자 눈을 찡그리며 손차양을 했다. 해가 지고 있었다.

"자, 태양을 보았으니……, 뭐지?"

윤아는 자신을 빤히 쳐다보는 야쿠바암의 얼굴에 의아함이 깃드는 것을 보며 눈을 감아버렸다. 자신의 눈동자 색을 보고 야쿠바암이 놀란 것임은 말하지 않아도 알았다.

"눈을 떠라."

눈을 뜨자 신기한 것을 발견한 듯 야쿠바암의 얼굴에 화색이 돌았다.

"보라색으로 변하다니. 이제껏 이런 눈동자는 본 적이……."

윤아는 제 얼굴로 뻗어오는 야쿠바암의 손을 쳐냈다.

"지금 그게 중요한 게 아니잖아."

"……."

윤아는 자신의 눈동자로 향한 그의 관심을 돌리려 했다. 하지만 야쿠바암은 뚫어질 듯이 쳐다보고 있을 뿐이었다.

"키안이…… 정말 진귀한 것을 가지고 있었군."

"……흠."

윤아는 자신을 물건 취급하는 야쿠바암의 말에 화가 났지만 지금은 앞뒤 분간을 못하고 화를 내고 있을 때가 아니었다.

▲

"샨탈님, 어디를 가시는 것입니까?"

샨탈은 자신의 뒤를 따르며 성가시게 구는 아메스를 향해 급하게 몸을 돌렸다.

"파라오께서 범람이 이는 곳으로 움직이는 것이 보였다."

"유나님이 거기에 계신 것인가요?"

샨탈은 미간을 찌푸렸다. 윤아는 여기 사람이 아니어서 그런지 아무리 훑어도 보이지 않는데 파라오가 움직이는 것은 보였다. 호루스 신과 연결된 파라오니 보이는 것이 당연할지 모르지만 윤아의 행적이 보이지 않아 찜찜했다.

"그런데 내가 본 것이 이번 일과 연관이 있는 것인지 아닌지 모르겠다는 말이다."

"네? 그게 무슨 말씀입니까?"

샨탈은 '끄응' 하며 앓는 소리를 하고는 걸음을 재촉했다. 파라오가 움직이지 못하게 막아야 했다. 얼핏 보인 환영 속에서 파라오가 다치는 것이 보였다. 물에 빠져 떠오르지 못하는 파라오의 모습을 본 순간 샨탈은 윤아를 버려야 함을 알았다. 다만 이번 일과 연관된 환영인지 아닌지 확신을 못하고 있었다. 나일강이 아닌 폭포가 보였던 것이 영 석연치 않았다.

"라메!"

샨탈은 급하게 뛰어가는 라메를 불러 세웠다.

"신관님."

라메가 방향을 바꾸어 다가와 부복하자 샨탈은 빠르게 라메의 차림을 눈으로 훑었다. 활과 화살을 차고 있는 모습으로 보아 윤아가 어디에 있는지 파악을 한 모양이었다.

"어디 있는지 찾았느냐?"

"네."

"어디인가?"

"함구하라는 명을 받았습니다."

"뭐?"

샨탈은 설마 하는 얼굴로 사색이 되어 라메를 내려다봤다.

"먼저 움직이셨습니다."

파라오가 혼자 움직였다는 말이었다. 환영 속에서 본 것이 현실로 나타날까 봐 샨탈의 등에 식은땀이 흘렀다.

"라메! 파라오를 보호해야 한다. 너의 목숨을 걸어서라도."

"무사히 모시고 돌아오겠습니다."

라메가 몸을 일으켜 땅을 박차며 성큼성큼 달려 가버리자 샨탈은 머리를 짚으며 그 자리에 주저앉았다.

"샨탈님, 왜 그러십니까? 유나님을 구하러 파라오께서 움직이신 건데요?"

샨탈은 아메스의 천진한 얼굴을 보다 머리를 가만히 쓰다듬었다.

"태양은 움직이지 않는단다."

"네? 그게 지금 일과 무슨 상관입니까?"

샨탈은 허공으로 눈을 들었다. 지고 있는 태양을 향해 눈살을 찌푸렸다. 태양이 제자리에 없으면 세상은 무너지는 것이다. 그런 태양이 사사로이 움직였다는 것을 어찌 받아들여야 할까.

"호루스 신은 아버지 오시리스를 죽인 세트와 싸우다 한쪽 눈을 잃었다. 그게 바로 달이었지. 그런데 이제는 태양마저 불안하구나."

샨탈의 말은 들은 아메스는 이해를 못하겠다는 얼굴로 고개를 갸웃했다.

▲

"언제까지 기다려야 하는 것이냐."

"재촉한다고 나올 답이 아냐."

윤아는 야쿠바암의 말을 건성으로 들으며 물의 높이를 확인했다. 눈에 띄지는 않지만 아까보다 수위가 올라간 것이 보였다. 뛰어내리기에는 높이가 꽤 있었다. 하지만 누군가가 기어 올라오기에는 어려워 보이는 곳이었다. 그래서 그런지 야쿠바암은 무방비 상태로 서 있었다.

"태양의 자리는 이미 여러 번 확인을 했다. 그러니 그 다음을 풀어내라."

"……."

윤아는 야쿠바암을 향해 고개를 돌렸지만 입을 열지 않았다. 나일강이 범람을 하면 물이 얼마나 거세어지는 것인지 몰라 불안했다. 물이 어느 정도 불어나 물살이 거세어져야 실행에 옮길 수 있는 일이었다.

"무슨 생각을 하는 것이냐?"

야쿠바암의 고개가 살짝 기울어지자 윤아는 시선을 아래로 내렸다. 지금 자신이 서 있는 곳은 얼음판처럼 매끄럽고 난간이 없어 나일강이 불어 물이 들어오는 것을 막지 않고 범람이 끝나면 물이 자연스럽게 빠지는 곳이었다.

"이곳에서 이집트의 저 나일강을 바라보며 파라오가 되는 꿈을 꾸었겠네."

"허허허, 이제껏 나일강의 범람을 정확하게 맞춘 이는 없었다. 그래서 나도 언젠가는 파라오가 될 수 있다 여겼다. 그런데……."

야쿠바암이 시선을 멀리 두며 말을 잠시 쉬었다. 그런 야쿠바암을 보니 윤아는 권력에 대한 그의 야망이 어느 정도인지 알 것 같았다. 간절하게 바라지만 자신의 능력으로는 되지 않는, 그래서 자괴감을 느끼며 피해망상에 젖어드는 기분.

"살리티스의 아들 키안이 왕좌에 오르는 순간 하루도 어긋나지 않고 범람하는 날을 맞추었다. 모두들 호루스 신의 부활이라 하며 그를 떠받들었지."

야쿠바암의 목소리에서 묘한 질투와 부러움을 감지한 윤아는 2인자로서 가지는 열등감을 이해했다. 하지만 지금 그의 열등감에 공감하고 있을 여유 따위는 없었다. 다시 물의 높이를 확인한 윤아는 무의식적으로 뒤를 돌아봤다.

그때 익숙한 눈빛을 가진 이와 눈이 마주쳤지만 야쿠바암이 팔을 움켜쥐는 바람에 다시 고개를 돌렸다.

"웃기지 않아? 선대 파라오였던 그의 아버지도 그리 정확하게 맞추지는 못했는데 어떻게 해서 키안은 정확하게 맞추는 걸까?"

윤아는 야쿠바암의 말을 들으며 설마 하는 생각에 다시 고개를 돌렸지만 찾을 수 없었다. 그를 만나고 싶은 간절한 마음이 만들어낸 환영인지도 모를 일이었다. 파라오의 비밀을 캐면 죽어야 한다는 생각에 윤아는 죽을 생각을 하고 있었다. 그래서 그가 더 보고 싶은 것인지도.

'그를 사랑하는 것일까?'

윤아는 문득 떠오른 단어에 심장이 아파오는 것이 느껴졌다. 그를 향한 마음이 이토록 진했었던가. 자신을 바라보던 키안의 눈빛은 늘 잔잔하게 가라앉아 있다 생각했었다. 그런데 자신을 안을 때의 키안의 눈동자는 검은 물결이 세차게 일어 자신을 집어삼키는 듯했다.

"하지만 이제 그 비밀이 내 것이 되는군, 하하하!"

야쿠바암의 웃음소리에 윤아는 정신을 차렸다. 아까보다 눈에 띄게 올라온 강물을 보며 시간을 계산했다. 속도에 속도가 더 붙어 가속이 생기는 것처럼 물이 금방 불어나고 있었다.

"파라오의 비밀을 곧 알게 된다니 기쁨을 주체할 수가 없군."

야쿠바암이 얼굴에 환한 웃음을 걸자 윤아는 한 걸음 다가갔다. 그러자 야쿠바암이 눈살을 찌푸리며 윤아를 내려다봤다.

"지금 생각해 보니 파라오의 비밀을 알게 되면 이제 파라오가 되는데, 내가 잘 보여야겠다는 생각이 드는데……."

"하하, 갑자기 나한테 안기기로 마음을 바꿔 먹었나?"

"훗."

야쿠바암이 기분 좋게 웃는 모습을 보며 윤아는 피식 웃었다. 이래서 남자들은 단순하단 말이야. 여자들의 순정을 그리 쉽게 보지 말라고. 여자가 원수인 남자에게 안길 때는 반드시 등 뒤에 비수를 준비하고 있다는 것을 잊지 말란 말이다. 그 사실을 남자는 알지 못한다는 것이 애석할 따름이었다.

"좋다. 너는 파라오의 여인으로 그 자리를 지키게 해주지."

"훗, 그래?"

범람하는 나일강으로 야쿠바암이 떨어진다면 그의 생사를 알 수 없을 것이다. 물이 아까보다 더 소용돌이 치고 있는 것이 보였다.

"그런데 어떡하지? 난 파라오의 여인이지만 그 파라오는 네가 아닌데?"

"뭐? ……으악!"

윤아는 있는 힘껏 야쿠바암의 가슴을 밀며 발을 걸어 넘어뜨렸다. 중심을 잃은 야쿠바암이 버둥거리는 것을 보며 윤아는 급박한 숨을 몰아쉬었다.

"아아악!"

방심한 윤아는 등을 돌리다 야쿠바암의 손에 옷자락이 채였다. 그녀는 바닥으로 넘어졌고, 반면 그는 옷자락을 잡은 채 매달려 있었다. 윤아는 야쿠바암의 무게를 매달고 있는 옷을 찢어야 했다. 그런데 야쿠바암이 떨어지자 뒤에 서 있던 병사들이 달려오기 시작했다. 진퇴양난이었다. 만일 옷을 찢어 그를 나일강에 떨어뜨리지 못하면 이 옷에 매달린 야쿠바암을 병사들이 끌어올릴 것이 분명했다.

"에잇!"

윤아는 그대로 몸을 날릴 생각으로 발을 떼었다. 야쿠바암과 같이 지중해로 떠내려가는 것은 무섭고 싫지만 원흉을 없앨 수는 있을 것이라 생각했다.

"유나!"

병사들의 목에서 붉은 선혈이 뿜어지는 그 사이로 키안의 모습이 얼핏 보였다. 하지만 윤아는 자신이 만들어낸 환영이라 여겼다. 마지막이라는 생각이 드니 키안이 보고 싶은 모양이라고 애써 그의 모습을 환영이라 치부하고 힘껏 뛰어들었다.

첨벙!

강물은 떨어진 두 사람을 집어삼키고는 계속해서 속도를 높여 흘렀다. 윤아는 자신을 휘감는 야쿠바암으로 인해 숨을 쉴 수 없었다. 살고자 버둥거리는 야쿠바암은 자신을 놓아주지 않았다. 물 위로 떠올라야 숨이라도 쉴 텐데 야쿠바암이 물귀신처럼 물고 늘어지고 있었다. '이대로 죽는 거구나' 하고 윤아는 생각했다.

그때 바로 옆에서 무언가가 물속으로 떨어지는 소리가 났다. 윤아는 서서히 의식을 잃어가고 있었다. 자신의 무게보다 더 나가는 남자가 매달려 있는 상황에서는 할 수 있는 일이 없었다.

"유나!"

윤아는 야쿠바암의 무게가 떨어져 나가는 느낌에 눈을 떴다. 키안의 얼굴이 바로 눈앞에 있었다. 그리고 그들을 둘러싼 선명하고 붉은 피가 서서히 사라지는 것과 함께 야쿠바암이 하얗게 질린 얼굴로 두 손으로 목을 감싸 쥔 채 가라앉고 있었다.

## 권력을 가진 수(數)

"푸왓!"

물 밖으로 머리를 내민 키안은 그녀의 허리를 힘주어 안았다. 의식을 잃어버린 윤아가 축 늘어졌다. 물살이 더 세차지기 전에 늦지 않게 물에서 나가야 했다.

야쿠바암이 나일강 중류 쪽에 다른 아지트를 만든 것을 눈치채지 못하고 있었다. 윤아에게 신경을 쓰느라 그를 경계하는 일을 소홀히 한 까닭이었다.

기존의 물과 불어난 물이 서로 섞여들며 소용돌이를 만들었다. 이러다간 하류까지 떠내려가는 건 시간문제였다. 키안은 허리춤에 차고 있던 채찍을 꺼내 들었다. 걸 수 있는 나뭇가지만 있다면 승산이 있었다. 그리고 라메가 늦지 않게 도착해 준다면…….

키안은 품에 안겨 있는 윤아를 바라보다 고개를 들어 채찍을 휘둘렀다. 부실해 보이는 나뭇가지였지만 지금은 좋고 싫음을 따질 상황이 아니었다. 급물살에 떠내려가는 것을 조금이라도 지체할 수 있다면 해보는 수밖에 없었다.

"파라오여!"

"라메!"

때를 맞추어 라메가 잘 찾아온 것을 보며 키안은 한시름 놓았다. 라메가 채찍을 돌리는 것을 보며 키안은 나뭇가지를 쳐다봤다. 부러지기 전에 라메의 채찍이 자신을 감아야 했다.

"라메, 서둘러라!"

허공을 가른 채찍이 키안의 손목을 감자 라메는 힘을 주어 채찍을 쥐고 말의 고삐를 당겼다. 어느 정도 끌어올려지자 라메는 말에서 뛰어내려 두 사람에게로 달려갔다. 혼자 잠입하는 것이 쉬운 일이 아닌데 파라오는 혼자서 가야 한다고, 그래야 그들의 눈이 집중되는 것을 분산시킬 수 있다 했다. 야쿠바암의 눈을 다른 곳으로 돌리기 위해 자신은 일부러 야쿠바암의 아지트를 지나가서 다시 되돌아오는 길이었다.

"파라오여, 늦을 뻔했습니다."

라메는 키안의 팔에 깊은 상처가 난 것을 보며 미간을 찌푸렸다. 하나 상처를 살필 시간이 없었다. 삽시간에 물이 더 불어나고 있어 빨리 움직여야 했다.

"파라오여, 서둘러야 합니다."

키안이 손가락을 입에 넣어 휘파람을 불었다. 그러자 흑마가 달려와 키안의 옆에 섰다. 키안은 품에 안긴 윤아를 흔들었다.

"크, 커헉, 콜록콜록. 키…… 안……."

윤아가 기침을 하며 물을 토해내자 키안은 안도의 표정을 지으며 그녀를 자신의 품으로 더 끌어안았다. 이렇게 가느다란 여인이 어떻게 그런 행동을 할 생각을 한 것인지.

"내가 왔으니 안심해."

살짝 정신을 차린 윤아는 키안의 목에 팔을 두르며 고개를 끄덕였다. 애써 정신을 놓지 않으려 하는데도 이제 끝이 났다는 생각을 해서 그런지 밀려오는 안도감으로 인해 눈이 자꾸 감겼다.

축 늘어진 윤아를 안고 있는 파라오의 눈빛은 더 없이 가라앉아 있었다. 그의 얼굴선을 따라 흐른 물이 턱 끝에서 바닥으로 떨어졌다.

"파라오여!"

"세누스를 불러라."

자신의 앞으로 달려와 부복한 시종을 향해 명을 내린 키안은 윤아를 눕혔다. 윤아를 바라보는 키안의 눈빛에 곤혹스러운 빛이 어렸다. 야쿠바암과 같이 뛰어내릴 줄은 몰랐다. 위험한 것을 몰랐을 리가 없었다. 어디서 그런 결단력이 나온 것인지.

눈앞에 윤아가 있는 것을 보면서도 나설 수 없어 속이 타들어 갔다. 라메의 신호를 기다려야 했지만 어느새 물로 떨어지는 윤아를 보는 순간 생각할 겨를이 없었다. 발버둥 치는 윤아를 틀어쥐고 있는 야쿠바암을 보자 이성을 잃었다. 이제는 끝이라는 생각에 야쿠바암의 목을 단번에 그어버렸다.

"시종이 옷을 갈아입힌다고 합니다."

키안은 라메의 말에 고개를 끄덕이고는 윤아를 품에서 놓아주었다. 시종이 분주하게 움직이는 모습을 보던 키안은 등을 돌려 걸음을 떼었다. 야쿠바암의 목을 그어버렸지만 속이 풀리지 않았다.

"무모하셨습니다."

"……."

자신을 나무라는 라메의 말에 키안은 걸음을 멈추고 그를 쳐다봤다. 표정이 굳어 있는 라메를 보다 키안이 피식 웃으며 입을 열었다.

"네가 최고라는 건 인정한다."

"네?"

라메가 무슨 말이냐는 듯 눈을 둥그렇게 뜨자 키안은 한쪽 입꼬리를 올리며 말했다

"채찍을 능숙하게 다루는 이로 최고라는 말이다."

"하, 하하. 감사합니다, 파라오여."

라메가 허탈한 듯한 웃음을 짓다 고개를 숙였다. 이런 상황에서 아무렇지 않은 듯 행동하는 파라오의 여유가 어이없었다. 세네스가 입을 열지 않아 시간이 지체되는 상황에서도 파라오는 조급하게 굴지 않았다. 오히려 속이 타들어간 것은 라메 자신이었다. 세네스의 비명이 고막을 찢을 듯한 상황 속에서도 키안은 눈 하나 깜짝하지 않았다. 어디에서 저런 여유가 나올까 하는 생

각이 들 정도로 턱을 괴고 나른한 눈빛을 하고 있었다. 그런데 파라오가 움직이는 순간 세네스는 고문과는 다른 공포를 느꼈다. 그렇게 고문을 당하던 세네스가 입을 연 것은 파라오의 한마디 때문이었다.

"내 것을 훔친 죄, 너의 것으로 갚게 할 것이다."

파라오의 말이 허황된 협박이 아닌 것을 세네스도 모르지 않을 것이다. 안 된다고 발악을 하던 세네스는 야쿠바암의 모든 것을 술술 불었다.

"야쿱과 네페루는?"

"도망친 것 같습니다."

"알았다."

라메는 성큼성큼 걸어가는 키안을 보며 눈을 가늘게 떴다. 파라오의 자리를 위협했고 파라오의 여인을 죽일 뻔한 야쿠바암의 부모를 도망치게 둔 것은 아무래도 키안인 것 같았다. 하지만 라메는 입 밖으로 내뱉을 수 없었다. 그의 의중을 모르면서 섣불리 입을 놀렸다간 화가 미칠 것이다. 채찍을 휘둘러 물속에서 파라오를 건져냈을 때 그는 그녀를 꼬옥 안고 있었다. 자신의 상처쯤은 아무것도 아니라는 듯 윤아의 상태를 살피는 그는 어쩔 수 없는 한 여인의 남자였다.

"기분이 엉망이군."

키안은 팔의 상처를 내려다보다 낮은 한숨을 쉬었다. 자신의 것이 소중했다면 상대의 것을 건드리지 말았어야 했다. 세네스의 눈앞에서 그의 가족들을 몰살시키면서 키안은 힘들었다. 하지만 자비는 넣어두어야 했다.

발악하는 세네스를 등지고 야쿠바암이 윤아를 숨긴 곳으로 달려갔다. 건드리지 말아야 할 것을 건드린 야쿠바암을 그냥 두지 않겠다는 생각뿐이었다.

"키안이…… 정말 진귀한 것을 가지고 있었군."

윤아의 발끈하는 표정을 보는데 가슴이 욱신거려 미간이 절로 찌푸려졌다.

진귀한 것. 처음으로 가지고 싶어 공을 들인 여인이었다. 그리고 품에 안은 여인. 그런데 자꾸 틈새로 빠져나가는 기분이 들어 불안한 여인이었다.

"목욕물을 준비해 두었습니다."

키안은 시종의 말에 옆방으로 걸음을 옮겼다.

"유나가 깨어나면 알려라."

"네, 파라오여."

시종이 옆에서 시중을 들며 대답했다.

"피곤하군."

키안이 욕탕으로 들어가며 중얼거리자 시종이 꾸벅 고개를 숙이며 물러났다.

"흐음."

키안은 짙은 한숨을 내뱉으며 욕탕에 팔을 걸쳤다. 윤아가 야쿠바암에게 다가가 속살거리는 모습을 봤을 때는 피가 거꾸로 솟는 기분이었다. 비릿한 웃음을 지으며 좋아하는 야쿠바암을 보는 순간 당장 그의 목을 가져가고 싶을 만큼 분노로 온몸이 들끓었었다. 막 움직이려던 그 찰나, 윤아가 야쿠바암을 밀어버렸을 때는 저도 모르게 입가에 미소가 지어졌다.

그런 안도감도 잠시, 야쿠바암과 함께 떨어지려 하자 앞서 달리는 병사들의 목을 그어버리고 윤아를 잡아채려 했다. 그런데 이미 몸을 날려 떨어지는 윤아를 보는 순간 눈앞이 캄캄해졌었다. 범람하는 나일강으로 떨어지면 돌아올 길이 없었다. 그런데도 떨어지지 않으려 버티던 윤아가 스스로 몸을 날리는 순간 심장이 멈추는 극한 통증을 느꼈었다.

"하아……."

"파라오여, 약을 피워두었습니다."

키안은 시종을 향해 그만두라는 듯 손을 휘저었다. 긴장한 마음을 풀라고 라메가 약을 피우라고 시킨 모양이었다. 하지만 지금은 어느 때보다 맑은 정신을 유지하고 싶었다. 키안은 이마를 짚으며 눈을 감았다.

야쿱과 네페루. 어머니의 자리를 대신해 준 어머니의 사촌을 죽일 수 없었다. 하지만 죽는 고통보다 더한 고통을 안겨줄 생각이었다. 제 한 몸 뉘일 곳 없이 떠도는 신세가 어떤 것인지 뼈저리게 느끼게 될 것이다.

"키안."

눈을 뜬 키안의 눈에 윤아가 서 있는 것이 보였다. 큰일을 겪었지만 그녀의 모습이 담담해 보여 키안은 고개가 갸웃거려졌다.

"나 깨어나면 알려 달라고 했다고 하기에…… 그래서 내가 직접……."

"온 거라고?"

키안이 뒤의 말을 대신하자 윤아가 작게 미소 지었다. 잃어버려 애타게 찾던 여인이 무사히 돌아왔다. 키안이 손을 뻗자 윤아가 그 손을 살며시 마주 잡으며 욕탕에 살짝 걸터앉았다.

"유나."

윤아가 욕탕에 걸터앉자 키안은 손을 들어 그녀의 얼굴을 만졌다. 얼굴에서 차가운 감촉이 느껴졌다.

"아직 안 씻었어?"

"응, 깨어나자마자 왔어."

"그럼, 들어와."

윤아가 난감한 표정을 지으며 망설이자 키안이 손을 잡아 당겼다.

"벗겨줄까?"

"아, 아니……."

볼이 발그레해지는 윤아를 보며 그는 미소를 지었다. 키안이 그녀처럼 욕탕에 걸터앉자 윤아는 시선을 어디에 두어야 할지 몰라 안절부절못했다.

"키안…… 있지, 내가 파라오의 비밀을 알려 달라고 떼써서 미안해. 내가 몰랐다면 이런 성가신 일은 만들지 않았을…… 엄마야!”

키안이 윤아를 번쩍 안아 욕탕에 함께 들어가 버리자 옷이 물 위로 둥둥 떠올랐다.

“흡.”

윤아는 아래에 슬쩍 닿은 키안의 남성에 몸을 움츠렸다.

“아픈 곳은?”

그가 없었다면 분명 자신은 지금 살아 있지 않았을 것이다.

“없…… 어.”

키안의 입술이 닿자 윤아는 자연스럽게 입술을 열었다. 속살을 입천장부터 구석구석 핥는 그의 혀를 그녀는 부드럽게 핥았다. 그러자 키안이 윤아를 더 깊게 당겨 안았다.

“읍.”

그의 분신이 은밀한 샘물에 더 밀착되자 윤아는 신음을 삼켰다. 더 깊게 들어와 자신을 핥고 있는 혀를 같이 더듬었다. 키안의 목에 팔을 두르고 그를 받아들였다. 야쿠바암의 은신처에서 마주친 눈빛, 익숙한 눈빛이라고 생각은 했지만 그것이 키안이라는 생각을 못 했었다. 떨어지는 순간 들려온 그의 목소리. 살았다는 생각보다 마지막으로 그를 볼 수 있다는 생각에 반가웠다.

움직이는 법이 없는 키안이 홀로 자신을 구하러 왔다는 사실을 라메에게 들었을 때 주체할 수 없이 두근거리던 심장. 이렇게 살아서 그와 사랑을 나누게 될 줄이야.

“키안, 사랑해.”

키안이 입술을 떼고는 시선을 맞춰왔다. 윤아는 무표정으로 아무런 답도 주지 않는 키안이 불안했다. 잘못 말한 것일까. 괜한 말을 한 것일까. 하지 않는 것이 더 좋았던 것일까. 윤아는 떨리는 마음으로 키안의 반응을 살폈다.

"키……."

"멋진 말이군."

윤아는 키안의 말을 들으며 난감한 표정을 지었다. 그저 멋지다고만 반응하는 키안이 야속해 무안함이 일었다.

"흐읏."

키안이 어깨 끈을 내리더니 그대로 유두를 물어버렸다. 혀로 슬쩍 밀어 올렸다가 쪽쪽 빨아댔다. 옷을 벗기면서도 입을 떼지 않았다. 한 손으로 윤아의 허리를 안고 다른 한 손으로 옷을 벗기면서도 그는 서두르지도 않았다. 둥둥 떠 있는 옷을 키안이 저만치 밀어버리자 윤아는 부끄러움이 몰려들었다. 그와 하나가 된 것이 처음이 아닌데도 이상하게 야릇한 기분이 끓어올랐다.

"으읏."

키안이 반대쪽 유두를 핥으며 다른 손을 물속으로 넣어 안쪽 허벅지를 쓸자 윤아는 신음을 터뜨렸다. 허벅지 안쪽을 만지는 키안의 손이 점점 샘물에 가까워지자 윤아는 다리에 힘을 주었다. 그러자 키안이 유두에서 입을 떼며 윤아를 올려다봤다.

"유나, 다리 벌려."

윤아는 색정적인 말에 얼굴이 붉어져 입술을 깨물었다.

"흡."

그녀의 허벅지 사이에 끼인 키안의 손가락이 살짝살짝 움직여 찾아간 샘물 입구를 살살 굴리는 가운데 유륜까지 입안에 덥석 강하게 머금자 윤아의 고개는 저절로 뒤로 젖혀졌다. 키안이 유두를 살짝 깨물었다 놓아주자 윤아는 그의 머리카락에 손가락을 집어넣었다. 다른 때와 달리 이상하게 몸에 뜨겁게 달아올랐다. 살았다는 기쁨 때문에 더 극진한 마음이 드는 것 같았다.

"유나."

키안의 목소리에 윤아는 시선을 맞추었다. 자신을 오롯이 담고 있는 그의 눈동자가 마음에 들었다. 그의 눈에 짙은 소유욕이 이는 것을 본 윤아는 키안의 목을 가만히 끌어안았다.

"들어간다."

"흡!"

한 번에 거침없이 들어온 키안은 짙은 숨을 내뱉고는 윤아의 젖무덤을 그러쥐었다. 윤아와 눈을 마주한 키안이 천천히 허리를 움직이자 윤아는 헉헉거리는 숨을 토해내었다. 앉은 자세는 더 깊이 들어온다는 것을 알고 있었지만 여전히 버거운 것은 어쩔 수 없었다.

"흐응."

키안이 엄지로 음순을 만지자 윤아는 몸을 떨었다. 둘이 맞물린 상태에서 자극 받으니 머릿속이 텅 비는 기분이었다. 몸에서 열이 자꾸 올랐다. 눈의 초점도 풀리는 기분이었다. 자신의 안에 들어와 있는 키안으로 인해 가슴이 두근거리는 건 당연했고 자신을 더 헤집어 주었으면 하는 마음이 들었다.

"키안, 이상해. 나…… 키안이 좋아 미칠 것 같아."

윤아는 낯 뜨거운 고백을 하며 키안의 목을 안았다. 그러자 키안의 입술이 유두를 물고 비틀기 시작했다. 외설적인 신음이 연신 새어나오는 욕탕은 열기로 가득해지기 시작했다.

"유나?"

키안이 윤아의 흐트러진 머리카락을 한 손으로 치우며 얼굴을 감싸 쥐었다. 청색의 눈동자가 옅어져 있는 모습을 보며 키안은 입술을 물었다. 윤아의 부드러운 속살을 핥고 매끄러운 아랫입술을 빨아들였다.

"하아."

윤아는 흐릿해지는 정신을 바로잡으려 고개를 저었지만 이상하게 몽롱한 기분이 들었다.

"이상해, 몸이 자꾸 뜨거워져……."

윤아가 투덜거리듯 말하자 키안은 고개를 돌려 시종이 놓아두고 간 토기를 쳐다봤다.

"약을 피우지 말라고 했는데……."

시종에게 그만두라는 뜻으로 손을 휘저었는데 시종은 알았다는 뜻으로 받아들인 모양이었다. 이런 환각제에 노출된 적 없는 윤아는 지금 맥을 못 추고 있는 것이다. 키안은 그대로 윤아를 안고 물 밖으로 나왔다. 오들오들 떠는 윤아를 안고 키안은 침실로 이어지는 문을 열었다.

"가지 마."

윤아는 침대에 자신을 내려놓는 키안의 목을 끌어안으며 매달렸다.

"유나, 너무 매달리는 거 아냐?"

키안이 입가에 묘한 웃음을 짓자 윤아는 입술을 지그시 깨물었다. 키안이 옆에 없으면 많이 허전할 것은 두말할 것 없거니와 그가 어서 자신의 여성을 헤집어주기를 바랐다. 어서 이 열기를 터뜨려 주기를 바랐다.

"열이 나서 뜨거워."

"알아."

키안은 윤아의 다리를 벌리고 손가락을 넣어 천천히 속을 긁었다. 질퍽한 애액이 넘치는 것을 보고는 다시 손가락 두 개를 넣어 윤아의 여성을 늘이듯 움직이다 손목을 비틀며 뺐다. 윤아가 환각과 강한 자극에 숨을 헐떡이는 것을 보며 키안은 걱정스러운 얼굴로 낮게 혀를 찼다.

환각제에 취한 윤아의 뜨거운 몸속을 당장 풀어주어야 했다.

"흡!"

여성 입구에 자신의 분신을 대고 그녀를 당기자 그대로 자신을 머금어버리는 윤아였다. 키안은 천천히 윤아의 속으로 파고들었다. 윤아의 몸에 퍼진 열기가 자신에게 전해지는 듯 열이 오르기 시작했다. 최선을 다해 윤아와의 합일을 치르며 키안은 그녀를 꼭 안았다.

"키안, 멈추지 마."

키안은 파정을 끝낸 자신에게 애원하는 윤아를 보며 뺨에 붙은 머리카락을 쓸어 넘겨주었다. 윤아의 눈동자가 제 빛을 찾지 못하고 있었다. 키안은 땀으로 범벅이 된 윤아의 몸을 뒤집어 엉덩이를 들게 했다. 하얗고 동그란 윤아의 엉덩이를 벌리자 붉은 속살이 드러났다.

"아흑!"

붉은 속살을 핥아주자 윤아가 몸을 바르르 떨었다. 이미 벌어질 대로 벌어진 윤아의 샘물은 자신을 다시 받아들일 준비가 완벽하게 되어 있었다. 키안은 깊이 찔러 넣고는 윤아의 허리를 두 손으로 감싸 쥐었다. 교성을 내지르며 자신을 흥분으로 내모는 윤아의 안을 키안은 조금 거칠게 헤집었다. 위 아래로 흔들리는 젖가슴을 손안 가득 넣어 마음껏 만지고 뭉그러뜨렸다. 이제는 자신이 정신을 잃을 만큼 뜨거워지고 있었다.

"으응……."

윤아는 뻑뻑한 눈을 비비다 눈앞을 가로 막은 가슴을 보고 고개를 들었다. 키안이 자신을 지긋하게 바라보고 있었다.

"정말 뜨겁게 달아올라 내가 정신을 못 차릴 정도였다."

"합!"

윤아는 자신의 입을 손으로 막으며 눈을 휘둥그레 떴다. 키안이 욕탕에서 안고 나온 것까지는 기억이 나는데 다음은 필름이 끊긴 것처럼 기억이 가물가물했다.

"키안, 더 해줘. 흐윽, 놓지 마."

윤아는 어렴풋이 기억나는 장면에 부끄러움이 몰려들어 이불 속으로 파고들었다. 그런 윤아를 키안이 안아주며 손가락으로 등을 쓸어주었다.

"읏, 키안, 간지러워."

"흣."

키안은 윤아의 엉덩이의 곡선을 따라 손가락을 내렸다가 다시 올렸다. 오목한 등의 골을 따라 올라온 키안의 손은 어느새 젖가슴을 그러쥐고는 만지작거렸다. 윤아가 손을 밀어내며 멀어지려 몸을 비틀자 도망가지 못하게 키안이 윤아의 배위로 날렵하게 올라탔다.

"무섭지 않았나?"

윤아는 키안의 시선을 받으며 고개를 끄덕였다.

사실 무서웠다. 야쿠바암의 협박에 굴복하고 싶지 않은데 굴복해야 하는 것이 싫었고, 헤르가 다치는 것이 싫었다. 그리고 키안이 오지 않을지도 모른다는 생각이 자신을 제일 힘들게 했다.

"물에 뛰어드는 바람에…… 심장이 너덜너덜해졌다."

"흣."

윤아는 키안의 투정 같은 말에 피식 웃었다.

야쿠바암이 입을 맞추었다는 말에 키안의 얼굴이 굳어지던 것이 어렴풋이 떠오른 윤아는 눈을 가늘게 떴다.

소독이라도 하려는 것인지 숨을 쉴 수 없을 만큼 입술을 핥고 탐하며 빨아대던 키안으로 인해 흐느꼈던 것이 생각난 윤아는 슬그머니 그를 째려봤다. 살가죽을 벗겨낼 듯 온몸을 물고 빨고 핥던 키안이었다. 그리고 방심하고 있는 자신의 샘물에 거칠게 분신을 넣어버린 배려 없는 남자였다.

"키안, 혹시 어제……."

윤아는 낯 뜨거운 질문을 하려다 말았다. 키안이 어제 자신을 뒤에서 안은 것 같은데 확신이 없었다.

"어제?"

"아, 아냐."

윤아는 두 손으로 얼굴을 가렸다. 자신을 안고 천천히 헤집던 키안이 귓가에 중얼거렸던 말이 떠오른 까닭이었다.

"네가 어디에 있어도 다 찾아낼 거다."

"유나, 왜 그래?"

키안이 얼굴을 가린 윤아의 손목을 끌어당기자 윤아는 그를 바라보며 작게 미소 지었다.

"질투하는 파라오라…… 뭐, 나쁘진 않네."

윤아가 키안의 턱을 손으로 만지며 중얼거리자 키안이 낮은 웃음소리를 냈다.

"유나님!"

"아메스!"

작은 소년이 품으로 뛰어오자 윤아는 자세를 낮추어 아메스를 안아주었다.

"얼마나 걱정했는지 아세요?"

"고마워, 걱정해 줘서."

"파라오께서 구해낼 거라고 믿고 있어서 불안하지는 않았지만 걱정은 했어요."

"훗."

윤아는 아메스의 능청스러운 말에 그만 웃음이 터졌다. 그러다 아메스의 뒤에 서 있는 이를 올려다봤다. 그러자 남자가 윤아의 시선을 느끼고는 입을 열었다.

"세누스입니다. 저번에 아팠을 때 진료를……."

"아! 기억나요."

"네……."

어딘지 모르게 침잠되어 있는 세누스를 보는데 아메스가 윤아의 손을 이끌었다.

"유나님, 할 게 많아요."

돌아오고 며칠 동안은 키안하고만 보낸 윤아였다. 키안은 잠시 잠깐 일을 보러 나가긴 했지만 자신은 헤르도 아메스도 만날 수가 없었다. 키안이 쉬어야 한다는 명목으로 모두 막고 있다는 생각을 했지만 굳이 따져 묻지 않았다. 그만큼 지쳐 있었다. 잠이 오면 자고 배가 고프면 먹었다.

"이건……."

윤아는 아메스가 내민 문제를 보다 미간을 찌푸렸다. 자신이 잡혀 갔을 때 보고 있던 문제를 다시 접하니 그날의 일이 떠올라 기분이 가라앉았다.

"양과 새의 다리수가 46인데 양과 새의 수는 합해서 18마리라고 할 때……."

"어디 불편하십니까?"

윤아는 갑자기 날아든 세누스의 질문에 고개를 들었다. 아메스가 읽어주는 문제에 집중을 할 수가 없었다. 발버둥을 치며 끌려가지 않으려 안간힘을 쓰다 몸에서 힘이 빠지는 무기력함을 느껴야 했던 그 순간이 떠올라 기분이 헝클어지고 있었다.

"얼굴이 창백……."

"아니, 괜찮아요."

윤아는 애써 밝은 표정을 지으며 아메스가 읽어주는 문제에 집중하려 했다.

"양과 새의 수는 각각 몇 마리인지 찾는 문제예요."

"응."

윤아는 고개를 끄덕이며 검지로 미간을 쓸었다. 미지수 X를 가지고 식을 풀어야 할지 아니면 초등학생에게 풀어주는 방식으로 해야 할지 고민이 되었다.

"유나님, 어려운가요?"

"응? 그게 아니라 어떤 방법으로 설명하는 것이 아메스에게 좋을지 생각하느라……."

"저는 다 좋아요. 유나님이 가르쳐 주는 거면 다 배울 거예요."

윤아는 아메스를 보며 눈을 곱게 접어 웃어주고는 갈대펜을 들었다.

"다리의 수가 46이라는 것을 기억하면서 양과 새의 수를 반으로 가르는 거야. 9마리, 9마리이런 식으로…….”

세누스는 윤아가 파피루스에 적고 있는 것이 궁금해 가까이 다가갔다.

“너를 살려두는 것은 유나 때문이다. 그녀의 상태를 살피고 아주 사소한 것 하나도 놓치지 말고 알려라.”

세네스의 가족이 모두 몰살되었을 때 할 수 있는 일이 없어 절망했었다. 자신도 곧 죽을 것이라 여겼는데 파라오가 자비를 베풀어 자신을 살려두었다. 그런데 그것이 더 비참한 일이라는 것을 깨달은 것은 그리 오래 지나지 않아서였다. 파라오에게 속죄하려는 마음과 동생을 향한 연민이 부딪혀 충돌하고 있었다. 그것이 어떤 식으로든 윤아를 해할 것만 같아 세누스는 괴로웠다.

“이런 식으로 양의 수와 새의 수를 늘이고 줄이면서 다리 수를 구하는 거야.”

세누스는 윤아가 그려놓은 도표를 보며 놀랐다. 한 눈에 알아보기 쉽게 만들어진 도표였다. 부연 설명이 없어도 될 정도로 깔끔한 풀이였다.

| 양의 수×4 | 9×4=36 | 8×4=32 | 7×4=28 | 6×4=24 | 5×4=20 |
|---|---|---|---|---|---|
| 새의 수×2 | 9×2=18 | 10×2=20 | 11×2=22 | 12×2=24 | 13×2=26 |
| 다리 수의 합 | 36+18=54 | 32+20=52 | 28+22=50 | 24+24=48 | 20+26=46 |

“이렇게 해서 양은 5마리, 새는 13마리가 되는 거지.”

"와우! 유나님, 너무 쉬워요."

"자 이것을 보면 양과 새가 몇 마리인지 찾기가 쉽지?"

"어떻게 구해야 할지 막막했는데 이렇게 보니 다른 것도 쉽게 풀 수 있을 것 같아요."

윤아는 파피루스를 뚫을 듯이 쳐다보는 아메스를 보다 피식 웃으며 자리에서 일어섰다.

"다음에는 다른 방법을 알려줄게."

세누스는 창가로 걸어가는 윤아를 보다 마른세수를 했다. 자신은 어렵게 수를 배웠었다. 가르쳐 주지 않으려는 자의 어깨너머로 도둑질을 하듯이 겨우 수를 배웠었다. 그런데 눈앞의 여인은 너무나 쉽게 문제를 풀었을 뿐만 아니라 그 지식을 아무런 대가도 없이 다른 이에게 스스럼없이 알려주었다. 아메스가 파라오의 명령을 받은 서기관이라고는 하지만 자신이 옆에서 볼 것이라는 것은 당연지사였다. 그런데 감추려 들지 않는 윤아를 보며 세누스는 혼란스러움을 느꼈다.

"어째서 그렇게 쉽게 지식을 풀어내는 것입니까?"

"네?"

윤아는 당혹스러운 눈빛으로 세누스를 향해 몸을 돌렸다.

"권력을 쥐고 있다는 것은 누구보다 높이 있을 수 있는 일입니다. 그런데 왜 감추려…… 하지 않는 것입니까."

"감춘다고 해서 지식이 숨어 있진 않아요. 모두가 평등하게 나눠 가져야 하는 것이 지식입니다."

세누스는 눈앞에 있는 여인을 더 이상 보고 있을 수 없어 두 눈을 질끈 감아버렸다. 지식을 나눠 가진다니, 그것도 모두가 평등하게.

"파라오께서 허락지 않을 것입니다."

"지금은 그렇겠죠. 하지만 순리를 거스를 수는 없는 일이에요. 언젠가 키안도……."

윤아는 입을 다물어버렸다. 지식을 나눠 가지는 일에 키안이 동의할 턱이 없었다. 그러나 시기상조일 뿐, 누구나 평등하게 알 권리가 있는 것이다.

"파라오께서 위험한 여인을 곁에 두었군요."

윤아는 세누스의 말에 미간을 설핏 찌푸렸다. 자신을 무슨 폭탄처럼 여기는 세누스의 표정이 마음에 들지 않았다. 마치 키안의 곁에 있지 말고 떠나라는 말 같았다.

막 떠오른 태양의 햇살이 방 안으로 찾아들었다. 윤아는 창밖을 보며 손톱을 물어뜯고 있었다. 아메스는 만났는데 헤르는 만날 수가 없었다. 헤르는 왜 돌아오지 않느냐고 키안에게 물었지만 키안은 묵묵부답이었다. 혹시나 해서 아메스에게 소식을 물었지만 아메스도 소식을 모르기는 마찬가지였다.

망설이다 세누스에게도 말을 꺼냈었는데 신경 쓸 필요 없다는 쌀쌀맞은 반응에 언짢은 기분이 들었었다. 어떻게 신경을 안 쓸 수 있냐 말이다.

"흐음."

"무슨 생각해?"

키안이 뒤에서 안아 품으로 끌어당기자 윤아는 맥없이 끌려갔다. 키안의 손등을 손가락으로 톡톡 건드리다 윤아는 몸을 돌렸다.

"키안, 헤르, 읍."

자신의 입술을 막아버리는 키안의 입술에 고의성이 다분하다는 것을 윤아는 알고 있었다. 그래서 고개를 옆으로 돌려 키안의 입술을 피하려 했다.

"읏."

키안은 윤아가 그렇게 하든 말든 개의치 않는다는 듯 입술을 목덜미에 지그시 눌렀다. 혈관을 따라 입술을 움직이던 키안은 그녀의 쇄골에 닿자 이를 세워 살짝 깨물었다.

"아!"

윤아가 놀라 탄성을 내뱉자 키안은 고개를 들어 입술을 다시 찾았다. 그리고 윤아의 혀를 찾아내 핥고 빨아들였다. 슬쩍 감았다가 놓아주는 듯하던 키안은 다시 윤아의 혀를 옭아맸다. 윤아는 키안의 능숙한 혀를 감당하지 못해 거친 호흡을 내뱉었다.

"하아…… 하."

"기다려."

윤아는 거칠어진 호흡을 가다듬으며 키안을 올려다봤다. 헤르의 소식을 물었을 때 처음에는 묵묵부답이던 키안이 이제는 기다리라는 답을 주었다. 정말 기다리면 헤르가 돌아오는 것일까. 윤아는 고개를 비스듬히 기울이다 입술을 달싹였다.

"기다리면……!"

키안이 자세를 낮추며 시선을 마주쳐 오자 윤아는 입을 다물었다. 그의 눈빛이 거칠어져 있음이 보였다.

"때가 되면 재촉하지 않아도 만날 거다."

"피이."

윤아는 훈계하듯 말하는 키안의 태도에 입을 비죽거리며 입으로 바람을 훅 하고 불었다. 윤아의 입김이 얼굴에 와 닿자 키안은 피식 웃었다.

"말 안 들으면 못 만나게……."

"아냐! 말 들을게."

"이게 말 듣는 모습은 아닌 것 같은데?"

윤아는 키안의 한쪽 눈썹이 치켜 올라가자 배시시 웃으며 키안의 가슴을 손으로 쓸어내렸다.

"너무 궁금하니까 그렇지. 아무 일도 없는 거지?"

"아무 일도 없어야 너와 있을 수 있다."

"무슨 말이야? 헤르한테 무슨 일이 있다는 거야? 설마 헤르를 의심하는 건 아니지?"

윤아는 헤르가 야쿠바암의 간자로 오해받는 건 아닐까 하는 걱정이 들었다. 야쿠바암의 서신을 받고 파라오에게 알리지 않았지만 그건 어디까지나 윤아 자신을 위한 행동이었다.

"유나."

윤아는 키안의 입에서 험악한 말이 나올까 봐 조마조마했다. 키안의 입술을 뚫어져라 보고 있는데 그가 고개를 숙이더니 귓가에 속삭였다.

"아침 먹기 전에 한 번 더 안을까?"

"키안!"

"하하하!"

윤아는 항의하듯 바락 소리를 질렀고 키안은 호탕하게 웃었다. 그런 키안의 어깨를 윤아가 주먹으로 콩콩 때리자 키안이 손목과 허리를 낚아채고는 얼굴을 가까이했다.

"그럼, 아침 먹고 나서 하지."

키안이 짓궂게 장난을 걸자 윤아는 뽀로통한 표정을 지었다.

"아! 진짜 파라오 맞아?"

"맞는 것 같은데?"

"칫."

윤아는 토라지듯 고개를 획 돌리다 입구로 들어서는 세누스를 보곤 키안의 손을 슬그머니 밀어냈다.

"파라오여, 확인이 다 되었습니다."

세누스의 알 수 없는 보고에 키안은 그저 고개만 끄덕였고 윤아는 미간을 살짝 찌푸렸다. 자신에게 이상하게 가시를 세우는 세누스를 대하는 것이 편하지 않았다.

"이상은 없었나?"

"네, 이상 없었습니다."

둘만이 알아듣는 대화가 이어지자 윤아는 불퉁한 표정을 지었다. 옆에 있는 사람 무시하는 것도 아니고.

"유나."

"으응?"

갑자기 이름이 불리자 윤아는 멈칫하다 표정을 풀며 키안을 쳐다봤다.

"즐거운 하루 보내."

키안이 윤아의 손을 살며시 잡았다가 놓으며 입가에 빙긋 미소를 지었다.

"어?"

키안이 그 말만 남기고 나가버리자 윤아는 멍한 얼굴로 키안이 사라진 곳을 바라봤다. 같이 아침을 먹을 줄 알았는데 세누스 때문에 그렇게 못 한 것 같아 괜히 죄 없는 세누스를 슬쩍 째려봤다.

"아메스가 기다린다고 전해달랍니다."

"아, 네에……."

윤아는 덤덤하게 말하는 세누스를 향해 고개를 끄덕였다. 깍듯하게 굴지만 차가운 바람이 부는 남자의 등을 바라보던 윤아는 바람 빠지는 한숨을 쉬었다.

"다른 방법을 알려 달라고? 먼저 가르쳐 준 방법을 다 이해한 거야?"

"네, 유나님!"

씩씩하게 답하는 아메스를 보며 윤아는 피식 웃었다. 배우고자 하는 열의가 대단한 아메스는 가장 훌륭한 학생이었다. 머리는 좋은데 열의가 없는 학생보다는 열정을 가진 학생이 더 가르치기 편한 법이었다.

"흐음."

윤아는 아메스가 방정식을 이해할 수 있을지 잠깐 고심하다 아메스의 옆에 앉았다. 아무래도 방정식부터 설명하는 건 무리가 있어 보였다.

"일단 다른 방법을 설명하기 전에 간단하게 어떤 수를 구하는 것부터 배울까?"

"네, 좋아요."

눈을 초롱초롱 빛내며 고개를 끄덕이는 아메스를 보며 윤아는 문제를 적었다.

"여기 어떤 수가 있는데 이 수에 3을 더하면 답이 9가 돼. 그랬을 때 어떤 수는 얼마일까?"

"음……, 3에서 얼마가 더 있어야 9가 되는지 그것을 찾으면 되는 건가요?"

"응, 맞아. 할 수 있겠어?"

아메스가 생각하는 듯 턱을 괴자 윤아도 같이 턱을 괴었다. 동그란 얼굴에 햇볕에 그을린 피부, 그 얼굴에 개구쟁이 같은 표정이 숨어 있었지만 수를 공부할 때만큼은 열심이었다.

"6! 6을 더하면 되는 거죠?"

"응, 맞아. 어떤 수 더하기 3은 9에서 9보다 높은 값이 나오면 안 되니까 9에서 3을 빼면 되는 거야."

"아!"

"왜?"

아메스가 난감한 표정으로 탄성을 내뱉자 윤아가 고개를 갸웃했다.

"그 방법은 생각을 못하고 수를 3에서 하나하나 더했어요."

"푸훗."

윤아는 아메스의 말에 웃음이 터지고 말았다. 양과 새의 수를 찾는 방법을 다 이해했다는 아메스가 살짝 의심스러웠지만 굳이 캐묻지 않았다. 어려운 수식을 이해하는 반면 단순한 것에 이해가 느린 사람들도 더러 있었다.

"그 방법은 수가 커졌을 때는 유용한 방법이 아냐. 예를 들어 어떤 수에 51을 더하면 209가 나온다고 했을 때 방금 아메스가 한 방법으로 하면 시간이 오래 걸리고 힘들어. 간단한 계산 방법이 있으니……."

"유나님!"

윤아는 익숙한 목소리에 고개를 돌렸다. 헤르가 반가운 얼굴로 다가오고 있었다.

"헤르!"

"유나님."

얼굴에 미소가 어린 헤르의 볼 살이 조금 빠진 듯했지만 안색도 좋아 보이고 건강해 보였다.

대략 3주가 지나도록 헤르를 못 본 윤아는 은근 걱정을 했었다. 설마 헤르에게 벌을 주었느냐고 키안을 다그쳤지만 키안은 무심하게 아니라는 말만 해줄 뿐이었다.

"많이 놀라셨죠?"

자신을 먼저 챙기는 헤르를 보며 윤아는 고개를 저었다.

"헤르야말로 괜찮아?"

"네, 보시다시피 전 멀쩡…… 유나님?"

윤아는 헤르를 가만히 안아주었다. 당황한 헤르가 어쩔 줄 몰라 하는 것이 느껴졌지만 윤아는 헤르의 등을 토닥였다. 여인으로서 겪지 말아야 할 일을 당하고도 씩씩하고 명랑한 헤르가 고마웠다.

"건강해 보여 다행이다."

"유나님이 그때 구해주지 않았으면 전……."

윤아는 헤르를 안은 채로 눈을 질끈 감아버렸다. 힘이 약한 여인이 할 수 있는 일의 범위는 좁았다. 하지만 만일 헤르가 권력을 쥐고 있었다면 그렇게 야쿠바암에게 모욕을 당하지 않아도 될 일이었다.

"헤르."

"네, 유나님."

윤아는 헤르의 얼굴을 찬찬히 보다 손을 잡았다. 우수에 젖은 헤르의 눈동자가 촉촉이 젖어 있는 것이 보였다.

"고생…… 했어."

"유나님……."

헤르에게 달리 해줄 말이 떠오르지 않은 윤아는 멋쩍은 웃음을 지었다. 헤르가 아픈 기억을 잘 털고 일어나길 바라는 마음이 컸다. 그런 자신의 마음을 아는 것인지 헤르가 맑게 웃으며 자리에서 일어섰다.

"제가 과일과 음료를 가져올게요."

"응."

윤아는 괜찮다는 말을 하려다 분위기를 바꾸려는 헤르의 의중을 알아채고는 고개를 끄덕였다.

"눈물겨운 상봉이군요."

뒤에서 세누스의 음성이 들리자 윤아는 미간을 구겼다. 가시가 박힌, 어딘가 못마땅하다는 투의 세누스 말에 눈을 가늘게 뜨고 쳐다봤다. 뭐가 불만인지, 그렇게 자꾸 삐딱 노선을 타지 말고 까놓고 말해보라고 말하고 싶었다. 하지만 윤아는 낮게 한숨을 쉬며 세누스를 지나 아메스에게로 다가갔다.

"아메스, 잘 풀고 있어?"

"유나님, 어떤 수에서 3을 더하여 9가 되는 수를 구하는 방법은 이제 이해했어요."

"그래? 그럼 다른 문제를 내볼게. 아메스가 이해를 잘 했는지 확인하는 문제."

"에? 유나님, 저 못 믿으세요?"

"후후, 믿지만 확실하게 하자는 거지."

"흥, 좋아요! 얼마든지 내보세요!"

살짝 토라지던 아메스가 결의에 찬 표정으로 대답하자 윤아는 턱을 괴고는 입술을 달싹였다.

"어떤 수에서 3을 빼면 9가 되는 수."

"어? 같은 문제 같은데…… 중간에 빼는 것만 다른 거죠?"

"응."

윤아는 갈대펜 끝을 이로 깨무는 아메스를 보며 피식 웃었다.

그러다 과일과 음료를 들고 오던 헤르가 어색한 얼굴로 세누스와 대화하는 것을 봤다.

'뭐야, 가만히 있는 헤르한테 태클 거는 거야?'

윤아는 못마땅한 얼굴로 입술을 삐죽 내밀었다. 세상에 불만이 많은 남자여서 그런가 보다 하고 신경을 끄려 했다. 그런데 세누스가 헤르의 흘러내린 머리카락을 올려주는 것을 보며 눈을 동그랗게 떴다.

"뭐야? 둘이 연인 사이야?"

"네?"

문제를 풀던 아메스가 말똥한 눈으로 쳐다보자 윤아는 저도 모르게 손을 내저었다.

"아, 아니. 아무것도 아니야."

잘 알지도 못하면서 잘못 말해 헤르를 곤란하게 하고 싶지는 않았다. 돌아서는 헤르와 눈이 마주칠까 봐 윤아는 얼른 아메스에게로 시선을 돌렸다.

"고마워할 일인가?"

헤르를 다시 만나게 해주어 고맙다는 말을 하자 오히려 키안이 반문했다. 자신을 위해 헤르를 보내준 것이라 여겼는데 아닌 모양이었다. 그러니 키안이 저런 반응을 하는 것이지. 자신을 위해 그랬다면 별거 아니라는 말을 했을 것이다.

"암튼, 헤르를 다시 내 옆에 있게 해줘서 고마워."

윤아는 뾰로통해진 얼굴로 불퉁거리며 물을 마저 마셨다.

"헤르를 다시 만나서 반가웠나?"

윤아는 눈을 동그랗게 뜨고 키안을 쳐다봤다. 그걸 말이라고 하느냐는 표정으로.

"반가웠나 보네."

키안이 한쪽 입꼬리를 말아 올리며 팔짱을 끼자 윤아는 은근 부아가 치밀었다. 키안이 심드렁하게 반응하니 고마워하는 게 맞는 건지 당연하게 여기는 것이 맞는 건지 헷갈리기 시작했다.

"혼란스러워하는 눈빛이다."

"어?"

윤아는 키안의 말에 눈을 감았다가 떴다. 이젠 자신의 눈빛까지 읽어내는 키안 때문에 당황스러웠다. 아닌 듯, 무심한 듯 보는 것 같은데 정곡을 찌르는 키안이었다. 누가 불만을 가지고 있는지 누가 충성을 하고 있는지 다 꿰뚫고 있는 듯했다.

"아메스는 잘 배우고 있나?"

"응."

윤아는 건성으로 고개를 끄덕이며 자리를 일어났다. 피곤해서 얼른 자고 싶었다. 헤르에게 세누스와 친하냐고 물었을 때 얼버무리며 답을 피하던 모습이 내내 걸렸다. 둘 사이에 무엇인가가 있는데 헤르가 감추려 기를 쓰는 것 같았다. 그래서 자신도 기를 쓰고 둘 사이에서 오가는 기류를 신경 썼지만 건진 것은 없었다.

"어디 가?"

"나 자러 갈래."

"여기서 자면 되는데 어디를 간다고?"

윤아는 키안의 침상을 슬쩍 돌아보고는 어깨를 으쓱했다. 키안이 그냥 재울 리가 없었다. 분명 밤을 반은 새울 것이 뻔했다.

"오늘은 아무 생각 없이 푸욱 자고 싶어."

윤아는 '푸욱'이라는 말을 강조하듯 길게 늘여 말하고는 걸음을 떼었다. 그런데 몇 걸음 걷지 못하고 키안으로 인해 걸음의 방향이 바뀌었다.

"키안!"

자신의 허리를 낚아챈 키안을 향해 윤아가 바락 소리를 질렀지만 아무 소용이 없었다. 키안의 손을 찰싹 소리 나게 때려도 키안은 꿈쩍도 하지 않았다.

"오늘은 진짜 푹 자고 싶다고."

윤아가 속상하다는 얼굴로 투덜거리자 키안이 낮게 웃었다.

"가만히 재워줄 테니까 여기서 자."

"……."

윤아가 미간을 살짝 찌푸리며 입을 비죽 내밀자 키안이 '정말인데' 하고 중얼거렸다. 윤아는 반신반의하며 침대로 올라갔다. 머리를 푹신한 베개에 올리자 눈꺼풀이 무거워지며 잠이 쏟아졌다. 자신의 머리카락을 만지는 키안의 손길을 느끼며 잠에 빠져들었다.

"정말 피곤했나 보군."

키안은 금세 잠이 들어 버리는 윤아의 얼굴을 바라보다 이마에 입술을 내렸다. 그러고는 손등에 입을 맞추고 손을 가지런하게 놓아주었다.

"진짜 잠들었네."

키안은 윤아의 옆에 누워 머리카락을 가만히 쓸어내렸다. 자신에게 이제껏 사랑한다고 고백한 여인이 한둘이 아니었다. 하지만 아침이면 달라져 있는 마음을 믿지 않았었다. 수없이 많은 밤, 여인들의 고백에 심드렁해 있을 때였다. 파라오의 여인이 될 수 있다면 거짓 사랑 고백쯤이야 쉬운 여인들이 널리고 널려 있었다. 그런데 윤아의 느닷없는 고백에 온몸에 마비가 일듯 움직일 수 없었다. 붉어진 얼굴로 입술을 깨무는 윤아를 보는데 심장이 지르르하며 온몸에 피가 도는 느낌이 들었다. 고백이 심장으로 스며들 수 있다는 것을 처음 알았다.

"유나…… 나도 그런 것 같다."

안기를 갈망했던 여인의 고백은 전쟁에서 승리한 기쁨보다 더 벅찬 것이었다. 짜증날 정도로 사람 속을 태우던 윤아가 이제는 자신을 설레게 하는 유일한 여인이었다.

키안은 윤아의 뺨에 입을 맞추고는 엄지로 뺨을 만졌다. '으응' 하며 뒤척이는 윤아를 품에 안고 키안은 뻑뻑한 눈을 감았다.

"진정으로 생각하고 있는지 사실 의문이 듭니다."

윤아는 세누스를 향해 화난 얼굴을 했다. 헤르를 챙기는 마음이 진정인지 묻는 세누스가 미웠다. 어떻게 하면 저렇게 삐뚤어질 수 있는지 궁금했다. 모든 일에 부정적인 생각을 심어두고 보는 것 같아 마음에 들지 않았다.

"진정인지 아닌지……."

"유나님, 다 풀었어요."

네가 내 마음을 들여다봤느냐고 세누스를 향해 신랄하게 말하려 하는데 아메스가 먼저 외쳤다.

"어제 문제 풀었어?"

아메스의 얼굴에 지친 기색이 역력했다. 덧셈과 뺄셈의 차이는 묘하게 달랐다. 더하기는 앞, 뒤 순서가 바뀌어도 답이 같지만 뺄셈에서는 완전 다른 답이 나오기 마련이었다.

"네, 답은 12. 맞죠?"

"응 맞췄어."

"오―."

아메스가 주먹 쥔 손을 허공에서 흔들며 즐거워하자 윤아는 갈대 펜을 들었다.

"여기 뺄셈에서는 어떤 수의 자리가 어디에 있느냐에 따라 답이 완전 달라져."

초등학생에게는 어떤 수를 네모라고 적게 하면 대부분 가장 이해를 빨리 했다. 이 네모가 나중에는 미지수 x가 되는 것임을 처음에는 모르다가 시간이 지나면 머리에 형광등이 켜지듯 알게 되는 순간이 오는 것이다.

윤아는 몇 가지의 문제를 만들어 다시 아메스에게 내밀었다.

9－□=3

□－9=3

"이것의 차이를 알 것 같아?"

아메스는 문제를 가만히 쳐다보며 고개를 갸웃거렸다.

"여기 '9-□는 3과 같다'라고 읽는 게 맞아. 그리고 여기 □의 수는 6이지만 '□-9=3'에서 □는 12가 돼."

"아, 어려워요. 갑자기 머리가 마구 아파요."

윤아는 징징거리는 아메스를 향해 피식 웃으며 다시 무엇인가를 적었다.

"덧셈과 곱셈은 같은 성질을 가졌어. 애들은 앞뒤 수가 바뀌어도 답이 같지만 뺄셈은 달라. 그리고 나눗셈도 순서를 바꾸면 답이 달라져."

아메스가 미간을 좁히며 문제에 집중하자 윤아는 이상한 느낌에 고개를 들었다. 이번에도 세누스와 헤르가 무슨 얘기를 나누는 것 같은데 헤르의 인상이 굳어 있었다.

"헤르."

"아, 네. 유나님."

"무슨 일이야?"

"네?"

헤르가 당황한 얼굴로 세누스의 눈치를 보다 윤아를 향해 고개를 저었다.

"아무 일도 아닙니다."

"아닌 것 같은데……."

윤아는 헤르를 괴롭히는 세누스를 향해 눈을 가늘게 떴다.

"저, 저는 가서 목욕물을 준비하겠습니다."

도망치듯 헤르가 사라지자 윤아는 언짢은 기색을 드러내며 세누스를 보았다.

"헤르와 무슨 말을 했어요?"

"유나님이 상관할 일이 아닙니다."

단칼에 잘라 버리는 세누스가 괘심했다. 윤아는 입술을 질끈 깨물었다 놓으며 세누스를 향해 턱을 치켜들었다.

"내 시중을 드는 헤르 일이니 알아야겠어요. 그러니 말해요."

"……."

윤아가 세게 나가자 당황한 것인지 세누스가 물끄러미 바라보다 한숨을 내쉬었다.

"무슨 일인……."

"유나님이 듣고 감당하실 수 있을까요?"

윤아는 세누스의 말에 눈살을 찌푸리다 고개를 까딱거렸다. 무슨 말을 하려는지 몰라도 얼마든지 감당해 낼 수 있으니 어디 한번 해보라는 듯 윤아가 세누스를 똑바로 쳐다봤다.

"둘이서만 이야기를……"

"유나님, 배가 아파서 잠깐 다녀올게요."

윤아가 자리를 피해달라고 말하기 전에 눈치 빠른 아메스가 볼일을 보고 오겠다면서 자리를 피해주었다.

"이제 말해보세요."

윤아는 이제 걸릴 것이 없으니 얼마든지 해보라는 뜻으로 손바닥을 뒤집어 살짝 흔들었다. 세누스가 낮게 한숨을 쉬더니 윤아를 향해 똑바로 섰다.

"헤르가 그동안 오지 못한 것은 감금되어 있었기 때문입니다."
"뭐라고요?"
감금이라고? 여기 이곳에서 감금되어 있었다는 말이야? 윤아는 두 눈을 커다랗게 떴다.
"헤르는 야쿠바암의 아기를 가졌는지 아닌지 확인을 받아야 했습니다."
"뭐? ……야쿠바암은 헤르를 범하지 못했……."
윤아는 확신할 수 없었다. 하지만 자신이 본 것이 정확하다면 헤르와 야쿠바암의 사이에서 아이가 생길 리는 없었다.
"본 사람은 모두 죽었죠, 유나님만 빼고."
세누스의 말에 비난이 깃들어 있었다.
"그럼 나한테 물었어야지. 헤르는 아무 일도 당하지 않았어."
"하지만 파라오께서는 묻지 않았죠. 한마디만 했다면 확인이 되는 일을……. 그래서 헤르가 아이를 가졌는지 확인이 될 때까지 감금해 두었던 겁니다."
윤아는 마치 키안이 자신을 믿지 못해 그랬다는 말로 들려 기분이 나빠졌다. 사람 심정 상하게 하는 데는 세누스만한 인물이 없다는 생각이 들 정도였다.
"만일, 그러니깐 만일…… 헤르가 아이를 가졌다면……."
"죽였을 겁니다."
"뭐?"
윤아는 너무 놀라 두 손으로 입을 틀어막았다.
"야쿠바암의 아이를 살려둘 수는 없는 일이니까요."

"말도 안 돼. 아이가 무슨 잘못이고 헤르가 무슨 잘못이라고."

"파라오의 자리는 그런 자리입니다. 불안의 씨앗은 아예 트지 못하게 죽여 버리는 게 나은 겁니다."

윤아는 혼란스러운 얼굴로 세누스를 바라봤다.

키안이 파라오의 자리를 지키기 위해 잔인한 폭군처럼 굴 거라는 생각을 하지 못했었다.

"하지만 유나님은 다른 대우를 받았죠."

윤아는 가시 돋친 세누스의 말에 눈살을 찌푸렸다. 자신을 미워했던 이유가 이것이었나.

"헤르가 유나님처럼 수를 알았다면 상황은 달라져 있었을 겁니다."

당연한 말이었다. 수를 아는 이는 권력을 쥘 수 있는 것이다. 로마의 귀족들은 숫자 5를 나타내는 V의 앞에 I가 오면 뺄셈을 적용해 4를 나타냄을 알았고 V의 뒤에 I가 오는 Ⅵ의 값이 6이라는 것을 알고 있었다. V를 기준으로 I가 앞에 오면 뺄셈, 뒤에 오면 덧셈의 아주 단순한 원리. 하지만 이것을 모르는 서민들은 귀족들의 지배를 받았고, 귀족들은 권력을 휘두르고 유지한 것이다.

"그래서 제가 미웠군요."

세누스가 피식 웃더니 이내 표정을 감추며 그녀를 쳐다봤다.

"미워한 것이 아닙니다. 그저 형평성이 있고 없고의 차이를 눈으로 보았을 뿐입니다."

자신이 특별대우를 받는 것에 불만을 가진 것일까. 형평성이라니. 윤아는 세누스의 말에 속입술을 지그시 깨물었다.

“유나님, 어디 불편하세요?”

윤아는 두 손으로 머리를 감싸 쥐고 있었다. 파라오의 부름이 있은 지 한참이 지난 시간이었다. 그런데 윤아가 움직일 생각을 하지 않고 있었다.

“고마워할 일인가?”

심드렁하게 굴던 키안의 태도가 이제야 이해가 간 윤아는 저녁 내내 생각했다. 세누스의 말처럼 만일 상황이 바뀌었다면 키안은 어떻게 나왔을지.

“유나님, 파라오께 아프다고 할…….”

“헤르.”

“네, 유나님.”

윤아는 헤르의 손을 가만히 잡았다. 일을 많이 해서 그런지 손이 거칠었다. 파라오의 핏줄이 아닌 이상 여인의 몸으로 높은 지위를 가지는 것은 불가능했다. 파라오의 여인이 되어 밤을 같이 보내도 왕족의 피가 아닌 이상 왕비가 되는 일은 거의 없었다. 윤아는 그제야 자신이 파라오의 여인으로 인정을 받는 것은 바로 수(數) 때문이라는 것을 깨달았다.

“헤르, 지금부터 내가 하는 말 잘 들어.”

헤르가 눈을 동그랗게 뜨다가 고개를 가만히 주억거렸다. 헤르가 다시는 그런 일을 당하지 않고 당당하게 살아가게 하려면 헤르의 지위를 올려야 했다. 그리고 지위를 올릴 수 있는 방법은 단 한 가지뿐이었다.

"내가 이제부터 수를 가르쳐 줄 거야."

"유나님!"

"쉿!"

놀란 헤르가 소리를 지르자 윤아는 검지를 입술에 대며 주위를 살폈다.

"이건 둘만의 비밀이야."

"유나님, 그런 짓을 하면 큰일 납니다. 파라오의 분노를 살 겁니다. 그렇게 되면……."

윤아는 두려움을 느끼는 헤르의 입장을 충분히 이해했다. 하지만 이대로 있으면 자신이 헤르를 보호해 주는 것에도 한계가 있었다. 혼자 있더라도 자신을 지킬 수 있는 여인이 되려면 권력을 쥐는 것밖에는 방법이 없었다.

"너에게 권력을 쥐어 줄게."

"유나님……."

헤르가 울 것 같은 얼굴로 쳐다보자 윤아는 고개를 끄덕이며 헤르의 손등을 토닥였다. 이것이 잘못된 선택이라고 생각하고 싶지 않았다. 지금은 헤르뿐이지만 점점 수를 아는 사람이 많아질 것이다. 이미 돌아갈 수 없다는 것을 알고 있는 윤아로서는 지식을 나눠 가지는 것이 맞는 일이라고 생각했다.

"유나."

파라오의 등장에 놀란 헤르는 비명 같은 탄성을 내질렀다. 그런 헤르를 키안이 예리한 눈빛으로 쳐다보자 윤아가 둘 사이에 끼어들었다.

“파라오가 움직이다니?”

윤아는 부러 너스레를 떨며 헤르에게로 향한 키안의 시선을 차단했다.

“내가 방해가 되었나?”

“……아니.”

윤아는 키안의 팔을 쓰다듬으며 미소를 지으려 했다. 헤르가 무서워 실토를 하지 않게 해야 했다. 이미 자신은 수를 나눠 가질 생각을 굳힌 상태였다. 단지 그 첫 번째가 헤르일 뿐이다.

“달라 보인다.”

“어?”

“…….”

윤아는 키안의 눈치가 상당하다는 것을 다시 한 번 느끼는 중이었다. 그래서 키안을 향해 애써 괜찮은 척 배시시 웃어 보였다.

## 비밀을 감추다

윤아는 헤르에게 가까이 다가오라고 고갯짓했다. 아메스가 적은 것을 보라는 뜻이었다. 세누스도 곁에 있어 헤르에게 수를 가르치는 것이 쉽지 않았다. 하지만 윤아는 파피루스에 아메스가 적은 것을 헤르에게 똑같이 적어오도록 시켰다. 수를 알기 위해선 숫자를 나타내는 기호부터 터득을 해야 했다.

"유나님, 100을 왜 밧줄 그림으로 나타내는 건가요?"

"땅의 길이를 재기 위해 일정한 간격으로 매듭을 짓는데 보통 한 밧줄에 100개의 매듭이 만들어지니 100을 밧줄로 나타내는 거야."

"그런가요?"

"나일강 하류에 갔을 때 내가 밧줄로 매듭짓던 거 기억나?"

"아! 네, 기억나요!"
생활이나 했던 일을 연관을 지어 설명을 하면 헤르는 금방 이해했다.
헤르가 슬쩍 다가와 물 잔을 건네주는 척하자 윤아는 낮게 속살거렸다
"곱셈은 다 외웠어?"
"유나님, 그게……."
헤르가 난감한 얼굴을 하자 윤아가 짐짓 무서운 얼굴을 하며 헤르의 팔을 잡았다.
"혼난다."
"풋."
"어? 웃어? 웃음이 나와?"
윤아가 어이없다는 얼굴로 나무라자 헤르가 금방 웃음을 감추며 속삭였다.
"오늘 저녁에 다 외울게요."
"의심스러워."
자신의 말에 밝게 웃는 헤르를 보며 윤아는 고개를 젓다 피식 웃었다. 구구단 중에서 가장 쉬운 2단도 아직 다 못 외웠다는 말에 윤아는 이 일을 어찌하나 하는 답답함이 들었다. 반면 어제와 다르게 하루하루 발전하는 헤르가 보여 뿌듯하기도 했다.
"유나님, 잠깐 맥을 좀…… 집겠습니다."
세누스가 다가와 손을 내밀자 윤아는 샐쭉한 표정을 지었다. 내키지 않지만 옹졸하게 감정을 드러내고 싶지는 않았다.

"흐음……."

세누스가 맥을 짚으며 고개를 갸웃하자 윤아는 미간을 찌푸렸다.

"무슨 문제가 있나요?"

"이상하네요."

세누스가 그 말만 하고 손을 거두자 윤아는 슬쩍 짜증이 일었다.

뭐가 이상하다는 걸까. 어디가 나쁜 것인지, 안 좋은 것인지 말해줘야 하는데 혼자만 알고 만다는 생각이 들자 세누스를 신뢰할 수 없을 것 같았다.

"……파라오와 밤을 보내는데."

윤아는 순간 귀까지 빨개지고 말았다.

"왜 반응이 안 느껴지는지 모르겠습니다."

윤아는 이상하다고 말한 세누스의 말이 무슨 뜻인지 알아채고는 난감한 얼굴을 했다. 세누스가 정기적으로 자신을 진맥하는 이유가 건강 때문만이 아니었다는 것을 이제야 안 윤아는 붉어진 얼굴의 열을 식히려 손으로 부채질을 했다.

"혹시 파라오께서…… 아, 아닙니다."

관계를 가질 때 파라오가 안에 사정하지 않느냐고 물으려던 세누스는 질문을 거두었다. 안에 사정하지 않는데 파라오가 진맥을 정기적으로 하라고 말하진 않았을 것이다.

얼굴이 빨개져 손으로 부채질을 하고 있는 윤아를 보며 세누스는 자신도 모르게 피식 웃고 말았다. 늘 당당하게 굴어 이런 일도 당당하게 받아칠 줄 알았다. 그런데 의외로 순진한 구석이 있어 보여 반감을 가졌던 마음이 조금 누그러졌다.

"그런데 말입니다."

"네?"

"배신이라는 생각은 안 해보셨나요?"

순간 윤아는 헤르에게 수를 가르치고 있는 것을 세누스가 눈치챈 것은 아닐까 하는 불안감이 일었다.

"무슨 말이에요?"

"파라오가 알면…… 큰일 나지 않을까요?"

윤아는 눈살을 찌푸리며 세누스를 바라봤다. 가슴이 두근거려 두방망이질을 쳤지만 세누스의 수에 말려들고 싶지 않았다.

"무슨 의도로 그런 말을 하는지 모르겠네요."

자리에서 일어나려던 윤아는 세누스의 말에 멈칫했다.

"파라오가 모르는 일은 없다는 말입니다."

"무슨……."

윤아는 심장이 터질 것 같았다. 파라오에게 비밀을 만들고 있어 안 그래도 마음이 가시방석이었다. 그런데 세누스가 그런 자신의 마음을 콕 집어 말하는 것 같아 어지러움이 몰려들었다.

"지식을 나눠 가진다는 사실을 파라오께서 알면…… 괜찮지 않을 겁니다."

세누스의 말을 들으며 윤아는 속입술을 슬쩍 물었다. 헤르에게 수를 가르치는 것을 세누스가 눈치챘다면 이건 위험한 일이었다. 세누스는 이미 알고 있으면서 경고를 돌려 하는 것일까. 하지만 윤아는 달라지고 있는, 변화하는 헤르를 놓을 수 없었다.

"왜 잠을 못 자고 뒤척이나?"

윤아는 눈을 떠 키안을 바라봤다. 키안의 얼굴을 보는 순간 이상하게 심장 한 귀퉁이가 떨어져 나가는 기분이 들었다.

"피곤하다고 해서 안지도 않았는데 왜 못 자고 뒤척이느냐고 물었다."

윤아는 손을 들어 키안의 얼굴선을 따라 만졌다. 키안에게 비밀을 감추고 있어 미안했다. 언젠가는 밝힐 생각이었지만 지금은 용기가 나지 않았다. 분명 키안은 안 된다고 할 것이며 헤르를 멀리 보내거나 최악의 경우 죽일 수도 있었다.

"유나, 어디가 아픈……."

"나 안아줘."

"뭐?"

윤아가 일어나 앉으며 머리카락을 쓸어 넘기자 키안이 오른 팔로 삼각대를 만들며 비스듬히 쳐다봤다.

"싫어? 아까 피곤하다고 안지 말라고 해놓고 이제 마음이 바뀌어 안아달라고 하니 안 내켜?"

"훗."

키안은 윤아의 달싹이는 입술을 가만히 쳐다보다 손을 뻗어 윤아의 얼굴을 만졌다.

작고 동그란 얼굴. 한 손에 들어오는 얼굴에 오만 가지의 감정을 담고 있는 자신의 여인, 윤아.

"두 번째군."

"어?"

윤아는 무슨 말인지 몰라 눈을 동그랗게 뜨고 되물었다. 두 번째라니, 뭐가.

"……아니."

키안은 윤아의 목을 그러쥐고 끌어당겼다. 윤아의 촉촉한 입술을 열고 혀를 찾았다. 자신을 적극적으로 받아들이는 윤아로 인해 온몸이 뻐근해져 왔다. 얼마 전 자신에게 적극적으로 안기던 윤아의 모습에서 이상하게 두려움이 일었었다. 다른 때 같으면 뒤에서 안는 것을 아프다고 싫어했을 텐데 그날은 군소리 하지 않고 안겨와 이상하다고 생각했다. 그리고 오늘. 뭔가 숨기고 있는 느낌이 들어 마음이 편치 않았다.

"읏!"

옷이 찢어지는 소리와 동시에 윤아의 신음이 터졌다. 키안의 입속으로 들어간 유두는 키안의 혀에 치이고 밀리고 핥아지고 있었다.

"파라오와 밤을 보내는데."

세누스의 말이 귓가에 울리자 윤아는 눈을 질끈 감았다. 매번 뜨겁게 안아주는 키안이었다. 다른 생각은 전혀 할 수 없을 정도로 자신에게 집중하는 키안이라는 것을 잘 알고 있었다. 윤아는 매번 아프다고 투덜거리면서도 키안이 제 안에 들어오는 것에 희열을 느꼈다.

"키…… 안."

윤아가 부르자 키안은 대답 대신 입술을 물었다. 윗입술과 아랫입술을 번갈아 핥고는 입술 사이로 혀를 넣었다. 처음에는 방어만 하던 윤아가 서서히 자신에게 모든 것을 내어주는 모습에 묘한 승리감을 느끼기도 했다.

"하앗!"

키안은 윤아의 치마만 들추고는 손으로 로잉스(고대 이집트의 속옷)를 찢어버렸다. 그대로 드러난 윤아의 샘물에 손가락을 넣어 입구를 찾았다. 윤아의 눈동자 색이 옅어지는 것을 보며 키안은 입가에 미소를 지었다. 자신의 손에 흐트러지는 윤아를 보면 볼수록 마음에 들었다.

신음을 토해내며 윤아가 안겨오자 키안은 그녀를 가볍게 안아 자신의 배 위로 올렸다. 찢어진 어깨끈이 너풀거리며 윤아의 하얀 어깨를 부여잡고 있었다. 키안은 나머지 어깨끈을 끌어내려 봉긋하게 드러난 젖무덤을 감상하듯이 바라봤다. 분홍색을 띤 유두가 빳빳하게 서 있는 것을 본 키안은 젖무덤을 그러쥐었다. 손에 감싸 쥐고 힘을 주자 손안에서 부드럽게 뭉그러졌다. 키안은 윤아의 얼굴을 가리고 있는 머리카락을 치우고 그녀의 눈동자를 찾았다. 자신을 올곧게 바라보는 윤아의 눈동자를 보자 심장이 욱신거리는 통증을 느꼈다. 파라오의 것이라 말했더니 자신도 윤아의 것이라 맞받아치는 여인이다.

"흣."

키안이 엄지와 검지로 유두를 비틀듯이 만지자 윤아가 신음을 터뜨리며 고개를 뒤로 젖혔다. 그가 주는 모든 자극에 익숙해질 만도 한데 여전히 낯설고 야릇했다. 마치 자신의 흥분점을 다 아는 듯 그가 만지는 모든 곳이 열락에 들뜨는 기분이었다.

"유나, 눈 떠."

윤아는 고개를 끄덕이며 손을 뻗어 키안의 얼굴을 쓰다듬었다. 그는 시선을 돌리는 것을 싫어했다. 자신이 얼마나 흥분하는지 보고 싶어 했다. 그와 안 해본 체위가 없다고 할 정도로 키안은 능숙하게 자신을 리드했다.

"윽."

자신의 입술을 핥던 키안이 혀를 넣어 속살을 빨아들이자 윤아는 그의 남성을 손에 그러쥐었다. 그러자 키안이 움찔하며 당황했다.

"서툴지만 최선을 다해볼게."

윤아는 쑥스러운 얼굴로 나지막하게 속삭였다. 그러자 키안이 어디 한 번 해보라는 듯 두 팔로 팔베개를 하며 자신을 쳐다봤다. 윤아는 작고 부드러운 혀로 키안의 남성을 혀로 핥아 올렸다. 정성스럽게 핥다가 입안에 덥석 넣어버리자 키안이 엉덩이를 들썩하는 것이 느껴졌다. 입안에 넣고 키안이 자신의 유두를 빨 때처럼 힘을 가하자 그가 낮게 신음하는 소리가 들렸다. 그 신음소리에 용기를 얻은 윤아는 입술에 힘을 주고 빨기 시작했다. 그런데 문제는 자신이 빨아들일수록 키안의 남성이 커지는 느낌이 든다는 것이었다. 목 안쪽을 푹푹 찔러오는 크기에 스스로가 기진맥진해지는 기분이었다.

"헛!"

키안을 무너뜨리지도 못하고 자신이 먼저 포기할 것만 같아 슬쩍 속이 상하려는 찰나 키안이 자신을 번쩍 안아 들더니 그대로 여성을 파고들었다. 키안의 허릿짓에 같이 흔들리던 윤아는 두 팔을 벌려 키안을 가만히 안았다. 그의 가슴과 자신의 가슴이 밀착되는 이 순간이 좋았다. 서로의 사이에 실오라기 하나도 방해하지 않는 원초적인 지배를 즐겼다. 그리고 맞닿은 그의 가슴에 자신의 가슴이 뭉개지면 묘한 소유욕이 불타올랐다. 아무도 키안과 자신의 사이에 들어올 수 없다 생각했다.

"아응……."

윤아가 뒤로 넣는 것을 싫어하지만 키안은 윤아를 돌려 그대로 남성을 밀어 넣었다. 사정을 하려고 할 때마다 체위를 바꾸고 사정을 늦추었지만 아까 같은 경우는 하지도 않고 사정을 할 뻔했다. 더 솔직해진 윤아의 행위에 눈빛이 거칠어지고 독점력이 불타올랐다. 절대 자신의 곁을 벗어날 수 없을 것이다. 영원을 꿈꾸며 하나가 되기를 바라며 키안은 윤아의 여성에 파정했다.

"유나."

뒤로 안고 있어 표정을 볼 수 없지만 자신에게 기대고 있는 것은 확실했다. 숨을 몰아쉬며 기대고 있는 그녀의 젖무덤을 그러쥐고 가만히 주물렀다. 낮은 신음소리가 윤아의 입술에서 새어나온다는 것에 그는 희열을 느꼈다. 손가락으로 거뭇한 숲을 가르고 입구를 찾아 집어넣자 윤아가 몸에 힘을 주는 것이 전해졌다. 달래듯이 귓불을 핥아주며 손가락을 천천히 돌렸다. 그녀가 자신의 손을 겹쳐 잡고 앓는 듯한 신음을 내뱉자 키안은 손가락을 하나 더 넣었다. 그러자 윤아의 몸이 뒤로 휘어졌다. 키안은 그녀의 고개를 돌려 그대로 입술을 물었다. 바르르 몸을 떠는 윤아의 속으로 다시 한 번 들어갈 생각을 하며 키안은 그녀의 혀를 진하게 핥았다.

윤아는 아메스가 그동안 푼 문제들을 찬찬히 확인하며 그가 옆에 적어둔 설명들을 더듬더듬 읽었다.

"유나님, 뭐…… 잘못 됐어요?"

"어? 아니, 잘했어. 이제 완전히 이해를 한 것 같으니 오늘 방정식을 할 거야."

"네!"

아메스가 신 난다는 표정을 짓자 윤아는 피식 웃으며 아메스의 머리를 쓰다듬었다.

"저번에 도표로 풀었던 문제를 가지고 방정식을 만들 거야. 그게 어디 있었…… 키안."

고개를 돌리던 윤아는 키안이 들어서자 자리에서 일어났다.

"파라오여."

아메스가 부복하자 키안은 아메스를 한 번 보고는 윤아를 바라봤다.

"무슨 일로……."

윤아는 불안한 눈동자로 키안을 바라봤다. 지금 이곳에 헤르는 없지만 스스로 불편한 마음이었다.

"그…… 냥."

"큭."

키안의 대답에 윤아는 의외라는 듯 눈을 동그랗게 떴고 아메스는 실없는 웃음을 터트렸다.

"죄, 죄송합니다. 파라오여. 저는 물러가 있겠습니다."

놀라 자신의 입을 틀어막던 아메스가 눈치 빠르게 자리를 피하자 키안은 낮은 한숨을 내쉬었다. 할 일이 태산인데 윤아가 보고 싶어 가만히 있을 수가 없었다. 오라고 명하면 시종들이 윤아를 데려올 일이지만 그 시간마저도 기다릴 수 없었다.

"갑자기 한심해지는 기분이다."

키안이 곤혹스러운 표정을 짓자 윤아는 키안에게로 다가가 그를 살며시 안아주었다. '그냥'이라고 말한 키안의 마음이 어떤 것인지 알 것 같았다.

"유나, 뭐하는 거냐?"

"키안 심장 진단 중."

"뭐?"

키안은 손을 들어 윤아의 뒷머리를 가만히 감싸 쥐었다. 여인으로 인해 이렇게까지 마음이 갈피를 못 잡은 적이 있었던가.

윤아가 아이를, 자신의 아이를 가지길 원했다. 그런데 검진을 한 세누스의 보고에 실망감을 감출 수 없었다. 이곳의 여인이 아니라 그런 것일까.

"진단 결과는?"

"음…… 한 여인을 생각하고 무척 사랑하는……."

키안은 그대로 윤아의 입술을 열었다. 자신의 품에 쏙 안겨 있는 여체에서 나는 향기에 취해 정신이 몽롱해지는 기분이었다. 적극적으로 자신을 받아들이는 윤아의 입맞춤에 키안은 윤아를 살짝 안아들었다가 내려놓았다.

"충전하라고 주는 상."

"응?"

윤아가 눈을 깜빡이며 쳐다보자 키안은 피식 웃었다.

"아메스한테 잘 가르치라고 주는 격려."

윤아는 키안의 가슴에 머리를 기대며 눈을 감았다. 언제 키안에게 말해야 할지 고민이 되었다. 오래 감추고 있을 생각은 없었지만 속이고 있다는 생각이 들자 마음이 심란해졌다.

"가야하는데…… 유나가 안 놓아주니."

"훗."

윤아는 키안의 농담에 팔을 풀고는 발끝을 세워 그의 뺨에 뽀뽀를 해주었다. 그러자 키안이 윤아의 팔을 잡아당기고는 귀엣말을 했다.

"저녁에 몇 배로 돌려주지."

싱긋 웃어주고 돌아서는 키안을 보며 윤아는 붉어진 얼굴을 손으로 톡톡 두드렸다. 말은 저렇게 하지만 싫다고 하면 깔끔하게 물러서 주는 키안이었다. 그래서 늘 고마웠다.

"유나님……."

윤아는 헤르의 목소리에 정신을 차렸다.

"숙제했어?"

"네."

윤아는 헤르가 내민 파피루스를 보며 천천히 걸었다. 꼼꼼하게 적어온 헤르의 글자를 보며 고개를 끄덕이는데 뒤에 인기척이 느껴졌다.

"엄마야!"

돌아서던 윤아는 화들짝 놀라 비명을 질렀다. 키안이 다시 돌아와 있었다. 놀란 윤아는 파피루스를 떨어트리고 떨리는 마음으로 키안을 바라봤다.

"너무 열심히 보고 있어 부르는 것도 모르……."

키안의 눈이 파피루스에 머물자 윤아는 심장이 터질 것 같았다. 게다가 키안이 파피루스를 집어 들자 윤아는 그것을 뺏어 뒤로 감추고 싶었다.

"아메스가 적었나?"

"어, 그게……."

윤아는 부복하고 있는 헤르를 슬쩍 돌아봤다. 헤르가 창백해진 얼굴로 떨고 있는 것이 보였다. 수를 배운다는 이유로 저리 겁을 먹어야 하나 하는 생각이 들자 윤아는 기분이 가라앉았다.

"나 아메스랑 수업 아직 안 끝났어."

"……."

갑자기 쌀쌀맞게 구는 윤아를 보며 키안은 고개를 비스듬히 기울였다. 자신이 무엇을 잘못한 것인지 생각하던 키안은 허탈한 웃음을 지었다. 파라오가 여인의 한마디 한마디에 즉각적인 반응을 하며 조바심을 낸다는 것이 어이없게 여겨졌다.

"그럼……, 수업 마저 해."

키안은 파피루스를 윤아에게 돌려주었다.

"유나님……."

키안이 나가자 헤르가 빠르게 다가와 윤아를 향해 울 것 같은 표정을 지었다.

"괜찮아."

"하지만 이러다가……."

"그럼 권력을 쥐는 일이 쉬울 줄 알았어? 아무런 고통도 없이 그저 얻어지는 것은 없어."

윤아는 헤르의 어깨를 토닥이고는 자리에 앉았다. 헤르에게 말은 그렇게 했지만 떨리는 것은 자신도 마찬가지였다.

"유나님, 수업을 계속 할까요?"

아메스가 언제 왔는지 조심스럽게 묻자 윤아는 애써 미소 지으며 고개를 끄덕였다.

"저번에 풀던 문제를 찾아왔어요."

"응."

윤아는 파피루스를 펼치는 아메스를 보며 심호흡을 했다. 이미 시작한 일은 끝을 봐야 했다. 중간에 포기한다면 시작도 하지 않은 것보다 못한 것이다. 이렇게 자신을 다독인 윤아는 갈대 펜을 잉크에 찍었다.

"양과 새의 마리수가 18이라고 했으니깐 양과 새를 x, y라고 하고 'x+y=18'이라는 식을 세우는 거야."

"그럼 누가 x고 누가 y인가요?"

윤아는 아메스의 질문에 피식 웃었다. x와 y를 누구로 하든 상관이 없었다.

"상관없어. 아메스는 누구를 x로 하고 싶어?"

"음…… 양을 x로 할래요."

"좋아, 그럼 y를 새라고 하자."

아메스는 눈을 반짝이며 윤아의 설명에 귀를 종긋 세웠다.

"양을 x라고 했고 양은 다리 수가 4개니깐 4x라고 나타내는 거야."

"어…… 그럼 새는 다리가 2개고 y라고 정했으니 2y인가요?"

"오! 잘했어, 아메스!"

윤아는 아메스를 향해 엄지손가락을 세우며 칭찬했다. 눈치가 빠른 아메스는 하나를 가르치면 열을 깨닫는 아이였다. 그래서 가르치는 맛이 더 나는 아이이기도 했다.

"그 다음 식은……."

"만들 수 있겠어?"

윤아는 갈대 펜 끝을 이로 씹고 있는 아메스를 보며 빙긋 미소를 지었다. 2y를 찾아낸 것만도 아주 훌륭한 일이었다.

"자, 봐. 양 4x고 새 2y니까 이 두 수의 합이 46이잖아. 여기서 4x와 2y는 다리 수를 나타내는 문자식이니까 '4x+2y=46' 이렇게 식을 세울 수 있어."

"음, x와 y는 수가 아닌데 답은 어떻게 구하는 거예요?"

윤아는 아메스를 보며 잠시 막막한 생각이 들었다. x의 값을 구해 식에 대입하는 방법까지 설명을 하려니 버거울 것 같다는 생각이 들었다. 그래도 윤아는 포기하고 싶지 않았다. 중학교 2학년 과정에 나오는 연립방정식이지만 아메스라면 충분히 따라올 수 있을 거라고 생각했다.

"음…… 처음으로 돌아가서 x와 y를 더한 값이 18이잖아. 이 식을 x나 y의 값으로 바꿀 수가 있어."

"어떻게요?"

"내가 식을 적을 테니까 중간에 궁금한 것이나 이해가 안 되는 것은 바로 질문해."

아메스가 고개를 힘차게 끄덕이자 윤아는 갈대펜을 들고 식을 적어나갔다.

"먼저 x의 값으로 만들어주면 x+y=18에서 y를 우변으로 넘겨주는 거야."

"우변요?"

"아! 우변은 오른쪽에 있다고 해서 우변, 왼쪽에 있으면 좌변이라고 해."

"아, 네에."

아메스가 알겠다는 듯 고개를 주억거리자 윤아는 다시 식을 적었다.

"그러면 'x=18−y'라는 식이 만들어져. 이 식을 우리가 다리 수의 합으로 만든 식에 대입하는 거야."

"어떻게요?"

아까와 같은 질문을 하는 아메스를 보며 윤아는 입가에 빙긋

한 미소를 지었다. 어렵겠지만 차근차근 하면 풀지 못하는 문제는 없다. 수학은 기호의 학문이고 약속의 학문이었다. 그리고 모두들 믿지 않으려 하지만 수학은 암기과목이다. 공식을 외우지 않으면 풀 수 없는 학문이었다.

"4x에서 x자리에 18−y를 넣어주는 거야. 4 괄호 열고 18−y 괄호 닫고."

'4(18−y)+2y=46'이라고 적힌 문제를 아메스는 가만히 쳐다보며 말이 없었다. 윤아는 아메스가 충분히 생각할 수 있도록 기다려 주었다.

윤아는 아메스에게 고민할 시간을 주기 위해 잠시 자리를 피해주었다. 이제 곱셈의 분배법칙을 설명해야 다음으로 나아갈 수가 있었다.

"유나님, 여기."

윤아는 헤르가 내미는 음료 잔을 받아 쥐며 작은 목소리로 물었다.

"다음에는 분수를 배울 거야."

"유나님, 여기서 그만두는 것이……."

"헤르."

윤아는 차분한 목소리로 헤르를 불렀다. 중간에 그만둘 거면 시작도 하지 않았을 것이다. 헤르에게 수를 가르치는 건 고민하고 고민하다 내린 결정이었다. 그런데 헤르가 두려움에 발을 빼려 하니 속이 상했다.

"나 여기서 얼마나 살까?"

"네?"

"영원히 사는 사람은 없어. 내일이라도 키안의……."

윤아는 잠시 말을 쉬었다. 키안은 자신의 권력을 지키는 것에 있어서는 가차 없는 군주였다. 그의 사랑을 받고 있다고 하지만 그것이 영원할 거라는 생각은 하지 않았다. 헤르에게 수를 가르치면서도 불안한 이유가 키안의 신임을 잃을까 봐 그런 것인지도 모른다. 키안에게 떳떳하지 못한 자신의 마음을 잘 알고 있었다.

"마음이 변하면 난 죽을 수도 있어."

"유나님!"

헤르가 놀라 바락 소리를 질렀지만 윤아는 그저 허탈한 미소만 지었다.

"그러니 못 하겠다는 말은 넣어둬. 넌 이미 나랑 한 배를 탔고 우리는 풍랑에 좌초되고 죽더라도 나아가는 수밖에 없어."

망망대해를 떠다니는 배. 위태롭게 보일지 몰라도 망망대해에서는 그 배 위가 제일 안전한 것이다.

"유나님……."

"그러니까 하라는 것 열심히, 알지?"

윤아는 헤르에게 애써 피식 웃어주고는 목을 축였다. 이집트의 뜨거운 열기가 범람한 나일강으로 인해 조금 시원해진 것 같았다.

"유나님."

"응?"

윤아는 아메스에게로 다가갔다.

"여기서 어떻게 풀어야 할지 도저히 모르겠어요."

윤아는 아메스의 말에 고개를 끄덕이며 갈대 펜을 들었다.

"여기서는 곱셈의 분배법칙을 적용해서 이 괄호를 풀어주는 거야. 곱셉의 분배법칙이 뭔지 모르겠지?"

아메스가 고개를 끄덕이자 윤아도 같이 고개를 끄덕였다.

"분배법칙이라는 것은 괄호 앞에 있는 4라는 수를 18과 y에 똑같이 곱해주는 거야. 이렇게."

윤아는 파피루스에 식을 빠르게 적었다.

$$4(18-y)+2y=46$$
$$(4\times18)-(4\times y)+2y=46$$
$$72-4y+2y=46$$

"이렇게 되면 y라는 문자로 식이 통일되는 거야. 그러면 같은 문자를 가진 것끼리는 서로 더해줄 수도 빼줄 수도 있어."

"……음, 그러니까 어른은 어른끼리, 아이들은 아이들끼리. 이런 건가요?"

"오, 적절한 비유였어."

윤아의 칭찬에 아메스가 방실거리며 웃자 윤아는 잘했다며 엄지손가락을 허공에 흔들어 주었다. 하지만 마음이 지쳐 있어 생각이 따로 움직이고 있었다. 아메스에게 잘했다고 칭찬을 하면서도 마음 한 구석이 계속 개운하지 않았다.

윤아는 자신의 쇄골에 입술을 박고 있는 키안의 머리를 가만히 안아주었다.

"유나?"

키안이 시선을 맞추며 고개를 기울이자 윤아는 '으응?' 하며 신음을 흘렸다.

"……싫어?"

키안이 조심스럽게 묻자 윤아는 팔을 들어 눈을 가렸다. 마음이 하루 종일 이랬다저랬다 했다. 오늘 저녁에는 말을 해야지 하고 마음을 먹었다가도 키안을 보면 입이 떨어지지 않아 애를 먹었다.

"아프면 세누스를 부……."

"아냐!"

윤아는 몸을 일으키는 키안의 팔을 잡으며 고개를 저었다. 이건 세누스가 해결할 문제가 아니었다.

"무슨 일 있었나?"

"아니 아무 일도 없어. 그냥……."

그냥 키안만 곁에 있어 주면 된다는 말을 하려다 윤아는 입을 다물어 버렸다.

자신을 가만히 내려다보는 키안을 바라보다 윤아는 그를 향해 두 팔을 벌렸다.

"안아달라고?"

"아니, 안아준다고."

"훗."

자신이 안아주려 했는데 반대로 꼬옥 안아주는 키안의 등을 윤아는 토닥토닥 두드려 주었다.

그에게 사실을 숨기고 있어 미안했다. 밝히지 못하는 마음 때문에 속이 울렁거리고 편하지 않았다.

"유나……."

키안이 고개를 갸웃하며 부르자 윤아는 부러 환하게 미소 지으며 키안의 입술을 찾았다. 키안의 입술 사이로 앙증맞은 혀를 밀어 넣었다. 시작은 윤아가 했지만 이내 키안이 주도권을 가져갔다. 키안의 혀에 휘둘리며 윤아는 속으로 중얼거렸다. 언젠가는 진실을 밝히겠다고. 그리고 지금 당장 밝히지 못해 정말 미안하다고.

"2y는 72 빼기46, 2y는 26, 하아……."

윤아는 아메스가 적어둔 식을 중얼거리며 집중을 하려 했지만 머릿속은 딴 생각으로 가득했다.

"어떻게 오게 되었는지 알고 싶다 하셨습니까?"

산탈의 얼굴만 뚫어져라 바라봤다. 깨어난 지가 오래라는 것, 그동안 키안이 말하지 않았다는 것, 그런 것은 상관이 없었다. 왜 자신인지 알고 싶었다. 이곳에서 살아가려면 그 의문만이라도 풀렸으면 했다.

"유나님?"

윤아는 초점 없는 눈으로 아메스를 돌아봤다.

"뭐가 틀렸나요?"

"아! 아…… 아니, 아니야."

윤아는 아메스를 향해 고개를 젓고는 손으로 이마를 짚었다가 머리카락을 쓸어 넘겼다.

"누군가가…… 유나님을 두고 빌었습니다."

누가 그랬는지 궁금해 물었지만 기력을 완전하게 회복하지 못해 샤탈은 보여줄 수 없다고 했다.

"유나님, 다음에 할까요?"

아메스가 걱정스러운 얼굴로 쳐다보자 윤아는 미안한 얼굴로 고개를 끄덕였다. 11개의 방정식 문제를 무난하게 풀어낸 아메스에게 도형을 가르쳐야 했다. 그런데 생각이 다른 곳에 있어 마음이 가라앉질 않아 도저히 진도를 나갈 수 없었다.

"오늘은 좀 쉴까?"

"네."

아메스가 펼쳐놓은 파피루스를 챙겨 나가자 윤아는 창가에 걸터앉았다. 마당을 내리쬐는 햇살을 보며 윤아는 눈살을 찌푸렸다. 한정된 공간에만 머물고 있는 자신의 신세가 한심스럽다는 생각이 들었다.

"커피 마시고 싶다."

아이스 아메리카노를 마시며 번잡한 거리를 걷고 싶었다.

"영화관도 가고 싶다. 스파도 하고 싶고 감자탕도 먹고 싶…… 내가 지금 뭐하는 거야. 다 쓸데없는 희망인 것을……."

"유나."

윤아는 자조적인 웃음을 지으며 눈물을 글썽이다 키안을 보자 눈물을 지웠다.

"아메스가 오늘은 수업을 쉰다고 하던데."

"응. 오늘은 농땡이 피는 날."

"농땡이?"

"후후. 그런데 요즘 파라오가 가볍네?"

"뭐?"

키안이 고개를 갸웃하며 묻자 윤아는 어깨를 으쓱했다. 늘 자신을 움직이게 만들던 키안이 어느 순간부터 움직이고 있었다. 그것도 자신을 보기 위해 움직이고 있었다.

"바쁘지 않아?"

"파라오만 일을 하는 건 아니니까."

윤아는 키안의 말에 피식 웃고는 키안에게로 다가섰다.

"밖을 보면서 무슨 생각했나?"

"음…… 아무 생각 안 했어."

"그래?"

키안이 못 믿겠다는 얼굴로 쳐다보자 윤아는 눈을 곱게 접었다.

자신이 살던 현대의 세계를 전혀 그리워하지 않는다는 건 거짓말이다. 하지만 키안이 들어 신경 쓰일 말은 하고 싶지 않았다.

"나한테 말하면 좀 낫지 않을까?"

"어?"

윤아가 고개를 비스듬히 기울이며 키안을 올려다봤다. 마치 뭔가를 알고 있다는 듯한 키안의 말에 윤아는 마른침을 삼켰다. 혹시 헤르에게 수를 가르치는 것을 눈치챈 것일까.

"샨탈을 만나고 왔다고……."

"아."

윤아는 속으로 한시름을 놓으며 고개를 끄덕였다.

"무슨 얘기를 했나?"

가만히 생각해 보니 샨탈은 시공간을 초월해 일어난 일을 볼 수 있는 자였다. 그렇다면 자신이 헤르에게 수를 가르치는 일 또한 곧 들통이 날 것이다. 어쩌면 지금이 키안에게 말할 적기인지도 모른다. 다른 이를 통해 듣는 것보다 직접 듣는 것이 낫지 않을까. 그런데 막상 키안의 얼굴을 보면 입이 떨어지지 않았다. 그가 자신을 향해 분노할까 봐 두려웠다.

"그냥…… 안에만 있으니 답답해서."

윤아는 속마음을 감추고 둘러댔다. 안에만 있어 답답한 것은 사실이었다.

"이집트는 여러 종류의 스핑크스가 있는데 보러 갈까?"

"어? 응! 좋아!"

윤아는 시무룩하던 얼굴에 웃음을 달고는 힘차게 대답했다. 키안은 그런 윤아를 보며 입가에 보일 듯 말 듯 미소를 지었다. 윤아는 다른 여인들과 달리 응석을 부리지 않았다. 요구하는 것도 없고 아랫사람에게도 똑같이 대했다. 아랫사람들의 눈치를 볼 필요가 없다고 해도 윤아는 눈치를 보는 것이 아니라 존중이라는 말을 썼다.

"어? 키안……."

키안은 윤아를 품에 꼬옥 안고 턱을 정수리에 얹었다.

"돌아가는 방법에 대해선 묻지 않았습니다."

샨탈을 만나면 제일 먼저 그것을 물어볼 줄 알았다. 조금이라도 돌아가고자 했다면 망설임 없이 돌아가는 방법을 물었을 것이다. 그런데 윤아가 그러지 않았다는 말에 키안은 안도의 한숨을 내쉬었었다. 샨탈에게도 말하지 못한 것이 있었다. 최면제를 흡입하고 의식을 잃은 윤아는 하얀 빛같이 보였다. 잡으면 사라져버릴 것 같은 여인. 그런 여인이 존재할 줄은 몰랐다.

윤아가 샨탈과 있었던 일을 말하고 싶어 하지 않는 것 같아 보여 키안은 더 묻지 않았다.

"아메스! 그렇게 하면 반칙이야!"

윤아는 한발로 뛰던 아메스가 중심을 놓치고 두 발로 발을 디디자 목소리를 높였다.

"유나님, 이건 잠시 쉬는 거예요. 반칙이 아니에요."

아메스가 억울하다는 얼굴로 항변하자 윤아는 출발점으로 가서 검지를 허공에서 두어 번 흔들었다.

"아메스, 남자가 말이야. 쩨쩨하게 굴지 맙시다."

"유나님!"

아메스가 윤아를 보며 투정을 부리자 헤르가 옆에서 유쾌하게 웃었다.

사방치기를 땅에 그리며 윤아는 헤르에게 수를 적게 했다. 헤르가 아메스 모르게 눈치껏 수를 능숙하게 적자 윤아는 뿌듯함이 들었다.

"내가 이번에 주욱 이어서 판을 끝내 버리겠어."

윤아가 바닥에 그린 사방치기에 돌을 던지고 치마를 살짝 걷어 올려 쥐자 아메스가 울상을 지었다.

"유나님, 나빠요."

"흣."

윤아는 투덜거리는 아메스를 향해 웃어주고는 사방치기 밑그림에 적힌 수를 바라봤다. 능숙하게 수를 적는 헤르가 대견하게 느껴졌다. 겁을 내면서도 배우는 것을 소홀히 하지 않는 헤르에게 고마운 마음이 들었다. 싫다고, 못 한다고 달아나 버리면 자신도 도리가 없었다.

"내가 왕년의 실력을 보여주겠어."

윤아가 아메스와 헤르를 향해 싱긋 웃자 둘은 서로를 마주보다 웃음을 터뜨렸다.

키안은 어디선가 울려 퍼지는 웃음소리에 파피루스를 접었다. 창가로 다가가자 윤아와 헤르, 아메스가 즐겁게 웃는 모습이 보였다.

"뭐지?"

윤아가 폴짝폴짝 뛰는 모습을 보며 키안은 한 쪽 입꼬리를 밀어 올렸다. 아이처럼 노는 것에 열중하는 윤아가 어이없으면서도 곱살스러워 피식 웃음이 나왔다.

"라메, 잠시 쉬었다 하자."

"네, 파라오여."

키안은 그 길로 세 사람이 놀던 곳으로 나왔다. 물을 마시던 윤아가 눈을 동그랗게 뜨고 쳐다보며 눈동자만 굴리고 있자 키안이 아메스를 향해 물었다.

"아메스, 이 수는 누가 적은거지?"

"켁, 콜록."

윤아는 순간 입안에 있던 물을 꿀꺽 삼키다 사레가 들려 기침을 했다. 바닥에 그려진 사방치기를 가만히 쳐다보는 키안의 얼굴이 심각해져 있었다.

"그게…… 유, 유나님이."

아메스는 답을 하면서도 확신을 할 수 없었다. 사실 자신에게 적어보라고 할 줄 알았는데 잠깐 다른 곳에 한눈을 판 사이 수가 적혀 있었다. 아메스는 윤아가 적는 것을 보지 못했지만 그럴 것이라 생각해 대답을 했다.

"……."

키안은 아메스에 말에 고개를 작게 끄덕이다 윤아를 바라봤다. 기침을 하는 윤아를 향해 헤르가 어쩔 줄 몰라하며 수건을 건네고 있었다.

"물도 제대로 못 마셔 사레가 들리나?"

"에?"

윤아가 황당하다는 표정으로 쳐다보다 울상을 짓자 키안은 헤르에게 손을 내밀었다. 그러자 헤르가 물 잔을 건네었다.

"사레 들리지 않게 먹여줄게."

윤아는 키안이 물을 벌컥 마시는 것을 멀뚱한 얼굴로 쳐다봤다. 먹여 준다고 해서 컵을 입에 대줄 줄 알고 기다렸는데.

"읍."

키안의 입에 있던 물이 자신의 입안으로 흘러들어오자 처음엔 당황했던 윤아가 물을 받아마셨다. 물을 다 삼키고 나자 키안이 혀를 넣어 천천히 속살을 핥으며 혀를 찾았다. 짧지만 야릇하고 묘한 흥분이 감도는 키스였다.

"이제 괜찮지?"

키안의 말에 윤아는 붉어진 얼굴로 민망하다는 듯 웃었다.

"이제 이집트 글자도 쓸 줄 아네?"

"어? 그게……."

윤아는 뜨끔 놀라며 말을 얼버무렸다. 자신이 쓴 것이라 여기는 키안에게 뭐라 말해야 할지 몰라 애꿎은 입술만 물었다.

"하던 일 계속 해."

키안이 입술 끝을 말아 올리며 보일 듯 말 듯 미소를 짓자 윤아는 미안함으로 마음이 좋지 않았다. 하지만 애써 미소를 걸고 키안을 향해 손을 흔들어주었다.

"유나, 할 수 있겠어?"

키안은 말고삐를 잡고 있는 윤아를 걱정스러운 눈빛으로 바라봤다.

"응, 일단 어떻게 하는지는 키안이 가르쳐 줬으니까 걱정하지 마."

처음에 키안이 전차 모는 것을 가르쳐 준다고 했을 때 윤아는 무서워 죽을 것 같았다. 그런데 키안이 옆에 있어 그런지 생각보다 어렵지 않고 재미있었다.

"그럼, 천천히 움직여 봐."

긴장이 되었지만 윤아는 말고삐를 넘겨주는 키안을 향해 애써 괜찮은 얼굴을 했다. 말고삐를 힘차게 흔들자 전차가 움직이기 시작했다.

"와우!"

윤아가 스스로 대견하다는 표정을 지으며 쳐다보자 키안은 피식 웃었다. 겁을 내면서도 마다하지 않는 윤아가 눈에 쏙 들어차는 기분이었다.

"어! 어어어."

"괜찮아, 속도는 조절을 하면 되는 거야. 천천히 말고삐를 몸쪽으로 당기고."

윤아가 말고삐를 당기자 자연스럽게 키안의 가슴에 기대는 모양이 되었다. 그러자 키안이 윤아의 허리를 감싸며 귀에 속삭였다.

"내가 이렇게 잡고 있으니 떨어지지 않아."

윤아는 말고삐를 끝까지 당겨 전차를 멈추고는 키안을 올려다봤다. 자신을 바라보는 키안의 눈빛이 어딘지 곤혹스럽고 들떠 보였다.

"키안, 무슨 생각해?"

"……."

키안은 그녀를 바라보다 손을 뻗어 윤아의 머리를 쓰다듬었다.

"유나님이 뭔가를 숨기고 있는 것 같습니다. 흐릿한 영상 속에서 뭔가 다른 일을 하는데 확연하지가 않아 확신을 할 수가 없습니다."

자신도 감지하고 있었다. 윤아가 자신에게 무엇인가를 감추고 있다는 생각을 떨쳐버릴 수가 없었다. 샨탈이 알려주기 전에 윤아가 먼저 말해주기를 기다리고 있는 중이었다.

"스핑크스 본 적 있어?"

"어? 아니, 책에서 본 적은 있지만 실물은 본 적이 없어."

"그럼, 출발할까?"

키안이 윤아의 전차에서 내려 자신의 전차에 오르자마자 윤아가 먼저 출발을 해 거리를 벌렸다.

"불안하군."

키안은 말고삐를 움켜쥐며 입꼬리를 비틀었다.

얼마 못 가 윤아를 따라 잡은 키안은 기를 쓰고 이기려 드는 윤아를 위해 속도를 늦추어 주었다. 그러자 윤아가 기다렸다는 듯이 휭 하니 앞질러 달려갔다. 자신을 앞질러 가는 윤아의 뒷모습을 보며 키안은 낮은 한숨을 쉬었다.

"어쩌면 저의 기력이 돌아오지 않을 지도 모릅니다."

야쿠바암의 일로 환영을 보았다던 샨탈은 다른 환영이었다는 것에 심히 기가 죽어 있었다.

"키안, 이번에는 수행하는 사람들이 많아."

윤아가 다가온 키안을 보며 속도를 늦추고 물었다. 그러자 키안이 뒤를 힐끔 돌아보고는 입꼬리를 말아 올렸다.

"오늘 밤 야영할 거다."

"정말?"

윤아가 반가운 얼굴로 눈을 동그랗게 뜨자 키안은 어깨를 으쓱했다.

요즘 윤아가 마음이 심란한지 시큰둥하게 구는 모습을 보는 것이 편치 않았다. 생각에 빠져 있어 불러도 모를 때가 많았고, 어딘가 공허한 눈길을 두고 있는 것을 보면 심장이 덜컥 내려앉았다.

"와! 그럼 저녁에 캠프파이어도 하는 거야?"

"캠…… 프파이어?"

"응! 장작에 불을 붙여 밤새 피우는 거야."

"아!"

키안은 즐거워하는 윤아를 보며 피식 웃고는 말고삐를 힘차게 후렸다.

"나보다 늦게 오면 캠프파이어 없다."

"키안!"

키안이 속력을 높여 앞으로 나가자 윤아는 억울하다는 듯 입을 삐죽거렸다. 그러다 키안처럼 말꼬삐를 힘차게 휘둘러서 쳤다.

"저게 스핑크스야?"

윤아는 자신이 알던 스핑크스가 아니라 의문을 가지고 키안을 돌아봤다.

"왜, 어울리지 않는다고 생각하는 건가?"

양의 머리에 사자의 몸을 하고 있어 윤아가 반감을 가진다고 생각했다. 모든 피라미드에 스핑크스를 만들지 않기 때문에 조금 드물게, 어색하게 느껴질 수 있다 여겼다.

"아니 내가 본 스핑크스는 사람 얼굴에 사자 몸이었는데……."

윤아는 혼잣말을 하듯 중얼거렸다. 스핑크스하면 머리에 박혀 있는 형상이 있었다. 그런데 양과 사자라는 조합에 살짝 황당함이 들었다. 양이 이들에겐 부를 쌓는 수단이어서 양의 머리를 한 것일까.

"훗, 양 머리에 사자 몸은 좀 의외지만 이것도 나름 멋있네. 아이러니하기도 하고."

키안이 혼자 중얼거리는 윤아의 정수리에 입을 맞추고는 어깨를 안았다.

"크리오스 스핑크스라고 불러."

"아……."

윤아는 키안의 설명에 고개를 주억거렸다.

"매의 얼굴에 사자의 몸을 한 스핑크스도 있는데 히에로코 스핑크스라고 불러."

키안은 자신의 설명에 고개를 끄덕이는 윤아를 돌려세워 시선을 마주했다.

"별자리 읽을 줄 알지?"

"어?"

자신이 읽을 줄 아는 별자리는 시리우스 별자리뿐이었다. 키안이 많은 별자리를 가르쳐주었지만 기억에 남는 건 파라오의 비밀과 직결된 시리우스뿐이었다.

"길을 잃으면 북극성을 찾아야 해."

"아! 그건 나도 들었어."

"그럼 오늘 밤엔 북극성을 찾는 거다."

"흣, 좋아!"

타닥거리며 나무 장작이 타는 소리 사이로 '딱!' 소리가 울려 퍼졌다.

"아! 키아안!"

윤아가 이마를 손으로 문지르며 항의의 눈빛으로 키안을 쏘아보고 있었다.

"그렇게 하면 사막에서 얼어 죽기 딱 좋다."

북극성을 찾아보라는 키안의 말에 윤아는 열심히 찾았지만 평소 하늘의 별을 볼 기회가 별로 없어 쉬이 찾지 못하고 있었다. 그래서 아무거나 찍어 북극성이라 말하자 키안이 딱밤을 먹였다.

"아니, 못 찾을 수도 있지!"

윤아는 이마의 통증으로 짜증을 부렸다. 그러자 키안이 낮게 웃음을 터뜨리고는 얼굴을 가까이 했다.

"또 못 찾으면 이번엔 배로 맞는다."

"에?"

윤아가 황당하다는 눈으로 바라보자 키안은 밤하늘을 향해 손바닥을 펴 보였다. 어서 찾아보라는 키안의 제스처에 윤아는 입을 비죽 내밀고는 하늘을 올려다봤다. 왕소금을 뿌려 놓은 것처럼 별들이 무수히 반짝이고 있었다.

"음……."

"또 맞겠군."

"아냐!"

키안이 놀리듯 말하자 윤아가 바락 소리를 지르고는 오기에 찬 표정으로 밤하늘을 올려다봤다. 이번에는 기필코 찾아 키안의 콧대를 부러뜨리고 말리라. 평소 별을 보지 못해서 그렇지 학교 다닐 때 배운 것이 있지 않은가.

잠시 후 윤아는 금방 기가 죽었다. 처녀자리, 큰곰자리, 작은곰자리, 전갈자리, 오리온자리 등등 이름은 기억이 나는데 별자리가 어떻게 생겼는지는 전혀 기억이 나지 않았다.

"유나."

"으응? 읍."

키안의 입술이 닿자마자 혀가 밀려들어와 속살을 간질였다. 진득하게 속살을 핥고 만지던 혀가 치아를 슬쩍 핥고는 마지막으로 입술을 핥아 올렸다. 약을 올리듯 움직이는 키안의 혀에 윤아가 입술을 떼고 째려보자 키안이 입꼬리를 올리며 피식 웃었다.

"딱밤 대신이다."

"칫."

"저기 혼자서 반짝이는 별……."

"앗! 보여!"

윤아는 반가운 얼굴로 알은체를 했다.

"눈앞에 두고도 못 찾다니."

"뭐, 그럴 수도 있지. 치이."

키안이 나무라듯 말하자 이 쉬운 것을 못 찾은 자신이 조금 한심하게 느껴졌지만 윤아는 볼멘소리로 항의했다.

"다음에는 잘 찾아야 해. 잊어버리지 말고."

"잊어버리면 어쩔 건데?"

"혼난다."

"풋!"

윤아는 헤르를 야단칠 때 자신이 했던 말을 키안이 똑같이 하자 웃음이 터졌다.

"뭐가 그리 웃겨?"

"아, 그게 내가 헤르에게 수……!"

아무 생각없이 무장해제 되어 있던 윤아는 화들짝 놀라며 입을 손으로 틀어막았다. 키안이 이상한 눈초리로 자신을 보는 것을 알았지만 윤아는 다음 행동을 취할 수 없었다.

"헤르에게, 뭐?"

"……."

키안이 미간을 구기며 답을 기다리자 윤아는 손을 거두어 맞잡고는 마른침을 꼴깍 삼켰다. 스스로 비밀을 만들었지만 키안에게 영원히 비밀을 지킬 생각은 없었다. 그러니 이렇게 말이 나왔을 때 자연스럽게 말하는 것도 나쁘지 않을 것이다.

"그게……."

"파라오여."

윤아가 입술을 달싹이는 순간 라메가 키안을 불렀다.

"무슨 일인가?"

키안은 윤아에게 머물던 시선을 들어 라메를 쳐다봤다. 아까부터 라메의 팔에 매가 앉아 있는 것을 알고 있었다.

"서안이 왔습니다."

키안은 라메가 건네주는 서안을 펼치며 낮게 한숨을 쉬었다. 방해하지 말라고 했는데 서안을 보낼 정도면 중한 일이겠지.

—파라오여, 저의 기력이 다 돌아온 것 같습니다. 하여 드릴 말이 있습니다. 제가 본 환영 속에서 큰일이 벌어지고 있었습니다.

키안은 샨탈의 서안을 보며 검지마디를 이로 잘근잘근 깨물었다. 샨탈이 본 환영이 무엇인지 궁금했다. 전쟁이 일어나 권력이 위협을 받는 일이라도 생긴다는 걸까. 아직은 든든한 기반을 구축하지 못한 상황에서 전쟁이 일어나면 낭패였다.

“키안 무슨 일이야?”

걱정스러운 얼굴로 자신을 보고 있는 윤아를 향해 키안은 아무 일도 아니라는 듯 고개를 저어 보였다.

“네가 살던 곳은 어떤 곳이었나?”

키안은 샨탈의 서안이 신경 쓰였지만 화제를 돌려 기분 전환을 하려 했다.

“내가 살던 곳?”

윤아는 키안의 질문에 어색한 웃음을 지었다. 어디서부터 설명을 해야 할지, 무엇부터 말을 해야 할지 난감했다.

“뭐가 제일 그리워? 가족?”

“…….”

가족이라는 말에 윤아의 얼굴이 굳어지자 키안은 속으로 스스로를 나무랐다. 잘 적응하고 있는 윤아를 들쑤신 것 같아 찝찝함이 들었다.

“말하기 싫으면…….”

“아냐, 내가 살던 세상은…… 전차가 아닌 자동차가 있고 전화라는 것이 있어 서로의 일을 만나지 않아도 전할 수 있어.”

“…….”

“이해가 안 가지?”

키안이 가만히 바라보기만 하자 윤아가 멋쩍은 웃음을 지으며 어깨를 으쓱했다.

"돌아가고 싶어?"

윤아는 키안의 느닷없는 질문에 눈이 커다래졌다. 키안이 저리 묻는 것은 자신이 돌아갈 수 있기 때문일까. 아니면 그냥 던져본 말일까. 윤아의 머릿속이 서서히 엉키기 시작할 무렵 키안이 윤아를 안고 나지막하게 속삭였다.

"요즘 들어 고향을 그리워하는 것 같이 보인다."

"……."

윤아는 대답을 할 수 없었다. 향수병인지는 몰라도 그리웠다. 가족들도 그리웠고 자신이 누리고 있던 모든 일상들이 그리웠다. 아니, 적어도 자신이 잘 지내고 있다는 것 정도는 가족들에게 알리고 싶었다. 하지만 방법이 없었다. 샨탈이 미래나 과거를 볼 수 있는 구슬처럼 환영이든 허상이든 보여줄 수 있다고 하니 기다리는 중이었다.

"돌아갈 수 있다면 돌아갈 건가?"

키안의 음성에서 물기가 느껴지는 것 같아 윤아는 속입술을 지그시 물었다. 이루어지지 않을 일인데도 마치 키안이 지금부터 너의 세계로 돌아가라고 명령하면 될 것 같은 생각이 들었다.

"……몰라."

윤아는 솔직히 모르겠다고 답했다. 키안과의 시간이나 가족들과의 시간이나 소중하지 않은 것이 없었다. 둘 다를 가질 수 없다는 생각이 들자 서글픈 마음이 일었다.

▲

"무엇이 보였다는 겁니까?"

키안은 시큰둥한 얼굴로 샨탈을 바라봤다.

아버지가 세운 왕조가 이제 안정을 넘어 강해지고 있다고 생각하고 있었다. 그런데 만일 전쟁이 일어난다면 기반이 흔들려 유지가 어려워지는 것이다.

"제가 본 환영입니다."

샨탈이 허공을 향해 큰 원을 그리자 희미한 형상이 나타났다. 윤아와 헤르, 아메스가 보이자 키안은 미간을 찌푸렸다.

"유나님의 행동을 잘 살펴보십시오."

샨탈의 말에 키안은 턱을 괴며 눈살을 찌푸렸다. 아메스에게 머리를 쓰다듬어준 윤아가 헤르에게 다가가 무엇인가 말을 나누는 모습이었다.

"무엇이 문제라는 말……!"

살펴보아도 별다른 것이 없다 여긴 키안이 의문을 제기하려는 순간 윤아가 헤르를 향해 수를 적어 보여주는 모습이 나타났다. 거기에 설명을 하는 것인지 헤르를 향해 웃으며 말하던 윤아가 갈대 펜을 헤르에게 쥐어주는 모습도 보였다.

"파라오여, 아무래도……."

키안은 환영이 사라진 허공을 보다 샨탈을 향해 고개를 돌렸다. 저 환영 속에서 윤아는 분명 헤르에게 수를 가르치고 있었다. 그리고 그 사실을 샨탈마저 알게 된 것이다. 그렇다는 것은 이 일을 공론화할 수밖에 없다는 말이었다.

"먼저 헤르를 불러 사실을 확인하겠습니다. 명을 내려주십시오."

"……."

키안은 속으로 짙은 한숨을 삼키며 자리를 일어났다.

"파라오여……."

키안이 명을 내리지 않고 자리를 뜨자 샨탈이 난감한 표정을 지었다. 찬바람을 일으키며 나가버리는 키안의 뒷모습을 보던 샨탈은 자신의 얼굴을 두 손으로 쓸어내리며 한숨을 푹 쉬었다.

"아메스, 방정식 문제 이제 다 풀었으면…… 키안?"

차가운 분노의 아우라가 느껴지는 키안의 모습에 윤아는 흠칫 놀랐다.

"아메스, 그동안 공부한 파피루스를 가져오라."

"네, 파라오여."

"숙제 검사하는 거야?"

"……."

윤아가 어색해진 분위기를 풀고자 미소 지으며 물었지만 키안은 굳은 표정을 풀지 않았다. 아메스가 건네준 파피루스를 하나하나 살펴보던 키안이 헤르를 향해 입을 열었다.

"헤르."

"네, 파, 파라오여."

뭔가 일이 일어났음을 느낀 헤르는 사색이 된 얼굴로 답했다.

"유나가 너에게 수를 가르쳤나?"

"네?"

헤르는 놀라 고개를 번쩍 들며 반문했고 아메스는 눈이 커다래졌으며 윤아는 얼굴이 굳어졌다.

"아메스, 유나가 헤르에게 수를 가르치는 것을 보았느냐?"

"저, 전…… 보지 못했습니다."

사방치기놀이를 했을 때 가졌던 의문점이 있었다. 윤아가 적은 수와 필체가 다른 수라는 것을 처음에는 알아보지 못했었다. 그런데 파라오가 나타나 수를 누가 적었느냐고 물었을 때 눈치챘다.

"키안, 그게……."

"유나, 헤르에게……."

키안은 자신의 입술을 질끈 물었다. 윤아에게서 맞다는 대답이 나올 것 같아 심장이 터질 것 같았다.

"수를 가르쳤나."

윤아가 결심한 표정으로 고개를 끄덕이자 키안은 들고 있던 파피루스를 바닥으로 내동댕이치며 절망적인 눈빛으로 소리를 질렀다.

"유나아아!"

# 그리워하다

자신의 이름을 외치는 키안의 목소리에 서릿발 같은 한기가 스며들어 있었다. 그리고 그의 눈동자에는 한 번도 보지 못한 절망과 분노가 담겨 있었다.

"키안……."

"말하지 마!"

윤아는 키안에게 다가가려다 멈칫거렸다. 키안의 주위로 이글거리는 분노가 피어오르는 것 같았다. 키안을 배신하기 위해 그런 것이 아니었다. 혹시라도 그가 그렇게 생각하는 거라면 오해를 풀어야 했다.

"키안, 내 말 좀……."

"유나, 말하지 말라고 했다."

아까와 달리 목소리가 가라앉은 키안의 음성에 윤아는 자신의 아랫입술을 깨물었다. 키안의 눈빛이 끝을 알 수 없는 짙은 밤색으로 변해 있었다.

"라메, 헤르를 데려가."

"……네, 파라오여."

키안이 이성을 잃지 않고 분노할 경우 저런 눈빛을 한다는 것을 윤아는 익히 알고 있었다.

"키안! 헤르는 아무 잘못도 없어!"

두려움이 일었지만 헤르를 데려가게 그냥 둘 수는 없었다.

자신을 쳐다보는 키안의 눈빛은 아무런 동요도 일으키지 않고 있었다. 마치 윤아의 말은 들리지 않는다는 듯 그의 표정은 변화가 일지 않았다.

"유나님, 걱정하지 마세요."

"헤르……."

헤르가 라메를 따라 나가다 자신을 향해 옅은 미소를 지으며 안심시키자 윤아는 그를 돌아봤다. 자신을 표정 없는 얼굴로 쳐다보고 있는 키안이 야속해 미칠 지경이었다. 그리고 헤르를 지켜주지 못하는 자신에게 회의가 들었다. 권력을 가진 수를 알려준다는 명목으로 헤르를 더 위험에 빠지게 했다는 것을 깨달았다.

"아메스, 돌아가 있으라."

키안이 아메스를 쳐다보지도 않고 말하자 아메스는 무릎을 꿇고 머리를 땅에 조아리며 대답을 했다.

"네, 파라오여."

아메스가 일어나 미안한 얼굴로 쳐다보자 윤아는 괜찮다는 의미로 고개를 끄덕여 주었다. 모두가 나간 방 안은 고요하다 못해 질식할 것 같았다. 윤아는 상황을 설명하고 싶었다. 왜 헤르에게 수를 가르칠 수밖에 없었는지, 하면 안 된다는 것을 알면서도 왜 했는지 말하고 싶었다. 뒤늦은 변명이라고 하더라도 이야기를 하고 싶었다.

"명이 있을 때까지 이 방에서 나오지 마라."

"키안."

"넌……."

돌아서던 키안이 고개만 돌려 윤아를 바라봤다. 달싹이던 입술을 꼭 다문 모양새가 화를 억누르는 모습이었다.

"나를 배신했다."

그의 말에 놀라 윤아는 눈을 커다랗게 떴다. 배신이라니. 키안을 배신할 생각은 눈곱만큼도 없었다. 그런데 그는 자신을 향해 배신이라고 단정 짓고 있었다.

"아냐, 키안을 배신한 것이 아니……."

"이미 늦었다."

키안이 입가에 비릿한 비소를 지으며 쳐다보다 시선을 돌려버렸다. 윤아는 달려가 그를 붙잡고 자신의 생각을 말하고 싶었다. 그래서 멀어지는 키안을 향해 다급하게 다가가며 그를 불렀다.

"키안, 그게 아니야. 배신을 한 게 아니야. 난…… 지식은 모두에게……."

키안이 휙 돌아보자 윤아는 말을 멈추었다. 자신을 가만히 내려다보는 그의 눈빛이 아까와 또 다르게 서늘하게 굳어 있었다.

"변명하기엔 이미 늦었다 했다."

"키……."

키안이 한쪽 입꼬리를 올리자 윤아는 소름이 오소소 일었다. 제대로 된 변명도 하지 못했는데 키안은 그녀를 남겨두고 나가버렸다. 아무도 없는 방에 혼자 남겨진 윤아는 자신의 팔을 감싸 안으며 두 눈을 질끈 감았다.

주인이 차가운 분노로 가라앉아 있지만 그 속은 뜨거움으로 들끓고 있다는 것을 라메는 한눈에 알아보았다. 여인을 방에 감금시키며 가졌을 파라오의 상실감을 눈치챈 라메는 그가 듣지 못하게 한숨을 내쉬었다. 지금 파라오가 느끼는 무게가 얼마나 어깨를 짓누르는지 짐작하고도 남음이었다.

"파라오여, 신관 샤탈께서 신관 주재 재판을 열어야 한다고 청을 올렸습니다."

키안이 벌떡 일어나 창가로 다가가자 라메는 입을 다물었다. 말이 좋아 재판이지 사실 재판이 열리면 윤아는 죽은 목숨이었다. 권력을 가진 수를 아무에게나 알려주는 일은 반역이었다. 그러나 윤아를 쉬이 내어줄 수 없는 파라오의 입장에서는 재판이 열리지 않게 해야 했다. 아마 지금 주인은 윤아를 빼돌려 숨기고 싶을 것이다. 파라오의 위치라면 쉬운 일이었다. 하지만 문제는 윤아의 방을 지키는 이들이 신전에 소속된 신병(神兵)들이라 쉽지 않다는 것이다. 그들은 이집트의 모든 신들이 축복을 내린 자라는 자부심이 강하고 실력도 우수한 자들이었다.

"라메, 사자의 서를 가져와라."

"네? 사자의 서라면…… 네, 파라오여."

라메는 가볍게 몸을 일으켜 방을 나섰다. 지금의 파라오가 예전의 살리티스 파라오에게 여러 가지를 배울 때 자신 또한 어깨너머로 배운 것이 많았다. 사자의 서에는 죽은 이들이 다음 세상에 무사히 도착하길 기원하는 기도문과 여러 가지 사건을 마주할 때 외우는 마법의 주문이 들어 있었다. 하지만 이미 윤아를 두고 죽은 자를 위한 기도문을 외웠는데 무엇 때문에 찾는 것일까.

라메는 슬쩍 뒤를 돌아봤다. 이마를 손으로 받치고 있는 파라오는 아무런 미동이 없었다. 일이 일어나면 거침없이 명을 내리고 빈틈없이 일을 처리하던 파라오가 아니었다. 사고 회로가 정지한 듯 파라오는 앞으로 나아가지 못하고 있었다. 반면 발 빠르게 움직인 사람은 신관 샨탈이었다. 윤아의 방에 경비를 세운 것은 보호하기 위한 것이 아니라 도주를 막기 위한 것이리라.

"내 말 안 들려요?"

윤아는 창을 들고 서 있는 병사를 향해 물었다. 헤르가 무사한지 알려 달라고 했는데 묵묵부답으로 쳐다보기만 하는 병사였다. 그러다 키안을 만나게 해달라고, 기다린다는 말을 전해 달라 했다. 그런데 계속 귀가 들리지 않는 사람처럼 병사들은 미동도 하지 않았다.

"사람이 말을 하면 반응이라도 좀 보여 봐요!"

윤아는 기댈 곳이 없어진 것을 여실히 깨달으며 주먹을 말아 쥐었다. 그들이 키안에게 전해주지 않는다면 자신이 직접 가면 되는 것이다. 그러면 되는 것이다.

"그들은 신관의 명령 없이 움직이지 않습니다."

윤아는 문을 향해 휙 돌아서다 멈칫했다. 샨탈이 발소리를 죽인 채 다가오고 있었다. 그나마 답을 해줄 수 있는 이가 왔으니 다행이라 여기며 윤아는 입을 열었다.

"헤르는 무사한가요?"

"걱정되십니까?"

"네! 당연히 걱정되……."

"그렇다면 이런 일은 만들지 말았어야 했습니다."

"……."

윤아는 자신의 행동을 신랄하게 꾸짖는 샨탈을 보며 눈살을 찌푸렸다.

"무사하냐고 물었습니다."

윤아는 화가 나서 샨탈을 향해 정색하며 물었다. 일이 이렇게 될지도 모른다는 건 충분히 예상했었다. 다만 수를 아는 헤르를 이들이 쉽게 어쩌지 못할 것이라는 생각에 무리수를 둔 것이다.

"헤르는…… 도망가지 못하게 가둬두었습니다."

"감옥인가요?"

윤아는 헤르를 죄인처럼 가둬두었다는 말에 반감이 일었다. 그래서 신경질적으로 물었다. 헤르가 감옥에 있다면 자신도 감옥에 있어야 공평한 것이다. 헤르와 자신의 차이점은 수를 원래 알고 있었느냐 아니냐의 차이일 뿐이었다.

"헤르가 감옥에 있으면 나도 감옥으로 가겠습니다."

윤아가 단호한 표정으로 말하자 샨탈이 피식 웃더니 금세 표정을 감추었다.

"헤르와 유나님은 다릅니다."

"뭐가 다르다는 건가요? 어차피 같은 사람인데……."

"헤르는 수를 배우면 안 되는 피지배층의 사람인데 유나님이 그것을 간과하셨습니다."

"그런 말도 안 되는……."

윤아는 피지배층이라는 말에 울컥해 샨탈을 노려봤다. 날 때부터 고귀한 존재, 하찮은 존재가 구분되는 시대라지만 배우는 것에도 신분을 두는 것은 아니라 생각했다. 그래서 헤르에게 수를 가르쳤고 차차 수를 아는 이들을 늘일 생각이었다.

"수를 배우는 이들은 극히 소수로 한정되어 있습니다. 아무나, 누구나 배울 수 있는 것이 아닙니다."

윤아는 이마를 짚으며 입술을 지그시 깨물었다.

샨탈의 말을 충분히 이해했다. 고대 이집트에서 자신이 무모한 짓을 하고 있다는 것쯤은 인지하고 있었다. 그래서 헤르에게 수를 가르치는 시간을 최대한 단축하고자 무진 애를 썼었다. 아메스가 아는 만큼 헤르에게도 진도를 빼기 위해 신경을 썼었다.

"헤르와 같이 있게 해주세요. 헤르가 아무 탈이 없는지, 괜찮은지 봐야겠어요."

"유나님 걱정이나 하십시오."

샨탈이 심정 상한 눈초리로 쳐다보자 윤아도 샨탈을 째려봤다. 윤아는 자신을 힐난하는 샨탈이 못마땅했다. 자신에게 벌을 주고 말고 할 수 있는 것은 키안이었다. 그가 내리는 벌이라면 무슨 벌이든 받을 각오가 되어 있었다.

"재판이 열리면 다시 뵙겠습니다."

재판이라는 말에 윤아는 눈을 가늘게 떴다. 헤르도 재판을 받는 것인지 궁금했다. 만일 헤르에게만 다른 대우를 한다면 참을 수 없을 것 같았다. 조금만 더 시간이 있었다면 헤르는 완벽하게 수를 배운 여인이, 권력을 쥔 여인이 되는 것이었다.

"참, 저번에 궁금하다 하신 것…… 지금 보여드릴 수 있는데 보시겠습니까?"

뒤돌아서는 샨탈을 윤아는 당황한 얼굴로 쳐다봤다. 하필이면 이럴 때 보여준다고 하다니. 심보도 무슨 저런 심보가 있는지.

"짧고 희미할 수 있으니 잘 보셔야 합니다."

샨탈이 손을 펴 허공에다 문지르자 연기 같은 것이 일어났다. 그리고 보이는 환영. 윤아는 마른침을 삼키며 환영을 바라봤다.

"누나가 여신이라고? 웃기지 마!"

동생 윤이 어이없다는 얼굴로 웃는 모습이 잠시 스치더니 사막이 나타났다.

"어머니, 힘들지 않으세요?"

"덥긴 하다만 진귀한 것이 많아 재미가 있네. 이건 무슨 병이냐?"

할머니가 들고 있는 건 사람의 옆얼굴이었다. 윤아는 어디서

봤던 기억이 나 눈을 가늘게 떴다.

“어머니, 그건 이집트의 신 호루스의 얼굴을 본떠 만든 것이랍니다.”

아빠의 부연설명이 이어지고 할머니는 연신 고개를 끄덕이고 있었다.

“그럼 이집트에서 가장 높은 신이냐?”

“네, 어머니. 그렇다고 보면 됩니다. 이집트에는 살아 있는 사람의 수만큼 신들이 존재했다 합니다.”

“그러니?”

“네, 호루스는 파라오를 수호하는 신이며 태양의 신이라 불렸어요. 그의 부인은 하토르라고 하는데 태양신 ‘라’의 딸이었다고 합니다.”

“어머, 태양의 신이면서 부인이 태양신 라의 딸? 뭐가 이리 복잡하니?”

볼멘소리를 하는 할머니의 모습에 윤아는 눈물이 맺혔다. 그리운 가족들의 얼굴을 이렇게라도 볼 수 있어 감사했다.

“그러면 수학의 신은 누구니?”

“네? 그건 왜요?”

“윤아가 수학을 가르치잖니. 내가 여기 이집트까지 왔는데 그냥 갈 수 있니? 수학의 신이라도 되게 해달라고 빌어주어야지.”

“하하, 어머니. 지금이 무슨 주술을 믿는 시대인가요?”

너털웃음을 짓는 아빠의 얼굴에 윤아도 눈물이 그렁한 채 어이없다는 듯 웃었다.

“아니다, 얘. 혹시 아니 수학의 신이 되어서 호루스의 부인이 될지도 모르잖아?”

"네? 호루스는 이미 부인이 있는데요?"

"아! 맞다. 호루스가 누구의 수호신이라고 했지?"

"파라오요."

"그래, 파라오. 수학의 신이 되어 파라오의 배필이라도 되면 만인지상의 자리에 오르는 것 아니냐. 파라오 같은 멋진 남자 만나 시집가면 얼마나 좋아."

"참, 어머니도."

두 손을 모으고 기도를 하려는 것인지 할머니는 눈을 감고 있었다. 윤아는 환영이라 할지라도 할머니와 아빠를 만지고 싶었다. 하지만 다가가려 한 발을 떼는 순간 환영이 사라졌다.

눈물이 맺힌 윤아는 주먹을 말아 쥐고 샨탈을 돌아봤다.

"호루스 신의 얼굴을 본떠 만든 병은 단 3개뿐이었습니다."

윤아는 멍한 눈으로 샨탈을 바라봤다.

"그런데 그 병은 특별한 의식을 거쳐 만든 병이었습니다. 지금의 파라오 아버지이신 살리티스 파라오께서 부강한 이집트를 만들기 위해 명을 내린 것이었습니다."

윤아는 눈을 깜빡여 물기를 없애려 노력했다. 할머니가 그 병에 소원을 비는 바람에 자신이 호루스에게 바쳐졌다는 것인가.

"그렇다고 내가 여기 오게 됐다는 것은 너무 어불성설인 것 같은데…… 안 그런가요?"

"이 병을 가지는 자, 자신의 소원을 이룰 것이다."

윤아는 샨탈을 빤히 바라봤다. 샨탈의 이해할 수 없는 능력으로 보아 충분히 설득력이 있는 말이었다. 유체이탈만으로 자신을 이곳으로 끌고 온 샨탈이 아닌가. 그리고 이렇게 자신은 알지도 못하는 부분을 환영으로 보여주기까지 했다.

"그 글을 새겨 넣고 파라오께서 빌었습니다. 절대 권력을 가질 수 있게 그 뒤를 뒷받침하는 이를 보내달라고. 간절하게 빌었습니다."

"그래서 수를 아는 내가 오게 되었다는 건가요?"

"네, 유나님이 수를 아는 여인이라……."

윤아는 다리에 힘이 풀려 그 자리에 풀썩 주저앉았다. 자신을 위한 할머니의 기도가 가족들과 떨어져 있게 된 빌미가 되었다는 말에 윤아는 착잡한 심정이 되었다. 하지만 할머니가 무슨 의도로 빌었는지 알기에 원망은 없었다.

"재판이 열리면……."

"……."

윤아는 샨탈의 말을 건성으로 들었다.

"유나님이 추방될 수 있게 노력하겠습니다."

"추방이라면……."

"수의 권력을 함부로 휘두른 유나님을 없…… 애야 한다는 말이 돌고 있습니다."

"그럼, 죽음을 막기 위해 저를 추방하겠다는 건가요?"

"……네."

윤아는 자신의 이마를 짚으며 바닥을 내려다봤다. 자신은 추방을 당한다고 치고 헤르는 어떻게 되는 것일까. 설마 죽음?

"왜 그러십니까?"

윤아가 두려움을 안은 두 눈을 커다랗게 뜨고 쳐다보자 샨탈이 고개를 갸웃하며 물었다.

"헤르는, 헤르는 어떻게 되는 건가요?"

"헤르는……."

"아! 안 돼……."

샨탈이 말을 맺지 못하고 입을 다물어버리자 윤아는 두 손으로 자신의 입을 가리며 두 눈을 질끈 감았다. 절대 헤르가 죽게 둘 수는 없었다.

"키안을 만나게 해줘요."

"만난다고 달라질 일은 없습니다."

"샨탈!"

윤아가 발딱 일어나며 언성을 높이자 샨탈이 곤란한 얼굴을 했다.

"키안을 불러줘요."

"오지 않으실 겁니다."

윤아는 샨탈의 말에 아랫입술을 아프게 깨물었다. 자신이 이렇게 애타게 찾고 있는 것을 키안은 알고 있는 것일까. 알고 있으면서 외면하고 있는 것은 아닐까 하는 의구심이 들었다.

"그럼, 내가 가겠어요."

"안 됩니다. 유나님은 이곳에 갇혀 계시는 것이니 움직일 수 없습니다."

"하아……."

윤아는 막막한 마음을 어쩌지 못해 짙은 한숨을 내쉬었다. 파라오도 오지 않고 만나러 갈 수도 없는 이 참담한 입장이 마음에 들지 않았다. 파라오의 신임을 잃은 자신은 아무런 힘이 없는 존재에 불과하다는 것을 깨닫는 순간이 정말 싫었다.

윤아는 한시도 가만히 있지 못하고 방안을 서성였다. 불도 켜지 않은 방에서 달빛에 의지해 서성이던 윤아는 문을 향해 거침없이 걸어갔다.

쾅, 쾅!

"열어! 열라고! 안 열면 부숴버릴 거야!"

아무도 응답하지 않자 윤아는 기운이 쭉 빠졌다. 할 수 있는 일이 하나도 없다는 생각이 들자 자신이 처음으로 초라해 보였다. 그동안 수를 안다는 이유로 자신이 얼마나 누리고 살았는지를 깨닫자 허탈함이 밀려들었다.

"헤르, 네가 수를 안다는 것을 십분 활용해. 제발 기죽지 말고."

윤아는 듣지도 못하는 헤르를 향해 중얼거렸다. 구하러 갈 수도, 구해줄 수도 없는 지금의 상황이 미안하고 미안했다. 그리고 마음이 아팠다. 움직이지 않던 파라오 키안이 자신을 보러 오다가 이제는 코빼기도 안 보이니 심란했다. 자신이 찾고 있다는 것을 알 텐데도 오지 않아 상처를 입었다.

"유나님."

윤아는 창가에 걸터앉아 있다 벌떡 일어났다. 어디선가 세누스의 음성이 들리는데 모습이 보이지 않았다.

"이쪽입니다."

윤아는 소리가 나는 방향으로 고개를 돌렸다. 석상의 뒤에 세누스가 모습을 숨기고 서 있었다.

"세누스, 어떻게……."

"쉿."

세누스가 입술에 검지를 대며 조용히 하라는 몸짓을 하자 윤아는 입을 다물었다.

"파라오가 기다립니다."

"네?"

윤아는 눈을 가늘게 뜨고 세누스를 쳐다봤다. 이런 처지에 놓이고 보니 선뜻 나설 수가 없었다. 세누스가 지금 기회를 틈타 자신에게 위해를 가할 수도 있지 않은가. 늘 자신을 못마땅해 하던 세누스였으니 그럴 가능성은 다분하다고 생각했다.

"제가 못 미더운가요?"

세누스가 정곡을 찌르자 윤아는 아무런 말도 못했다.

"맹세코 유나님을 곤란하게 하려는 게 아닙니다. 지금 파라오께서 기다리고 있습니다."

윤아는 세누스의 말에 반신반의하면서 걸음을 떼었다.

"이쪽입니다."

지키는 병사들을 어떻게 구워삶았는지 몰라도 세누스는 윤아를 데리고 방을 나섰다. 윤아는 세누스의 뒤를 따라 걸으며 주변을 두리번거렸다. 분명 파라오의 방으로 가는 길이 아니었다.

"세누스 이 길은 키안에게 가는 길이 아니……."

"네, 파라오께 가는 길이 아닙니다."

윤아는 놀라 눈을 커다랗게 떴다. 세누스가 어떤 마음으로 자신한테 이런 짓을 벌이는 것인지 짐작이 어려웠다. 정말 자신을 해하려는 것일까.

"유나님을 빼돌리고 있는 중입니다. 도피를 시킨다는 말이 맞겠죠."

"도피라니……."

"재판이 열리면 유나님을 죽여야 한다고 의견이 모아질 겁니다."

윤아는 달빛 아래 드러난 세누스의 얼굴을 보며 입술을 지그시 깨물었다. 낮에 샨탈이 와서 한 말과 다른 말이었다. 샨탈은 죽음을 막아줄 테니 추방을 받아들이라 했었다.

"반대하는 사람도 있지만 아닌 사람들도 만만치 않습니다."

"왜, 왜 나를 도와주는 건데요?"

윤아는 세누스의 진심이 알고 싶었다. 죽게 내버려 두어도 상관없는 사람이 아니었던가.

"헤르에게 수를 가르친 당신의 뜻에 동조하는 겁니다. 지식은 모두가 나눠가져야 한다는 말, 놀랐지만 듣기 좋았습니다."

윤아는 진심이 느껴지는 세누스의 말에 고마운 마음이 들었다. 적어도 자신의 뜻에 한 사람이라도 동조를 하니 부질없는 짓을 한 것은 아니라 여겼다.

"가셔야 합니다. 동이 트기 전에 숨을 수 있는 곳으로 가야 합니다.”

윤아는 세누스의 말을 들으며 뒤를 돌아봤다. 이대로 도피를 하면 키안을 더 이상 볼 수 없다는 생각에 발이 떨어지지 않았다.

“유나님.”

“세누스…….”

키안을 한 번만 보고 가자는 말이 나오지 않아 윤아는 입도 발도 뗄 수 없었다.

“미련이 남습니까?”

윤아는 세누스를 보다 고개를 푹 숙였다. 이렇게 도망가는 것이 키안을 곤란하게 할 것 같아 발이 떨어지지 않았다.

“유나님, 서둘러야 합니다.”

“세누스, 나, 난 못 가요. 나 혼자 살자고 도피할 순 없어요. 헤르도 걱정되고 무엇보다 키…… 안에게 말도 없이 사라질 순 없어요. 그러니…….”

“지금, 남 걱정할 땐가?”

윤아는 뒤에서 들린 키안의 목소리에 휙 돌아섰다. 거짓말 같이 키안이 달빛 아래 서 있었다. 자신을 올곧게 바라보고 있는 키안을 보자 윤아는 왈칵 눈물이 났다. 며칠 만에 본 그의 얼굴이 수척해져 있었다. 자신을 외면하면서 힘들었을 심정을 생각하니 괜히 미안하고 가슴이 아렸다. ‘이러려고 그런 것이 아닌데’라는 말이 내내 입안을 맴돌았다.

“세누스를 따라 가.”

“키안.”

자신을 말없이 내려다보는 키안의 얼굴이 점점 굳어지는 것을 보며 윤아는 힘겹게 입술을 달싹였다.

"헤르는 괜찮은……."

"지금 헤르를 걱정하는 건가? 이럴 줄 모르고 헤르에게 수를 가르쳤나?"

힐난을 퍼붓는 키안의 말에 윤아는 입술을 깨물었다.

"지금 헤르보다 네가 더 위험해. 그러니 네 걱정이나 하라고!"

"키안, 미……."

"세누스! 당장 떠나라."

"네, 파라오여!"

윤아는 이 모든 일을 키안이 지시한 일임을 알고 두 눈을 질끈 감았다가 떴다. 자신을 구하려는 키안의 마음을 알지만 이대로 갈 수는 없었다. 이대로 가면 영영 키안을 못 볼 것 같았다.

"난 안 가!"

세누스의 당황한 얼굴을 보며 윤아는 키안에게로 한 발 다가섰다. 미간을 찌푸리며 서 있는 키안의 얼굴에 윤아는 손을 뻗었다.

"당신 두고 못 가."

"유나, 지금 아이처럼 투정 부릴 시간 없어."

"내 말 못 들었어? 당신 두고 못 간다고."

"유나! 난 지금 너를!"

키안이 윤아의 팔을 꽉 잡아 끌어당기며 잇새로 말을 뱉었다.

"너를 지켜주지 못할까 봐…… 미쳐버릴 것 같다. 그러니 떠나."

윤아는 키안의 말 한마디 한마디에 심장이 조금씩 떨어져 나갔다.

"유나님, 괜찮으십니까?"

"……네."

윤아는 전차를 몰며 건성으로 답을 했다. 키안의 눈동자에 어리던 물기가 자신의 가슴을 차지하고 점점 차오르고 있었다. 무슨 짓을 한 것인가. 처음으로 후회가 밀려왔다.

"유나님!"

다급하게 부르는 세누스의 말에 윤아는 생각을 그만두었다.

"저기!"

사색이 된 세누스의 얼굴을 보던 윤아는 세누스가 가리키는 곳을 바라봤다. 뽀얗게 일어난 먼지가 점점 가까워지고 있었다.

"발각이 된 것 같습니다! 아무래도 방향을 바꾸어 숲으로 들어가야 할 것 같습니다!"

윤아는 세누스를 따라 전차를 몰며 말고삐를 세차게 후렸다. 자신들이 방향을 바꾸자 추격자들도 방향을 급선회했다. 이로써 저들은 자신을 쫓아온 추격자가 분명해졌다. 윤아는 달리는 전차 위에서 뒤를 돌아 추격자들을 바라봤다. 무엇을 바라고 이리 열심히 도망을 치는 것인지 갑자기 의문이 들었다. 그러자 팔에서 힘이 빠져나갔다.

"유나님!"

윤아의 전차가 속도를 떨어뜨리자 세누스가 애타게 불렀다. 그에 외침에 정신을 차린 윤아는 자신을 위해 필사적인 세누스를 보며 전차를 다시 몰았다. 하지만 얼마 못 가 전차를 버리고 숲길로 들어서야 했다.

"말고삐를 이리 주세요!"

세누스는 빈 전차를 계속 달리게 하고는 윤아 곁으로 돌아왔다.

"우리가 가려던 곳으로 가려면 이 숲을 통과하는 것이 나을 것입니다. 사막을 통과하면 아무래도 눈에 띄게 되니……."

세누스는 먼저 길을 잡으며 다급하게 설명을 했다. 얼마나 험한 숲인지, 얼마나 걸어야 하는지 모르기에 윤아는 그저 세누스의 뒤를 따랐다. 그러면서 내내 든 생각은 뭐가 옳고 그른지 재판에서 밝혔어야 했다는 마음이었다. 쫓기고 있는 자신이 너무 치졸하게 여겨져 화가 나기 시작했다.

"윽!"

"세누스!"

어디선가 화살이 날아와 세누스의 어깨에 박혔다. 단말마의 비명을 내지른 세누스가 바닥으로 꼬꾸라지자 윤아는 절망스러웠다.

"세누스. 괜찮아요?"

"유나님, 윽! 하아……."

거친 호흡을 내뱉으며 세누스가 윤아의 앞에 푹 쓰러졌다. 놀란 윤아는 세누스를 일으키려 했지만 역부족이었다.

"참 멋진 분이라 생각했습니다. 혼자만 알고 있는 것이 아니라

신분에 상관없이 수를 나눠주려는 모습에서……."

"세누스, 힘들 텐데 말을 아껴요. 자, 나한테 기대요."

윤아는 세누스의 팔을 들어 자신의 어깨에 올렸다. 하지만 세누스가 그런 윤아를 저지하며 고개를 저었다.

"독…… 화살인 것 같습니다."

윤아는 독화살이라는 말에 섬뜩함을 느꼈다. 그만큼 추격자들이 필사적이라는 것, 반드시 자신을 죽이거나 잡아갈 것임을 알았다.

"달리십시오, 달릴 수 있는 만큼. 욱! 폭포 소리가 들리면 오른쪽으로 케헥, 그곳에 동굴이…… 우욱!"

"세누스!"

세누스가 붉은 선혈을 토해내자 윤아의 낯빛이 하얗게 변했다. 손 쓸 사이도 없이 독이 빠르게 퍼진 세누스는 가망이 없어 보였다.

"유나…… 님, 무사하시……."

"세누스!"

윤아의 두 눈에 공포가 스며들며 눈동자가 점점 짙어졌다. 사람이 눈앞에서 죽는 것을 처음 본 윤아는 떨리는 입술을 아프게 깨물었다.

"흑, 세누스. 나 때문에……."

참담한 심정을 느낀 윤아는 움켜쥐었던 세누스의 옷을 놓으며 자리에서 일어났다. 여기서 어이없게 당하지 않으리라는 생각이 들자 몸이 저절로 움직여졌다. 세누스가 말한 폭포를 찾아 달리던 윤아는 어디선가 희미하게 물이 떨어지는 소리가 들리자 거친 호흡을 내뱉으며 걸음을 멈추었다.

"하아, 하아, 하……."

퍽!

가까운 곳의 나무에 화살이 박혔다. 두려움에 눈을 커다랗게 뜬 윤아는 발각되었다는 생각이 들자 앞뒤 잴 것 없이 달렸다. 물소리에 의지해 정신없이 달리던 윤아는 바로 앞이 낭떠러지인 것을 몰랐다.

"유나!"

속도를 죽이지 못한 윤아는 뒤에서 잡아준 이가 없었다면 그대로 폭포 아래로 떨어질 뻔했다.

"키안?"

"조심해!"

윤아가 키안을 향해 몸을 돌리려는 순간 키안이 윤아를 감싸안고 빙그르르 한 바퀴 돌았다.

"윽!"

"……키안!"

윤아는 키안의 눈동자가 서서히 밝은 빛을 띠는 것을 보며 사색이 되었다. 자신을 노렸던 화살이 키안의 등에 박힌 것이다.

"너에게 주어진 세계의 무게를 감당할 수 없을 때 너의 기억을 지우리라."

"키안, 괜찮아?"

"네가 속한 곳으로 돌아가 너에게 주어진……."

"으아아앗!"

윤아는 중심을 잃은 키안과 같이 폭포 아래로 떨어지며 그가 중얼거리는 말을 들었다. 키안이 무엇을 중얼거리는 것인지 몰랐지만 한 가지 뚜렷하게 느낀 것은 물속으로 빠질 때 혼자였다는 것이다. 자신을 감싸 안고 있던 키안의 체온이 느껴지지 않았다. 키안을 찾고 싶었지만 빠른 물살에 휩쓸린 윤아는 이내 의식을 잃었다.

'답답해.'

가슴을 짓누르는 무게감에 윤아는 미간을 찌푸렸다. 누군가가 자신의 이마를 만지고 중얼거리는 소리를 들었다. 윤아는 힘겹게 눈을 떠 자신을 만지고 있는 이가 누구인지 확인하려 했다.

"윤아야! 정신이 드니!"

자신의 이름을 부르는 목소리에 윤아는 침을 삼켰다. 두 눈에 물기를 그렁그렁 매단 여인이 보였다.

"윤아! 가서 의사선생님 모셔와!"

"뭐? 누나 깨어났어요?"

드르륵 문소리가 들리고 윤의 음성이 귓가에 들리자 윤아는 이해할 수 없는 표정을 지었다.

"내가 누군지 알아보겠니?"

울고 있는 여인은 분명 자신의 엄마였다. 자신의 이마를 만지고 뺨을 쓰다듬던 손길의 장본인은 바로 엄마였다. 그런데 누군지 알아보겠느냐고 묻고 있어 당황스러웠다. 윤아는 팔에 꽂힌

주사바늘을 보다 황망한 눈으로 자신을 둘러싸고 있는 곳을 둘러보았다.

자신을 보는 사람들마다 다양한 모습으로 울음을 터뜨리는 통에 윤아는 기분이 엉망이 되었다. 그나마 동생 윤은 남자라서 그런지 눈물을 보이지는 않았다.

“얼마나 찾아 다녔는지 알아? 엄마는 정말 안 가본 곳이 없을 정도로 다니고 또 다니고. 할머니는 매일 절에 가서 누나 무사히 돌아오게 해달라고 빌고. 아버지는 가족들 모르게 술 마시면서 우시고. 난 군인이라 이러지도 저러지도 못하고 정말…… 탈영할 뻔했어!”

눈썹을 일그러뜨리며 말하는 윤을 보며 웃을 상황이 아닌데도 윤아는 피식 웃고 말았다.

“누나 웃음이 나와?”

황당해 하는 윤의 얼굴과 나무람에 웃음기를 지웠다.

기억나는 것이 하나도 없었다. 가위로 싹둑 잘린 기억을 이어보려 했지만 되지 않았다. 6개월간 자신이 실종됐었다는 동생의 말에 윤아는 믿을 수 없다는 얼굴을 했다. 그리고 자신이 왜 병원에 와 있는지 알 수 없었다.

“그런데 진짜 이상한 건 누나가 오피스텔로 들어간 모습은 찍혀 있는데 나간 모습은 없다는 거야. 그 때 cctv가 정상적으로 작동하고 있었는데도 말이야. 마치 연기처럼 사라져버린…… 그런 느낌이었어.”

동생의 윤의 말을 들으며 윤아는 아무런 말도 할 수가 없었다.

뭐가 어떻게 돌아가는 상황인지 전혀 파악할 수가 없어 답답했다. 자신을 보는 사람들마다 그동안 어디에 있었느냐고, 무엇을 했느냐고 물었지만 기억이 전혀 없는 윤아로서는 대답해 줄 말이 없었다.

엄마는 웃으면서 우셨고 아빠는 그저 다행이라는 듯 고개를 끄덕이며 어깨를 두드려주었었다. 할머니는 '에구, 가여운 것' 하시며 자신의 뺨을 연신 쓰다듬었었다.

"……아니 왜 누워 있지 않고 일어나 있어?"

엄마가 정색을 하며 걱정스러운 얼굴을 하자 윤아는 링거 거치대를 밀며 다가갔다. 오피스텔의 거실 한가운데서 홀딱 젖은 채로 의식을 잃고 있었다고 했다. 그런 자신을 발견한 것은 엄마라고 했다. 매일 오피스텔에 와서 청소를 하고 오피스텔 주변에 전단지를 뿌렸다 했다. 전단지를 뿌리고 자신이 갈 만한 장소를 몇 번이고 훑었다는 말에 윤아는 이상하게 공감이 안 갔다. 자신이 도대체 어디를 갔다 왔다는 것인지.

"엄마, 나 이제 괜찮아."

"너 병원에 실려 올 때 저체온증으로 죽을 뻔했어. 물에 빠져 홀딱 젖은 모습에 내가 얼마나 놀랐는지…… 정말 심장마비 오는 줄 알았다."

자신의 뺨과 머리칼을 만져주는 엄마의 눈에 또 눈물이 차올랐다.

"그리고 감사했지. 살아 돌아와 줘서 얼마나 고마웠는지."

"엄마…… 미안해."

윤아는 자신을 애타게 찾아다녔다는 엄마의 마음이 느껴져 가슴이 아팠다. 누군가를 찾고 지킨다는 것이 얼마나 힘들고 애타는 일인지 엄마의 수척해진 얼굴을 보니 알 것 같았다.

"네가 실종된 동안 있었던 일을 말하기 싫으면 하지 않아도 돼. 그거 안 중요해. 엄마는 네가 지금 내 품에 있다는 거, 그게 가장 중요해."

심리 상담부터 시작해 이번 일과 관계가 없는 행동적성 검사까지 안 해본 검사가 없을 정도였다. 몸에 이상은 없는지 CT와 MRI는 기본으로 제일 먼저 했었다. 다행히 이상소견이 없다는 말을 들었고 엄마는 건강하게 돌아와 됐다고 했었다.

병원에서 한 달 만에 퇴원을 해 돌아온 집은 포근하고 아늑했다. 자신의 방은 아주 작은 소품 하나 달라져 있지 않을 정도로 그대로였다. 자신이 돌아오기를 엄마가 얼마나 염원했는지 굳이 말하지 않아도 눈에 보였다. 사람의 마음이 행동으로 나타나 눈에 보인다는 것에 윤아는 이상하게 심장이 울렁거렸다. 뭔가 익숙한 것이 있었던 것 같은데 찾을 수 없는 기분이었다.

"음."

윤아는 미간을 찌푸리다 눈을 감았다. 머릿속이 안개로 가득 찬 느낌이 들어 개운하지 않았다. 무엇인가가 자신을 기다리는 기분이 자꾸 따라다녀 난감했다. 동생 윤이 휴가를 나와 건강해진 자신을 보며 장난으로 착하다며 머리를 쓰다듬을 때 깜짝 놀랐었다. 아주 커다란 손이 자신의 머리를 쓰다듬던 기억이 번개가 치듯이 반짝하다 사라졌던 것이다.

"헛!"

치약을 짠 후 거울을 빤히 쳐다보던 윤아는 오래전 욕실에서 느꼈었던 섬뜩함을 기억해 내고는 화들짝 놀랐다. 하지만 거울은 아무런 이상이 없었다.

"후……."

윤아는 자신이 이상하게 예민하게 구는 것 같았다. 볼 살이 좀 빠졌고 머리카락이 약간 길어져 있는 것 말고는 달라진 점을 찾을 수 없었다.

"윤아야, 밥 먹자."

책상에 놓인 수학 문제집을 물끄러미 바라보기만 하는데 엄마의 목소리가 들려왔다.

"어? 어, 엄마."

윤아는 수학이라는 글자에 묘한 기시감을 느끼며 고개를 갸웃하다 방을 나섰다.

"겨우 6월인데 날이 여름 같네."

윤아는 엄마의 말에 고개를 돌려 베란다 창을 바라봤다. 무성한 푸른 잎들이 햇빛을 받아 반짝이고 있었다. 엄마의 말에 의하면 자신이 사라진 것은 겨울이었다.

"저기…… 기억하는지 모르겠는데 너 실종되던 날 만나러 가던 사람이……."

윤아는 물을 마시다 엄마를 가만히 바라봤다.

"너 돌아왔다는 말을 어떻게 들었는지 너하고 다시 만나보고 싶다고 하는구나."

엄마가 눈도 못 마주치며 하는 말에 윤아는 입을 꼭 다물었다. '누구를 만나러 가던 길이었지?' 하고 생각하던 윤아는 속으로 '아!' 하는 탄성을 내뱉었다.

"규하 삼촌 말이에요?"

옷을 갈아입으러 간 오피스텔에서 빨리 나오려 침대 모서리에 무릎을 찧었던 기억이 났다. 그런데 왜 빨리 나오려 했는지 그 이유는 기억이 나지 않았다. 그리고 그날 이후 6개월간의 기억이 거기서 끊어져 있었다.

"어? 어, 그래."

병실에 찾아와 준 규하와 재윤, 지영, 희진이 고마웠다. 수업도 제대로 못 끝낸 선생이었는데 그래도 스승이라고 찾아와 줘서 아이들이 기특하게 보였다. 초등6학년생 같지 않은 아이들의 속 깊은 정에 약간 울컥하기도 했다.

"만나볼게요."

심리상담가이자 정신과 의사에게 갔지만 기억나는 것이 없어 상담이 어려웠다. 만지면 깨어지는 유리처럼 대하는 엄마의 태도로 보아 자신을 걱정하는 강도가 도를 넘는다 생각했다. 그리고 잃어버린 6개월의 시간동안 자신이 큰일을 겪었다고 그저 짐작할 뿐이었다.

의사는 최면치료를 받아보자고 했다. 하지만 최면이라는 말에 거부가 일어 저도 모르게 미간을 찌푸리자 의사가 멋쩍은 웃음을 지으며 내키지 않으면 하지 말자는 말을 했었다.

"그래, 그럼 다가오는 주말에 만나자고 연락해 볼게."

윤아는 건성으로 고개를 끄덕이고는 밥을 먹었다. 그러다 엄마를 불렀다. 휴대폰을 집으려던 엄마가 고개를 들며 윤아를 바라봤다.

"으응?"

"나 오피스텔에서 물에 빠진 사람처럼 젖어 있었다고 했잖아."

"……어."

윤아는 입안의 밥알들을 목으로 넘기며 젓가락을 놓았다.

"나 입고 있던 옷이 뭐였어?"

갑자기 왜 그런 생각이 들었는지 모르지만 윤아는 알고 싶었다. 발견됐을 때 자신이 무엇을 입고 있었던 것인지 궁금했다. 물에 흠뻑 젖어 있었다는 것이 도통 이해되지 않았다. 그래서 원피스를 입고 물에 들어갔을 리는 없다고 단정 지어 그리 묻었다. 그런데 엄마의 행동이 갑자기 어수선해지며 정신이 없었다.

"참! 생각났을 때 전화를 먼저 해봐야겠다. 주말에 다른 일이 있으면 안 되니깐."

"엄마?"

휴대폰을 들고 방으로 들어가 버리는 엄마를 보다 윤아는 자리에서 일어섰다. 그날 자신이 입고 있던 옷은 분명히 기억이 났다. 검은색의 원피스였고 치마가 퍼지는 스타일이었다.

"너 어디 가니?"

지갑을 챙겨 현관으로 걸어가는데 뒤에서 엄마가 부르자 윤아는 걸음을 멈추었다. 오피스텔에 가서 확인을 하고 싶었다. 그 옷이 있는지 없는지 제 눈으로 확인을 해야만 이 알 수 없는 답답함이 사라질 것 같았다.

"엄마, 나 오피스텔에 좀 다녀……."

"안 돼!"

화들짝 놀라 소리를 지르는 엄마를 윤아는 의아한 표정을 바라봤다.

"너, 오피스텔에서…… 오피스텔에 갔다가 실종됐었잖아. 가려면 나랑 같이 가."

엄마의 불안이 전염되듯이 자신도 불안감을 느꼈다. 그래서 엄마와 같이 가는 것을 거부하지 않았다.

택시를 타고 가는 내내 엄마는 규하 삼촌에 관해 얘기를 했지만 윤아는 그 말들이 모두 귀에 들어오지 않았다. 차창 밖으로 보이는 풍경들이 너무 낯설다는 생각만 했다. 뭔가가 채워지지 않는 이상한 기분이 내내 이어지고 있었다.

가구 위치 하나 바뀌지 않은 오피스텔로 들어선 윤아는 묘한 기운을 느꼈다. 학생들과 수업을 하던 넓은 책상은 거실을 떡하니 가로지르고 있었다. 윤아는 책상을 손으로 쓰윽 만져보고는 방문을 열었다. 책꽂이가 놓여 있고 싱글 침대가 있는 아주 심플한 자신의 집이자 직장이었다.

"윤아야, 뭘 확인하러 온 거니?"

"아!"

윤아는 엄마의 말에 정신을 차리며 옷장을 열었다. 규하 삼촌을 만나기 위해 입고 나가던 원피스가 있는지 없는지 확인을 하던 윤아는 빈 옷걸이를 보고는 미간을 찌푸렸다. 여기에 없다면 세탁소에 맡긴 것은 아닐까.

"엄마, 나 발견했을 때 뭐 입고 있었어?"

"어? 그게……."

난감한 얼굴로 시선을 피하는 엄마를 보며 윤아는 소름이 돋았다.

"참! 너 휴대폰."

엄마가 가방을 가지러 거실로 나가자 윤아는 고개를 갸웃했다. 엄마가 뭔가를 감추려 하거나 말하기 싫어한다는 인상을 받았다. 집에서도 그러더니.

"너 실종된 동안에도 해지 안 했어."

윤아는 자신의 손에 돌아온 휴대폰을 물끄러미 내려다봤다. 늘 옆에 끼고 살았던 휴대폰이었다. 학부모들과 문자와 전화 상담을 자주 하기 때문에 늘 챙겼었다. 그런데 정신을 차리고 한 달이 넘게 흐를 동안 휴대폰을 찾지 않았다는 것을 그제야 깨달은 윤아는 이상한 생각이 들었다. 마치 원래 휴대폰이 없었던 사람처럼 윤아는 휴대폰을 찾을 생각도 하지 않았었다.

"친구들한테서도 전화 많이 왔어."

윤아는 통화 목록을 건성으로 넘기며 이름을 확인했다. 3개월이 지나자 전화도 뜸해지고 있었다. 누군가를 기억하는 일이 이렇게 짧을 수도 있구나 하고 윤아는 피식 웃어버렸다.

Rrrrr, Rrrrr.

때마침 울리는 휴대폰을 윤아는 선뜻 받지 않고 발신인을 빤히 바라봤다. 이름이 뜨는 창을 보며 윤아는 통화버튼을 눌렀다.

"여보세요."

[윤아야!]

성미의 음성이 또랑또랑하게 울려 퍼졌다.

[너 실종됐었다는 말이 정말이야?]

그동안 연락을 하지 않고 살았던 성미였다. 결혼을 한 성미는 지방으로 발령이 난 남편을 따라 간 후로 간간히 문자나 주고받는 정도였었다.

"다들 그렇다고 말을 하는데…… 난 기억이 안 나."

[뭐? 이게 무슨 일이라니?]

성미가 안타까움을 피력하며 호들갑을 떨자 윤아는 지루한 얼굴을 했다. 성미의 걱정이 불편하게 다가왔다.

"그러게 나도 지금 아직 정리가 안 된 상황이라……."

[너도 많이 놀랐겠다.]

전화로 얘기를 한다는 것이 이상하게 느껴지자 윤아는 미간을 찌푸리며 주위를 훑었다.

"성미야, 나 지금 좀 바빠서……."

[어? 어…… 어. 바쁜데 내가 시간을 뺏었구나.]

"다음에 조용할 때 내가 전화할게."

통화는 그렇게 끝이 났다.

"윤아야."

"으응?"

휴대폰을 쥐고 서 있던 윤아는 엄마를 돌아봤다.

"이제 여기는 정리하자. 너 수업 계속한다는 것도 무리고…… 지금 수업하는 학생도 없으니……."

자신의 눈치를 보는 엄마에게 윤아는 가만히 고개를 끄덕였다. 수업은 학생을 모은다면 또 시작할 수 있는 일이지만 내키지가 않았다.

"여기 계약이 얼마 안 남았지?"

"계약서를 찾아봐야 하는데…… 전세 2년 기본계약은 지났으니 지금 빼도 무방할 거야. 아! 맞다, 나 실종되기 전에도 내놓고 처분하려고 하지 않았어?"

윤아는 그렇게 말하며 주방으로 걸어갔다. 자신이 쓰던 머그잔이며 커피메이커가 그 자리에 얌전히 놓여 있었다.

"유…… 나."

"으응?"

윤아는 자신을 부르는 소리에 엄마를 돌아봤지만 엄마는 통화 중이었다. 자신이 잘못 들은 것이라 여긴 윤아는 어깨를 으쓱하고는 주방을 나왔다.

"윤아야, 그만 가자. 부동산에 연락하니까 주인하고 마무리 짓고 연락을 준다고 하네."

"네에."

윤아는 고개를 끄덕이며 엄마를 따라 오피스텔을 나서다 뒤를 돌아봤다. 뭔가가 개운치 않은 기운이 뒤를 잡아채는 기분이었다. 이상하게 그리움이 전해졌다.

"얘, 윤아야? 어서 와."

"어? 어."

엄마의 재촉에 윤아는 걸음을 재촉하다 다시 한 번 오피스텔을 돌아봤다.

"이상해, 왜 눈물이 나오려하는 건지……."

윤아는 이유 없이 차오르는 눈물을 흘리기 싫어 눈을 깜빡여 지웠다. 그리고 자신을 기다리는 엄마를 향해 잰걸음으로 다가갔다.

"서윤아 씨?"

윤아는 장신을 자랑하듯 서 있는 남자를 올려다보다 고개를 갸웃했다. 어디서 본 듯한 인상인데 기억이 나지 않아 머리가 어지러웠다.

"신수호입니다."

"아!"

윤아는 자신과 선을 보기로 한 규하의 삼촌 이름을 듣고 짧은 탄성을 내뱉었다.

"제가 늦었나 봅니다."

"아니에요. 제가 일찍 온 겁니다."

윤아는 자리에서 일어나며 미소를 지었다. 남자가 맞은편에 앉으며 미소를 짓자 두 볼에 희미한 보조개가 일었다.

"배고프시죠?"

"그냥, 차 한잔 마시고 헤어지는 게 어떨까요?"

메뉴판을 보던 남자가 시선을 들어 윤아를 빤히 보더니 이내 고개를 끄덕였다.

"……그렇게 하죠."

상대가 혹시 기분 상할까 봐 조심스러웠던 윤아는 남자가 흔쾌히 받아들이자 저도 모르게 활짝 웃었다.

"여전히 그 미소는 아름답네요."

"네?"

수호의 말에 윤아는 눈을 동그랗게 뜨고 반문했다. 오늘 처음 만났는데 '여전히' 라는 말을 쓰니 이상하다고 생각했다.

"아, 그게…… 규하 생일 선물을 사 준다고 백화점에 갔었는데 그때 윤아 씨를 봤어요. 규하가 과외 선생님이라고 인사를 하려고 했는데 엘리베이터를 타고 내려가시는 바람에……."

"아, 네에."

윤아는 알겠다는 듯 고개를 주억거렸다.

"그날 이후로 윤아 씨가 눈에서, 기억에서 떠나지 않아 규하에게 엄청 졸라서 번호를 땄는데 무작정 전화를 거는 건 예의가 아닌 것 같아 참았어요."

윤아는 수호의 말에 피식 웃고는 나온 차를 한 모금 마셨다.

"그러다 누나와 점심을 먹는데 어머님을 뵈었어요. 기회는 이때다 싶어 다리를 놓은 거죠."

적극성이 보이는 수호의 태도에 윤아는 멋쩍은 미소를 지었다. 잘 웃고 대화를 유쾌하게 하는 수호는 여자들에게 인기가 많을 것 같았다. 자신의 일을 얘기하기보다는 윤아를 대화 속에 계속 끌어들이는 주제로 인해 윤아는 딴 생각을 할 겨를이 없었다. 하지만 수호를 보고 있으면 자꾸 누군가가 기억 날 듯 말 듯했다. 기억이 뚜렷이 나지 않을수록 안타까운 마음이 늘어났다.

"중학교 첫 영어 시간에 애들이 제 이름을 듣고 모두 박수를 치며 웃었어요."

"왜요?"

윤아는 매끄러운 미소를 짓고 있는 수호를 보며 참 잘생겼다는 생각을 처음으로 했다. 보는 순간 누군가를 닮았다는 생각만 했지 조각처럼 빚어놓았다는 생각은 하지 못했었다.

"영어로 'my name is 수호 신'이라고 하니 애들이 무슨 수호신이냐고."

"아!"

윤아는 탄성을 터뜨리며 눈을 곱게 접어 웃었다. 그때 어디선가 전화벨이 울렸다.

"아, 잠시만요. 중요한 전화라 안 받을 수가 없어서."

"네, 괜찮으니 어서 받으세요."

윤아는 신경 쓰지 말라는 듯 미소를 지으며 찻잔을 들었다. 이미 식어버린 커피를 한 모금 마시고 잔을 내려놓던 윤아는 의아한 얼굴로 수호를 바라봤다. 꽤 심각하게 통화를 하는 수호의 얼굴은 차갑고 냉철한 인상이었다. 아까 그렇게 유쾌하게 웃던 사람이 맞나 싶을 정도였다.

'그도 심각한 일을 처리할 때는 저런 표정이었는데.'

달그락.

윤아는 다시 잡으려던 찻잔을 손에서 놓치며 눈을 커다랗게 떴다. 도대체 누구를 염두에 두고 저런 생각을 한 것인지 스스로도 의문을 지울 길이 없었다.

"윤아 씨?"

"……."

"윤아 씨."

"……네? 네."

윤아는 흐려지고 풀어졌던 동공을 감추려 눈을 두어 번 깜빡이고는 수호를 바라봤다.

"제 통화가 좀 길었죠? 미안해요."

"아니…… 괜찮아요."

윤아는 식은땀이 배인 이마를 손으로 짚으며 눈을 감았다. 천천히 호흡을 하며 눈을 뜬 윤아는 수호를 향해 입을 열었다.

"그만 일어설까요?"

"……그럴까요."

수호가 잠시 침묵을 지키다 먼저 자리를 일어나 카운터로 다가갔다. 윤아는 어지러운 머리를 살짝 흔들고는 수호의 뒤를 따랐다. 두 사람은 말없이 엘리베이터에 올라탔다. 두 사람 밖에 없는 엘리베이터 안이 윤아는 이상하게 답답했다. 마치 갇힌 것처럼 자신을 짓누르는 공기도 싫고 뭔가가 엄습하는 축축한 기운도 마음에 들지 않았다.

"네가 속한 곳으로 돌아가 너에게 주어진 기억을 마주할 때 다시 만날 것이다."

"흣!"

윤아는 낮지만 절박함을 담은 환청에 놀라 눈을 커다랗게 떴다. 온몸을 조이는 듯한 고통이 찾아오자 윤아는 거친 호흡을 내뱉었다. 숨을 쉬려 하면 할수록 쉬어지지 않는 이상한 현상에 윤아의 얼굴이 점점 창백해졌다.

"윤아 씨? 왜 그래요? 윤아……."

수호의 목소리가 아득한 안개가 낀 것처럼 들리지 않는다고 생각할 때 윤아는 정신을 잃고 바닥으로 쓰러졌다.

"여기 공기 좋지? 서울하고 완전 다른 공기지?"

윤아는 건성으로 고개를 끄덕이며 달리는 차창 밖으로 손을 내밀었다. 손가락 사이를 빠져나가는 바람이 묘하게 즐거웠다. 맞선을 보고 돌아오다 쓰러진 윤아는 의기소침해져 집 밖으로 나가기를 꺼려했다. 가족들이 걱정하며 눈치를 보는 것을 알았지만 괜찮은 척하기가 쉽지 않았다. 그 리고 엘리베이터 안에서 들었던 환청, 그 목소리가 목을 옥죄어오는 환상에 시달리며 윤아는 시름시름 앓기 시작했다. 보다 못한 아빠가 바람도 쐴 겸 반강제로 고분 발굴 현장에 데려온 것이다.

“발굴 현장이라 볼 건 없지만 그래도 집에만 있는 것보다는 나을 거야.”

“네…….”

윤아는 어깨를 으쓱하고는 청바지 뒷주머니에 손을 찔러 넣었다. 햇볕이 내리쬐는 한가운데 발굴팀은 붓 하나, 끌개 하나를 들고 열심히 땅을 긁고 붓질을 해대고 있었다. 윤아는 속으로 ‘인성 테스트하기 딱 좋은 작업이네’ 하고 피식 웃어버렸다.

“저쪽으로 가면 첨성대가 나오는데 기다리기 심심하면 다녀올래?”

“네.”

윤아는 아빠에게서 차 키를 받아 첨성대로 향했다. 넓게 펼쳐진 초록 잔디를 보자 눈이 맑아지는 기분이었다. 초등학교 수학여행을 왔던 곳인데 기억나는 것이라고는 하나도 없는 경주였다. 윤아는 매표소에서 표를 끊고 안으로 들어가 첨성대를 가만히 올려다봤다. 선덕여왕의 명으로 지었다는 첨성대의 안내를 읽으며 윤아는 휴대폰을 꺼내 들었다.

〈그곳은 재미있나요?〉

수호에게서 문자가 와 있었다. 윤아는 기본적인 답장은 해야 할 것 같아 문자 창을 열고 물끄러미 바라보고 있었다.

〈만나고 싶은데 너무 멀리 있네요.〉

다시 온 수호의 문자에 윤아는 그대로 창을 닫아버렸다. 그가 배려심 많고 유쾌한 사람이라는 것을 알지만 이상하게 마음이 기울지 않았다. 그의 앞에서 쓰러졌다는 이유로 그를 배척하는 것이 아니었다. 친구로라면 만나고 싶어도 연인으로 발전하는 데는 거부반응이 일었다.

"후, 덥다. 그곳처럼 덥……!"

윤아는 자신도 모르게 불쑥 나온 말에 화들짝 놀랐다. 도대체 어느 장소와 비교를 하고 있었던 것인지 기억도 나지 않는 찰나의 순간이었다. 자신이 말한 그곳이 어디인지 윤아는 가만히 생각을 더듬었다. 완전한 기억은 아니지만 무척 더웠다는 기억이 나며 누군가를 바라봤던 느낌이 들었다. 윤아는 자신의 머릿속을 들여다보려 눈을 감았다. 그 장소로 이동한 기억은 아련한 그리움을 자아냈다.

뭔가 두근거리며 설레기도 하고 투덜거리며 화를 내기도 했던 그곳.

"하아."

윤아는 눈을 떠 이마를 짚으며 그 자리에서 무릎을 접고 앉았다. 거칠어진 호흡을 내뱉으며 눈물을 글썽였다. 익숙한 그리움을 두고 떠나온 느낌이 들어 가슴이 아팠다.

"소장님! 이것 좀 보세요!"

손에 뭔가를 들고 뛰어오는 실장을 보며 서 소장은 자리를 일어났다. 부하직원이 건넨 것은 곧 부서질 것 같은 얇은 돌이었다.

"아니, 이건!"

서 소장은 눈을 둥그렇게 뜨고 흔들리는 동공으로 실장을 바라봤다.

"대단한 것을 발견한 것 같은데, 맞죠?"

실장의 말에 서 소장은 떨리는 손에 힘을 주었다. 자신이 들고 있는 것은 역사를 뒤엎을 정도로 획기적인 발굴이었다.

"이건 우리 역사에서 볼 수 없는 상형문자인데…… 제가 인터넷으로 먼저 찾아봤는데 아무래도 고대 이집트 문자 같습니다."

"고대 이집트의 문자가 어떻게 해서 여기까지 흘러 들어온 것이지?"

실크로드를 통한 무역이 활발했던 신라시대라고 하지만 무덤에서 고대 이집트의 문자가 발견된 것은 학계가 발칵 뒤집힐 일이었다.

안 그래도 이번에 발견된 돌무지덧돌무덤에서 남녀가 함께 포개져 순장된 것을 두고 의견이 분분한 상태였다. 두개골이나 귀밑 뼈의 크기로 보아 여자가 밑에 묻히고 남자가 그 위에 놓여진 것으로 여자의 신분이 귀족이거나 지배층이라는 의견이 있는 반면, 위에 얹은 목관이 부서지며 그 위로 포개졌다는 다른 의견도 나온 상태였다. 조사단과 고고학자 사이에서 알게 모르게 서로의 의견이 충돌하고 있는 중이었다.

매장 상태는 엉덩이뼈와 갈비뼈의 위치를 보고 판단했다. 그래서 이번 돌무지덧돌무덤에서 발견된 두 남녀의 경우는 위쪽 인골이 완전하게 아래쪽을 내려다보며 엎어진 상태로 포개어졌다는 고고학자의 의견이 힘을 얻고 있었다.

윤아는 밥을 입에 물고 생각에 빠진 아빠를 보며 고개를 기울였다.

"아빠?"

"어?"

"밥을 드시는 건지……."

"아, 내가 딴 생각을 한다고 그랬구나."

"무슨 안 좋은 일이라도 있었어요?"

"아니, 고분에서 너무 의외의 것이 발견되어 그 생각을 한다고."

"아, 네에."

윤아는 고개를 끄덕이며 다시 젓가락질을 했다. 원래 고분이라 하면 밥도 안 먹고 집중하는 아빠라는 것을 알기에 그러려니 했다.

"뭐가 발견되었는데요?"

"그게 정말 황당하게, 고대 이집트 상형문자가 적힌 돌이……."

윤아가 젓가락을 든 손을 허공에서 멈추자 서 소장이 허허거리는 웃음을 지으며 '너도 이상하지?' 하고 물었다.

"진…… 짜예요?"

"고대 이집트 글자가 맞다면 아마 학계가 발칵 뒤집어질 거야."

"그래요?"

윤아가 눈을 동그랗게 뜨고 쳐다보자 서 소장이 휴대폰을 꺼내 들었다.

"너도 한 번 볼래?"

윤아는 아빠에게서 휴대폰을 건네받았다. 화면을 터치해 확대하자 글자를 확인할 수 있을 만큼 커졌다. 윤아는 화면을 이리저리 움직이고 늘이다가 중얼거렸다.

"힉소스 왕조를 이끈 파라오는…… 자신이 죽은 후 사랑한 부인이 혼자 남는 것을 걱정하여…… 그녀를 같이 순장하였다."

"윤아야?"

"네?"

"너 지금……."

아빠의 얼굴이 놀라움과 당황스러움으로 일그러져 있는 것을 보며 윤아는 들고 있던 휴대폰을 꽉 움켜쥐었다.

"아빠…… 내가 어떻게……."

"그래, 네가 어떻게 이걸 읽은 거지?"

두 사람의 시선이 허공에서 얽혀들었다. 놀란 윤아의 동공이 점점 짙은 청색을 띠는 반면 서 소장의 얼굴색은 어두워졌다.

## 고민 그리고 이별

"왜 마음이 바뀌었어요?"

안경을 고쳐 쓰며 입가에 미소를 짓는 의사를 보며 윤아는 낮은 한숨을 쉬었다. 자신이 어떻게 고대 이집트의 문자를 술술 읽을 수 있는지 전혀 알 수가 없었다. 아마도 자신이 사라진 6개월 동안의 일과 연관이 있을 것 같아 윤아는 의사를 찾았다. 최면치료는 하고 싶지 않았지만 이렇게라도 기억을 끄집어낼 필요가 있다고 생각해서였다.

"너무 긴장하지 말아요. 그리 어려운 것은 아니니."

"네."

윤아는 의사가 앉으라는 의자에 앉아 신발을 벗었다. 발을 걸치며 자세를 고쳐 앉자 세진이 다가와 옆에 놓인 스툴에 앉았다.

"하는 동안 나를 믿고 자신을 맡기세요."

윤아는 고개만 끄덕여 알았다는 의사 표시를 했다.

"자, 당신은 지금부터 저 구슬이 세 번 부딪치는 소리가 나면 최면에 빠집니다."

딸깍, 딸깍, 달깍. 소리가 세 번 울리자 거짓말처럼 눈이 감기고 몸이 물먹은 솜처럼 무거워졌다. 그 와중에 윤아는 개운하지 않은 기분에 휩싸이자 미간을 찌푸렸다.

"당신은 지금 실종되던 날 그 장소에 있습니다."

자신을 에워싸는 끈끈하고 익숙한 바람 냄새에 윤아는 고개를 돌렸다.

"어디에 있습니까?"

"이…… 집트."

"이집트요? 좀 더 구체적인 장소는 모릅니까?"

"파라오의 궁에 제가 있어요. 누군가와 웃으면서 얘기를 하는 중이에요."

세진은 속눈썹을 가늘게 떨고 있는 윤아를 보며 고개를 갸웃했다. 윤아가 전생을 보는 것인가 하는 생각이 들었다. 하지만 최면학술학회에서는 최면으로 전생을 볼 수 있다는 것을 공식적으로 인정하지 않고 있었다.

"그 사람이 누구인지 확인할 수 있겠어요?"

"그 사람은…… 아메스…… 아메스예요."

세진은 '아메스'라는 이름에 윤아를 빤히 바라봤다. 이집트와 아메스, 교묘한 집합이라 여겼다. 혹시 신문기사나 그런 것들을 접하면서 상상을 하다 현실과의 경계가 모호해진 것은 아닌지 의구심이 들었다.

"아메스는 몇 살이죠?"

"음…… 나이는 정확히 몰라요. 그냥 또래보다 키가 큰 초등학교 5학년쯤 되는 소년…… 헤르!"

세진은 윤아가 갑자기 외치자 서류에 뭔가를 적다 고개를 들었다. 흐느끼듯 부르는 이름에서 절박함이 묻어나고 있었다.

"헤르에게 무슨 일이 생겼나요?"

"……흑, 헤르가 잡혀가요. 나 때문에……."

"왜 윤아 씨 때문에 잡혀가요?"

"흑흑, 헤르는 아무 잘못 없어. 내가 하라는 대로만 했…… 그러니…… 벌을 주려면 나한테 줘. 헤르는 풀어줘."

세진은 걱정스러운 얼굴로 미간을 찌푸렸다. 조금 과장되게 말해 윤아의 얼굴이 하얗게 질려가고 있었다.

"윤아 씨, 내가 '돌아오세요' 하고 말하면 최면에서 깨어납니다. 자, 이제 그만 돌아오세요."

"헛!"

윤아는 눈만 휘둥그레 뜨고 앞을 응시했다. 소파에서 일어나고 싶은데 몸이 무겁게 느껴져 기운이 없었다.

"괜찮아요?"

세진이 티슈를 건네며 묻자 윤아는 눈물을 닦으며 고개를 끄덕였다. 얼굴에 묻어 있던 눈물은 그냥 글썽이다 만 눈물이 아니었다.

"잠시 쉬었다 할게요. 괜찮죠?"

세진이 걱정스러운 눈길로 묻자 윤아는 고개를 끄덕여 알겠다는 의사를 표시했다. 최면으로 잃어버린 기억을 본다는 것이 이렇게 탈진할 만큼 기운이 빠지는 일인지 미처 몰랐다.

"여기, 물."

"고맙습니다."

윤아는 의사가 건넨 물을 단숨에 마셨다. 약간 차가운 물이 목줄기를 타고 넘어가자 정신이 조금 맑아지는 기분이었다.

"처음이라 기분이 좀 이상할지도 모르지만 곧 괜찮아질 거예요."

"네……."

"아, 커피 한 잔 내려줄게요. 잠시만요."

윤아는 그저 고개만 끄덕였다. 6개월 동안 있었던 일을 하루 만에 다 본다는 것은 무리겠지만 윤아는 시간을 끌고 싶지 않았다. 기억을 잃어버린 자신을 위해 할머니는 절에서 기거하며 백일 기도를 올린다고 하셨다. 기도로 기억이 돌아오는 것이 아닌데도 할머니는 애타게 매달리고 있었다.

"커피 드세요."

"네, 고맙습니다."

윤아는 따스한 커피를 한 모금 마시고 눈을 감았다가 떴다. 어떤 것을 마주할지 두려웠지만 제자리에 머물러 있을 수는 없었다. 그래서 감당할 수 없으면 감당할 수 없는 만큼 내버려 둘 생각이었다. 마주하기 두려워 용기 내지 않는 그런 것은 싫었다.

"자, 다시 시작해 볼까요?"

"네. 이번엔 좀 더 길게 봤으면 하는데……."

"괜찮겠어요?"

의사가 돌아보며 묻자 윤아는 어깨를 으쓱했다.

"선생님이 보시고 상태가 위험하다 생각되시면 그때 멈춰 주시면……."

"네, 그래요, 그럼."

같은 방법으로 최면 상태에 빠진 윤아는 밤하늘을 바라보고 있었다.

"어두워요."

누군가와 대화를 하는 것 같은데 상대의 얼굴이 보이지 않았다. 자신의 시선은 계속 밤하늘에 머물러 있었다. 뭔가 중요한 이야기를 들었는지 얼굴에 비장함이 깃들어 있었다.

최면에 빠진 윤아는 상대의 얼굴을 보기 위해 고개를 돌렸지만 어두워 보이지 않았다.

"뭐가 보이나요?"

답답함과 궁금증을 안은 윤아는 고개를 저었다. 그러자 의사가 다른 질문을 던졌다.

"그럼, 좀 더 밝은 곳으로 가봅시다. 주위가 밝고 누가 있는지 아주 잘 보이는 그런 장소로 이동을 합니다."

윤아는 몸이 가라앉아 귀찮으면서도 의사의 말에 조종당하듯 공간을 이동하고 있었다.

"으음."

찰박거리는 물소리가 나고 나신으로 물속에 들어가 있는 자신이 보였다. 그리고 다가온 그림자에 고개를 돌리는 자신을 그대로 안아버리는 건장한 남자.

"헛."

자신을 뜨겁게 안는 모습이 혹시 상상이 아닐까하는 생각에 윤아는 아무런 말도 못 하고 입을 꾹 다물고 있었다. 남녀가 적나라하게 벗고 뒹구는 모습에 미간이 찌푸려졌다. 저 남자와 교합하고 있는 사람이 자신이라는 것이 믿기지 않아 윤아는 숨죽여 바라보고 있었다.

"누가 있나요?"

"……."

윤아는 몽롱한 의식 속에서도 답을 하면 안 된다고 생각했다.

"혼자 있나요?"

약간 괴로운 듯 미간을 구기고 있는 윤아의 얼굴을 보며 의사는 고개를 갸웃했다.

"그럼 다시 공간을 옮겨 볼까요? 이제 시간을 더 뛰어넘어 같은 장소를 볼게요."

윤아는 손가락하나 움직이는데도 힘겨움을 느꼈다. 마치 손가락에 무거운 추라도 매달아 놓은 듯 까딱거릴 힘마저 사라지는 기분이었다.

"이번에도 혼자 있나요?"

누군가를 보지 않으려 등지고 앉아 있는 자신의 얼굴이 붉어져 있었다. 그리고 뻗어진 상대의 손. 큰 손이 뺨을 만지자 움찔 놀라며 당황하던 자신이 어느새 나신으로 남자와 하나가 되었다.

"키안, 사랑해."

윤아는 저도 모르게 손가락하나 움직일 힘이 없던 손을 말아 쥐었다. 호흡이 점점 빨라지며 숨을 뱉는 간격이 짧아졌다. 그럴수록 산소가 급격히 줄어들어 현기증이 일었다.

"윤아 씨, 돌아오세요."

"허, 헛…… 하아!"

윤아는 토해내듯 숨을 뱉었고 의사가 다급하게 등을 두드려 주었다.

"괜찮아요. 천천히 급하지 않게 숨을 쉬어요. 천천히, 네, 그렇게 천천히."

윤아는 어느 정도 진정이 되자 의사를 향해 괜찮다는 의미로 손을 들어 보였다.

"뭔가를 봤나요?"

그가 자신의 얼굴을 들여다보며 답을 기다리는 것을 알았지만 윤아는 이마에 손을 짚으며 고개를 흔들었다. 자신이 무엇을 봤는지 말할 수가 없었다. 그리고 자신이 그동안 느꼈던 아련한 그리움의 실체를 확인하는 순간 아무런 말도 하고 싶지 않았다.

"윤아야, 밥도 안 먹고 또 자니?"

걱정스러운 엄마의 목소리와 불안하게 흔들리는 엄마의 손길을 느끼면서도 윤아는 눈을 감고 자는 척을 했다. 최면 치료를 받은 일이 잘한 일인지 아닌지 감을 잡을 수가 없었다. 키안과 헤어진 이유까지 확연해진 지금 자신에 대한 묘한 질타가 이어지고 있었다.

"아직도 자?"

"하루 종일 상담을 해서 그런지 애가 영 기운이 없네요."

"그럼 좀 자게 둬."

엄마와 아빠가 하는 말을 들으며 윤아는 속입술을 물었다. 어디 가서도 자신이 차원을 이동했다고 밝힐 수가 없었다. 하지만 벙어리 냉가슴을 앓는 것보다 더 가슴이 아픈 건 키안을 다시 못 본다는 것이었다.

엄마가 방을 나가자 윤아는 일어나 침대 끝에 앉았다. 몸을 웅크리고 윤아는 벽에 걸린 포스터를 물끄러미 바라봤다.

헨델의 '울게 하소서'라는 음악이 강한 인상을 남긴 영화 파리넬리의 포스터였다. 동생이 미성을 잃을까 봐 거세를 한 형. 그리고 진실을 밝힐 수 없어 중병에 걸린 동생을 살리기 위해 어쩔 수 없었다고 거짓말을 하는 형. 형의 얄팍한 성공에 휘둘리며 사랑을 나누지 못하는 동생. 거세에 대한 열등감에 휘둘리는 주인공 파리넬리.

"정말 감동적이었는데……."

윤아는 가만히 두 눈을 감았다. 이해할 수 없는 동생과 형의 애정행각. 파리넬리가 여자를 유혹해 오면 사랑을 나누는 것은 형이었다. 그 광경을 지켜보는 파리넬리. 영화를 처음 봤을 때는 충격이 아닐 수 없었다. DVD를 몇 번이나 보고 또 보았었다. 파리넬리를 이해하고 싶어서. 자신이 파리넬리를 이해하고 싶어 몇 번이나 곱씹어 보았던 것처럼 키안도 자신을 생각하고 또 생각해서 이해해 주었을까. 그의 위치가 평범하지 않아 불가능했을까. 샨탈의 말처럼 일을 이렇게 만든 것은 자신이었다. 키안에게 말했다면 다른 결과가 나왔을까. 말해야 한다는 압박감에 시달리면서도 말하지 못했던 이유는 그는 권력을 쥐고 나라를 통치하는 지배자였기 때문이었다. 그러니 그 문제를 쉬이 넘길 수 있는 일이 아니었을 것이다.

"너를 지켜주지 못할까 봐…… 미쳐버릴 것 같다."

윤아는 두 손에 얼굴을 묻었다. 키안은 자신을 지키기 위해 돌려보내는 방법을 택한 것일까. 하지만 사자의 서 주문을 외웠기 때문에 돌아갈 수 없다고 했었다. 사자의 서는 자신을 옭아매기 위한 속임수였던 걸까. 하지만 야쿠바암과 떨어졌을 때 돌아가지지 않았으니 속임수는 아닌 것 같았다.

"하아, 아무것도 모르겠다. 머리가 더 어지러워."

윤아는 침대에 누워 태아처럼 몸을 둥글게 말았다. 모든 기억이 돌아온 지금 제일 먼저 든 생각은 키안을 더 이상 볼 수 없다는, 그에게 돌아갈 방법을 모른다는 사실이었다. 그와 있으면 말하지 않아도 든든했고 자신을 바라봐 주는 눈길에 괜히 설레었었다. 그런데 이제는 그런 든든함도 설렘도 존재하지 않게 되었다.

"다시는 볼 수 없겠지……."

두 눈을 감자 눈물이 뺨을 타고 흘러 베갯잇을 적셨다.

"많이 안 좋다고 하더니 얼굴이 생각보다 더 상했어요."

"그런가요?"

윤아는 수호의 말에 자신의 뺨을 손등으로 쓰윽 문지르며 멋쩍게 웃었다. 계속 연락을 해오는 수호에게 먼저 만나자고 한 건 윤아였다. 상대가 자신한테 어떤 마음으로 다가오는지 충분히 알고 있었다. 하지만 같이 미래를 설계할 생각도 없으면서 만남을 이어간다는 건 잘못된 일이었다. 그래서 오늘 정중하게 거절할 생각으로 나온 자리였다.

"저번에는 밥을 안 먹었으니 오늘은 맛있는 밥을 먹을까요?"

어딘지 들떠 보이는 수호를 보며 윤아는 죄인이 되는 기분이었다.

"제가 살 테니 맛있는 거 고르세요."

"아, 정말요?"

"네."

눈을 곱게 접고 웃는 수호를 보며 윤아는 고개를 끄덕였다.

"음…… A코스보다 B코스가 더 실속 있어 보이는데 어떤가요?"

"네, 그럼 B로 하죠."

수호가 손을 들어 웨이터를 부르자 윤아는 메뉴판을 놓으며 낮게 한숨을 내쉬었다.

"병원에서는 뭐라고 하던가요?"

"그냥, 스트레스가 쌓인 것 같다고……."

"아, 그래요. 스트레스는 만병의 원인이죠."

수호가 입꼬리를 둥글게 말며 말하자 윤아는 물 잔을 들어 목을 축였다. 그의 앞에서 쓰러졌을 때 들렸던 것은 환청일까, 아니면 기억이 없는 상황에서 잠재의식 위로 떠오른 경험이었을까. 수호를 보자 갑자기 의문이 들어 윤아는 곰곰이 생각했다. 그런데 환청인지 기억이었는지 구분하기가 어려웠다.

"윤아 씨?"

"네?"

"여름휴가 어디로 가냐고 물었는데……."

"아!"

윤아는 딴 생각에 빠져 있다 수호의 물음에 제대로 답을 하지 못했다.

"아직 계획을 안 잡았어요."

"여름에는 강원도 쪽이 좋은 것 같아요."

수호가 멋쩍은 웃음을 짓자 윤아는 모래사장이 너무 뜨거워 맨발로 디디는 것이 따가울 정도였던 동해바다를 생각했다. 그러다 나일강 주변의 파피루스를 떠올렸다.

"혹시 파피루스라고 들어봤어요?"

"파피루스라면…… 고대 이집트에서 종이처럼 쓰였던 것 아닌가요?"

파피루스를 종이처럼 사용한 것은 잘 알려져 있었지만 다른 용도로 쓰였다는 것을 아는 이는 거의 없을 것이다.

"맞아요. 그런데 그 용도 말고 다른 용도도 있었는데……."

"그래요? 무슨 용도였는지 궁금한데요?"

윤아는 수호의 말에 씁쓸하게 웃었다. 그곳에서 배우고 익혔던 것들이 여기서는 필요하지 않았다.

"고대 이집트인들은 파피루스 잎줄기를 잘라 끝을 돌로 여러 번 짓이겨 붓처럼 만들어 그걸로 양치를 했어요."

"……."

자신을 물끄러미 바라보는 수호의 눈빛을 읽지 못한 윤아는 입가에 미소를 지으며 말을 이었다.

"또 파피루스의 뿌리나 연한 나뭇가지를 껌처럼 씹어 입안의 기름기를 없애곤 해요."

"재미있네요."

"혹시 들어봤어요? 아메스의 파피루스라고. 수학 문제가 적혀 있는 종이인데……."

"아! 들어 본 것 같아요. 고대 이집트가 그리스보다 수학이 발달되어 있었다고 하는 걸 얼핏 들은 기억이 나요."

"네, 맞아요. 이집트는 나일강의 범람 때문에 땅을 재는 일이 발달되어 있었어요. 땅을 재는 일이 수학의 시작이 된 거죠."

"……."

"아메스의 파피루스는 기원전 1650경으로 추정되는데 그 시대 왕은 힉소스 왕조로 키안이라는 파라오예요. 30년에서 40년 동안 통치를 했다고 하는데 정확한 건지는 모르겠어요."

인터넷의 자료에 따라 키안의 이름이 다르게 나왔다. 외국 이름을 발음하는 것이니 비슷하게 키얀이라고 적힌 곳도 있고 크얀이라고 표기된 곳도 있었다. 왕의 순서가 약간씩 다르기도 했고 다른 이름이 나열되어 있기도 했다. 힉소스 왕조는 5~6명의 왕으로만 이어진 단명한 왕조였었다. 그와 만날 수 없으니 윤아는 자료를 찾아 그와 대면할 수밖에 없었다. 다시는 만날 수 없는 환상 속의 정인이었다.

"윤아 씨, 고대 이집트에 관심이 많은가 봐요?"

"네?"

"고대 이집트 얘기를 할 때, 윤아 씨 눈에서 생기가 돌아요. 보기 좋을 정도로 뺨도 붉어지고."

윤아는 수호의 말에 속입술을 지그시 깨물었다. 자신이 오늘 왜 나왔는지 그만 잊어버린 것이다. 고대 이집트 이야기나 하자고 나온 것이 아니었다. 그런데 이집트 얘기에 정신을 못 차리다니.

"내가…… 그랬군요."

윤아는 갑자기 조용해지며 말수가 줄어들었다. 누구에게도 말할 수 없는 자신의 비밀을 혼자만 감당하려니 버거웠다. 하지만 누가 믿어줄 것인가. 자신과 상담하는, 되지도 않는 수많은 이야기에 시달리다 그러려니 하며 대하는 의사에게도 다 털어놓지 못하는데.

"잠깐 화장실 좀 다녀올게요."

"……네."

윤아는 수돗물을 틀어놓고 손을 담갔다. 차가운 물이 미지근하게 느껴지는 계절이었다. 하지만 이보다 더한 곳에서 견디고 나니 이건 아무것도 아니라는 생각이 들었다. 에어컨은 고사하고 선풍기조차 없는 곳. 시원한 팥빙수는 꿈도 꾸지 못하는 곳. 눈물 콧물 다 짜내는 드라마도 볼 수 없는 곳이었지만 그리웠다. 딱 한 번이라도 그를 볼 수 있다면 정말 이집트의 호루스 신에게 빌고 싶을 정도였다. 하지만 이루어질 일이 아니라는 것을 알고 있었다.

"참 아이러니하지. 그곳에 있을 땐 여기가 그립고 걱정이 되었는데 여기로 오니 그곳이 그립고 생각이 나니 말이야."

윤아는 혼잣말을 하다 피식 웃어버렸다. 물을 잠그고 손을 닦은 윤아는 거울을 보며 옷매무새를 점검했다.

"좀 잘라야 하나……. 흑."

길어진 머리카락을 한 줌 들고 바라보던 윤아는 그만 입술을 깨물고 울음을 터뜨렸다. 키안이 자신의 머리칼을 만지고 냄새를 맡던 모습이 떠오른 탓이었다. 그를 사랑했고 아직도 사랑하고 있었다. 자신이 저지른 일로 헤어지게 되었지만 절대로 원했던 결과가 아니었다. 정말 키안을 두고 갈 수 없어 아이처럼 투정을 부리듯 매달렸었다.

"나 정말 이기적이다."

윤아는 울면서 자신을 향해 질타를 날렸다. 헤르는 어떻게 되었는지 궁금했지만 키안만큼 걱정이 되지는 않았다. 인터넷으로 검색을 하며 가진 확신은 헤르의 이름을 딴 왕이 있다는 것, 그것은 헤르가 죽지 않았다는 증거 같아 보였다. 더불어 키안이 적어도 30년 이상 통치를 했다는 것에 위안을 얻었다. 같이 폭포로 떨어졌지만 그가 죽지 않고 살았다는 역사적 사실에 안도했다.

"오늘 식사 즐거웠어요. 다음에는……."

"죄송해요. 우리는 인연이 아닌 것 같아요."

의아한 얼굴로 자신을 빤히 바라보는 수호의 시선을 받아내기가 어려웠다. 일방적인 통보를 해야 하는 입장이 싫었지만 그렇다고 가만히 있을 수는 없다. 그리 오래 만나 정을 쌓은 것이 아니니 쉽게 정리가 될 것이다.

"윤아 씨는 저와 인연을 만들어 나가기 싫은가 봅니다."

"네?"

약간 화가 난 듯 실망감을 감추지 않는 수호의 눈빛을 보는 순간 윤아는 자신에게 화를 내던 키안의 눈빛을 떠올렸다.

"제 앞에서 부끄러운 모습을 보여 그러는 거라면 그만두십시오. 전 윤아 씨가 술을 먹고 술주정을 부려도, 토사물을 토해내도 다 감싸줄 수 있으니."

"수호 씨가 좋은 사람이라는 건 알아요. 그런데 좋은 사람이라는 이유로 인연을 만들기엔 시작부터 다르지 않았나요?"

"무슨 시작이 다릅니까?"

"결혼을 전제로 만나는 사이에서 그저 좋은 사람이라는 것으로 인연을 이어갈 수는 없다고 생각합니다."

다그치는 수호를 향해 윤아도 물러서지 않았다. 인연을 정리하는 데 미련을 두는 짓은 어리석은 것이다. 그러니 여기서 할 말을 다 하고 깔끔하게 돌아서야 했다.

"저한테 기회도 안 주고 방어막을 세우실 겁니까?"

윤아는 엘리베이터가 빨리 도착하길 바랐다. 계속 실랑이를 하고 싶은 생각은 없었다. 수호가 자신의 생각을 존중해 순순히 물러설 줄 알았는데 의외로 완강한 구석이 있었다.

"서로가 사랑하면 더 좋아요. 한 사람의 일방적인 사랑보다 서로가 주고받을 수 있는 그런 마음이 있으면……."

"윤아 씨……."

수호에게 줄 마음이 없다는 말을 돌려 말하자 그는 눈치챈 듯 멍한 시선을 보냈다.

"미안해요."

자신에게 잘하려고 애를 쓰는 수호의 마음을 모르지 않았다. 하지만 자신의 가슴이 키안으로 가득 차 있는 지금 그것을 숨기고 수호를 받아들일 수는 없었다. 만나러 갈 길도 없고 살아가는 동안 다시는 만날 수 없는 사람이지만 가슴에 들어찬 그를 다른 이로 밀어내고 싶지 않았다.

"운동 다녀오니?"

윤아는 신발을 벗고 거실로 들어서다 엄마의 말에 고개만 끄덕였다.

"잠깐 얘기 좀 할까?"

윤아는 물을 마시다 엄마를 멀뚱히 바라봤다. 뭔가를 각오한 듯한 엄마의 얼굴이 불안하게 보였다.

"무슨 일 있어?"

"……."

자신을 물끄러미 바라보는 윤아의 뺨을 쓰다듬으며 엄마는 눈물을 보이지 않으려 짙은 호흡을 내 쉬었다.

▲

"살아보지 않고는 알 수 없는 부분을 아주 상세히 말했어요."

"그게 말이 된다고 생각하십니까?"

어느 날 정신과에 가서 치료를 받겠다던 윤아가 기억을 찾았는지 약간 다른 태도를 보였었다. 진전이 있었느냐고 물으면 그저 건성으로 '응'이라고만 답할 뿐이었다. 더 깊은 대화를 하려들면 피곤하다는 핑계를 대고 자리를 피하던 윤아였다. 그래서 답답한 마음에 의사를 찾아갔다. 상담은 어느 정도 진행이 됐으며 어떻게 치료를 하고 있는지 확인하기 위해서였다. 그런데 의사는 윤아가 이미 기억을 다 찾았고 더 이상 상담을 하지 않는다고 했다. 그러면서 이상한 말을 했었다. 윤아가 고대 이집트의 일을 잘 알고 있고 사람들이 알 수 없는 부분까지 상세히 알고 있다고 했다.

"자료가 없는 고대 이집트인들의 속옷을 알고 있고 고관들의 지위체계나 세금을 거두는 방식까지도 잘 알고 있습니다. 그리고 이집트의 문자를 거침없이 읽는 것으로 보아 그곳에 있었던 것이 분명합니다. 그렇지 않고서는 설명이 안 되는 일입니다."

"그 뭐냐, 인터넷에 검색하면 나오는 것들 아닌가요?"

인정할 수 없었다. 윤아가 실종된 기간 동안 고대 이집트에 다녀왔다는 말에 어이가 없어 헛소리하지 말라고 했다. 그런데 의외로 진지한 의사의 표정에 압도되어 무슨 말인지 들어나 보자 싶어 앉아 있었다.

"네, 요즘은 인터넷에 검색하면 뭐든 웬만큼 다 알 수 있긴 합니다만, 윤아 씨가 피라미드의 내부를 아주 자세히 그렸어요."

"윤아가 그렸다고요?"

"네, 반신반의하면서 인맥을 동원해 윤아 씨가 그린 그림을 이집트 고고학자에게 보냈는데 놀라더군요. 처음엔 누가 장난을 친 줄 알았다고 했습니다. 하지만 그렇게 상세히 그릴 수 없을 만큼 빠트린 부분 없이 모두 다 그렸다면서…… 그리고 오히려 복원하는 데 도움을 받았다고 할 정도라고……."

어떻게 이런 일이 일어나는지 믿을 수가 없어서 그냥 의사의 말을 흘려들었다. 그러니 혼란스러웠던 마음이 좀 편해졌다. 그런데 잘 만나고 있는 줄 알았던 규하 삼촌과 헤어졌다는 말에 심장이 쿵하고 내려앉았다.

▲

"엄마, 왜 그래?"

"어? 어……."

엄마는 윤아의 뺨을 쓸며 입술을 지그시 깨물었다.

기적처럼 오피스텔에서 윤아를 다시 만났을 때 엄청 놀랐었다.

게다가 윤아가 입고 있는 옷이 이상했다. 무슨 일을 당한 것이라 생각해 가슴이 덜커덕 내려앉았다. 온갖 나쁜 일들이 상상돼 미칠 것 같았다. 그래서 입고 있던 옷을 벗겨 숨겼었다. 그렇게 윤아를 병원에 데려가고 옷 생각은 잊고 있었다. 그런데 윤아가 옷에 대해 묻자 대답하기가 싫었다. 보여주었다면 윤아의 기억이 더 빨리 돌아왔을지도 모르는 일이지만.

"규하 삼촌하고 정리를 했다고……."

"아!"

윤아는 손을 들어 자신의 눈을 가리다 머리를 쓸어 넘겼다.

"둘이 잘 되는 줄 알고 은근 기대를 했는데…… 왜 아닌 것 같았어?"

"그게……."

"사람 좋아 보이던데, 안 그래?"

"그렇긴 한데 나보다 더 좋은 사람 만나는 게 나을 것 같아서."

"네가 어때서?"

윤아는 가만히 속입술을 깨물었다. 키안이 마음에서 떠나면 그때 다른 이를 받아들일 수 있을 것이다. 하지만 지금은 그럴 일이 없었다. 시간이 지나면 희미해질 테지만, 시간이 지나면 잊고 살아지겠지만 현재 자신의 마음에 또 다른 이를 담는 것은 버거운 일이었다.

"나 다른 사람 좋아해."

이렇게 말해두지 않으면 엄마가 계속 수호와 잘해보라고 등 떠밀 것 같아 윤아는 장난스럽게 말했다.

"누군데……?"

하지만 진지하게 받아들이는 엄마의 표정에 윤아는 입을 다물어버렸다. 그는 이집트를 통치하는 파라오며 자신을 아껴주는 이라고 말할 수 없어 속상했다. 어쩌면 떠나온 저를 잊고 다른 여인을 곁에 두었을지 알 수 없는 일이었다. 하지만 그가 그렇게 했다고 해서 원망하고 싶은 생각은 없었다.

"나중에 말해줄게. 아직은……."

"……너에게 보여줄 게 있다."

윤아는 엄마를 외면하며 소파를 일어서다 눈을 동그랗게 떴다.

"잠시만 기다리고 있어."

방으로 들어간 엄마를 기다리며 윤아는 무릎을 감싸 안았다. 그곳은 시간이 얼마나 흘러 있을까. 겨울에 사라졌지만 그곳은 겨울이 아닌 여름의 한가운데였다. 지금은 무슨 계절일까. 여기와 반대로 겨울일까.

"저번에 네가 궁금해하던 옷이다."

윤아는 거실 바닥에 놓여 있는 옷을 보며 눈을 커다랗게 떴다. 고대 이집트에서 자신이 마지막으로 입고 있었던 옷이었다.

"엄…… 마."

윤아는 흔들리는 동공으로 엄마를 올려다봤다.

"의사한테 했던 얘기 다 들었어. 믿고 싶지 않은데 이 옷을 보면 안 믿을 수도 없어서……."

엄마의 일그러지는 얼굴을 보며 윤아는 눈물을 뚝 흘렸다. 가족들에게는 미안하고 죄스러운 일이지만 키안에게로 돌아가고 싶었다. 자신이 누구를 사랑하고 있으며 그의 곁으로 가고 싶어 한다는 것을 엄마에게 말하고 싶었다. 자신의 괴로운 마음을 토로할 수 있는 이가 한 명쯤은 있었으면 좋겠다고 생각했었다. 그래서 윤아는 엄마를 붙잡고 모든 것을 털어놓기 시작했다.

"윤아야, 윤아야?"

윤아는 조심스럽게 자신을 흔드는 손길에 눈을 떴다. 울다 기운을 다 빼고 쓰러지듯이 잠이 든 모양이었다.

"오피스텔에서 연락이 왔는데 집이 나갔다고 하는 구나."

"아."

윤아는 일어나 앉아 잠시 흐트러진 정신을 추스르고 시간을 확인했다. 저녁 6시를 향해 가고 있었다.

"이삿짐센터에 전화를 해서 견적이 얼마 나오는지……."

"엄마, 가구들은 가져올 필요 없으니 그냥 버리든지 중고 가게에 넘기고 필요한 책이나 옷만 대충 챙겨오면 될 것 같은데."

"그래? 그럼 일이 줄겠네. 너 어디 가게?"

윤아가 일어나 옷을 갈아입자 엄마가 걱정스러운 얼굴로 물었다. 오전에 그렇게 울다 탈진해서 잠든 윤아였다. 윤아가 돌아온 이후로 정신이 딴 곳에 있었던 이유를 알게 된 날이기도 했다.

"이삿짐센터 안 부를 거니까 지금부터 조금씩 옮겨 오려고. 일단 오늘은 간단하게 옷 몇 가지만 챙겨 올까 하고."

"그럼, 같이 갈까?"

"아냐, 엄마. 혼자서 천천히 정리하고 싶어서 그래."

"……그래, 그럼."

씁쓸한 얼굴의 엄마를 보며 윤아는 애써 괜찮은 척 밝게 웃었다. 그래도 엄마에게라도 털어놓으니 조금은 홀가분해진 기분이었다.

"아, 쓰레기봉투가……."

윤아는 주방으로 가 쓰레기봉투를 찾았다. 쓰레기봉투에 자잘하게 버릴 것들을 담고 차에 실어갈 수 있는 책들은 노끈으로 묶어 현관 신발장 앞에 내놓았다.

"어! 이건 뭐ㅈ……!"

윤아는 샨탈이 보여준 환영에서 할머니가 들고 있던 호루스 병임을 알고 눈이 커다래졌다.

"이거 과외 방에 두고 공부해. 좋은 일이 생길 거야."

"하아."

윤아는 속에서 올라온 짙은 한숨을 내뱉고는 병에 묻은 먼지를 닦았다. 할머니가 이집트 여행을 다녀오면서 사온 그저 흔한 기념품인 줄 알았다. 그래서 별생각 없이 선반 위에 올려두었는데 언제 떨어진 것인지.

윤아는 여행용 가방을 꺼내 호루스 병을 넣었다. 그러고는 옷을 차곡차곡 개서 담았다. 오피스텔에서 생활하는 날이 많아 옷이 생각보다 많았다.

“이번 기회에 안 입는 옷들은 정리를 해야겠다.”

윤아는 의류함에 넣을 옷들과 가져갈 옷들을 따로 챙겼다. 책과 가방을 현관에 두고 윤아는 꽉 찬 쓰레기봉투와 의류함에 넣을 옷을 챙겨 들고 현관을 나섰다.

“쓸데없이 욕심을 부려서는…….”

엘리베이터에 올라 아픈 손을 허공에 털며 윤아는 자신을 나무랐다. 고대 이집트에 있을 때는 필요 없는 물건보다 부족한 물건이 더 많아서 아껴 쓰는 것이 당연했다. 그 생각을 하던 윤아는 피식 웃으며 허리를 펴고 거울에 등을 기대었다.

“유나.”

윤아는 화들짝 놀라며 뒤를 돌아봤다. 분명 키안의 목소리가 들렸다. 하지만 돌아본 곳에는 아무도 없었다. 그저 거울 속의 자신이 거울 밖의 자신을 빤히 바라보고 있을 뿐이었다. 윤아는 자신이 또 환청을 가장한 기억을 더듬은 것이라 생각하며 허탈한 한숨을 쉬었다.

## 염원하다

철퍼덕.

중심을 잃은 몸이 힘없이 바닥을 향해 꼬꾸라지자 아르탁은 소름이 돋아났다. 이제 곧 자신의 차례라는 것을 감지하자 오금이 저렸다.

검 끝에 맺힌 핏방울이 바닥으로 툭 떨어지자 피 웅덩이에 작은 파문이 일었다. 샨탈은 자신의 앞에 긴 그림자를 만들며 서 있는 파라오를 올려다봤다. 신관 주재 재판이 열리면 윤아를 제거해야 한다는 건 기정사실처럼 굳어지는 일이었다. 그래서 자신의 선에서 최대한 죽음이 아닌 추방이 될 수 있게 노력하려 했다. 파라오가 개입해 윤아를 빼돌리자 샨탈은 내버려두려 했다. 하지만 신관들은 아르탁을 중심으로 윤아의 추포를 명했고 추포과정에서 죽이려 들었다.

"감히, 파라오의 여인을 죽이려 들어?"

파라오가 검을 겨누자 아르탁은 벌벌 떨며 목소리를 쥐어짰다.

"파, 파라오여, 그 여인은 권력을 함부로 휘두른 죄인, 아니 여인으로……."

"너도 파라오의 권위에 도전을 했으니 죽어야겠구나."

"헉!"

키안이 감정을 담지 않는 눈동자로 검 끝을 깊이 넣자 아르탁은 단말마의 비명을 지르며 손을 내저었다.

"파, 파라오…… 여."

샨탈은 주변에 어지럽게 널브러진 시체를 보며 입매를 굳혔다. 모두 윤아의 추포에 가담한 이들이었다. 그냥 화살이 아닌 독화살이라는 점이 파라오를 더 분노하게 만든 것 같았다. 도주했으니 잡으려 한 것은 충분히 설명이 가능하지만 추포과정에서 죽이려 든 것은 용서가 안 되는 듯했다.

"파라오여, 지금은 몸을 보하셔야 합니다."

보다 못한 샨탈이 키안을 말리고 나왔다. 독화살을 맞고 살아난 것은 기적이었다. 신병의 화살에 묻은 독이 시간이 많이 지나 희미해진 덕이었다. 독화살을 맞고 열에 시달리던 파라오가 기력을 찾자마자 제일 먼저 한 것이 저들을 베어버린 일이었다. 그리고 그 일을 이끈 아르탁을 살려두며 그들이 하나하나 죽어가는 것을 지켜보게 했다.

"수는 우리들의 힘입니다. 파라오여."

아르탁의 말에 키안의 미간이 구겨졌다. 고개를 살짝 기울이며 입가에 미소를 짓는 듯 보이는 키안의 얼굴은 소름이 끼칠 정도였다.

"그러니 우리들의 힘을 약하게 하는 이는 살려두어서는……!"

아르탁은 살점을 푹 찌르는 검의 움직임을 느끼며 입을 다물고 벌벌 떨었다.

"우리? 누가 너에게 권력을 쥐어준 적이 있었나?"

"네? 파, 파 크헉!"

샨탈은 허공으로 뿜어지는 피를 보다 눈을 질끈 감아버렸다. 아르탁이 말을 조금만 아꼈다면 저리 허망하게 가지는 않았을 것이다.

"파라오여!"

바닥으로 무엇인가가 넘어지는 소리에 샨탈은 고개를 번쩍 들었다. 키안이 그대로 쓰러진 것을 보며 샨탈은 몸을 일으켜 파라오를 끌어안았다.

"신관님! 제가 하겠습니다."

라메가 다가와 키안을 들쳐 업고 몸을 재빠르게 일으켰다.

"의사를 불러라!"

샨탈은 라메를 따라 나가며 소리쳤다.

키안이 여인에게 몰두하는 것을 처음 보았다. 하지만 사람 마음에 영원한 것은 없는 법이다. 그래서 곧 흥미를 잃고 시들해질 거라 생각했는데 그렇지 않았다.

"어떻게 되었느냐?"

키안을 진료한 이에게 샨탈은 다급하게 물었다. 이마에 송골송골 땀이 맺힌 의사는 고개를 저으며 절망적인 표정을 지었다.

"독이 더 퍼지는 것은 막았지만 좀 더 지켜봐야 할 것 같습니다."

의사의 말에 샨탈은 털썩 주저앉았다. 어린 나이에 살리티스 파라오의 뒤를 이었지만 누구도 얕잡아 보지 못할 당당함이 있던 파라오였다. 해박한 지식에, 모든 것을 섭렵할 정도로 배움에 게으름이 없었다. 자신보다 큰 전사에게도 기가 눌리지 않는 검술과 용맹함을 가지고 있었다. 그런 파라오가 여인 하나로 인해 움직이고 자신의 자리를 걸었다.

"하아."

샨탈은 두 손에 머리를 묻으며 후회가 섞인 한숨을 쉬었다. 환영을 보여주지 말았어야 했던 것은 아닐까. 자신만 모른 척 했다면 일이 이렇게까지 흘러가지는 않았을 것이다. 아니면 자신이 윤아와 협상을 해서 일을 마무리 지을 수도 있지 않았을까.

"샨탈님, 돌아가 계십시오. 좀 전에 의사가 파라오를 잠들게 했으니 깨어나려면 시간이 걸릴 겁니다."

라메의 말을 들으며 샨탈은 고개를 저었다. 폭포로 떨어진 파라오를 데리고 온 것은 라메였다. 야쿠바암의 사건 때 보았던 환영이 이 일과 연관이 있다는 것을 알았을 때 심장이 철렁 내려앉았다.

"여기 있는다고 파라오가 깨어나는 건 아니지 않습니까."

원망이 섞인 라메의 볼멘소리에 샨탈은 고개를 들었다.

"그런데 어떻게 유나님이 돌아갈 수 있었던 거지?"

샨탈은 갑자기 떠오른 의문에 라메를 쳐다봤다. 분명 파라오는 사자의 서 주문을 읊었다고 했었다. 가장 강력한 주문을 뒤집을 수 있는 것은 없었다. 파라오가 다른 마법의 주문을 외워 윤아를 자신의 세계로 돌려보낸 것일까.

"파라오만이 아십니다."

샨탈은 라메의 대답에 짙은 한숨을 쉬며 자리를 일어났다. 라메의 말처럼 여기 있는다고 파라오가 더 일찍 깨어나는 것은 아니었다. 파라오가 분노를 표출한 흔적을 치워야 했다. 샨탈은 피가 흥건한 바닥을 떠올리며 고개를 저었다.

"파라오가 깨어나시면 알려라."

"네."

라메는 서둘러 나가는 샨탈을 보다 파라오를 쳐다봤다. 창백한 얼굴에 바짝 마른 입술을 보며 라메는 미간을 좁혔다.

"사자의 서 주문을 외웠는데 이것이 가능하겠습니까?"

자신도 샨탈처럼 같은 의문을 가졌었다. 그런데 파라오는 그저 입꼬리를 살짝 올렸을 뿐 대답을 주지 않았었다.

"파라오여, 이겨내십시오. 제발."

라메는 두 손을 깍지 끼고 기도를 올렸다. 같이 자라다시피 한 정신적 지주이자 자신의 유일한 군주였다. 그 폭포를 향해 자신이 갔어야 했다는 후회가 들어 마음이 괴로웠다. 하지만 파라오가 헤르를 지키라는 명령을 하는 바람에 제 때에 움직일 수 없었다. 피지배계층인 헤르는 아무도 모르게 사라질 수 있는 운명이었다. 그나마 윤아는 재판을 받을 수 있지만 헤르는 달랐다. 그것을 염려한 것이라 생각했다. 파라오는 윤아가 슬퍼할 일은 만들고 싶어 하지 않았다.

"신관님, 파라오께서 깨어나셨다 합니다."

"알았다!"

샤탈은 튕기듯이 일어나 신전을 벗어났다. 파라오의 권위에 도전했다는 죄목을 씌워 윤아를 죽이려 든 신관들과 신병들을 처리하고 샤탈은 바쁘게 움직였다.

"파라오여, 무탈하셔서 다행입니다."

창가에 서서 노을 바라보는 파라오의 모습에서 아픔이 느껴졌다.

"파라오여! 어찌 이런……."

샤탈은 돌아서는 키안을 보다 눈이 커다래졌다. 왼쪽 눈에 안대를 한 키안의 앞에 넘어지듯이 엎드린 샤탈은 망연자실한 표정을 지었다.

"독이 퍼져 시력을 잃으셨습니다."

샤탈이 옆에 있던 의사를 쳐다보자 의사가 짧게 설명을 했다.

"하, 이, 이런……."

"샤탈."

"네, 파라오여."

샨탈은 자신을 부르는 키안의 목소리에 울음이 터질 것 같아 입술을 질끈 깨물었다. 호루스 신이 세트에 의해 왼쪽 눈을 잃어버린 것처럼 파라오인 그도 왼쪽 눈의 시력을 잃어버린 것이 참으로 아이러니했다.

"유나가 무사히 돌아갔는지 확인할 수 있습니까."

샨탈은 고개를 들어 파라오를 바라보다 자리에서 일어났다. 눈을 감고 정신을 집중하던 샨탈은 고개를 갸웃하다 얼굴이 굳어졌다. 당황스러웠다. 자신의 능력이 줄어든 것인지 윤아의 모습이 어디에도 보이지 않았다.

"보이지 않습니까."

"……보이지 않습니다."

"기억을 지운 것과 연관이 있습니까."

표정이 없는 키안을 보며 샨탈은 안타까운 표정을 지었다. 몸을 추스르자마자 윤아의 안위를 걱정하는 파라오가 짠하게 가슴을 치고 들어왔다.

"그건 아닌 것 같습니다. 뭔가가 가로막혀 있는 듯 감지가 되지 않습니다."

키안은 샨탈의 말을 들으며 서늘한 한숨을 내쉬었다.

"파라오여, 질문이 있습니다."

키안이 고개만 살짝 기울여 쳐다보자 샨탈은 마른침을 넘기고는 입을 열었다.

"유나님에게 사자의 서 주문을 외운 것이 아닙니까?"

키안은 고개를 돌려 창밖을 바라봤다. 한쪽 눈으로만 보는 것이 익숙하지 않았다. 해가 지고 있는 하늘을 보며 키안은 눈을 감았다가 떴다. 마취제를 흡입한 윤아를 안아 침상에 눕혔을 때 심장에 서늘한 한기가 스며들었었다. 어디서 시작된 것인지 알 수 없는 조바심도 일었고 안쓰러움이 들어 주문을 외우다 멈추었었다.

“끝까지 외우지 못했습니다.”

키안의 말에 샨탈은 눈을 휘둥그레 뜨고는 당황한 표정으로 그의 뒷모습을 바라봤다. 당연히 주문을 외웠다고 해서 그런 줄 알았는데 다 외우지 못했다는 말에 샨탈은 등골이 오싹해졌다.

“그럼 저번에 야쿠바암에게 끌려가 나일강으로 떨어졌을 때 유나님이 자신의 세계로 돌아갈 수…….”

“그때는 야쿠바암이 윤아를 붙잡고 있어 통하지 않은 것 같습니다.”

그때는 다급한 마음 때문에 그것을 살필 겨를이 없었다. 야쿠바암의 생에 대한 욕심이 윤아를 이집트에 계속 묶어둔 것이었다. 그래서 독화살을 맞고 폭포로 떨어질 때 윤아를 끝까지 붙잡고 있으면 윤아가 돌아가지 못한다는 것을 알고 있었다.

“유나를 볼 수 있으면 알려주십시오.”

키안은 그렇게 말을 하고는 방을 나섰다.

“파라오여, 무리하시면…….”

샨탈은 무리하는 키안을 보며 안타까운 심정으로 입을 열었지만 그는 이미 자취를 감춘 후였다. 이런 와중에도 키안은 빠짐없이 주위를 살피고 챙기고 있었다. 신병제도를 폐지한 키안은 그들을 파라오의 근위대로 편입시키고 거부하는 자들은 호루스 신의 이름으로 모두 베어버렸다. 잔인한 군주였지만 그 누구보다 지지를 얻고 있는 파라오였다. 어릴 때부터 익힌 파라오의 습성에 아주 충실한 이였다.

"어디를 가신 것이냐?"

라메를 추궁하는 샨탈의 얼굴에 근심이 가득이었다. 이런 적이 한 번도 없었는데 파라오가 말없이 사라지는 일이 자꾸 일어났다. 근위병도, 친위대 메자이도, 라메도 없이 키안은 해가 질 무렵이면 모습을 감추곤 했다.

"모릅니다."

그림자처럼 움직이던 라메가 모른다고 하자 샨탈은 좌불안석이 되었다. 헤르가 수를 배운 사실이 외부로 새어나가지 않게 철저히 막았지만 정작 당황스러운 것은 헤르가 사라져 버린 일이었다. 하늘로 증발한 것처럼 헤르는 어디에도 없었다. 다만 파라오가 감추어 두었을 거라고 짐작만 할 뿐이었다.

"이제 곧 오실 때가 되었습니다."

라메의 말에 샨탈은 곤혹스러운 눈으로 지평선을 바라봤다. 파라오가 윤아 때문에 방황하는 것은 아닐까 하는 염려가 들었다. 윤아가 오기 전까지는 간간이 여인을 품었지만 윤아가 온 이후로는 그녀 이외의 다른 여인은 안지 않은 파라오였다. 윤아가 떠나간 이후로는 아예 여인을 쳐다보지 않았다.

"저기 오십니다."

"어디? 아!"

라메의 말에 손차양을 만들어 고개를 내밀던 샨탈이 반가운 탄성을 내지르며 다가갔다.

"파라오여, 이맘때가 되면 어디로 사라지는 것입니까?"

키안은 샨탈의 말에 입꼬리를 슬쩍 올렸다 내릴 뿐 입을 열지는 않았다. 해가 지는 시간이 되면 윤아가 그리웠다. 그녀의 청색 눈동자가 보라색을 띠던 시간. 윤아가 가장 강력하게 자신의 뇌리에 박혔던 시간이기도 했다.

"급한 일이라도 있습니까."

"파라오여, 유나님이 희미하게 보입니다."

"……!"

"보여드리겠습니다."

샨탈이 허공에 손을 두어 번 움직이자 윤아가 방문 앞에서 주방으로 걸어가는 것이 보였다. 약간 야윈 듯한 윤아를 보며 키안은 속입술을 지그시 깨물었다.

"유…… 나."

고개를 돌리는 윤아가 자신을 볼 수 있는 것도 아닌데 마치 보는 것처럼 시선이 마주친 것 같아 키안은 심장이 두근거렸다. 손만 뻗으면 윤아를 만질 수 있을 것 같았다.

"아!"

키안이 손을 뻗자 환영이 스르르 사라졌다. 안타까운 탄성을 터트린 키안은 자신의 왼쪽 눈을 손바닥으로 지그시 누르며 고개를 저었다.

"저의 능력이 점점 줄어드는 것 같습니다. 환영이 희미할 뿐 아니라 볼 수 있는 시간도 아주 짧습니다."

샨탈이 이미 각오했다는 듯 담담한 목소리로 말했다.

"……."

"그리고 장소도 한정되어 있는 듯합니다."

키안이 고개를 삐딱하게 기울이며 샨탈을 바라봤다.

"한정되어 있다는 말이 무슨 말입니까."

"살리티스 파라오께서 염원을 불어넣은 호루스 병이 있는 곳만 볼 수 있는 듯합니다."

"하아……."

키안은 자신의 이마를 짚으며 회한 같은 한숨을 내쉬었다.

샨탈 같은 신관은 이전에도 이후에도 나오지 않을 것이다. 그의 능력은 그 누구도 따라올 수 없었다. 그를 찾아낸 것은 자신의 아버지 파라오였고 그를 신관의 자리에 앉혀 힘을 부여한 것은 자신이었다. 자신에게 충성을 다한 샨탈이다. 쇠락한 몸으로 무리하게 유체이탈을 강행해 윤아를 두 번이나 데려온 이였다. 그러니 샨탈의 저 말은 더는 윤아를 데려올 수 없다는 뜻이다.

"피곤하실 텐데 그만 쉬십시오."

"파라오여, 만일…… 만일 유나님을 다시 데려오기를 바라신다면……."

"기억을 못하는 상황에서는 돌아와도 소용이 없습니다."

샨탈은 키안의 말에 속으로 탄성을 삼켰다. 그는 윤아가 원치 않으면 데려오지 않을 생각으로 돌려보낸 것이다.

"라메."

키안이 사라지자 샨탈은 라메를 불렀다.

"다음에는 파라오의 뒤를 따라 어디로 가시는지 알아……."

샨탈은 비장한 얼굴로 라메에게 귀엣말을 했다. 그러자 그가 말을 자르며 대답했다.

"그럴 필요 없습니다."

"뭐!"

샨탈은 너무 의외의 답에 눈을 부라리며 라메를 쳐다봤다.

"파라오께서 가시는 곳은 그분과의 추억이 있는 곳입니다."

"아까는 모른다 하지 않았느냐!"

샨탈은 너무 어이가 없어 바락 소리를 질렀다. 파라오가 모두를 수용하는 것처럼 보이지만 정작 모든 것을 밀어내고 있다는 것을 라메의 답을 들으며 눈치를 챘다.

"파라오께서 그 누구에게도 알리지 말라 하셨습니다."

라메는 고개를 저으며 한숨을 쉬었다. 말없이 눈앞에서 사라지는 파라오로 인해 놀란 것은 자신이었다. 그래서 하루는 작정을 하고 뒤를 밟았더니 파라오가 먼저 눈치를 채고 돌아섰다. 그리고 자신을 내버려두라는 명령.

"당분간 모른 척하십시오. 지금은 많이 심란하신 것 같습니다."

라메는 샨탈을 향해 고개를 숙이고는 자리를 떴다. 아직 자신의 마음을 사로잡은 여인이 없었던 라메는 키안의 마음을 이해하는 데 어려움이 있었다. 하지만 그가 가지는 상실감은 어느 정도 느끼고 있었다. 파라오가 감정에 휘둘리는 모습을 보니 측은하기도 했지만 더 인간적으로 느껴지기도 했다.

"파라오여."

키안은 들고 있던 파피루스에서 시선을 들었다. 샨탈이 어딘지 모르게 상기된 얼굴로 서 있었다.

"무슨 일입니까."

키안은 피곤한 눈을 감았다 뜨며 턱을 괴었다.

"이번에는 정확하게 보였습니다. 보시겠습니까?"

샨탈이 누구를 말하는 것인지 알기에 키안은 가만히 고개를 끄덕였다. 샨탈이 허공에 커다란 원을 그리자 그 원 속에서 윤아가 나타났다.

"저 호루스 병 때문에 정확하게 보이는 것 같습니다."

키안은 자리를 일어나 윤아 앞으로 다가갔다. 구불구불하던 머리칼은 사라져 있었고 얼굴은 더 작아보였다. 얼마 전까지 자신의 품에 안겨 있던 여인이 이제는 손도 닿지 않는 곳에 있었다. 손을 허공에 터는 윤아의 모습에 키안은 눈을 감았다 떴다. 기억을 찾았는지 알 수 없어 속이 탔다.

"유나."

만지고 싶은 생각에 키안이 손을 뻗자 환영이 사라졌다. 안타까움이 밀려들자 키안은 자신의 주먹을 꽉 쥐었다.

"파라오여, 명을 내리시면 데려오겠습니다."

기억을 찾았는지 확신할 수 없는 상황에서 데려오면 같은 일이 반복될 것이었다. 아메스가 아직 도형을 배우지 않았다는 것을 알았지만 그 이유로 다시 윤아를 끌고 오고 싶은 마음은 없었다.

"윤아를 설득하는 데 힘 빼는 일, 두 번은 하기 싫습니다."

기억을 잃은 윤아가 순순히 자신의 말을 듣지 않을 것이라는 건 충분히 예상 가능한 일이다. 키안은 자신에게 뜨겁게 안겼던 여인을 눈앞에 두고 안지 못하는 고통을 겪고 싶지 않았다.

"그럼, 파라오여. 헤르는 어디에 있습니까?"

"……."

말없이 자신을 바라보는 키안의 눈빛이 고요하게 가라앉은 것을 보며 샨탈은 괜한 질문을 했다고 생각했다.

"수를 아는 여인이 필요하셔서 묻는 것입니까."

명백하게 비아냥거리는 키안이었다. 신관 주재 재판을 열어야 한다고 파라오를 괴롭힌 일을 두고 키안이 일침을 가하는 것이었다.

키안은 보던 파피루스를 던지듯이 내려놓고는 창가로 다가갔다. 달빛이 밝은 밤이었다.

"아니, 못 찾을 수도 있지!"

북극성을 못 찾아 딱밤을 맞던 윤아가 생각난 키안은 혼자 피식 웃었다. 자신을 노리는, 파라오의 자리를 노리는 이들이 많아

늘 위협 속에 살아야 했다. 그래서 만일 자신에게 위험이 닥쳐 윤아가 혼자 남을 경우를 대비해 길을 찾을 수 있게 한 것이었다. 그런데 쓸 일이 없었다.

"거기선 길 잃을 일이 없겠지."

주위가 사막이면 길을 잃기 십상이었다. 폭풍이 불면 모래언덕이 금방 모습을 바꾸는 곳이 사막이었다. 카르반(대상)을 만나면 그나마 행운이었다. 하지만 카르반 중에는 노예 거래를 하는 이들도 있었다. 그런 이들에게 윤아가 잡힌다는 생각을 하자 키안은 자신도 모르게 어금니를 꽉 물었다.

"파라오여!"

라메가 다급하게 부르는 소리에 키안은 생각을 접었다.

"신관 샨탈이 위급합니다."

키안은 지체 없이 걸음을 떼었다. 그가 최근 들어 많이 아프다는 것을 알고 있었지만 들여다보지 않았다. 마음에 상처를 입은 것이 나아지지 않았다. 윤아가 자신의 여인이라는 것을 알면서 그녀의 죄를 공론화하는 데 제일 먼저 움직인 것은 다름 아닌 샨탈이었다. 파라오의 권한으로 윤아를 충분히 빼돌릴 수 있었음에도 움직일 수 없게 만든 것이 바로 샨탈이었다. 하지만 그가 뒤늦게 윤아를 죽음이 아닌 추방으로 판결내기 위해 노력했고 다른 신관들이 윤아를 죽이기 위해 추포령을 내렸을 때 그 사실을 알려준 이여서 유일하게 그만 살려둔 것이었다.

"파라오여, 죄송합니다."

서글픈 얼굴로 자신을 바라보는 샨탈을 향해 키안은 가만히 고개를 끄덕였다.

"쓸 수 있는 모든 약을 쓰라고 일러두었습니다."

"파라오여, 감사합니다."

기력이 쇠진해진 샨탈은 눈을 감았다. 키안은 그의 이불을 고쳐 덮어주고는 자리를 일어났다. 윤아에 이어 샨탈마저 자신의 곁을 떠난다고 생각하니 마음에 풍랑이 일었다. 의지할 곳이 하나씩 사라져 버리는 기분은 북극성이 없는 사막의 밤을 거니는 기분이었다.

언제 다시 기력을 찾을지 모르는 샨탈 때문에 키안은 매일 그를 찾았다.

"파라오여."

자신을 향해 손을 내미는 샨탈을 물끄러미 바라보던 키안은 거릴 좁혀 손을 잡았다.

"원망하신…… 것, 마음에 담아 두지 않았습니다."

키안은 미간을 찌푸렸다. 샨탈이 마지막 유언처럼 하는 말에 마음이 편치 않았다.

"저는…… 이제 가망이 없는 듯합니다."

"하아."

키안은 낮은 한숨을 내쉬고는 샨탈의 손등을 두드려 주었다. 딱히 무슨 말로 어루만져 주어야 할지 막막한 심정이었다.

"부강한 이집트로…… 이끌어 주십시오."

선대 파라오가 염원하던 일이었다. 하지만 자신이 염원하는 것은 윤아가 곁으로 돌아오는 것이었다. 자신이 죽는다고 해도 이집트는 부강을 이어갈 것이다. 수를 가진 나라로 영원히 힘을 가질 것이다. 하지만 자신은 살아 있는 동안 바라볼 곳이 없었다.

"……."

"파라오께 필요한…… 모든 것을…… 제가 도와드리겠습니다."

아픈 샨탈의 말에 키안은 허탈한 감정을 느끼며 입술을 달싹였다.

"그만 쉬시는 게 좋겠습니다."

키안은 말하는 것도 벅차하는 샨탈을 향해 고개를 까닥여 인사를 하고는 자리에서 일어섰다. 신전을 벗어나는 키안의 눈이 노을진 하늘로 향했다. 손을 들어 눈을 가린 키안은 얼굴을 쓸어내리고 걸음을 뗐다. 아무래도 샨탈이 며칠을 넘기기 어려울 듯했다. 살아오면서 떠나보낸 이가 한둘이 아니었지만 샨탈은 조금 더 특별했다. 윤아를 떠나보내는 데 일조를 한 샨탈을 향해 원망을 가졌었지만 생의 마지막을 마감하려는 샨탈을 보는 순간 그 원망이 부질없다는 생각이 들었다.

키안은 말고삐를 움켜쥐고 끌어당겼다. 멀리 크리오 스핑크스를 보며 키안은 속도를 늦추었다. 샨탈이 생을 마감하면 윤아를 볼 수 있는 것도 끝이었다. 샨탈이 몸져누운 후로 윤아를 한 번도 못 본 키안이었다. 호루스 병을 윤아가 가진 이후로 볼 수 있는 기회가 여러 번 있었다. 그리고 마지막으로 본 윤아는 남자와 앉아 대화를 하고 있었다. 자신을 잊고 다른 사람을 만났다고 생각했다. 자신도 모르게 질투를 했지만 사는 곳이 다르니 아무 소용없는 짓이었다.

"유나, 잘 지내라. 더 이상 이곳에 오는 일, 없을 것이다."

키안은 윤아에게 자신만의 이별을 고했다. 이제 그만 파라오의 위치로 돌아가야 했다. 윤아는 지나간 여인으로 묻어두어야 했다. 그녀가 기억을 되찾았다면 데려올 수도 있지만 자신의 세계에서 잘 살고 있는 그녀를 보는 순간 옳은 일이 아니라 여겼다. 가끔 윤아 기억이 나겠지만 그냥 흘려보내야 했다.

"유나, 한 번도 말해주지 못했다. 사랑한다고."

여인에게 자신의 마음을 내보이는 것은 약점을 잡히는 일이라 여겨 입을 닫았었다. 그런데 지금 이 순간 그 일이 제일 미안했다.

"파라오여!"

키안이 궁으로 도착하자 라메가 뛰어와 부복하였다.

"샨탈께서 사자의 길을 가셨습니다."

"……가자."

키안은 전차에서 내려 성큼성큼 신전으로 걸었다. 오늘은 넘길 줄 알았던 샨탈이 밤을 넘기지 못했다.

"파라오여, 놀라지 마십시오."

"……."

키안은 걷던 걸음을 뚝 멈추고는 라메를 돌아봤다. 이미 샨탈의 병세로 각오를 하고 있었던 일이었다. 그런데 놀라지 말라고 말하는 라메의 얼굴이 약간 흥분으로 물들어 있었다.

"파라오여, 걸음을 서두르십시오."

전에 없이 재촉하는 라메를 보며 키안은 미간을 구겼다. 샨탈의 죽음으로 놀랄 일이 뭔지 의문이 들었다.

"파라오여. 신관께서 사자의 길을 가셨습니다."

신녀가 다소곳이 부복하며 라메와 같은 말을 아뢰자 키안은 고개만 끄덕였다. 창백한 얼굴의 샨탈을 보던 키안은 눈을 질끈 감았다 떴다. 마지막에 쌀쌀맞게 굴어 그가 편하게 눈을 감지 못한 것 같았다.

"성대한 장례를 준비하……!"

키안은 고개를 돌리다 눈을 커다랗게 떴다. 낯선 옷을 입은 윤아가 자신을 올곧게 바라보고 있었다. 믿기지 않을 정도로 생생한 그녀의 모습에 키안은 손을 뻗었다.

"유나?"

"키안."

"하!"

키안은 손에 잡히는 윤아의 체온에 탄성을 내질렀다.

"파라오께 필요한…… 모든 것을…… 제가 도와드리겠습니다."

샨탈이 오늘 밤을 넘기지 못한 이유를 눈앞에서 보며 키안은 윤아를 당겨 품에 안았다.

"기다렸어."

기다렸다는 윤아의 말에 키안은 입술을 질끈 깨물었다. 다른 이와 새로운 삶을 살려고 하는 줄 알았다.

"그런데 샨탈은 왜……."

"샨탈이 마지막 힘을 그러모아 너를 데려왔다."

"그럼……."

"라메, 뒤처리를……."

"네, 파라오여!"

키안의 말이 떨어지기 전에 라메가 먼저 답을 하며 부복하였다. 그런 라메를 향해 고개를 끄덕인 키안은 윤아를 데리고 신전을 벗어났다. 손을 잡고 있는 내내 사라지는 허상은 아닌지 조바심이 났다.

"유나……."

"응?"

"훗, 진짜 돌아왔구나."

윤아가 눈물이 그렁그렁한 얼굴로 고개를 끄덕이자 눈물이 방울지며 톡 떨어졌다.

"키안 눈이…… 독화살을 맞아 그런 거야?"

자신을 걱정스러운 얼굴로 쳐다보는 윤아의 뺨을 쓰다듬으며 키안은 한쪽 입꼬리를 밀어 올렸다.

"죽지 않았으니 되었다."

"흡."

윤아가 놀라 어깨를 움츠리는 것을 보며 키안은 그대로 그녀의 입술을 물었다. 자신이 알던 윤아의 입술이었다. 달짝지근한 향이 스며든 혀를 핥고 윗입술과 아랫입술을 정신없이 핥았다. 자신에게 모든 것을 내어주듯 응하는 윤아의 앙증맞은 혀에 키안은 신음을 흘렸다.

"하아."

"하…… 으음."

"유나, 다시는 권력을 함부로 휘두르지 마라. 마지막 생을 건 샨탈을 생각해서라도."

키안은 윤아의 뺨을 지나 흐른 눈물을 손가락으로 떨구어내며 그녀를 품에 와락 안았다. 부강한 이집트를 위해 샨탈이 윤아를 데려온 것이 아니라는 것을 알았다.

"마음이 허전하십니까."

자리에 눕던 샨탈이 지나가듯 물었던 말이었다. 그렇다는 답도, 아니라는 답도 주지 않았던 그날 자신의 마음을 샨탈이 보았던 것일까. 자신의 목숨을 단축하면서 강행한 유체이탈. 그로 인해 윤아가 돌아왔다. 무슨 일이 있어도 다시는 마법의 주문으로 윤아를 돌려보내는 일은 하지 않을 것이다.

"이제 어디에도 보내지 않을 것이다."

키안은 윤아의 정수리에 입을 맞추며 사자의 서 주문을 마지막까지 나지막하게 외웠다.

# 태양과 시리우스

“누나!”

자신을 보며 환한 미소를 짓는 누나를 보며 윤도 활짝 웃었다. 무사히 돌아온 누나 곁에 같이 있어줄 수 없어 안타까웠다.

“윤, 건강해 보이네.”

윤의 퇴근시간에 맞춰 윤아가 그의 군부대로 찾아왔다.

“덥다. 여름이 끝난 지가 언젠데 아직도 후끈후끈하네.”

투덜거리듯이 말하며 손차양을 만드는 누나를 보며 윤은 어깨동무를 했다.

“시원한 아이스크림 먹으러 갈까?”

“그래.”

둘은 윤아가 끌고 온 차를 타고 한참을 가다가 한적한 카페를 찾아 들어갔다. 군부대 근처에는 편의시설이 부족해 살맛이 안 났다.

"윤아, 너한테 부탁이 있어."

"어? 뭔데?"

"혹시 무슨 일이 일어나도 네가 중심을 잡아서 부모님을 잘 다독여 줘."

"뭐?"

면회를 왔다고 알려주던 신입 이등병이 누나의 미모에 슬그머니 엄지를 치켜세웠었다. 짜식이 보는 눈은 높아가지고. 우쭐대며 나올 때만 해도 기분이 좋았다.

"무슨 말이야?"

윤은 미간을 찌푸리며 입에 물고 있던 스트로우를 뺐다. 마지막 길을 가는 사람처럼 부모님을 부탁한다는 말에 이상한 낌새를 느꼈다.

"어디 가? 왜 안 하던 말을 하고 그래?"

짜증이 일었다. 실종됐다 돌아온 지 얼마나 되었다고 저런 기분 나쁜 말을 하는 것인지.

"만일에 내가 없으면 부모님한테는 너뿐이잖아. 그러니 부탁할 곳도 너뿐이고."

"누나!"

바락 소리를 질렀다. 정말 누나가 신기루처럼 또 사라질 것 같아 불안했다.

"윤아, 내가 사랑한다는 거 잊지 마. 항상 너 잘되기를 빌게."

"누나 정말 왜 이래! 사람 놀리려고 이 먼 곳까지 면회를 온 거야? 할 일이 그리 없어!"

이상한 말을 자꾸 늘어놓은 누나를 향해 짜증을 폭발시켰다. 하지만 차분하게 자신의 짜증과 화를 다 받아내는 누나였다. 마치 마지막이라서 다 받아주는 그런 느낌. 정말 기분이 나빴다.

"너 장가가서 예쁜 아기 낳는 것도 봐야 하고 조카도 안아줘야 하는데…… 미안해."

"누나 정말……."

눈물이 맺히는 누나의 얼굴을 보며 말을 할 수 없었다. 뭔가를 예감한 듯 누나는 미래에 해줄 수 없는 일을 미안해하고 있었다.

"하아."

깊은 숨을 내쉬자 따스한 입김이 찬 공기를 만나 하얗게 변했다.

"누나가 원하는 곳으로 간 것 같구나."

누나가 차원이동을 한 것 같다는 말을 들었을 때 다들 정신이 나간 것이라 생각했다. 충격을 받을 할머니에게는 누나가 갑자기 유학을 간 것으로 얘기가 되었지만 아버지, 어머니는 누나의 실종을 덤덤히 받아들이는 듯했다. 마치 오래전부터 각오하고 기다려온 사람들처럼 그렇게.

'고대 이집트라니. 말도 안 돼.'

이미 정리한 오피스텔을 찾아가 봤지만 누나의 흔적은 없었다. 엄마의 말에 의하면 운동을 다녀온 누나가 아침을 먹고 방으로 들어갔는데 사라졌다고 했다. 처음에는 씻고 있는 줄 알고 내버려두었는데 나중에 보니 없었다고 했다. 누나가 자신이 또 사라질 수도 있다고 자주 말해서 처음보다는 충격이 줄었지만 엄마는 한동안 자리에 누워 일어나지 못했었다. 그러다 누나가 남긴 편지를 보고 엄마는 엄청 우셨다.

—엄마, 이것을 보고 계실 때면 전 아마 고대 이집트로 돌아가 있을 거예요. 가족들을 두고 떠나야 한다는 것이 슬프고 힘든 일이지만 그곳으로 가고 싶은 마음 또한 작지 않아요.

믿을 수 없지만 그곳에서 잘 지낼 거라고 믿고 있는 엄마와 아빠의 믿음을 뭉갤 수는 없었다. 누나가 두 번째로 사라지고 달라진 것은 전과 달리 집안이 평온하게 보인다는 거였다. 여기저기서 새어나오던 한숨이 없다는 것이다. 그리고 누나를 찾으러 다니지 않는 엄마. 바보가 된 기분이었다. 부모님이 누나와 짜고 자신을 놀리는 건 아닌지 의심이 들기도 했지만 이내 부모님의 말을 믿는 게 편하다는 것을 알았다. 군에 매여 있어 운신이 자유롭지 않아 더 그 말을 믿고 싶었던 것인지도 모를 일이었다.

"누나, 정말 고대 이집트로 간 거야?"

윤이 허공에 대고 말할수록 입김이 춤을 추었다.

"여긴 엄청 춥고 그래. 누나가 보고 싶고 그리워 짜증이 좀 나지만 참을 수는 있어."

하늘을 보며 말하는 자신이 좀 어이없었지만 윤은 계속 중얼거렸다.

"근데 누나 방, 내가 써도 돼?"

윤은 손등으로 눈가를 쓰윽 문질렀다. 눈앞이 흐려지는 것이 마음에 안 들었지만 윤은 입가에 미소를 지으며 입술을 달싹였다.

"누나의 체취가 가장 많은 곳이 누나 방이잖아. 그러니까 내가 쓴다, 알았지?"

윤은 언젠가는 누나가 돌아올 것이라고 믿고 싶었다. 고대 이집트에서 고귀한 신분으로 살아갈 거라는 편지의 내용이 의심스러웠다. 부모님을 안심시키기 위한 것 같아 좀 씁쓸했다. 하지만 시간은 변함없이 흘렀고 부모님은 예전처럼 정상적인 모습을 찾아갔다.

"나도…… 조카 보고 싶다고. 흑."

윤은 기어이 눈물을 흘리고 말았다.

"유나?"

"응?"

"무슨 생각한다고 내가 들어와도 모르는 거지?"

"훗."

윤아가 멋쩍게 웃으며 말을 하지 않자 키안은 미간을 구겼다. 계속 제대로 먹지 못하는 윤아가 걱정이 되었다.

"무슨 일이야? 일할 시간 아냐?"

키안은 눈을 동그랗게 뜨고 자신을 올려다보는 윤아의 이마에 살짝 입을 맞추었다.

"의사는 왔다 갔나?"

"응."

윤아는 어렴풋이 느끼고 있었다. 자신이 음식을 제대로 못 먹는 것이 입덧이라는 것을. 아니나 다를까 자신을 진료한 의사가 얼굴에 미소를 가득 담으며 반가운 얼굴을 했다. 키안에게 직접 말하고 싶었던 윤아는 의사에게 말하지 말라고 부탁했다.

"뭐라고 했나?"

윤아는 손을 뻗어 키안의 손을 잡았다. 자신의 손보다 몇 배나 큰 손을 잡고는 끌어당겼다. 자신의 앞에 앉은 키안을 바라보며 윤아는 조심스럽게 입을 열었다.

"키안, 파라오가 되는 조건이 뭐야?"

"그게 왜 궁금하지?"

"아버지가 파라오면 그 아들도 당연히 파라오가 되는 거야?"

키안은 윤아가 처음으로 묻는 권력의 구도에 고개를 갸웃하다 눈을 가늘게 떴다.

"유나, 무슨 말을 하고 싶은 건지 밝혀."

윤아는 입가에 환한 미소를 지으며 키안을 바라봤다.

"내가 아들을 낳으면 파라오가 되는 거냐고 묻는 거야."

키안이 눈을 커다랗게 뜨고 쳐다보는 것이 마치 정지된 화면 같았다. 윤아는 고개를 기울여 그에게로 얼굴을 가까이 했다.

놀라 굳어진 키안은 조금 낯설었다.
"유나."
"으응?"
"딸이어도 파라오가 된다."
"아! 그렇구나."
윤아는 유명한 클레오파트라를 생각하며 자신의 머리를 콩닥 때렸다.
"받고 싶은 거 있나?"
윤아는 키안의 말에 웃으며 고개를 저었다. 키안이 주는 모든 것들이 풍족해 부족함이 없었다. 그리고 없는 것은 없는 대로 익숙해져 있었다.
"글쎄."
윤아가 잠시 생각하다 고개를 갸웃하자 키안이 피식 웃고는 자리를 일어났다.
"저녁에 보자."
키안에게 고개를 끄덕이던 윤아는 자리에서 벌떡 일어났다. 키안에게 뒤늦게 받고 싶은 것이 생각났던 것이다. 늘 궁금해 묻고 싶었고 찾고 싶었던 것이었다.
"키안!"
윤아는 성큼성큼 걸어간 키안을 따라잡기 위해 달음질을 쳐 그를 따라잡았다. 산소가 폐부 깊이 차올라 윤아는 거친 호흡을 내뱉었다.
"하아, 하! ……운동 부족이……."

"유나!"
바락 소리를 지르는 키안 때문에 윤아는 눈을 커다랗게 떴다. 당황한 것인지 놀란 것인지 키안의 얼굴이 굳어 있었다.
"파라오를 품고 몸가짐을 함부로 하다니……."
"아!"
윤아는 키안의 걱정과 나무람을 듣자 미안해졌다. 그래서 더 배시시 웃었다.
"앞으로는 조심할게."
"……흐음."
키안이 놀란 마음을 진정하는 한숨을 내쉬고는 윤아의 머리카락을 뒤로 쓸어 넘겼다.
"무슨 말을 하려고 쫓아온 거지?"
"받고 싶은 거 물었잖아. 갑자기 생각이 났는데……."
"뭔데?"
"음…… 헤르."
"……."
키안이 고개를 살짝 기울이며 입꼬리를 비틀자 윤아는 왠지 불안감이 들었다. 설마 헤르에게 불행한 일이 벌어진 것은 아닌지 걱정이 되었다.
"왜 헤르의 안부를 안 물어보나 하고 내심 기다리고 있었다."
윤아가 돌아온 지 한 달이 조금 넘은 시간이었다. 키안이 윤아의 입술에 가볍게 입을 맞추고는 입술을 달싹였다.
"지금 이리로 오고 있는 중이다. 저녁에 깜짝 놀라게 해주려고 했는데.”

키안의 말에 윤아는 반가운 얼굴을 했다. 오늘 밤은 키안이 무엇을 요구하든 다 들어주고 싶은 마음이었다.

“키안, 나한테 받고 싶은 거 다 말해.”

윤아가 흥분을 감추지 못하고 말하자 키안이 입꼬리를 슬쩍 말아 올렸다.

“저녁에 욕탕에서 보자.”

“어? 으응.”

윤아가 붉어진 얼굴로 고개를 끄덕이자 키안은 그녀의 머리를 다정히 쓰다듬어 주고 갔다.

“좋았나?”

헤르가 너무 건강하게 돌아와 윤아는 안심이 되면서 눈물이 났다. 그래서 밤을 새우며 이야기를 나눌 기세였다. 그러다 늦게 키안과의 약속이 떠올라 허둥지둥 온 길이었다. 기다리는 것을 별로 안 좋아하는 키안이 아니나 다를까 빈정거리고 있었다.

“응! 너무 좋았어!”

윤아는 일부러 키안의 빈정을 맞받아쳤다. 그러자 물속에 들어가지 않고 욕탕에 걸터앉아 있던 키안이 성큼성큼 다가와 윤아의 허리를 낚아챘다.

“의사가 너무 심하게 하면 안 된다고 하던데 갑자기 봐주고 싶은 마음이 사라졌다.”

“헉, 키안.”

윤아가 불쌍한 표정을 짓자 키안은 입꼬리를 밀어 올리며 윤아의 어깨끈을 툭 밀었다. 젖무덤이 반쯤 드러나자 키안은 그대로 고개를 내려 윤아의 유두를 물었다.

"아흣."

윤아는 갑자기 터진 비명에 자신의 입을 틀어막았다. 키안이 다른 쪽 어깨끈을 끌어내리자 옷이 바닥으로 스르르 무너졌다.

"이제 곧 배가 나오겠다."

자신의 아이를 윤아가 잉태하기를 얼마나 바랐었던가. 하지만 뜻대로 이루어지지 않아 윤아에게 이상이 있는 줄 알았다. 하지만 나중에 그것이 다 사자의 서를 온전히 외우지 않았던 것으로 인해 가로막혀 있었음을 깨달았다. 완전히 이곳의 사람이 되지 않아 그렇게 되었다는 것을 키안은 윤아가 아이를 가지면서 알게 되었다.

"너를 처음 안았던 날…… 내가 했던 말을 기억하나?"

윤아는 약간 민망한 얼굴이 되어 미간을 좁혔다가 폈다. 처음으로 남자에게 안긴 날이라 모든 것이 낯설고 어색했고 무지 아팠던 기억이 났지만 키안이 한 말은 정확하게 기억이 나지 않았다.

"그게……."

"유나, 태양과 시리우스는 여기 이집트에 없어서는 안 될 것들이다."

윤아는 키안의 말에 고개를 끄덕였다. 태양과 시리우스의 별자리가 만나면 나일강은 어김없이 범람을 하여 큰 피해를 주기도 하지만 끝나면 비옥한 토지를 선사해 주었다. 그 나일강의 범람이 수를 가지는 부강한 이집트로 나아갈 수 있게 한 원동력이기도 했다.

"그러니 넌 나의 시리우스며 태양인 나를 영원히 벗어날 수 없다."

윤아는 키안의 말에 눈물이 고였다. 다시는 키안을 보지 못할지도 모른다는 생각에 마음이 어그러지고 몸이 가라앉았었다. 그런데 샨탈이 자신을 데리러 왔을 때 반가웠고 기뻤다. 가족들과 헤어진다는 것이 쉽지 않았지만 윤아는 늘 입버릇처럼 자신이 다시 사라져도 놀라지 말 것과 자신도 잘 지낼 것이라는 말과 편지를 남겨둔 터였다. 하지만 이별은 늘 아프고 힘든 것이었다. 잠든 엄마의 얼굴을 보는데 눈물이 앞을 가렸다. 하지만 키안 또한 놓을 수 없는 이여서 눈물을 삼키고 샨탈을 따라왔다.

"오늘은 그날처럼 천천히 안을 거다."

"훗."

윤아는 볼이 발그레해지며 키안의 목에 팔을 둘렀다. 그리고는 그의 입술을 찾아 작고 부드러운 혀를 밀어 넣었다. 자신을 안고 몸에 밀착하는 키안의 손길을 느끼며 윤아는 중얼거렸다.

"키안, 사랑해."

입술을 잠깐 떼고 윤아를 빤히 보던 키안의 얼굴에 잔잔한 미소가 넘쳤다. 약간 거칠게 파고든 그의 혀에 눌려 그녀는 숨을 거칠게 몰아쉬었다. 자신의 목선을 따라 흐르는 키안의 입술에 취해 있는 지금이 너무 좋아 윤아는 키안의 등을 꼬옥 껴안았다.

"'태양이 사라지지 않는 한 넌 파라오 키안의 것이다'라고 말했었다."

"아!"

윤아는 희미한 기억을 더듬다 키안의 말에 고개를 끄덕이며 빙긋 웃었다.

"네가 어디에 있어도 찾을 것이다. 태양이 비치지 않는 곳은 없으니."

윤아는 자신을 안고 욕탕으로 들어가는 키안의 가슴에 머리를 기대었다. 기분 좋은 리듬감으로 키안의 심장이 쿵쿵거리고 있었다.

"키안 심장이 점점 빨리 뛰어. 쿵쿵쿵 하는데 내 심장도 같이 박자를 맞추는 것 같아."

키안은 대답 대신 윤아의 입술을 물었다. 따스한 물속에 들어간 두 사람은 서로를 찾고 핥고 탐하는 일에 열중했다. 누가 먼저랄 것 없이 서로를 내어주고 서로를 취했으며 서로를 나누었다.

"유나?"

키안은 미동도 않고 자는 윤아의 뺨을 가만히 쓰다듬었다. 아직도 배는 나올 기미가 없었다. 분명 의사의 말에 의하면 아주 크게 부푼다고 했는데 다섯 달이 지나도 윤아의 배는 납작했다. 그래서 은근 걱정이 되었다. 윤아를 안는 일에 조심해야 한다는 말을 들은 터라 무척 신중하게 윤아를 안았다. 윤아가 조금만 칭얼거리고 피곤해하면 절대 몸을 섞지 않았었다. 그런데도 배가 나오지 않아 이상하다고 생각하는 중이었다. 요즘 들어 윤아가 아침에 쉽게 일어나지 못해 더 신경이 쓰였다.

잉태를 하면 잠이 많이 오기도 하니 충분히 수면을 취하도록 두라는 의사의 말에 충실하게 따르는 중이었다. 나가기 전 일어난 윤아를 보고 싶었던 키안은 아쉬운 얼굴을 하고 방을 나섰다.

"파라오여, 룩소스 지역의 신전이 곧 완성된다는 보고가 있었습니다."

키안은 관료가 올린 보고에 고개를 주억거리고는 다른 파피루스를 열었다. 서기관 아메스가 도형을 배우는 날마다 보고를 올리고 있었다.

"유나……."

키안은 파피루스에 적힌 윤아의 필체를 보며 입매를 부드럽게 휘었다. 혹시 윤아가 같은 실수를 저지르지 않을까 걱정이 되어 키안은 철저하게 윤아를 옭아맸다. 자신이 허락하는 자에게만 수를 가르치겠다는 약속과 다짐을 받아내며 만일 어길 경우 닥칠 위험을 나열했었다. 헤르의 안위와 아메스의 안위를 들먹였고 심지어 파라오인 자신의 안위마저 위험하다 일렀다.

"안 해! 안 한다고! 제발 사람 말 좀 믿어!"

퉁퉁 부은 윤아가 짜증을 내는 모습에 웃음이 나오려 했지만 키안은 웃음을 삼키고 엄한 눈으로 그녀를 다그쳤다. 그러자 윤아의 얼굴이 점점 일그러지더니 눈물을 뚝뚝 흘리면서 기어들어

가는 목소리로 중얼거렸었다.

"다시는 키안하고 헤어지는 일 안 해, 안 한다고."

울먹이며 중얼거리는 윤아의 말에 심장이 뜨겁게 데워졌었다. 이렇게 사랑스럽고 자신을 솔직하게 드러내는 여인을 어찌 그냥 두고만 볼 것인가.

"안 되겠다."

"네?"

라메가 벌떡 일어서는 파라오를 따라 일어서자 파피루스를 들고 대기하던 관료들이 눈을 동그랗게 뜨고 쳐다봤다.

"라메, 시간이 좀 걸릴 것이니 다시 오라고 하라."

"네, 파라오여."

라메는 성큼성큼 걸어 나가는 파라오를 보며 입가에 묘한 웃음을 지었다.

"파라오께서 오후에 다시 오라십니다."

"아니, 왜? 이건 급한 일인데……."

"지금 아주 중요한 일을 하러 가셨으니 오후에 다시 보고를 올리십시오."

투덜거리며 돌아서는 관료들을 보며 라메는 저도 모르게 피식 웃었다. 파라오가 지금 어디로 가는지, 왜 가는지 이미 알고 있는 라메는 고개를 절레절레 저었다. 일과 성공을 향해서만 달리던 파라오가 왕비인 윤아에게 빠져 허우적거리는 모습은 어쩐지

인간미가 넘치는 것 같아 흡족했다.

"키안?"

윤아는 늦은 아침을 먹고 물을 마시다 방 안으로 성큼 들어선 키안을 올려다봤다.

"일하는, 읍."

다짜고짜 다가온 키안이 입을 맞추자 윤아는 숨이 넘어갈 것 같았다. 키안의 손이 다급하게 윤아의 옷을 벗기자 방 안에 있던 이들이 수선을 떨지도 않고 늘 있었던 일인 것처럼 일사불란하게 방을 빠져나갔다.

"키……."

"쉿!"

키안은 하얀 나신을 드러낸 윤아를 안아 침상에 눕혔다. 그 위로 올라간 키안은 유륜까지 덥석 물고는 빨고 핥아대기 시작했다.

"읏! 키안, 아파. 살살……."

윤아가 아프다고 애원하자 키안은 유두에서 입술을 떼고 윤아의 입술을 물었다. 투덜거리지 말라는 뜻이었다. 잠시 윤아의 입술을 막고 말을 먹어버린 키안은 윤아의 다리를 벌리고 손가락을 가져다댔다.

"너를 가져도, 가져도 끝이 없어…… 미칠 것 같다."

윤아는 키안의 집착에 야릇한 흥분을 느끼며 빙긋 웃었다. 키안과 햇살을 받으며 하는 사랑이 참 따스하고 좋아 윤아는 즐거웠다. 자신을 애타게 소유하고 싶어 하는 키안의 욕구에 윤아는 절대 거부하지 않았다.

"가져, 가지고 또 가지고 또 가져. 난 파라오 키안의 것이며 태양의 영원한 짝인 시리우스니까."

"훗, 유나."

키안은 입가에 미소를 지으며 윤아의 젖무덤을 왈칵 물었다. 윤아는 '앗' 하고 비명을 터뜨리며 눈을 곱게 흘겼다. 키안이 주체를 못하면 이렇듯 깨물고 만다는 것을 알고 있었다.

"아흣!"

키안의 입술이 허벅지에 닿자 윤아는 몸을 비틀었다. 이제 곧 키안의 입술이 도착하는 종착지가 어디인지 알기에 몸을 바르르 떨었다.

"유나, 핥아줄까?"

"하아……."

윤아는 색스러운 신음을 내뱉으며 고개를 끄덕였다. 키안이 핥아주면 정신을 못 차릴 정도로 흥분하는 자신이었다. 하지만 키안은 핥아주는 것을 잘 하지 않았다. 마치 애타도록 하려는 듯 밀당에 능한 키안이었다.

"으읏!"

윤아는 키안의 입술이 닿은 것만으로도 등을 휘었다.

"유나, 아직 시작하지 않았다."

"하, 하지만……."

키안은 한쪽 입꼬리를 올리며 윤아의 뺨을 쓰다듬었다. 사랑을 나눔에 있어 움츠러들지 않고 적극적으로 표현하는 여인이라 더 달콤하고 사랑스러웠다.

"기절하면 안 된다."

"내, 내가 언제."

윤아가 볼멘소리를 하자 키안이 어이없다는 표정을 지었다. 구석구석을 맛보듯 핥고 빨아대며 윤아가 내지르는 신음에 자신도 흥분하고 있었다. 그런데 어느 순간 기절을 한 윤아 때문에 안으로 들어가지 못한 분신이 성을 냈고 그 바람에 배가 당겨 고생을 한 적이 있었다. 그러니 키안으로서는 당연한 경고였다. 오늘도 성만 잔뜩 내고 제 역할을 하지 못할까 걱정되었다.

"기절 안 해."

윤아는 다부지게 말했지만 키안의 혀가 음순을 핥고 빨아대자 숨이 넘어갈 듯 헉헉거렸다. 그가 교묘하게 음순보다 더 자극적인 부위를 피해 핥자 그녀는 슬쩍 짜증이 일었다. 분명 키안도 알고 자신도 아는 흥분의 극치점이었다.

"키안, 거기 말고…… 하, 아흣."

키안의 혀가 슬쩍 극치점을 스치자 윤아는 눈에서 빛이 번쩍하는 느낌을 받았다. 하지만 저번처럼 정신을 잃지 않기 위해 아랫입술을 지그시 깨물었다. 키안의 혀가 매끄럽게 움직일수록 윤아는 저도 모르게 흐느꼈다. 앓는 소리를 내며 키안의 머리카락에 손가락을 집어넣었다. 손가락 사이를 부드럽게 흐르는 키안의 머리칼을 느끼며 윤아는 눈을 감았다.

"유나?"

키안은 눈을 감고 있는 윤아가 또 기절을 했다고 생각했다. 격한 호흡을 내쉬고 있는 윤아의 입술에 살짝 입을 맞춘 키안은 자신의 머리를 쓸어 넘겼다. 기절을 한 윤아의 샘물에 분신을 넣고 싶은 생각은 없었다. 욕구 분출만 할 것이면 얼마든지 안을 수 있는 여자들이 줄을 서 있었다.

"키안, 나한테 안 들어올 거야?"

키안은 눈을 감고 말하는 윤아를 보며 고개를 기울였다.

"또 기절한 줄 알았다."

키안의 말에 윤아가 살며시 눈을 떠 시선을 마주했다.

"이제 조금 적응이 된 것 같아."

"후후후, 그래서 기절을 안 했다?"

"아마도? 흡!"

윤아는 단번에 밀고 들어온 키안의 분신에 숨을 삼켰다. 잠시 시선을 마주하던 키안이 천천히 움직이기 시작하자 윤아도 천천히 흔들리기 시작했다. 딱 맞물린 교합으로 같이 열락에 들뜨는 두 사람이었다.

"유나님, 이건 다른 도형보다 어려운데요?"

윤아는 아메스가 펼쳐놓은 파피루스를 보며 씨익 웃었다. 원과 부채꼴을 배우기 시작한 아메스였다. 초등과정을 마치고 중학과정을 배우는 것처럼 아메스가 차근차근 단계를 밟아 나아가니 기특하면서도 대견했다.

"아메스, 벌써 어렵다고 투덜거리는 거야? 헤르는 아무 소리안하고 잘 하는데?"

윤아가 일부러 아메스의 자존심을 슬쩍 건드리고 나오자 아메스가 입을 불퉁하게 내밀었다.

"헤르는 너무 빨리 따라와요, 무서울 정도로."

"훗."

윤아는 갈대 펜을 책상에 톡톡 두드리는 헤르를 돌아보며 피식 웃었다. 아메스의 말처럼 헤르는 무섭게 공부를 따라왔고 생각보다 더 잘하고 있었다. 그 옛날 자신을 시중드는 잡일에 치여 구구단도 제대로 안 외우던 헤르였다. 그래서 윤아는 헤르의 잡일을 없애주었고 아메스처럼 공부에만 전념할 수 있게 했다.

"유나님 이건 어떻게 구하는 건가요?"

"아메스, 원은 몇 도로 되어 있지?"

"360도요."

"자, 여기 20도인 부채꼴에서 원의 길이가 3잖아. 그러니까 여기 120도를 20으로 나누면……."

"20도인 6개의 각이 나와요."

윤아는 뒤에서 답을 말하는 헤르를 돌아봤다. 헤르는 자신의 수학 문제에 집중을 하면서도 아메스가 배우는 것을 어깨너머로 익히고 있었다.

"헤르, 잘했어."

"치이."

아메스가 뿌루퉁한 얼굴을 하자 윤아는 아메스의 머리를 쓰다듬었다.

"헤르가 우리 문제 훔치기 전에 빨리 구하자."

"네!"

아메스는 눈을 반짝이며 문제를 쳐다봤다. 윤아는 그런 아메스를 보며 흡족한 미소를 지었다. 이제 곧 아메스의 입에서 정답이 나올 뿐 아니라 왜 그런 것인지 나름의 설명이 뒤따라 나올 것이라는 것을 알고 있었다.

"3인 길이가 6개 있으니……."

아메스가 헤르를 힐끔 돌아보고는 윤아만 들을 수 있게 목소리를 낮추었다.

"120도의 길이는 3곱하기 6을 해서……."

윤아는 아메스의 설명을 들으며 고개를 끄덕여 주었다.

"18이요."

"18."

"오—."

아메스와 헤르의 입에서 동시에 답이 튀어나오자 윤아는 박수를 쳐주었다. 둘의 경쟁이 은근 과열 분위기로 흐를 법도 한데 둘은 서로의 단점을 보완하고 있었다. 헤르는 분수에 강했고 아메스는 도형에 강했다.

"훌륭해."

윤아는 박수를 치다 키안이 걸어오는 것을 보며 목소리를 높였다.

"자, 숙제는 다음 이 시간까지. 오늘 수고했어."

윤아는 헤르와 아메스의 인사를 듣는 중 마는 둥 하고는 키안에게로 달려갔다.

"유나!"

윤아가 볼록해진 배를 잡고 달려오자 놀란 키안이 소리를 질렀다. 그만큼 뛰지 말고 조심하라고 해도 말을 듣지 않아 속이 탔다.

"말 좀 들어. 뛰지 말……."

키안의 말이 윤아의 입속으로 들어가 흩어졌다.

"키안하고 빨리 있고 싶어 그런 거야."

쪽하고 입을 맞춘 윤아가 변명처럼 하는 말에 키안의 눈썹이 치켜 올라갔다.

"다음부터 뛰어오면 내가 거리를 더 넓혀 버릴 거다."

"에?"

윤아가 그런 게 어디 있어 하는 표정을 짓자 키안이 눈을 가늘게 뜨고 째려봤다.

"알았어, 알았다고! 잔소리꾼."

키안은 투덜거리는 윤아의 허리를 잡고 자신의 옆구리에 밀착을 시켰다.

"하긴, 한 번에 말을 들으면 나의 유나가 아니지."

"치이."

윤아가 입술을 삐죽 내밀며 토라지자 키안이 걸음을 떼었다.

"태양과 시리우스가 얼마나 가까워졌는지 확인하러 가야 한다."

"얼마나 가까워졌긴, 이미 딱 붙었고만."

키안은 윤아의 너스레에 유쾌하게 웃었다. 윤아의 허리를 안고 걸어가는 파라오를 헤르와 아메스는 부러움과 존경의 눈으로 바라봤다.

다시 돌아온 나일강의 범람이 풍요를 가져다 줄 것이고 하피신의 시험을 무사히 통과한 유나와 파라오 키안은 이집트를 점점 더 강성하게 할 것이다.

〈The End〉

## 작가후기

하……, 이 글을 1년 반에서 2년 정도 붙잡고 있었습니다. 생각은 이래저래 많은데 다른 일에 치이다보니 구상만하고 처박아두었더군요. 첫 시작은 아메스의 파피루스에 느낌이 꽂혔기 때문이었습니다.

'차원이동이라는 설정을 가져와 이집트로 날아가는 거야, 그래 이거 재미있겠는데?'였습니다. ^^

독자님들도 재미있으셨는가요? (아니면 어쩌지? 극소심모드 ㅜㅜ)

이집트의 신, 이집트의 왕조, 수학 문제, 아메스의 파피루스(린드 파피루스)를 검색하고 자료를 수집하는 일이 은근 방대한 분량이었습니다. 이집트 신들의 이름은 또 얼마나 많고, 중복되는 신은 또 어찌 그리 많은지 간추리고 간추려 정말 핵심만 되는 신들의 이름을 살짝만 언급했

습니다.^^

수학 문제는 아메스의 파피루스에서 언급된 것도 있고 아닌 것도 있습니다. 사실 아메스의 파피루스에 적힌 수학 문제를 다 옮겨오지 못해 살짝 애가 탔지만 이건 수학 문제집이 아니잖아요~. ^^;;

아메스의 파피루스는 람세스 2세의 무덤에서 나온 것으로 추정연대는 기원전 1650년 경입니다. 그 시기 이집트 왕조는 기원전 1650~1550년에 부흥했던 힉소스 왕조였습니다. 자료마다 조금씩 차이가 있지만 살리티스 → 키안 → 아포피 → 야쿱→헤르 → 카무디로 이어지는 왕조입니다. 그 중에서 키안이라는 이름에 마음이 가서 남주로 낙점을 했습니다.^^

4대 문명의 하나인 이집트 문명에서 수학이 시작되었다는 것을 우리는 관심 있게 볼 필요가 있습니다. 그들은 살아가기 위해 수학을 했으니까요. 그런데 아이들은 그 단순한 출발점을 이해하지 못하기 때문에 또 단순히 대학이라는 목표점을 두고 공부해야 하기에 수학이 싫고 어렵고 포기하고 싶은 겁니다.^^

그리스의 철학자 탈레스는 '지식은 이집트에서 시작됐다'고 고백했습니다. 4대 문명 중의 하나인 이집트문명을 인정하는 말입니다.

중세 유럽의 철학자들은 대부분 수학자들로도 유명했다는 것을 아십니까? 이름만 들어도 유명한 사람들이 아주 많습니다. 고등학생들이 배우는 미적분법과 관련하여 유명한 두 철학자가 있습니다. 그들은 뉴턴과 라이프니츠입니다.

두 사람이 고안해 낸 미적분법이 국가적인 차원에서 경쟁이 붙을 정도였습니다. 그 당시 뉴턴이 인정을 받는 바람에 라이프니츠는 표절이라는 오명을 썼습니다. ㅜㅜ

하지만 지금 고등교과과정에 나오는 미적분법에 관한 공식은 라이프니츠가 만들어낸 것을 사용하고 있습니다. 길게 봐서 진정한 승리자는 라이프니츠인 것 같습니다.

라이프니츠가 수학자라는 것을 알고 계셨나요? 또, '피타고라스의 정리'에서 피타고라스 또한 철학자였다는 것을 알고 있는 학생들이 많을까요? 스토리텔링이라는 교육방침을 내세워 교육과정을 개혁했지만 여전히 학생들이 느끼는 것은 문제만 길게 늘어놓은 것 같다는 것입니다.ㅜㅜ

수학이라는 것을 좀 더 깊게 이해하기 위해선 책상에 앉아 공식을 대입해 문제를 푸는 것이 아니라 직선의 내리막길과 곡선의 내리막길에 공을 굴려보며 체험을 통해 미적분법을 배우는 것이 정답인 것 같습니다. 생활, 또는 경험과 접목을 한다면 아이들이 훨씬 재미있게 배울 텐데 말입니다.^^

수학은 이집트처럼 생활에서 나온 것인데 학생들은 그걸 믿지 않네요. ㅎㅎ

이집트 여인들은 나일강의 진흙을 머리에 바르고 얇은 막대기로 동글게 말아 태양의 직사광선으로 말려 웨이브를 만들었다고 합니다. 태양열을 이용한 진흙 속 알칼리성 성분의 화학변화가 파마의 원조가 됩니다. 예뻐지기 위해 온종일 뙤약볕 아래에 있었을 고대의 여성들을 상상하면 괜히 안쓰러운 웃음이 나옵니다.^*^

키안이 윤아의 웨이브진 퍼머 머리를 신기해하는 장면의 모티브는 바로 이것입니다.

상상의 나래를 편다는 생각으로 정말 재미있게 썼던 것 같습니다. 그래도 어느 부분에서는 미흡하고 부족하며 엉성합니다. 하지만 기죽지 않고 또 다른 상상의 나래를 펴 보고 싶습니다. 연기자라는 직업이 다양한 삶을 간접적으로 살아 볼 수 있어 좋은 직업이라면 작가라는 것도 세상의 다양한 삶을 보여드릴 수 있지 않을까 생각합니다.

새롭게 인연을 맺은 청어람 출판사 직원 분들께 감사합니다. 꼼꼼한 교정에 흡족했으며 같이 소통한다는 생각이 들어 즐거웠습니다.

함께 한 발을 내디딘 기분이 참 좋습니다.^^

즐겁고 흥미진진하며 뭔가 빠질 수 있는(?) 스펙터클한 글이 되었기를 감히 소망해 봅니다. 다시 만나는 날까지 늘 건강하시길 바라며 김미정(현재라는 선물) 이만 물러갑니다.^^

2015년 8월

찌는 듯했던 더위의 끝자락에서

김미정 드림